17/03

ELIZABETH McGREGOR

Das stumme Mädchen

Buch

Anna Miles führte ein zufriedenes Leben. Sie liebte ihren Beruf als Musiklehrerin und widmete ihre freien Stunden ihrem hübschen kleinen Haus mit dazugehörigem Garten. Dann traf Anna den jungen und attraktiven Ben McGovern, gegen dessen Annäherungsversuche sie absolut nichts einzuwenden hatte – bis zu dem Punkt, als Bens Werben in eine manische Verfolgung und gefährliche Bedrohung ausartete. Anna sah keinen anderen Ausweg, als alle Brücken hinter sich abzubrechen und an einem anderen Ort unter einem neuen Namen ein neues Leben zu beginnen.

Mittlerweile hat sich Anna in der englischen Kleinstadt Aubrete eingelebt, aber eine gewisse Anspannung will nicht von ihr weichen. Immer noch hat sie Angst, Ben könnte ihre neue Adresse ausfindig machen und ihr wieder auflauern. Deshalb ist Anna auch zutiefst beunruhigt, als sie eines Nachts ein fremdes Auto ihre Auffahrt hinauffahren hört. Aber bei den Insassen des Wagens handelt es sich nicht um Ben, sondern um ein stummes Mädchen und eine tote Frau. Die Leiche wird schon bald als Alisha Graham identifiziert, eine Historikerin, die in Aubrete ein Gutachten anfertigen sollte und auf der Fahrt dorthin an Herzversagen starb. Aber wer ist das stumme Mädchen, das Alisha nach Aubrete chauffierte und das nun wie vom Erdboden verschwunden ist? Als sich die Anzeichen verdichten, dass das Mädchen Kontakt zu Ben hatte, reagiert Anna panisch. Und dann steht Ben eines Tages tatsächlich wieder vor ihrer Tür…

Autorin

Elizabeth McGregor hat über einhundert Stories und zahlreiche Romane veröffentlicht. Neben ihren höchst erfolgreichen Psychothrillern hat sie mit »Das Eiskind« erstmals einen großen Frauenroman geschrieben. Die Autorin lebt mit ihrem Mann und ihrer Tochter in Dorset/England.

Von Elizabeth McGregor außerdem lieferbar:

Nur wer die Wahrheit kennt. Roman (44017)
Denn es gibt keine Gnade. Roman (44750)
Das Eiskind. Roman (36000)
Der Taubenbaum. Roman (Blanvalet, gebunden)

Elizabeth
McGregor

Das stumme Mädchen

Roman

Aus dem Englischen
von Edith Walter

GOLDMANN

Die Originalausgabe erschien 2000 unter dem Titel
»The Wrong House« bei Macmillan, London.

Umwelthinweis:
Alle bedruckten Materialien dieses Taschenbuches
sind chlorfrei und umweltschonend.

2. Auflage
Deutsche Erstausgabe März 2004

Umschlaggestaltung: Design Team München
Umschlagfoto: Photonica/Enfield
Satz: Uhl + Massopust, Aalen
Druck: GGP Media, Pößneck
Titelnummer: 45113
Redaktion: Andrea Brandl
BH · Herstellung: Heidrun Nawrot
Made in Germany
ISBN 3-442-45113-2
www.goldmann-verlag.de

PROLOG

Seit Menschengedenken nannten sie ihn den Ägypter.

Obwohl er nicht wie ein Ägypter aussah. Er war mager und klein, hatte ein flaches graues Gesicht und flache graue Augen. Sein Gesicht glich den Gesichtern über dem Kirchenportal, grauer Kalk zu verschwommenen Umrissen verwittert.

Aber der Ägypter war nicht wie andere Männer.

Er kam die lange, steinige Küstenstraße herunter. Kam in einem roten Wagen mit gewölbter Plane, die Zügel lose in den Händen haltend, während die Stute langsam das Gefälle hinunterstakste.

Seit acht Jahren war er nicht mehr im Dorf gewesen. Als er es verlassen hatte, waren sie nicht gefährdet gewesen, weil er, wie sein Vater vor ihm, die Erdpforte gesichert hatte. Und auch jetzt wären sie noch in Sicherheit, wären sie nicht in den Poor Heart Hill eingebrochen.

Er hielt die Stute an einer Stelle an, wo sie dicht unter der Krone eines Hügels den ersten Schacht in den Boden getrieben hatten. Mit finsterer Miene betrachtete er lange die Stollen. Es war windstill, man hörte nur das entfernte Murmeln der Tide.

Er schloss die Augen.

Die Gefahr war groß.

Sie hatten das Grabmal entfernt und den Grubenschacht ausgehoben, wo es gestanden hatte. Die Angst vor der Unwissenheit der Menschen hier bedrückte ihn. Sie hatten das

Feld Great Ox Leys für eine Kohlenstraße geöffnet, die Bäume gefällt, ein Loch hineingerissen.

Und als er vor einem Monat dem Priester in der Stadt begegnet war, hatte der Ägypter in seinem Gesicht diese verzweifelte Gemeinde förmlich vor sich gesehen, die grünlich verfärbten Seiten der Gebetbücher gerochen. War mit der Hand glättend über den ockerfarbenen Samt des Kissens gefahren, auf dem der Priester gekniet hatte.

Und er konnte in den langen, dunklen Schacht des Poor Heart Hill hinunterschauen, tief, tief hinunter bis in die nach Schwefel riechenden Flöze. Neunhundert Fuß unter der Erde einen Grubenschacht hinunter, der nur fünf Fuß breit war.

Seine Augen verdüsterten sich.

Langsam und vorsichtig stieg der Ägypter vom Wagen. Noch immer die langen Zügel lose in einer Hand haltend, berührte er die Erde und betete.

1

Sie blieb stehen und lauschte. Zuerst hörte sie nur den Wind, der an die Fenster schlug. Dann, wie eine leise Stimme über das Rauschen des Regens hinweg, hörte sie wieder das Auto.

Auch das Haus schien im Dunkeln den Atem anzuhalten, zu warten. Anna schlich aus dem Schlafzimmer und starrte über das Geländer in die düsteren Räume unter ihr. Es war ein Uhr nachts. Sie sah nichts außer dem Telefon auf dem Tischchen in der Halle. Das rote Licht blinkte. *Nachricht eingetroffen.*

Sie beobachtete das Licht ein paar Sekunden lang, ehe sie sich abwandte. Sie wusste, es würde nun keine lautlosen Nachrichten mehr geben; kein gedämpftes Klicken im Telefon, wenn aufgelegt wurde – denn das Geräusch war, über den Regen hinweg, unverkennbar. Irgendwo oben im Tal, auf dem schmalen Hügelpfad, der auf die Straße führte, hupte ein Auto. Endlich hatte er seine lange Strategie des Wartens aufgegeben und kam schnell näher, durch eine weitere schlaflose Nacht, um sie zu finden. Nur war es diesmal kein Albtraum. Es war Wirklichkeit. Das Warten war vorüber.

Sie atmete ein paar Mal tief ein und versuchte sich zu einem klaren Gedanken zu zwingen.

In dreißig Sekunden konnte sie unten sein. Hinaus aus der Hintertür – und dann wohin? Hinter dem Haus war nichts als baumloses Hügelland. Ein weiter Landstrich offenen Feldes, der zum Strand abfiel, ohne Schutz, weit und breit kein anderes Haus, nicht einmal eine Hecke, die das Feld begrenzte. Sie konnte die eine Viertelmeile entfernte See hören, die schmatzend gegen die Strandkiesel klatschte und sie zermalmte. Es war eine scheußliche Frühlingsnacht. Und Flut.

Sie lief zum Fenster und zog die Jalousie hinauf.

Einen Augenblick lang war die Nacht fast zweigeteilt: der pechschwarze Hügel vor dem helleren Schwarz des Himmels. Sie schaute nach rechts den Weg hinauf und sah die Scheinwerfer des Autos.

Er musste das Gatter oben neben der Straße geöffnet haben und eine Meile langsam durch das lange Tal gefahren sein. Nachts war die Fahrt zum Cottage herunter ziemlich schwierig, als fahre man durch Nebel – konturlos, hypnotisch –, die Straße eine weiße Linie, die auf halbem Weg verschwand, als stürze sie vom Ende der Welt ins Nichts. Doch das hielt ihn nicht auf. Nichts hielt ihn auf.

Steh doch nicht hier herum! Lauf!

Keine Möglichkeit, irgendwohin zu laufen. *Zu spät.* Ihr Herz verkrampfte sich schmerzhaft.

Im selben Moment hörte sie den Wagen in den Hof einfahren, hörte die Achse über den unebenen Boden scharren. Die Bremse. *Zu spät! Zu spät, verdammt!* Sie erstarrte, horchte, ob eine Tür geöffnet wurde. Seine Faust gegen die Tür hämmerte. Seine Stimme ihren Namen schrie. Aber alles, was sie hörte, war der Motor des Wagens: ein holpriges, rumpelndes Ächzen im Wind, der von der See her kam.

Du hättest früher weglaufen sollen, dachte sie verzweifelt. *Letzte Woche. Letzten Monat, als die Anrufe wieder begannen. Du hättest dich auf deinen Instinkt verlassen müssen. Hättest laufen müssen…*

Hastig schob sie die viktorianische Kommode vor die Schlafzimmertür, so dass der lose Teppich Falten unter den schweren hölzernen Füßen schlug. Die Muskeln in ihren Armen und Schultern schmerzten, als sie den schweren Mahagonischrank vor die Kommode zerrte. Danach stand sie mit geschlossenen Augen in der Mitte des Zimmers und wartete darauf, durch das Regenrauschen ihren Namen zu hören.

Eine Minute – der Automotor unten brummte.

Zwei Minuten.

Sie öffnete die Augen, schob sich zurück ans Fenster, presste sich seitlich an die Wand. Den Atem anhaltend, hielt sie nach ihm Ausschau. Sie rutschte ein Stück weiter in die Fenstermitte, um den Wagen von vorn sehen zu können. Er sah altmodisch aus, ein kleines, brummendes Vehikel mit einer stumpfen Schnauze. Es war nicht der Wagen, den er früher gefahren hatte. Ein anderer. Dann wurde die Fahrertür geöffnet.

Anna war überrascht, dass sie noch immer am Fenster stand. Sogar ihr Instinkt, zurückzuweichen, schien blockiert.

Ein Mädchen stieg aus dem Wagen.

Nur ein Mädchen.

Ihr stockte vor Überraschung der Atem. Das Mädchen war groß und hatte langes blondes Haar. Eine Fremde in einem altmodischen Paisley-Kleid, das ihr bis zu den Knöcheln reichte. Verwirrt, die Stirn runzelnd, umklammerte Anna die Fensterbank und schüttelte stumm den Kopf. Das Mädchen war jung – siebzehn, vielleicht? Oder achtzehn? Ein Mädchen aus gutem Hause, adrett und zurückhaltend aussehend. Reglos stand sie im strömenden Regen, das Haar zu einem glatten Zopf geflochten, der ihr am Rücken klebte. Sie hatte ein rundes, helles Gesicht, freundlich und mondförmig, und sie sah das Haus nicht einmal an.

Anna spähte wieder zum Wagen hinüber. Sie sah einen Schatten auf dem Beifahrersitz, die Umrisse von Kopf und Schultern. Auch er schien etwas zu betrachten, genau wie das Mädchen, nicht beim Haus, sondern vor dem Wagen.

»Steig schon aus«, flüsterte Anna. »Warum steigst du nicht aus? Worauf wartest du?«

Furchtsam blickte sie zu dem Aufbau vor ihrer Tür hinüber; und als sie wieder zum Wagen sah, war das Mädchen nirgends zu sehen. Die Fahrertür war offen, der Regen strömte ins Wageninnere. Die Tür hing schief in den Scharnieren und man sah türkisfarbene Sitze, die möglicherweise aus Leder waren. Der Beifahrer hatte sich nicht gerührt.

Kein Klopfen.

Keine Faust, keine Stimme.

Sie beugte sich vor. Schmerz in der Kehle. Krampf. Spannung. Sie konnte ein Stück von der Schulter des Fahrgastes sehen, die obere Kurve eines Arms. Und einen Mantel – einen pinkfarbenen Mantel.

Sie zog die beiden Möbel ein Stück von der Tür weg und schob sich durch die Lücke in den Flur. Im Dunkeln schlich sie die Treppe hinunter, ohne das Geländer loszulassen. Sie ging durch die Halle in die Küche, presste das Ohr an die Außentür, durch die man in die alte Spülküche gelangte.

Nichts – kein Laut, nur der Regen war zu hören, der aus der undichten Dachrinne auf den betonierten Weg tropfte.

Anna ging durch die Küche zurück, versuchte sich anhand der Schemen im Dunkeln zu orientieren und tastete sich ins Wohnzimmer. Hier waren die Vorhänge einen

Spaltbreit geöffnet. Sie zog den, der ihr am nächsten war, ein wenig weiter zurück.

Plötzlich erhaschte sie aus den Augenwinkeln eine Bewegung. Das Gatter zum Feld stand offen und schwang im Wind. Das Mädchen stand neben dem Gatter, vom Gewitterregen durchnässt. Das Kleid klebte ihr am Körper, und ihre Arme hingen seitlich hinunter.

Anna musterte sie einen Moment, ehe sie wieder zurück zum Wagen sah. Sie beugte sich näher zum Fenster.

Es *war* eine Frau, die auf dem Beifahrersitz saß.

Anna ging zur Haustür, riss sie auf und prallte zurück, so heftige schlug ihr der Regen entgegen.

»Hallo, Sie!«, schrie sie.

Das Mädchen sah sie nicht an, starrte in Richtung Hügel und See.

»Was wollen Sie?«, schrie Anna, schaute zum Wagen zurück. Riss den Mantel vom Haken, lief hinaus durch das Scheinwerferlicht auf das Mädchen zu und packte es am Arm. Beide wurden vom Wind fast weggeweht, hier draußen, außerhalb der schützenden Hausmauern. Das Mädchen wandte sich ihr zu. Ein Ausdruck absoluter Ruhe lag auf ihrem Gesicht.

»Das ist mein Haus«, sagte Anna. »Sie sind nass bis auf die Haut, um Himmels willen. Was wollen Sie?«

Das Mädchen schüttelte den Kopf.

Anna hob die Stimme. »Um was geht's denn? Wer sind Sie?«

Das Mädchen schaute zum Wagen.

»Sie haben sich verfahren, sind hier falsch«, sagte Anna. Der Regen tropfte ihr von der Kapuze ihres Mantels in die Augen. Sie wischte ihn weg. »Hatten Sie einen Unfall oder so?«, fragte sie hartnäckig weiter. »Wissen Sie, dass Sie beim falschen Haus sind?«

Erleichterung durchflutete sie, und ein Gedanke formte sich zu Worten. *Nicht er.* Wurde zu überwältigender Erleichterung. *O Gott! Es ist nicht er.*

»Kommen Sie rein«, sagte sie. »Was wollen Sie? Ein Telefon?«

Das Mädchen trottete hinter ihr her bis zur Haustür. »Wollen Sie Ihre Wagentür nicht zumachen? Möchte Ihre Mitfahrerin vielleicht auch reinkommen?«

Das Mädchen trat an ihr vorbei in die Diele. Anna schaltete das Licht ein und sah erstaunt, dass das Mädchen sich auf den Stuhl setzte. Das Wasser rann aus dem Kleid auf den Boden und bildete auf den Steinplatten eine Lache.

»Brauchen Sie das Telefon?«, wiederholte Anna. »Ist es ein Notfall?«

Wieder schüttelte das Mädchen den Kopf.

»Hören Sie ...«, begann Anna. Sie zögerte. Dass das Mädchen nicht reagierte, machte sie nervös »Sie sollten wenigstens Ihren Motor abstellen und die Tür zumachen. Ihre Wagensitze werden völlig durchweicht sein.«

Nichts. Die Fremde starrte auf ihre locker im Schoß übereinander liegenden Hände.

»Höllenfeuer«, murmelte Anna vor sich hin.

Sie lief zum Wagen hinaus, durch den Regen, den Wind und das Licht der Scheinwerfer, das sich in die Dunkelheit bohrte, trat an die Fahrerseite, stellte den Motor ab, zog den Schlüssel heraus und schaltete das Licht aus.

»Geht es Ihnen gut?«, fragte sie die Beifahrerin. »Kommen Sie doch ins Haus.«

Es war eine alte Frau von etwa fünfundsiebzig, achtzig vielleicht.

Im Schatten nahm Anna einen dichten Schopf ungekämmter, zerzauster weißer Haare wahr. Die Frau trug eine dicke pinkfarbene Tweedjacke, und an einer Halskette hing eine Brille. Metallgestell und Gläser schimmerten im Dunkeln. Ihre Augen waren geöffnet, sie saß sehr gerade.

Anna streckte die Hand aus, strich ihr mit den Fingerspitzen über die Wangen.

Die Frau war eiskalt.

2

Matthew Aubrete verließ das Krankenhaus und trat ins Dunkel.

Es war zwei Uhr, und in der weichen Dunkelheit duftete der Rosengarten am Eingang noch immer verlockend süß, eine warme Erinnerung an den Tag. Matthew blieb stehen und sog den Duft, die Spur ihres schattenhaften Vorhandenseins tief in sich ein.

Der Wagen stand nur wenige Meter entfernt; er schloss ihn auf und stieg ein, glaubte noch nie so müde gewesen zu sein. Als er die Tür zugeschlagen hatte, saß er da und starrte zu den erleuchteten Fenstern des Gebäudes hinüber, versuchte herauszufinden, welches Fenster dem Bett seines Vaters am nächsten war.

»Verschwinde aus meinem Leben, zum Teufel«, hatte sein Vater gestern gesagt, war dann mit rasselndem Gelächter erschöpft in die Kissen zurückgefallen. »Siehst du?«, hatte er, den Saum des Lakens umklammernd, gefragt. »Du kannst nicht. Konntest es nie. Dann werde ich eben aus deinem verschwinden.«

Es muss das von der Buche fast verborgene Fenster sein, entschied er, denn wenn man am Bett stand, berührten die Zweige beinahe die Scheiben.

»Warum bringst du Anna nicht mit?«, hatte der Vater gefragt.

»Das geht nicht. Sie will nicht mitkommen.«

»Sie würde es tun, wenn du es ihr sagst.«

»Ich habe es ihr gesagt, Vater.«

Der alte Mann hatte das Gesicht verzogen. Vor Wut, nicht vor Schmerz.

»Du bringst überhaupt nichts zustande.« Hatte es in die Luft gespien. Nachtlicht auf dem Nachttisch. Mundwasser. Nasse Reinigungstücher und Papierknäuel in einer braunen Papiertüte neben dem Schrank. Der Mund des Vaters, braunfleckig, die Lippen gesprungen. Plötzliches Einschlafen. Schnarchen. Wortfetzen. »Du bringst auch Laura nicht mit. Sie kommt selber, das Miststück.«

Der alte Mann brauchte Wochen zum Sterben. Alle waren es leid, sogar die Krankenschwestern. Gleichgültig ertrugen sie seine Flüche, ebenso wie sie seine tapsigen Liebesbeweise ertrugen oder ignorierten.

Gestern Abend um acht Uhr hatten sie Matthew angerufen. »Möchten Sie kommen, Mr Aubrete? Es wäre Ihnen vielleicht lieber.«

Oder auch nicht.

Trotzdem war er zu seinem Vater gefahren. Hatte ihn beobachtet. Beobachtet, wie die Zahlen auf den Displays der Apparate immer höher krochen. Blutdruck, Puls.

»Er weiß, dass Sie hier sind«, hatte die Schwester gesagt. »Er erholt sich wieder ein wenig.«

Tut er das?, hatte er gedacht.

Die letzten Tage waren auf diese karge Umgebung beschränkt gewesen. Mit etwas zu trinken in der Hand durch die langen Gänge zu wandern. Täglich dieselben Strecken. Mittlerweile auch oft am Abend. Schwarzer Kaffee. Leere Räume, die auf die Tagschicht warteten.

Hinter dem Fenster seines Vaters, hinter der Buche und ihren leise raschelnden Blättern, hinter dem Krankenhaus, erstreckte sich gelb auf schwarz das Panorama der Stadt. Matthew hatte von Zeit zu Zeit das Gesicht an das kalte Glas gepresst. Kleines Städtchen. Willkürlich verstreutes Licht. Felder, die sich hinter der Lichterkette dehnten.

Jetzt nahm Matthew das Handy vom Beifahrersitz und wählte Annas Nummer. Der Anrufbeantworter sprang an. Er hörte die knappe Ansage. Doch kurz bevor er auflegte, glaubte er zu hören, dass sie abgehoben hatte. Er zögerte, entschied sich dann jedoch dagegen, ein zweites Mal zu wählen. Wie spät war es? Zwei Uhr morgens. Nicht nötig, sie zu wecken. Noch nicht.

Er drehte den Zündschlüssel um, legte den Gang ein und fuhr los.

Er nahm die untere Straße und sah deshalb nicht, dass vor Annas Hoftor die Polizei stand.

»Sie können uns nicht einmal sagen, wie sie heißt?«, fragte der Chief Inspector.

Anna drehte sich um und sah ihn an.

Es war fünf Uhr morgens und wurde langsam hell. Anna stand am Zaun mit Blick auf das Feld, das sich den langen Hügelabhang hinunterzog. In der schmalen Bucht vor dem Strand sah man einen dünnen weißen Streifen, die See selbst war stahlblau. Es regnete nicht mehr, das späte Frühlingsgewitter hatte so schnell aufgehört, wie es aufgezogen war. Der Morgen war erstaunlich still, die Schwarzdornblüten sahen aus wie Konfetti.

Anna zuckte mit den Schultern. »Ich habe Ihnen alles gesagt.«

»Nicht alles. Vielleicht gibt es etwas, das Ihnen entgangen ist.«

Sie war so erschöpft, dass sie sich kaum aufrecht halten konnte. »Ich kenne sie nicht. Wirklich nicht. Ich habe keine von beiden jemals zuvor gesehen.«

Der Chief Inspector war über vierzig, drahtig und hoch gewachsen. Auch er sah müde aus. Der uniformierte Constable war zuerst gekommen, dann, eine Weile später, er und ein anderer Mann, beide in zerknitterten Anzügen. Er hatte ihr seinen Ausweis gezeigt: *Detective Chief Inspector Robert Wilde.*

»Und Sie haben nichts angefasst«, fuhr er fort.

»Den Zündschlüssel, die Tür. Und sie.«

»Nichts sonst.«

»Vielleicht den Sitz, das Armaturenbrett… Ich weiß nicht.«

»Und sie sind um ein Uhr gekommen«, stellte er fest.

»Nach eins. Zehn nach vielleicht. So ungefähr.«

»Und haben Sie geweckt.«

»Ich war schon wach.« Sie wandte den Blick ab.

Er beschloss, das Thema zu wechseln. »Hübsch hier«, sagte er. »Hübsches kleines Tal. Leben Sie schon lange hier?«

»Ein Jahr.«

»Also sind Sie nicht von hier?«

»Nein.«

»Kommen Sie von weither?«

Sie stützte die Ellenbogen auf die oberste Zaunlatte auf und legte den Kopf in die Hände. »Ist das wichtig?«

»Es wäre möglich«, sagte er.

»Wieso denn?«

»Wenn die beiden von daher kommen, woher Sie stammen. Wenn sie Sie kannten.«

»Hören Sie, sie kennen mich nicht«, wiederholte sie gereizt. »Ich kenne sie nicht. Ich habe die beiden noch nie gesehen. Noch nie. Ich kenne nicht einmal ihre Namen.«

Er lehnte sich neben sie an den Zaun, schien die Küstenlinie zu betrachten, die ferne graue Linie des Horizonts mit der dunkelblauen See im Vordergrund. »Alisha Graham.«

»Das Mädchen ist Alisha Graham?«

»Nein, die Frau im Wagen. Aus Manningham.«

Manningham? Anna spürte einen kurzen schmerzhaften Stich in der Herzgegend. »Ich kenne sie nicht.«

»Wirklich nicht?«, fragte er. »Sie wollte hierher, in die Gardens.«

»Die Manor Gardens?«

Aubrete Manor lag eine Meile weiter die Küste entlang, ein halbtropisches Wunder in den Downs; Rasenflächen und Seen mit Mammutbäumen, Flammenbäumen, Magnolien und Lilien, die sich bis an den Strand erstreckten.

»Sie arbeiten dort, nicht wahr?«, fragte Wilde.

»Ich arbeite im Café«, antwortete sie. »Dreimal wöchentlich.«

»Kennen Sie Matthew Aubrete, den Besitzer?«

»Nein«, log sie.

»Er hat Miss Graham eingeladen«, sagte er.

Sie wartete eine Weile, bevor sie etwas sagte. »Dann sind sie zum falschen Haus gekommen.«

»Glauben Sie?«

Sie schüttelte den Kopf, lächelte leicht verärgert. Offensichtlich wollte er sie provozieren. »Die Abzweigung zum Manor biegt ungefähr eine Meile von hier ab.«

»Aber die Zufahrt sieht ganz anders aus als die Ihre.«

Das stimmte. Ihr Tor war primitiv, umständlich zu öffnen und lag auf der Kuppe eines ungeschützten Hügels.

Das Manor hingegen war geschützt von Kastanienbäumen, die jetzt in voller Blüte standen. Oder vielleicht auch nicht, vielleicht lagen nach gestern Nacht die Blütenkerzen zerschmettert auf der Straße. Ebenso wie der Schwarzdorn. Sie warf einen Blick auf die Landschaft vor ihr. »Nein, sie sieht ganz und gar nicht aus wie meine«, stimmte sie zu. »Aber wenn sie noch nie da war und eine Abzweigung nach links suchte…«

»Sehr spät, um noch herumzufahren«, sagte er.

Anna ballte die Hände vor der Stirn. Unter anderen Umständen hätte sie Robert Wilde vermutlich für einen netten Mann gehalten, sehr höflich, vielleicht ein wenig langsam; sympathisches Gesicht mit angenehmen Zügen, Ehering an der linken Hand – ein Familienmensch. Er war geduldig. Von lähmend hartnäckiger Geduld. Die sie jedoch nicht hatte.

»Aber das ist sie ja auch nicht, oder?«, sagte Anna.

»Wieso denn nicht?«

»Nicht sie – nicht Alisha Graham ist gefahren.«

»Das ist richtig.«

Sie drehte sich um, lehnte sich mit dem Rücken an den Zaun, blickte zum Haus, wo das Mädchen saß. Anna hatte sie seit einer Stunde oder noch länger nicht gesehen. In Wahrheit hatte sie sich von ihr fern gehalten, auch nachdem sie die tote Frau im Wagen gefunden hatte. Stattdessen hatte sie sich das schnurlose Telefon vom Tisch in der Halle geschnappt und war damit in die Küche gerannt. Hatte die Nummer der Polizei gewählt. Sie musste sich völlig außer sich angehört haben. Durcheinander, irre.

»Was hat sie gesagt?«, fragte sie Wilde jetzt.

»Das Mädchen? Nichts.«

»Zu mir hat sie auch nichts gesagt. Ich bin reingelaufen, keine Ahnung, was ich gesagt habe. ›Ihre Freundin ist gestorben‹, vielleicht …«

»Sie ist schon länger als vierundzwanzig Stunden tot, denke ich«, meinte Wilde.

»Mein Gott!«, flüsterte Anna. Sie starrte zum Wagen hinüber, wo ein Team in weißen Schutzanzügen arbeitete und Alisha Graham noch immer auf dem Beifahrersitz saß. Als es hell wurde, konnte man ihr Gesicht sehen. Der Mund stand leicht offen, die Augen waren starr.

»Wissen Sie, wo Mr Aubrete ist?«, fragte Wilde.

Sie zwang sich, den Blick vom Wagen abzuwenden. »Im Manor«, antwortete sie.

»Es ist niemand da. Nur der Anrufbeantworter meldet sich.«

»Woher sollte ich es wissen? Ich kenne ihn ja kaum.« Noch mehr Lügen.

»Hat im Café vielleicht jemand erwähnt, dass er diese Woche nicht hier sein würde?«

»Nein. Aber jemand sagte, dass sein Vater im Krankenhaus liegt. Vielleicht war er dort. Sie könnten Richard Forbes fragen. Den Verwalter.«

»Das werden wir.«

»Mehr als vierundzwanzig Stunden«, sagte Anna vor sich hin. »Das ist grotesk, nicht wahr?«

»Ja.«

»Dieses Mädchen muss mit ihrer to …« Annas Stimme erstarb. »Wie heißt sie? Wer ist sie?«

»Wir wissen es nicht.«

»Sie muss eine Handtasche haben. Einen Koffer …«

»Haben Sie einen gesehen?« fragte er.

»Nein, aber …«

»Es ist nichts im Wagen, nur Miss Grahams Reisetasche. Nichts im Kofferraum, nichts im Handschuhfach, nur Miss

Grahams Führerschein, persönliche Papiere und das Service-Heft des Wagens.«

»Kein Mantel?«

»Kein Mantel.«

Anna sah ihn an. »Aber es hat geschüttet. Es hat den ganzen Tag geschüttet. Und nicht nur hier.«

»Ja.«

Anna starrte zu Boden. »Als sie aus dem Wagen stieg, hat sie völlig trocken ausgesehen. Adrett. Trocken.«

»Was bedeutet –?«, fragte Wilde.

Sie wartete und biss sich, um ihre Ungeduld zu unterdrücken, auf die Lippe. Das gleiche Spiel. Eine Schande, dass es ihn nie langweilte. »Sie sieht nicht aus wie jemand, der stundenlang gefahren ist, von Tagen ganz zu schweigen. Sie ist so adrett und ordentlich.«

Eine Zeit lang sagte er nichts.

Das Licht eines Maimorgens begann das Tal zu überfluten und färbte das Haus zuerst rosa, dann weiß. Die Kletterrose, die an der Seite wuchs und über eines der oberen Fenster hinausragte, leuchtete pinkfarben. Als Anna im Vorjahr hier eingezogen war, im selben Monat, hatte sie durch diese herrlichen aprikosen- und pinkfarbenen Rosen auf die See hinausgeblickt und gedacht: Das ist ein Omen. Rosen, die die Aussicht umrahmen. Ich werde hier glücklich sein.

O Gott, wie man sich irren konnte! Man konnte sich so schrecklich irren.

»Es ist das falsche Haus«, sagte sie vor sich hin.

Wilde schien sie nicht zu hören.

»Was wollte sie im Manor?« fragte Anna. »Alisha Graham – was wollte sie dort?«

»In ihrer Reisetasche ist ein Brief von Matthew Aubrete. Er hat ihr geschrieben, sie soll herkommen, um das Grundwasser zu prüfen. Sie war Wissenschaftlerin im Ashworth Trust.« Anna sagte nichts. Wilde beobachtete sie. »Ich frage mich, wozu er sie braucht«, sagte er.

Sie zuckte mit den Schultern. »Es gibt irgendein Problem mit dem Wasser. Es enthält irgendetwas, das die Lilien in den Beeten und die Fische vernichtet. Hat man mir erzählt.«

Robert Wilde kannte Aubrete Manor gut. Er erinnerte sich an die Lilien, die aussahen wie ein vollkommenes Gemälde von Monet, an Licht, das das Licht unter den Bäumen reflektierte, als schwebe es in den hohen viktorianischen Teichen. Einst aus Notwendigkeit geschaffen, um die Fische für die Küche lebendig zu halten, waren sie inzwischen Teil eines Zaubers, eine Studie in Grün und Weiß. Lilien in voller Blüte, im Wasser treibend, in dem sich der Himmel spiegelte. Wenn man ins Wasser schaute, war es, als blicke man in einen mit Blüten bestickten Himmel.

»Ich war seit Ewigkeiten nicht mehr in den Gärten«, stellte Wilde fest. Beim Wagen fotografierten sie Alisha Graham. »Wie lange arbeiten Sie schon dort?«

»Sechs Monate. Seit kurz vor Weihnachten.«

»Ich habe gedacht, die Gärten wären bis Juni geschlossen.«

»Sind sie auch, für die Öffentlichkeit. Aber im Winter kommen Schulen zur Besichtigung. Und Gartenvereine.«

»Und es gibt Partys.«

Sie sah ihn an. Wilde lächelte – freundlich, verbindlich. »Ich habe gehört, dass Dominic Aubrete, der Alte, Partys gibt.«

»Davon weiß ich nichts«, sagte sie.

»Sie wissen nichts von den Partys?«

»Nein.«

Er lachte. »Dann sind Sie aber die Einzige im Dorf.«

»Ich wohne nicht im Dorf.«

Pause. »Miss Miles, geht es Ihnen gut?«, fragte er schließlich.

Sie bemühte sich um ein Lächeln. »Ein fremdes Mädchen setzt eine tote Frau in meiner Zufahrt ab«, sagte sie leise.

»Ein Mädchen, das Sie nicht kennen.«

»Ja, richtig.«

»Haben Sie früher in Manningham gewohnt, Miss Miles?«

»Nein«, antwortete sie.

»Sie sprechen nicht wie die Einheimischen. Haben nicht einmal einen südwestlichen Akzent.«

»Nein«, gab sie zu.

»Sind Sie Irin?«, fragte er. »Ich höre einen singenden Tonfall heraus.«

»Ich bin keine Irin.«

Er überlegte. »Dann kommen sie vielleicht von den Lakes. Ich kenne die Lakes. Aus welchem Teil?«

»Ich komme nicht von den Lakes.«

»Aus einer kleinen ländlichen Gemeinde wie dieser?«

»Ja.« *Nein. Sie ist ganz anders als diese hier.* Sie stieß sich vom Zaun ab. Ein anderer Wagen hatte auf der Zufahrt gehalten.

»Entschuldigen Sie mich einen Moment«, sagte Wilde.

Sie berührte seinen Arm. »Kann ich ins Haus zurück?«, fragte sie. »Sind Sie dort fertig?«

»Ich gebe Ihnen Bescheid«, erwiderte er.

3

An diesem Morgen um acht Uhr ging Matthew Aubrete die lange Zufahrt zum Gästezentrum des Manors hinauf.

Er sah Margot Latham, die hinter den großen Fenstern die Stühle von den Tischen herunternahm und Tischdecken auflegte. Als er an die Tür klopfte, kam sie herüber, schloss auf und stand auf der Schwelle, als sei sie diejenige, der hier alles gehörte, nicht er.

»Ich habe noch keinen Kaffee gemacht«, sagte sie.

»Das ist okay. Ich will ohnehin keinen.« Er schaute an ihr vorbei. »Ist Anna hier?«

»Hat eben angerufen. Sie kommt nicht.«

»Warum nicht?«

»Hat sie nicht gesagt.«

Er lächelte – das typisch verlegene Lächeln eines Mannes, der in seinem eigenen Königreich am entbehrlichsten ist. Margot war eine Mitarbeiterin seiner Frau, eine der vielen Furcht einflößenden Frauen, die Aubrete Manor führten wie ein Schlachtschiff. Einen Moment lang schien Margot Mitleid mit ihm zu haben. »Kommen Sie herein«, sagte sie.

»Nein, nein. Es ist schon in Ordnung. Sie haben zu tun, wie ich sehe.«

Er wandte sich ab und fühlte ihre Augen im Rücken, während er den Mund zu einem Lächeln voller Selbstvorwürfe verzog. Stets der vollkommene Gentleman, schalt er sich.

Am Rand des kunstvoll angelegten Gartens blieb er stehen, dachte an das Gesicht seines Vaters und an die braune Papiertüte neben dem Schrank. An die anderen Rosen beim Eingang des Krankenhauses. An den Schlauch auf dem Handrücken seines Vaters, der einen so riesigen Bluterguss verursacht hatte. Er holte tief Atem. Er brauchte frische Luft in den Lungen.

Er nahm den Weg durch den Wald. Hier, wo es schattig war, tropfte es noch immer von den Bäumen auf den sorgfältig geharkten Kies. Er lenkte die Schritte zum Bach hinunter und bemerkte, wie rot er war, röter denn je, so dass keine Spur von Orange mehr darin zu sehen war. Eisen. Eisen im Wasser, das weiter oben den Lehm so undurchdringlich machte und die fünfzehn Meilen entfernten, mit Schiefer durchsetzten Klippen an der Küste gesprenkelt und aschgrau aussehen ließ. In der Abendsonne konnten sie wie Feuersglut aussehen. Er schlitterte ein Stück das Ufer hinunter und nahm ein wenig Erde zwischen Daumen und Zeigefinger. Sie enthielt schwarze Granulate, die er kritisch betrachtete, ehe er mühsam durch den Schlamm wieder auf den Weg zurückkletterte.

Etwa zweihundert Meter weiter endete der Wald; von hier aus waren die See und zu seiner Rechten das Haus zu sehen.

Aubrete Manor erhob sich auf einem höher gelegenen Felsvorsprung mit Blick auf den Kanal, von Bäumen umwuchert wie von schützenden Armen, und der kunstvoll angelegte Garten erstreckte sich davor wie ein riesiger bunter Teppich. Es war ein schönes Haus, über hundertfünfzig Jahre alt, auch wenn seine ursprünglich rote und weiße Farbe mittlerweile verwittert, sandfarben und pink war.

Es wurde von einem burggrabenähnlichen Teich umgeben, in dem sich jetzt der Morgenhimmel spiegelte, und der gesäumt war von weichen Graswegen und uralten Buchen. Die Ränder waren mit rosa und blau blühenden Sträuchern bepflanzt. Im von Mauern umfriedeten Kräutergarten plätscherte unaufhörlich das Wasser, das durch die kleinen Wehre stürzte. Matthew trat durch die Gartenpforte und ging weiter auf die Terrasse; da stand, mit dem Rücken zu ihm, seine Frau Laura. Sie trug eine schlammbespritzte Hose und eines seiner Flanellhemden. Sie beschnitt die Rosen.

»Ich bin eben selbst erst nach Hause gekommen«, sagte sie, ohne sich umzudrehen.

Er biss sich auf die Innenseite der Wange, um die Geduld mit ihr nicht zu verlieren, während sie innehielt und eine Hand voll Blütenblätter betrachtete.

»Wie geht es ihm?«, fragte sie.

»Keine Veränderung.«

Endlich blickte sie auf. »Wie lange wird es dauern?«

»Ich weiß es nicht.«

»Wollen sie's nicht sagen? Tage? Wochen?«

»Sie wissen es selbst nicht.«

»Sie müssen es wissen. Soll ich noch einmal mit Donald Bouvier sprechen?«

»Nein«, sagte er, »Vater ist nicht sein Patient.«

Er setzte sich auf eine Bank.

»Alles ist schrecklich nass«, sagte sie. »Du hättest diesen Weg sehen sollen. Mit Blütenblättern übersät.«

Er schaute zu Boden. An den Steinen klebten ein paar farbige Fetzchen. Er versuchte das Gefühl zu unterdrücken, dass alles zerbrach. Eine fest verknüpfte Welt, deren Fäden sich auflösten. Er saß da und blickte auf die See. Diese Stunde, wenn der Garten frisch zu sein schien und noch ihm gehörte, hatte er immer sehr genossen. Am Abend wurde Abfall eingesammelt und der Kies geharkt. Doch der Morgen war immer süß gewesen, und der heutige ganz besonders, strafte mit seinem strahlend hellen Sonnenlicht die Trostlosigkeit des Krankenhauses Lügen.

Laura ließ die letzte Rose in den Eimer fallen.

»Ich muss mich umziehen«, sagte sie. »Mutters Helferlein werden in zehn Minuten hier sein.«

Laura verfügte über eine kleine Armee freiwilliger Ordner, die ihr halfen, die Besucher zu beaufsichtigen. Alle wie Margot Latham Frauen in einem gewissen Alter, gut gekleidet, wortgewandt, wussten mehr über das Haus und über die Gärten als er selbst.

»Setz dich einen Moment«, sagte er.

Sie hockte sich auf die Seitenlehne der Bank, strich sich über die Hose und zupfte mit geschickten Fingern getrockneten Schlamm ab.

Doch bevor er etwas sagen konnte, erschien Richard Forbes, der Gutsverwalter, dicht gefolgt von einem hoch gewachsenen Mann mit einem schmalen Gesicht, den Matthew nicht kannte. Beide Hände in den Hosentaschen, kam er mit neugieriger Miene um das Haus herum geschlendert. Als Richard einen Blick zurückwarf, blieb er stehen, betrachtete eine Blumenrabatte, ging dann weiter. Im Näherkommen lächelte er, nahm die Hände aus den Taschen und streckte eine Hand Matthew entgegen.

Forbes schien beunruhigt. »Mr Aubrete, das ist Detective Inspector Wilde.«

»Oh«, sagte Laura amüsiert.

Matthew schüttelte Wilde die Hand.

»Was für ein wunderschöner Besitz«, sagte Wilde.

»Das ist meine Frau Laura«, sagte Matthew. Laura lächelte und reichte Wilde die Hand, mit dem Handrücken nach oben, da sie halb und halb erwartete, er werde sie an die Lippen ziehen.

»Wir haben versucht, Sie zu erreichen, Mr Aubrete«, fuhr Wilde fort.

»Wir waren beide nicht zu Hause«, erwiderte Matthew. »Mein Vater ist schwer krank.«

Aus den Augenwinkeln sah er, dass Forbes konzentriert seine Fußspitzen musterte und damit seine Reaktion auf die Folgerung verschleierte, dass Laura mit ihm am Krankenbett seines Vaters gewesen war.

»Das tut mir Leid«, sagte Wilde. »Es dauert nicht lang.«

»Worum geht es?«, fragte Matthew.

»Sie haben ein Stück weiter oben an der Küste ein Haus. End House.«

»Ja.«

»Mit einer Mieterin.«

»Ja. Anna Miles.« Ein merkwürdiges Schweigen breitete sich aus. Weder Laura noch Richard rührten sich. Matthew jedoch spürte, dass – vielleicht vor Müdigkeit, vielleicht vor Furcht – seine Lider ein wenig flatterten.

»Entschuldigen Sie mich«, schaltete sich Richard Forbes ein. »Wenn Sie mich nicht brauchen ...«

»Danke, Richard«, sagte Laura lächelnd. Er wandte sich um und ging.

Der Polizeibeamte betrachtete die Hausfront, ehe er über den Garten zur See blickte. »Miss Miles? Oder Mrs?«

»Miss«, antwortete Matthew.

»Wie lange schon ist sie Ihre Mieterin?«

»Ein Jahr. Warum? Was ist passiert?«

»Hat es Referenzen gegeben?«, fragte Wilde.

»Verzeihung – wofür?«

»Nun ja, für Miss Miles als Mieterin.«

»Nein ...«

Fasziniert und belustigt beugte Laura sich auf der Seitenlehne der Bank vor.

»Von ihrer Bank zum Beispiel«, beharrte Wilde. »So etwas eben.«

»Nein«, erwiderte Matthew.

Es folgte wieder eine Pause. Laura warf ihrem Mann

einen leicht verächtlichen, grimmigen Blick zu, als habe sie eben die Pointe eines unschönen Witzes gehört. Sie hob die Brauen. »Ich hole Kaffee«, sagte sie und legte Wilde die Hand auf den Arm. »Ist das in Ordnung?«, fragte sie ihn. »Sie brauchen mich jetzt nicht? Ich laufe nur schnell ins Haus.«

Wilde war der Hauch dieses schiefen Lächelns nicht entgangen, der noch immer ihre Lippen umspielte. »Kein Problem«, sagte er.

Er und Matthew setzten sich auf die Bank.

»Was ist passiert?«, wiederholte Matthew.

»Sie kennen Alisha Graham?«

»Alisha? O ja.«

»Sie haben sie eingeladen?«

»Ja, letzte Woche.«

»Und was sollte sie hier tun – genau bitte?«, fragte Wilde.

»Sie ist Historikerin.«

»Oh!«

»Auf industrielle Geschichte spezialisiert. Hören Sie...«

»Und Sie haben sie hierher eingeladen, weil...«

»Es hat mit dem Haus zu tun. Den Anlagen«, erklärte Matthew. »Zuerst meinte sie, sie werde nicht kommen. Dann hat sie vor ein paar Tagen angerufen und war plötzlich einverstanden. Was hat das mit Anna Miles zu tun?«

»Haben die beiden sich gekannt?«

»Anna und Alisha? Nein. Natürlich nicht.«

»Sind Sie sicher? Haben Sie Miss Miles in Ihrem Gespräch mit Miss Graham erwähnt?«

»Nun... nein... ich bin nicht sicher«, sagte Matthew und legte die Hand an die Stirn. Er spürte, dass er Kopfschmerzen bekam. »Ich bin nicht ganz sicher«, fuhr er fort. »Aber ich halte es für sehr unwahrscheinlich.«

»Warum?«

Matthew lachte auf. »Nun ja, warum sollte ich? Und wie könnten sie sich früher begegnet sein? Wann?«

»Bevor Miss Miles herkam.«

»Ich verstehe nicht.« Matthew war aufrichtig verwirrt.

»Ist Miss Miles nicht von irgendwoher aus Miss Grahams Nähe gekommen?«

»Aus Manningham? Nein. Nein, ich glaube nicht.«

»Oh«, sagte Wilde. »Mein Fehler.« Er lächelte. »Woher kam sie dann?«

»Keine Ahnung.«

Wilde sah ihn an. Sein Gesicht verriet nichts: weder Verwirrung noch Überraschung. Nicht einmal besonderes Interesse. Sein Tonfall war der eines Mannes, der sich ruhig über das Wetter unterhält. »Sie ist also einfach hier aufgetaucht«, sagte er.

»Sie – nun ja, gewissermaßen.«

»Gewissermaßen, aha«, wiederholte Wilde.

»Sie hat einen Job im Café bekommen«, sagte Matthew.

»Und Sie haben sie nicht nach Referenzen gefragt.«

»Es ist doch nur ein Café. Sie war sehr redegewandt, hatte eine angenehme Art. Eine gereifte Person. Keine Halbwüchsige.«

»Und Sie haben mit ihr gesprochen, und ...«

Matthew spürte ein unbehagliches Prickeln im Rücken. »Nein, so war's nicht.«

»Oh?«

»Hören Sie ...«

Laura kam mit dem Kaffee.

»Sie haben nicht mit ihr gesprochen, aber Sie haben ihr einen Job gegeben«, wiederholte Wilde. Das Tablett noch in den Händen, sah Laura Matthew an.

»Ihr Wagen hatte eine Panne«, sagte Matthew.

»Geht es noch immer um Anna Miles?«, fragte Laura.

»Ja«, antwortete Matthew.

Laura stellte das Tablett zwischen die beiden Männer auf die Bank, nahm sich selbst eine Tasse und setzte sich ihnen gegenüber auf die niedrige Steinmauer. »Matthew hat sie eines Tages oben an der Straße gefunden, ihr den Reifen repariert und ihr einen Job gegeben«, sagte sie. »Alles an einem einzigen Tag.« Sie trank einen Schluck Kaffee. »War das nicht nett von ihm?«

Matthew sah Wilde an. »Gewöhnlich stellt meine Frau unsere Mitarbeiter ein«, sagte er.

»Sie war sehr gut«, sagte Laura. »Wirklich sehr, sehr gut. Sehr willig.« Sie lächelte. »Hat sie etwas verbrochen?«

»Nein«, sagte Wilde.

»Dann ...«

»Heute Nacht gegen ein Uhr ist ein Wagen nach End House gekommen«, erklärte Wilde. »Alisha Grahams Wagen.« Er unterbrach sich. »Wann haben Sie Miss Graham eigentlich erwartet, Mr Aubrete?«

»Irgendwann diese Woche.«

»An einem bestimmten Tag?«

»Nein, sie hat gesagt, sie habe viel zu tun. Sie wollte anrufen, bevor sie aufbrach.«

»Und hat sie angerufen?«

»Nein«, sagte Matthew.

»Und woher haben Sie sie gekannt?«

»Ich habe sie nicht gekannt. Sie wurde mir empfohlen. Ich habe nur zweimal mit ihr telefoniert, um den Termin für ihren Besuch festzulegen. Und um mir von ihr bestätigen zu lassen, dass sie kommt.«

Wilde beugte sich vor. Er griff in die Jackentasche, um etwas herauszuholen, hielt jedoch inne. »Zuerst hat sie gesagt, sie käme nicht«, wiederholte er langsam. »Und dann sagte sie, sie komme doch.«

»Das ist richtig.«

»Und warum?«

»Das hat sie mir nicht verraten.«

»Haben Sie nicht gefragt, warum sie es sich überlegt hatte?«

»Nein«, antwortete Matthew und errötete leicht. »Sie war eine sehr energische Frau. Als sie anrief und sagte, sie komme doch, war ich einfach dankbar, dass sie es sich überlegt hatte. Sie hat mir keine Zeit gelassen zu fragen, sondern sagte nur, sie komme und werde mich anrufen, bevor sie aufbreche. Das war's. Sie war schroff. Sehr kurz angebunden. Sachlich, würde ich sagen.«

Wilde hielt Matthews Blick einen Moment lang fest, zog dann ein Foto aus der Tasche, eine Polaroidaufnahme, und reichte sie Matthew. »Kennen Sie dieses Mädchen?«

Matthew betrachtete das Foto; es zeigte ein etwa achtzehnjähriges Mädchen mit blondem Haar und einem Zopf über der Schulter. »Nein.«

Wilde gab Laura das Foto. »Mrs Aubrete?«

»Nein«, sagte Laura, die sich das Bild genau ansah. »Wer ist das?«

»Sie hat mit Miss Graham im Wagen gesessen.«

»Eine Nichte?«, fragte Laura. »Eine Enkelin?«

»Miss Graham hat nur eine unverheiratete Schwester.«

Matthew beugte sich vor. »Worum geht es hier eigentlich?«, fragte er. »Warum ist Alisha Graham nicht hierher gekommen? Warum zu Anna?«

»Das *Mädchen* ist bei Anna gelandet«, sagte Wilde. »Miss Graham hat zwar im Wagen gesessen. Aber Miss Graham war tot.«

4

Nach dem Sturm, der über das Land hinweggefegt war, waren die Straßen der Stadt glitschig, und Beryl Graham schlitterte ein wenig, als sie die Stufen zum Haus ihrer Schwester hinaufstieg. Sie blieb stehen und hielt sich an dem eisernen Geländer fest.

Beryl Graham war eine kleine Frau mit grauen Haaren. Sie war zwar acht Jahre jünger als ihre Schwester, dennoch bestand in der Haltung ihrer Schultern und dem seltsam starr wirkenden, entschlossenen Lächeln, das sie beide gewöhnlich zur Schau trugen, eine große Ähnlichkeit zwischen ihr und Alisha.

Beryl blickte zu Alishas Fenster hinauf und versuchte festzustellen, ob ihre Schwester zu Hause war. Ein Wind-Glockenspiel hing hinter einer schiefen Jalousie mit hölzernen Lamellen, die gerade zu richten Alisha sich nie die Mühe machte. Auf dem breiten Fensterbrett stapelten sich Bücher. Zwei Grünlilien, die Blätter dick mit Staub bedeckt, welkten, dem Tode nahe, daneben vor sich hin.

Noch immer vom Treppenaufstieg schwer atmend, schob Beryl ihren Schlüssel ins Schloss.

Das Erste, was sie sah, als sie die Diele betrat, war ein blaues Licht aus dem Hinterzimmer; das schwache Licht des Computerschirms.

»Alisha!«, rief sie.

Sie sah auf die Uhr und ging ins Wohnzimmer. Es war kurz nach neun. Sie zog die geschlossenen Vorhänge auf und sah sich stirnrunzelnd um. Der Fußboden war mit Papieren übersät, auf einige war sie unabsichtlich getreten. Sie hob sie auf und schaute sich suchend auf dem Schreibtisch um, wusste nicht, wohin damit. Alisha breitete ständig Pläne, Notizen und Bücher um sich aus – die ganze Schreibtischplatte war bedeckt, und am Rahmen des Computerbildschirms hingen Klebezettel mit Notizen. Beryl bückte sich und schaute auf den Bildschirm. Eine Botschaft, der Bildschirmschoner, flimmerte vorüber, Beryl erhaschte noch die letzten Worte: *...wie ein Schatten und machen viel vergebliche Unruhe...*

Das Gerät verströmte Hitze. Der Ventilator surrte. Anscheinend lief der Computer seit Stunden.

»Alisha!«, rief sie. »Ich bin hier!«

Sie kannte den Satz auf dem Bildschirm; er weckte eine Erinnerung in ihr. Sie hatte ihn erst vor kurzem in der Kirche gehört. Ein paar Sekunden stand sie mit gerunzelter Stirn da und versuchte den Vers einzuordnen, wandte sich dann ab und ging in die Diele.

»Alisha!«

Keine Antwort. Beryl betrat die Küche und sah, dass das Licht noch brannte. Sie blieb stehen, blickte zu der flackernden fluoreszierenden Röhre hinauf, schaltete sie ab. In diesem Moment entdeckte sie die Tassen – zwei, jede mit einem Teelöffel voll Kaffeepulver, und in jeder steckte ein Löffel. Aber kein Wasser. Beryl legte die Hand an den Kasserolle und stellte fest, dass er kalt war. In der Spüle fand sie zwei schmutzige Teller, Krümel und eine Kasserolle mit den Resten eines pochierten Eis. Auf dem Abtropfbrett stand eine geöffnete Biskuitpackung. Ein paar Augenblicke betrachtete sie die beiden Teller und die beiden Tassen.

Wie ein Schatten...

Sie kannte es, sie kannte es.

Zurück zur Küchentür.

»Alisha?«

Am Fuß der Treppe stehend, die Hand auf dem hölzernen Geländer, versuchte Beryl sich an das zu erinnern, was Alisha ihr in der Vorwoche gesagt hatte, wann sie fahren wollte.

»Ich fahre nächste Woche weg«, hatte sie gesagt.

»Wann nächste Woche?«

»Weiß ich noch nicht.«

»Bevor ich am Donnerstag komme?«

»Vielleicht. Schließ dir mit deinem Schlüssel auf. Ich lege dir dein Geld auf den Kühlschrank.«

Beryl ging in die Küche zurück und schaute auf den Kühlschrank. Nichts. Die kleine braune Untertasse, in die Alisha immer die Fünfpfundnote legte, war leer.

Sie holte die Putzutensilien unter der Spüle hervor und stieg gedankenverloren die Treppe hinauf.

Auch oben brannte überall Licht. Die Vorhänge in Alishas Schlafzimmer im hinteren Teil des Hauses waren geschlossen. Auf dem Bett lag ein halb gepackter Koffer. Alishas Sachen – ihre dicken Pullover und Wandersocken – stapelten sich im Koffer und auf dem Bett. Einem ungemachten Bett.

Beryl schaute in den Koffer, auf die zurückgeschlagene Bettdecke, die zerdrückten Laken und Kissen, auf denen der Koffer stand, die Wanderschuhe auf den Pullovern, so dass alle anderen Sachen mit getrocknetem Schlamm beschmutzt waren. Die Schranktür und die Kommodenschubladen standen offen. Und auf dem Boden lag ein Buch.

Beryl hob es auf. Es war eine Biographie, die Alisha bereits seit Wochen las. Mehrere Seiten waren zerrissen, nicht vollständig durchgerissen, aber zerdrückt. Darunter, auf dem Teppich, lag eine Fotografie mit der Bildseite nach unten.

Sie legte das Buch aufs Bett, hob das Foto auf und drehte es um.

»Alisha!«, rief sie. »Wo bist du?«

Sie betrachtete das Bild. Sie wusste nicht so recht, was sie erwartet hatte. Manchmal hatte Alisha Fotografien von Grundstücken im Haus, die sie besichtigte. Und Beryl wusste, dass es irgendwo – obwohl sie seit Jahren keins mehr gesehen hatte – Familienalben gab, die ihrer Mutter gehört hatten. Grüne Bände mit sorgfältig eingeklebten, von Seidenpapier geschützten Sepiadrucken namenloser Tanten und Cousinen. Ferien mit ihnen als Kinder, gegen Stürme bis zum Hals zugeknöpft, beide an der Hand von Erwachsenen – doch das war kein solches Foto.

Es war das Bild einer Frau, einer jungen Frau.

Ein wenig unscharf. Beryl ging zum Fenster, zog die Vorhänge zurück und besah sich das Bild genau. Wer immer es war, kehrte der Kamera den Rücken zu und beugte sich leicht vor. Das Mädchen, beim Anziehen überrascht, war nackt. Sie streckte die Hand nach unten aus und hatte ein Kleidungsstück – etwas Weißes – zwischen den Fingern.

Das Gesicht war verborgen – die Kamera auf ihren Körper gerichtet. Man sah nur den Hals und ein Stückchen Kinn. Runde weiße Schultern, den Rücken, die Linie des Rückgrats, anmutig nach einer Seite geneigt, die breiten Hinterbacken mit dem glatten Schimmer der Jugend, faltenlos, ohne Makel.

Beryl starrte das Foto an. Es war nicht alt. Sonne durchflutete den Raum um das Mädchen und fiel auf die Möbel im Hintergrund. Die Truhe am Ende des Bettes, das geschnitzte Fußende des Bettes selbst, das Teppichmuster unter den Füßen des Mädchens ... Beryls Augen wanderten kurz auf den Fußboden unter ihren Schuhen. Derselbe Teppich, dasselbe Bett.

Sie ließ das Bild fallen, als habe sie sich verbrannt, ehe

sie wieder auf die Stelle starrte, wo es jetzt neben Alishas Kleidern lag.

Unten klopfte es plötzlich an der Tür.

Dreimal heftig. Und dann noch dreimal.

Beryl ging zum Treppenabsatz, bückte sich und schaute auf die Glasscheibe in der Tür. Sie atmete schwer, erschrocken und beschämt, weil sie das Foto entdeckt hatte; sie hatte das Gefühl, in etwas Namenloses und Unreines eingedrungen zu sein. Unbewusst wischte sie sich die Finger, in denen sie die Fotografie gehalten hatte, am Rock ab.

Vor der Haustür sah sie zwei Gestalten. Den Abdruck einer Faust, Knöchel auf dem Glas, wo eine Hand lag. Es klopfte wieder.

»Ich komme!«, rief sie. »Ich komm ja schon!« Mühsam quälte sie sich hinunter, wobei sie der leichte, arthritische Schmerz in den Knien bei jedem Schritt zusammenzucken ließ. Auf der Schwelle standen zwei Männer, von denen einer seinen Dienstausweis zeigte.

»Miss Graham?«

»Ja.«

Die Männer sahen sich an.

»Nicht Alisha Graham?«

»Nein, nein, das ist meine Schwester. Es ist ihr Haus. Ich bin Beryl Graham.«

»Ich verstehe«, sagte der Erste. »Dürfen wir hineinkommen?«

Sie setzten sich ins Wohnzimmer zwischen Alishas staubige Bücher und Pflanzen auf die mit rotem Mokett gepolsterten Stühle, die Beryl nie gemocht und Alisha aus dem Haus ihres Vaters mitgenommen hatte.

Beryl verschränkte die Hände im Schoß. Noch immer ging ihr dieses rätselhafte Bild im Kopf herum: die Lichter, die geschlossenen Vorhänge, der glatte Rücken der Fremden. Die Worte auf dem Bildschirm. Sie schloss einen Moment die Augen und bemühte sich, wieder in die Normalität dieses Tages einzutauchen: Alishas Badezimmer sauber machen, auf den Fensterbänken Staub wischen, die Teppiche saugen, Alishas Papiere oder Bücher nicht anfassen. Oder die Pflanzen auf der Fensterbank dieses Zimmers. Sie öffnete die Augen und schaute zum Fenster. Sie fasste diese Pflanzen nie an. Sie hasste Grünlilien. Sie stachen so grell in die Augen.

»Miss Graham«, sagte einer der beiden Männer.

Unbequeme Dinger, diese Stühle. Eine Erinnerung an ihren Vater, die Kälte aus seinem letzten Haus, Kälte bis in den letzten Winkel, haftete noch im Gewebe.

Sie versuchte wieder in das Zimmer zurückzukehren, zu dem Thema, um das es ging. Alishas Auto, hatten sie gesagt. Und darin zwei Frauen.

»Sie kann nicht weggefahren sein«, hörte Beryl sich sagen. »Ihre Kleider sind noch oben. Ihr Koffer? Wie kann sie in Dorset sein? Sie ist nur weggegangen. Für eine Weile. Sie hat ihren Computer eingeschaltet gelassen, die Teller in der Spüle, alles.«

Sie reichten ihr ein Stück Papier, ein glattes Papier mit einer aufgedruckten Farbfotografie.

Für den Bruchteil einer Sekunde kehrten Beryls Gedanken zu jener anderen Fotografie und dem ungemachten Bett im ersten Stock zurück, ehe sie sich zwang, sich auf das Foto zu konzentrieren, das sie in der Hand hielt.

»Das hat man uns heute Morgen gefaxt«, sagte der Mann.

Es war Alisha, die Augen nur halb geöffnet. Ihr Kopf ruhte auf der Lehne eines Autositzes, dahinter waren die schwachen Umrisse eines Hauses zu erkennen. Zwei oder drei Haarsträhnen wirkten verschwommen, wie vom Wind verweht.

»Ist das Ihre Schwester?«, fragte einer der Männer.

»Ja«, sagte Beryl.

Stille. Eine Stille, in der sie ganz leise das Summen des Computers hörte.

»Möchten Sie eine Tasse Tee?«, fragte der zweite Mann.

»Sie hat das ganze Abendbrotgeschirr in der Spüle stehen lassen«, sagte Beryl.

Er ging hinaus. Sie hörte, dass er den Wasserkessel füllte.

»Was ist ihr passiert?« fragte sie.

Er nahm die Fotografie wieder an sich. »Sie wurde heute Morgen in einem Auto gefunden.«

»Aber was ist ihr passiert?«

»Sie ist leider tot.«

Beryl richtete sich auf. »Ich sehe, dass sie tot ist«, sagte sie. »Das habe ich nicht gemeint.«

Er sah überrascht aus. »Es wird eine Untersuchung vorgenommen«, sagte er.

»An ihr?«

»Ja.«

»Ich verstehe«, sagte sie und strich sich den Rock, dann das Haar glatt. »Ich mag es nicht, wenn jemand um den heißen Brei herumredet.«

Der Tee kam. Eine Weile saßen sie da und tranken.

»Zwei Frauen?«, fragte Beryl schließlich.

»Ja.«

»Wer war die andere?«

»Das wissen wir nicht.«

»Lebt sie noch?«

»Ja.«

»Aber Sie wissen nicht, wer sie ist?«

»Nein.«

»War es ein Autounfall?«, fragte Beryl.

»Nein.«

»Sie wurde nur – gefunden? Einfach so?«

»Das Auto fuhr nachts vor einem Haus vor.«

»Wessen Haus?«

Sie warteten kurz und wechselten einen Blick. »Kennen Sie eine Anna Miles?«

»Nein.«

»Hat Ihre Schwester sie gekannt?«

»Das weiß ich nicht. Sie hatte viele Freunde, mit denen sie mich nicht bekannt gemacht hat. Leute, die sie beruflich kannte. Und sie hat vielen Leuten geschrieben.«

»Warum das?«

»Auch aus beruflichen Gründen«, antwortete Beryl. »Sie haben über ihre Bücher geschrieben oder weil sie ein Problem hatten und einen Rat wollten. Auf ihrem Schreibtisch liegen Briefe. Immer solche Sachen. Und sie hat mit dem Computer gearbeitet, mit diesem Internet.«

»E-Mail?«

»Keine Ahnung«, antwortete Beryl.

»Sie war Expertin auf ihrem Gebiet?«

»Industrielle Geschichte.«

»Also hätte sie Anna Miles durch ihren Beruf kennen können?«

»Sie hat Dutzende von Leuten gekannt, hunderte. Sehen Sie sich ihren Schreibtisch an. Überall liegen Mappen herum, unter dem Schreibtisch, in den Schubladen, auf der Couch, auf dem Fußboden.«

Der Mann ihr gegenüber stellte seine Tasse ab. »Hatte sie eine besonders enge Freundin? Eine jüngere Frau, achtzehn, neunzehn vielleicht?«

Beryl wartete ab. Das Gefühl, in einen äußerst privaten Bereich einzudringen, kehrte zurück. Sie verschränkte die

Hände im Schoß. »Sie hat an der Universität Vorlesungen gehalten«, antwortete sie. »Fragen Sie dort nach. Sie kannte eine Menge Mädchen dieses Alters.«

»Ein blondes Mädchen mit langen Haaren.«

Beryl musterte die Polizisten ein paar Sekunden lang, hin und her gerissen zwischen dem Wunsch, die Privatsphäre ihrer Schwester zu schützen, und dem seit langem genährten Groll darüber, weil Alisha sie so völlig aus ihrem Leben ausgeschlossen hatte. Ausgeschlossen von den Partys der Universität und den Sommerseminaren. Von Alishas Bedeutung, ihrem Ruf und dem Respekt, den man ihr entgegenbrachte.

Schließlich stieg Beryl entschlossen und quälend langsam wieder die Treppe hinauf und führte die beiden Polizeibeamten in Alishas Schlafzimmer. Die Fotografie lag noch immer da, wo sie sie hatte fallen lassen.

»Man kann ihr Gesicht nicht sehen«, sagte sie. »Aber sie ist jung, denke ich.«

Sie machten keine Anstalten das Foto aufzuheben.

»Wann haben Sie Ihre Schwester das letzte Mal gesehen?«

»Vorige Woche. Heute vor einer Woche.«

»War damals ein Mädchen hier?«

»Nein.«

»Haben Sie seither mit ihr gesprochen?«

»Nein.«

»Aber früher waren Mädchen hier«, sagten sie.

»Studentinnen«, räumte sie ein.

»Haben sie hier übernachtet?«

»Das weiß ich nicht.« Die Männer sahen sie eindringlich an. Sie erwiderte den Blick. »Das ist ihre Sache«, sagte sie.

Dann schauten sich die Männer im Zimmer um.

»Sie wurde beim Packen gestört«, stellte der eine fest.

Beryl machte einen Schritt vorwärts, wurde jedoch sanft am Arm festgehalten.

»Ich denke, wir sollten jemanden rufen, der sich das ansieht«, sagte er.

Beryl suchte seinen Blick. »Sie haben mir noch immer nicht gesagt, was mit ihr passiert ist.«

»Ich weiß es nicht«, sagte er.

»Sie war kerngesund.«

»Das werden wir erst morgen erfahren. Oder vielleicht im Lauf des Tages.«

»Sie ist gewandert – über die Hügel gewandert«, fuhr sie hartnäckig fort. »Sie konnte dreißig Kilometer täglich gehen. Sie ist erst letzten Monat von ihrer Krankenversicherung untersucht worden. Kerngesund.« Beryl blickte auf ihre Hände hinunter, die stark schmerzten. Sie dachte an das Inhaliergerät, das sie manchmal benutzen musste, an Sterblichkeit, die Krankheiten, die dem Alter drohten. Aber nicht Alishas Alter. Beryl hatte ihr Leben lang geglaubt, ihre Schwester würde hundert Jahre alt werden – unfehlbar, unnachgiebig, unbeugsam. Immer das gesündere, das kräftigere Kind. Nie diejenige, die sich erkältete, oder eine der grässlichen Kinderkrankheiten bekam, die Beryl oft wochenlang ans Bett fesselten. Alisha war immer der unerschütterliche Teenager gewesen, die Sorglose, die nie Behinderte. Die Schnellere, die Klügere. Von keiner Schwäche heimgesucht. Und doch war sie jetzt tot, und ihre schwächere Schwester war am Leben, stand in ihrem Schlafzimmer und sprach über sie, und eine Fotografie ihres toten Gesichts steckte zusammengefaltet in der Tasche dieses Fremden.

Beryl war neugierig. Es war wie ein Anflug geschmacklosen Triumphs, eine Spur rachedurstiger Freiheit.

Dann kam ihr plötzlich ein Gedanke.

»Kennen Sie die Bibel?«, fragte sie.

»Wie bitte?«

Beryl stolperte um ein Haar, als sie die Treppe wieder hinunterhastete. Sie gingen ins Hinterzimmer, wo der Computer summte, der Schirm blau, die weiße Botschaft, die langsam darüber flimmerte.

... Sie gehen daher wie ein Schatten und machen viel vergebliche Unruhe und wissen nicht, was es einbringen wird...

Mit einem Gefühl der Schwäche ließ Beryl sich schwer in den nächstbesten Sessel fallen. »Das hätte Alisha nie gesagt«, erklärte sie ihnen. »Ich habe es letztes Jahr zweimal gehört, aber Alisha kannte es bestimmt nicht. Mir ist nicht eingefallen, woher es stammt. Jetzt weiß ich es. Jetzt erinnere ich mich. Sie hat die Kirche gehasst. Sie war nicht gläubig.«

»*Gehen daher wie ein Schatten*«, wiederholte der Mann. »Was ist das?«

Beryl lächelte halbherzig. »Alisha hat Fakten geliebt«, sagte sie. »Keine Geschichten. Und alles, was in einer Kirche gesagt wurde, war für sie Fiktion. Das hat sie zu mir gesagt. Hunderte von Malen.«

»Aber was ist es?«, fragte der zweite Mann.

»Verstehen Sie denn nicht? Sie hätte es nie und nimmer geschrieben.«

»Auf den Bildschirm?«

»Auf den Bildschirm oder sonst wohin. Sie hätte es nicht hingeschrieben. Sie ertrug Religion in keiner Form.«

»Und das ist ein Bibelzitat?«

»Ja«, sagte Beryl seufzend. »Es ist Psalm 39.«

Die Botschaft flackerte, der Schirm wurde schwarz. Dann erschien der Bildschirmschoner wieder, und lief langsam von links nach rechts. »Psalm 39«, sagte Beryl leise, fast wie zu sich selbst. »Man liest ihn manchmal bei Beerdigungen.«

5

Anna saß unterhalb von End House am Strand, der nicht mehr war als ein steiniges Dreieck, nur vom Cottage zu erreichen, worüber sie sehr froh war. Manchmal, nach einem Sturm – wie heute – verschwand der Sand unter Seetang und Steinen. Dennoch war es ein idyllisches Fleckchen – im Sommer ein wahres Paradies.

Es war elf Uhr. Noch immer hielt eine Hand voll Männer das Haus besetzt; sie war spazieren gegangen, als der Abschleppwagen gekommen war, um Alisha Grahams Wagen abzuholen. Bei Tageslicht war es ein armseliges, kleines Vehikel, ein alter, liebevoll gepflegter, umgebauter und türkisfarben umgespritzter Austin A35, der in dem windgepeitschten Hof schrecklich verlassen aussah. Seine Traurigkeit hatte Anna plötzlich mehr ans Herz gerührt als der Leichenwagen, mit dem Alisha abtransportiert worden war.

Der Strand war Annas Zufluchtsort. Doch jetzt hörte sie, dass jemand ihren Namen rief, als sie auf die See hinausblickte. Sie drehte sich um und sah Matthew Aubrete. Er war den schmalen Pfad entlanggekommen, der über die Klippen zum Manor weiterführte. Rasch stieg er über den steinigen Pfad zum Strand herunter, rutschte aus, fiel auf Knie und Hände, umklammerte die zerzausten Weißdornsträucher, um Halt zu finden.

Sie ließ ihn herankommen. Atemlos blieb er stehen, ehe

er sich mit ausgebreiteten Armen vorbeugte, worauf sie aufstand und ihm mit einer kurzen Bewegung auswich. Verblüfft über die Zurückweisung sah er sie mit beinahe kindlichem Erstaunen an.

»Nicht«, sagte sie.

»Was nicht?«

»Fang nicht wieder an – ich kann's nicht.« Sie begann zu gehen, verärgert über ihn, über sich selbst. Verärgert und müde.

»Es ist nicht meine Schuld!«, rief er hinter ihr her.

Sie ging schneller und hörte ihn hinter sich laufen. Er überholte sie und stellte sich ihr in den Weg. Sie blieb stehen und sah zu ihm auf.

»Ich will zu dir ins Haus kommen und mit dir reden«, sagte er.

»Nein. Unmöglich. Die Polizei ist noch da. Geh nach Hause.«

Er schaute zum Feld hinauf. »Dann setzen wir uns eben auf die Felsen«, sagte er. Die Felsen lagen am Rand des Strandes und waren kaum einzusehen, wenn man nicht schon fast vor ihnen stand. Es war ihr Platz, ein Ort voller Erinnerungen.

»Ich kann nicht«, sagte sie. »Ich habe versprochen, höchstens fünf Minuten spazieren zu gehen.«

»Sag mir, was passiert ist.«

Sie fing an zu erzählen, eine volle Minute lang. Er hörte aufmerksam zu.

»Sie wollen, dass ich heute Nachmittag noch einmal hineinkomme. In die Stadt«, sagte sie.

»Wozu?«

»Keine Ahnung. Ich verstehe überhaupt nichts mehr.«

Sie setzten sich auf den flachen Granitfelsen am Uferrand.

»Warst du im Krankenhaus?«, fragte sie.

»Die ganze Nacht.«

»Wie geht es ihm?«

»Unverändert.« Matthew biss sich auf die Lippe und wechselte das Thema. »Die Polizei war heute Vormittag bei mir – wegen Alisha Graham und dieses Mädchens«, sagte er.

»Ich weiß nicht einmal, wer sie ist. Du hast es mir nie gesagt.«

»Ich habe sie gebeten zu kommen«, sagte Matthew.

»Das weiß ich. Sie haben im Auto einen Brief gefunden.«

»Es ging um eine Bodenanalyse. Das alte Problem.«

»Du hast sie nie erwähnt.«

»Die Royal Society hat sie empfohlen.« Matthew griff plötzlich nach ihrer Hand. »O Anna!« Er seufzte. »Alles andere und jetzt auch noch das.«

»Das Mädchen hat nicht gesprochen«, fuhr Anna leise fort. »Und sie kam nicht ins Haus gelaufen oder hat bei mir geklopft. Das Auto ist den Weg runtergekommen. Aber als sie da war, hat sie nur beim Feld gestanden. Im Regen.«

»Wie meinst du das – sie hat nicht gesprochen?«, fragte er.

»So wie ich es sage. Kein Wort. Nichts.«

»Vielleicht hatte sie einen Schock.«

Anna entzog ihm die Hand. »Sie hat fast glücklich ausgesehen«, meinte sie, korrigierte sich jedoch. »Nein, das ist nicht richtig. Sie war nicht glücklich. Aber betroffen war sie auch nicht. Sie sah aus – als gehe sie alles nichts an.«

Matthew brauchte ein paar Sekunden, um die Bedeutung ihrer Worte zu erfassen. »Nicht betroffen?«, wiederholte er schließlich. »Mit einer Toten im Wagen?«

Er bemerkte, dass sie kaum zuhörte, sah die vertraute distanzierte, fast abweisende Miene.

»Anna«, sagte er eindringlich.

»Hör zu, Matthew …«

»Ich weiß. Laura …«

»Nein.«

»Ich werde sie um die Scheidung bitten«, sagte er.

»Nein, nein …«

»Ich verspreche es.«

»Ich will es nicht.«

»Ich sage es ihr noch heute. Gleich wenn ich nach Hause komme.«

Sie ballte die Hand zur Faust. »Ich *will* es nicht«, wiederholte sie. »Es würde dich ruinieren, das Haus, deine ganze Arbeit. Es ist doch genau das, was sie will, die Oberhand haben, dich aus dem Haus drängen. Sie wird dich hinauswerfen.«

»Sie kann mich aus meinem Familiensitz nicht hinauswerfen«, sagte er.

Anna schüttelte den Kopf. »Sie wird dir alles nehmen. Darauf hat sie doch nur gewartet.«

»So leicht geht das nicht.«

»Und wie stellt sie sich deiner Meinung nach die Scheidungsvereinbarung vor?«

»Sie bekommt keinen Penny.«

Anna fing an zu lachen. »Genau das meine ich«, sagte sie. »Ihr beide lebt in einer Phantasiewelt. Glaubst du denn, sie wird ohne einen Mucks gehen, mit ein paar tausend Pfund?«

»Ich möchte dich heiraten«, sagte er. »Heute noch werde ich es ihr sagen.«

Sie sah ihn an. »Ich möchte nicht, dass du es jemandem sagst.«

»Glaubst du im Ernst, niemand weiß es?«

Schweigen.

Anna stützte den Kopf in die Hände.

»Anna …«

»Es ist absurd«, sagte sie.

»Ich wünschte, du würdest das nicht immer wieder sagen.«

Sie drehte sich um. »Warum nicht? Es ist absurd. Ihr beide habt eine Reihe von Affären, steht ständig auf dem Kriegsfuß, und das seit Jahren, wie in einem Spiel. Ich glaube, dass es dir im Grunde Spaß macht.«

»Wie kannst du so etwas sagen?«, widersprach er.

»Weil es so ist. Es macht dir Spaß, von ihr zum Märtyrer gemacht zu werden«, sagte Anna leise. »Sie steckt dich auf einen Spieß und röstet dich, und du duldest es. Es ist mittelalterlich. Und du willst, dass ich mich in diesen blutigen Reigen einreihe.«

»Ich will nicht, dass du da hineingezogen wirst«, wehrte er ab. »Ich lasse mich von ihr scheiden und einige mich mit ihr auf eine Unterhaltszahlung. Sie hat doch diesen Mann in Blandford …«

»Es ist ein Reigen«, wiederholte Anna.

»Wir werden heiraten.«

»Nein – nein!« Sie presste die Hand an den Kopf und ließ sie wieder sinken, als sie ihre Beherrschung wiedererlangt hatte. »Damit willst du doch nur von dem ablenken, um das es in Wahrheit geht«, sagte sie. »Davon, dass ich dich nämlich nicht heiraten *will*, Matthew. Ob es Laura nun gibt oder nicht. Ob du frei bist oder nicht. Ich will es nicht, und ich kann es nicht.«

»Du kannst nicht?«

»Ich will nicht.«

Er stand auf. »Aber warum nicht?«

Sie schüttelte den Kopf.

»Sag mir einen Grund. Irgendetwas, das einen Sinn ergibt.«

Sie schwieg, blickte auf die See. Er griff wieder nach ihrer Hand, doch sie wehrte ihn ab und drehte sich um, damit sie ihn nicht ansehen musste.

»Es ist nicht fair, Anna«, sagte er. »Was kann ich tun, wenn ich keinen Grund weiß?«

»Ich habe dir eben einen Grund genannt.«

»Wie? Laura?«

»Ja.«

Er legte ihr die Hand auf die Schulter. »Ich hab dich vom ersten Tag an geliebt.« Sie atmete scharf aus – ein Laut, der ihre Ungläubigkeit verriet. »Schon gut, ich weiß, wie das klingt«, sagte er. »Wie ein Klischee.«

»Geh nach Hause«, sagte sie endlich. »Bitte, Matthew. Geh einfach nach Hause.«

6

Detective Chief Inspector Robert Wilde saß mit dem Rücken zur Tür an seinem Schreibtisch und beobachtete die Straße vor seinem Büro. Er hatte die Fenster geöffnet, und der Verkehrslärm strömte mit der Mittagssonne herein.

Der Tag war ungewöhnlich heiß geworden, und die Luftfeuchtigkeit war hoch. Nachdem er von Aubrete Manor zurückgekommen war, hatte er das Jackett ausgezogen, doch sein Hemd war noch immer feucht, und der Duft irgendeiner Pflanze haftete ihm an, so hinterlistig wie neugierig tastende Finger. Er dachte an Laura Aubrete, die mit der leicht hochmütigen Miene, über die ihr Lächeln hinwegtäuschen sollte, mit der Rosenschere in einer Hand und welken Rosenköpfen in der anderen, hinter ihrem Mann gestanden hatte.

Als er abgefahren war, hatte er angehalten und sich die lange Zufahrt angesehen, ehe er das Grundstück verließ. Links und rechts zweigten Wege ab und tauchten zwischen den Bäumen unter; das schirmförmige Dach des Cafés hatte wie ein exotisches Blütendach über dem Grün gehangen.

Er dachte an die Zufahrt von Anna Miles, an den Unterschied zwischen den beiden Häusern – den Feldweg zum Cottage mit seinen Schlaglöchern und Furchen, an das Gras, das in der Mitte spross, die beiden tiefen Radfurchen auf beiden Seiten, begrenzt von einem Stacheldrahtzaun, wo das Weideland in einen von Strauchwerk überwucherten und vom Wind zerzausten Garten überging. Es gab nicht die geringste Ähnlichkeit zwischen den beiden Zufahrten. Sogar im Dunkeln und im Regen und sogar für einen Fremden war es unmöglich, auf die Idee zu kommen, Anna Miles' Zufahrt sei die Zufahrt zum Manor. Es gab keinen Wegweiser, zum Beispiel. Keine glänzenden Hinweisschilder mit goldener Schrift am Einfahrtstor. Keine Kastanien. Keinen See. Es war das falsche Haus…

Es ergab keinen Sinn. Doch in diesem Fall ergab überhaupt gar nichts einen Sinn.

Er dachte an Anna Miles, eine Frau, der er an diesem Morgen zum ersten Mal begegnet war: die leicht abwehrende Haltung, mit der sie am Gartenzaun gelehnt hatte. Ein zutiefst erschöpftes Gesicht. Durchdringende, sehr helle Augen. Langfingrige Hände, die Hände einer Künstlerin.

Er dachte an ihr Zimmer im ersten Stock des Cottages, an die Kommode, die sie unmittelbar hinter der Tür gefunden hatten, wie zur Verteidigung vorgezogen. Und an Matthew Aubretes Satz: *Sie ist einfach aufgetaucht – sozusagen.*

Sie ist einfach aufgetaucht. Wie das Mädchen, das jetzt unten bei ihnen im Schutzgewahrsam saß. Das Mädchen, das mit Alisha Graham im Auto gekommen war.

Sie ist einfach aufgetaucht...

Er drückte auf die Gegensprechanlage.

»Ist Sandys da?«

»Nein, Sir – er ist ins Comms hinuntergegangen, um das Zeug aus Manningham zu holen.«

»Richten Sie ihm aus, er soll zu mir kommen, wenn er wieder da ist.«

Wilde stand auf und zupfte sich den Hemdenstoff vom Rücken. Durch sein Fenster überblickte er die Hauptstraße der Stadt in ihrer ganzen Länge. Kauflustige drängten sich dort, ein steter Strom von Körpern, der unablässig in Bewegung war. In diesem Moment sah er, worauf er gewartet hatte – Alice, die den Cornhill heraufgerannt kam, den blauen Rucksack über eine Schulter gehängt.

Er hoffte, seine Tochter werde zu dem Fenster im zweiten Stock heraufschauen und ihn sehen. Er hob die Hand, wollte ihr zu verstehen geben, sie solle am Randstein stehen bleiben und auf den Verkehr achten. Doch dann ließ er den halb erhobenen Arm wieder sinken. Es würde ihm nur eine weitere Predigt einbringen, sagte er sich mit einem leichten Lächeln. Eine Predigt darüber, dass sie vierzehn und durchaus imstande war, eine Straße allein zu überqueren.

Imstande, fast alles allein zu tun, dachte er. Davon war zumindest seine Tochter absolut überzeugt.

Alice trat an den Rand des Gehsteigs, entdeckte eine Lücke im Verkehr und trabte über die Straße. Er beobachtete sie: ihre geraden Schultern unter dem blauen Pullover, die Schultern einer Tennisspielerin. Eine schmale Taille, schmale Hüften, lange, sehr gerade Beine. Sie hatte ihr Haar zu einem strengen Pferdeschwanz zurückgebunden. Aus dem Pony war sie, zu seiner Enttäuschung, erst vergangenes Jahr herausgewachsen.

»Dad, kein Mensch trägt einen Pony. Nur Babys.«

Das war es, vermutete er. Das allerletzte Stück ihrer Kindheit, der dichte, gerade geschnittene blonde Pony, der den Weg aller anderen Dinge gegangen war – der klebrigen Fingerchen in seiner Hand, der Kinderreime, der rosa Frühstücksdosen aus Plastik. Jetzt war Alice irgendwo in der unbekannten Landschaft des Heranwachsens gestrandet, wollte ihn manchmal um sich haben, lehnte ihn manchmal nachdrücklich ab. Er versuchte Schritt zu halten.

Sie verschwand auf dem Gehweg zwischen der Straße und dem viktorianischen Gebäude des Polizeireviers. Er schaute auf die Uhr. Sie war pünktlich, wie immer. Das hatte sie nicht von ihm, sondern von ihrer Mutter.

Es klopfte.

»Herein«, sagte er.

Sandys trat mit einem Bündel Papiere in der Hand ein.

»Was haben wir?«, fragte Wilde. »Ist überhaupt etwas da?«

»Nicht viel.«

Wilde kam um den Schreibtisch herum. »Zeigen Sie her.«

Sandys reichte ihm das erste Blatt. »Anna Miles. Nichts. Kein Strafregister. Führerschein. Keine Kreditkarten. Nichts über Hypotheken.«

Wilde betrachtete das Blatt kritisch, ehe Sandys ihm das nächste reichte. »Alisha Graham. Adresse in Manningham, wird nachgeprüft. Eine Schwester, noch am Leben. Der Wagen gehört ihr. Sie hat ein Strafregister.«

Wilde sah ihn an, nicht das Blatt. »Alisha Graham war vorbestraft? Warum?«

»Blockade und Drogenbesitz.«

»Drogenbesitz?«, wiederholte Wilde erstaunt.

Sandys grinste. »1978. Zwei Anklagen. Wegen Speed. Hat sechs Monate bekommen.«

»Soll das ein Witz sein? *Drogen?* Eine Frau wie sie?«

»Steht alles hier drin.«

»Wie alt war sie damals?«

»Mal sehen«, sagte Sandys mit einem Blick auf das Blatt. »Fünfzig.«

»Und was hat sie gemacht?« fragte Wilde. »Beruflich, meine ich.«

»War Dozentin in Knettleworth.«

Wilde schüttelte ungläubig den Kopf. »Und die Blockade?«

»Zur gleichen Zeit. Es war irgendeine Studentenrevolte.«

Wilde dämmerte etwas. »Studentenrevolten an der Universität, das weiß ich noch.« Er erinnerte sich, dass das Büro des Kanzlers besetzt worden war. Wenn er sich recht entsann, weil man ein marxistisches Mitglied des Personals gefeuert hatte. »War sie Kommunistin? Aktivistin?«

Sandys zuckte mit den Schultern. »Kein Eintrag.« Er lachte. »Was für ein Witz!«

Wilde überlegte. »Speed ist kein Witz«, sagte er.

»Sie hat angegeben, es habe jemand anders gehört«, sagte Sandys.

»Okay, belassen wir's dabei. Was sonst noch?«

»Ich hab die Fingerabdrücke des Mädchens nachgeprüft«, fuhr Sandys fort. »Nichts.«

»Setzen Sie sich mit dem Büro für vermisste Personen

beim Yard in Verbindung«, sagte Wilde. »Fragen Sie, ob man dort etwas über sie weiß.«

Sandys hob eine Braue.

»Ich weiß«, sagte Wilde. »Man wird Ihnen mit hundert vermissten weiblichen Teenagern kommen. Oder mit tausend – wir müssen sie eben alle durchgehen.«

»Okay«, sagte Sandys.

Ein weiteres hastiges Klopfen an Wildes Tür. Alice kam herein, atemlos, weil sie die Treppen heraufgerannt war. Sie stürzte zu ihrem Vater, umarmte und küsste ihn unbefangen auf die Wange. »Hey, Dave«, sagte sie zu Sandys.

Wilde musterte sie. Sie hatte einen Grasfleck am Kinn. Er spuckte auf den Daumen und versuchte den Fleck wegzuwischen. Lachend schob sie seine Hand weg und machte es selbst.

»Das war daneben«, sagte er.

»Da?«

»Genau. Was hast du gemacht?«

»Kricket gespielt.«

Er schüttelte den Kopf.

»Warum nicht?«, fragte sie.

»Weil die Jungs nicht Netzball spielen.«

Sie lachte. »Sie können es nicht. Keine Koordination, keine Geduld.«

Er lächelte. »Gibst du uns eine Minute?«

Sie verzog das Gesicht. »Aber nur eine Minute.« Sie ging auf den Korridor, ließ die Tür offen. Sie hörten sie pfeifen.

Wilde blätterte nachdenklich in den Papieren, ehe er sie auf seinen Schreibtisch legte. »Ist das Mädchen noch unten?«

»Mit dem Doktor«, bestätigte Sandys.

»Hat sie etwas gesagt?«

»Kein Wort.«

»Haben Sie ihr etwas zu trinken gegeben – eine Tasse Tee? Ein Frühstück?«

»Ja. Sie hat nur gelächelt. Ich habe ihr Tee gebracht.«

»War sie bei der Gerichtsmedizin?«

»Gleich als Erstes.«

Befremdet begann Wilde im Zimmer auf und ab zu gehen. »Sie hat mit einer Toten im Auto gesessen – und sie lächelt.«

»Richtig gelächelt«, stellte Sandys fest. »Ich meine, kein irres und auch kein leeres Lächeln. Sie wirkt nicht traumatisiert. Es ist ein ganz alltägliches höfliches kleines Lächeln.«

»Ist sie taub?«, fragte Wilde sich laut. »Taubstumm?«

Alice kam an die Tür. »Dad, bitte!«

»Ich bin in einer halben Stunde wieder da«, sagte er zu Sandys. »Ich möchte mit dem Doktor reden – und mit dem Mädchen.«

Er streckte die Hand aus, und Alice nahm sie.

Lächelnd hängte sie sich bei ihm ein und zog ihn den Korridor entlang.

Sie dachte an Bewegung.

Nicht daran, sich selbst zu bewegen. Dazu bestand schließlich keine Notwendigkeit.

Stattdessen dachte das Mädchen an die Bewegung des Wassers. Eines kleinen Gewässers, das durch Grasbüschel rieselte, über Gestein, das lange Gefälle hinunter, durch Wald. Dachte an den Wasserlauf unmittelbar unter dem Gipfel. Dachte daran, dass er tausend Meter durch den Wald zum See abfiel. Dachte an Wasser, das aus dem See strömte, durch Hochmoore und durch Farmland. Kleines Gewässer. Kleines, murmelndes strömendes Gewässer.

Kleine Wassertropfen. Wassertropfen, die Erdkrumen unterspülten, Berge zur See schwemmten, durch grüne Felder, über dunkle Abhänge. Gewässer, die im Verborgenen unter Straßen dahinflossen.

Sie stellte sich vor, in einem dieser Ströme zu treiben, der sie unermüdlich hinuntertrug. All diese Bewegungen waren völlig unnötig; unnötig, dass sie mit der Hand in der Welle schöpfte. Sie trug sie hinunter durch die langen flüssigen Avenuen, mühelos, lautlos. Sie hatte nur eine einzige Aufgabe – sich zurückzulegen und zu den Sternen aufzublicken. Und das Tor zu finden.

Kleine Wassertropfen, kleine Sandkörnchen ...

»Öffnen Sie bitte die Augen«, sagte eine Stimme.

Sie gehorchte – und sah den Doktor an.

»Sehen Sie bitte die Tabelle an.«

Sie sah sie an.

»Können Sie mir die Tabelle vorlesen?«

Er kam um ihren Sessel herum und musterte sie eindringlich. »Nein?«

Sie lächelte.

»Können Sie die Buchstaben lesen?«

Sie lächelte.

»Sind Sie Engländerin? Verstehen Sie Englisch?«

Sie lächelte.

Er schob ein Blatt Papier und einen Kugelschreiber über den Tisch. »Möchten Sie etwas aufschreiben? Wäre das leichter?«

Sie rührte keinen Finger.

Er nahm ihre rechte Hand, betrachtete sie, die Fingerspitzen, die Farbe der Nägel, den Handteller. Vorsichtig schob er ihren Ärmel bis knapp über den Ellbogen zurück, sah sich die Haut an der Innenseite des Ellenbogens genau an und kontrollierte beide Arme.

»Nehmen Sie Medikamente?«

Sie lächelte. Doch diesmal lächelte sie nicht ihn an, sondern ihre makellosen Hände, die nun in ihrem Schoß lagen.

Sie dachte an Hände, die in Wasser eintauchten, in die Woge, an dieselben Hände auf den feinen, scharfen Saiten, an den Geschmack von Staub, den Geruch der Geigenkästen, das Gefühl von Menschenmengen, an noch mehr Ozeane und Meere, an ein Meer von Gesichtern und Händen und Instrumenten. Getragen von der starken, süßen Woge der Musik. Sie dachte an Anna Miles, das Gesicht aufmerksam über die schwarz-weißen Notenblätter geneigt, an ihr langes Haar, das über den Bogen fiel und das Gesicht verbarg, so dass sie nur noch Hände, Saiten, Instrument war. Die Sonne schimmerte auf ihrem hellen Haar und auf dem Boden des staubigen Übungsraums. Die Sessel mit den Sitzflächen aus Plastik, die sich in der Wärme aufheizten. Dutzende von anderen aufmerksam geneigten Köpfen und suchenden Fingern, die sich bemühten, die richtige Melodie zu finden. Sie dachte an sich selbst, ein Gesicht mehr in der letzten Reihe. Und an Anna Miles, die plötzlich aufblickte.

Und über die Reihen, die Geigen, die anderen Gesichter und Hände hinweg erkannte sie in Anna Miles' Gesicht den gleichen Ausdruck, den sie im Herzen hatte – die eisige, hohle Furcht.

Inzwischen sah Anna Miles anders aus. Viel älter. Älter als sie sein musste. Dreißig? Einunddreißig? Doch ihr Haar war noch immer genauso lang wie früher und hatte noch dieselbe Farbe.

Sie war meilenweit von den gleichen seltsamen Strömungen getragen worden.

Von der Flut mitgerissen.

Der Doktor richtete sich stirnrunzelnd auf. »Kommen Sie, stellen Sie sich auf die Waage«, sagte er.

Sie gehorchte und sah zu, als er ihr Gewicht ablas.

»Hundertzweiundvierzig Pfund«, sagte er. »Und Sie sind…« Er schaute auf sein Blatt. »Einszweiundsiebzig groß. Das nennen wir gut genährt.«

Sie neigte den Kopf.

Er setzte sich und schrieb etwas in die vor ihm liegende Akte. Dann blickte er auf und sah sie, die Hände faltend, eine Zeit lang an. »Gibt es etwas, das Sie mir sagen möchten?«, fragte er.

Sie beobachtete ihn, sagte jedoch nichts.

»Haben Sie einen eigenen Arzt, jemand, mit dem Sie lieber sprechen würden?«

Sie betrachtete sein Gesicht, horchte dem Klang seiner Stimme nach und hörte die Anspannung darin. Er war groß, hatte rotblondes Haar und eine sommersprossige Haut. Sie konzentrierte sich auf die schwache Pigmentierung seiner Haut, ohne sie mit jemand in Verbindung zu bringen, ebenso wenig wie sie seine Fragen mit jemand in Verbindung brachte, am wenigsten mit sich selbst. Sie lauschte den Formen seiner Worte, den harten und den weichen Kanten.

Hatte man das eine Zeit lang geübt, war es ganz einfach, gewissermaßen eine Kunst. Der Wunsch zu antworten, von Geburt an eingewurzelt, die Notwendigkeit, Verbindung aufzunehmen, ging leicht verloren, aufgegeben wie ein unerwünschtes Talent. Andere Menschen sprachen. Sie sprachen lange, wenn man es zuließ. Und hatten sie einmal das Thema deines Schweigens zur Genüge abgehandelt, fingen sie an, über sich selbst zu sprechen. Der Doktor enttäuschte sie nicht.

»Ich habe mal jemanden wie Sie gekannt«, sagte er. »Ein Kind. Einen Jungen.« Er unterbrach sich. Sie wartete.

»Er hatte es sehr schwer«, fuhr der Doktor fort. »Mit seinem Vater.«

Sie beobachtete, wartete, lauschte. Hörte von fern die tröstlichen Rhythmen der Wellen, die sie an jenen Ort trugen, an dem sie sein wollte.

»Vielleicht ist Ihnen etwas Ähnliches zugestoßen«, sagte der Doktor freundlich. »Etwas, über das Sie gern reden würden, aber nicht können.«

Sie schwieg.

»Vielleicht würden Sie gern mit einer Frau reden«, bot er an.

Sie lächelte und schloss die Augen.

»Würden Sie das gern?«, fuhr er hartnäckig fort.

Früher oder später, sagte sie sich, würde er gehen.

7

Sie wollten nichts mit ihm zu tun haben.

Sie wären jetzt reich, sagten ihm die Dorfbewohner. Dass er vor acht Jahren mit seinem Vater gekommen war und auf dem Poor Heart Hill eine Red Fair gefeiert wurde – dass sie vor die Gruft einen Ring von Opfergaben gelegt, dem Dorf einen guten Sommer gebracht und es von der schrecklichen Cholera geheilt hatten – es zählte nicht mehr.

Sie hatten das neue Bergwerk.

Sie wandten sich von den Feldfrüchten ab. Nur wenige jäteten das Unkraut auf den Weizenfeldern, so dass der wilde Mohn darin wuchern konnte und die Leeseite des Hügels mit Rot überschwemmte. Es schmerzte den Ägyp-

ter, das zu sehen. Es ist Blut in den Feldfrüchten, dachte er. Und es gab Ratten, wo früher keine gewesen waren.

Er war dem Mann drei Tage nach seiner Ankunft an einem Frühlingsmorgen auf der Landstraße begegnet.

»Du schon wieder«, hatte der Mann gesagt. »Geh in dein Land zurück.«

»Ich habe kein Land, außer dem, in dem ich bin«, hatte der Ägypter erwidert und war beiseite getreten, um den Mann vorbeizulassen.

Der Mann hatte die Hand gegen ihn erhoben und ihm beschwörend ins Gesicht gesehen. »Wir wollen deine Flüche hier nicht«, hatte er gesagt.

»Ich fluche nicht«, erwiderte der Ägypter.

»Du hast die Toten in deinem Land begraben und sie mit Flüchen belegt.«

»Ich habe keinen Menschen begraben.«

»Du bist zu dem heidnischen Grab gekommen.«

Die Augen des Ägypters waren zum Poor Heart abgeschweift, wo der Schachtturm aufragte und man das Rad des Förderkorbs knirschen hörte. Der Mann hatte sich mit einem verschlagenen Grinsen vorgebeugt.

»Wir haben das Heidengrab weggeräumt«, sagte er. »Wir holen Kohle aus diesem Hügel, und das Geld, das wir verdienen, ernährt unsere Kinder. Wir sind jetzt Bergleute. Siehst du die Grube? Dort steht 1800 für das Jahrhundert. Fürchtest du diesen Namen, Ägypter? Diese 1800-Grube bedeutet Geld.« Er grinste. »Wir fördern sogar Steine, die nach Bath transportiert werden, wo man die Straßen damit pflastert. Wir holen Kohle und Steine aus diesem Hügel. Wir wollen hier keine Zigeuner mehr.«

»Wer verwaltet das Bergwerk?«, fragte der Ägypter.

»Warum?«, wollte der Mann wissen. »Verfluchst du sie auch?«

»Nein...«

»Der Aufseher und Aubrete und der Gemeindeschreiber und Reverend Blake. Verfluchst du ihre Familien?«

»Nein«, erwiderte der Ägypter. Doch der Schlag kam trotzdem. Der Mann schlug ihm auf die Schulter, als wolle er sich den Weg freikämpfen. Obwohl sein Weg frei war.

»Halte du dich von Christenmenschen fern.« Er spuckte auf den Boden. »Wir wollen dich hier nicht mehr.«

Der Ägypter sah ihm nach. Er ging den Weg entlang; das Leder seiner Schuhe mit den schief getretenen Absätzen knarrte, sein Hemdkragen war zerrissen, und in einer Hand trug er einen Henkelmann mit kaltem Tee. Der Ägypter blickte auf die Erde zu seinen Füßen.

»Gott möge euch gnädig sein«, flüsterte er.

8

Die Hitze im Krankenzimmer war erdrückend.

Um elf Uhr hatten sie die Jalousien geschlossen und sogar die Vorhänge mit dem gelben Muster aus Zweigen zugezogen, aber das Licht stach durch die schmalen Schlitze, und ein laserähnlicher Streifen wanderte über das Bett, den Boden und die Wände.

Dominic lag jetzt in einem Bett mit hochgestelltem Schutzgitter. Er schlief, mit Medikamenten ruhig gestellt, doch sein Mund arbeitete unaufhörlich, als forme er mühsam Buchstaben. Ab und zu öffneten sich flackernd seine Lider und schlossen sich wieder wie im Krampf. Er war nackt bis zur Taille, nur mit einer Schlafanzughose bekleidet, deren Kordel sich aufgedröselt und fest um seine Hüften gewickelt hatte. Er sah aus, als fühle er sich unbehaglich, wie ein Junge, den man an einem Sommernachmittag ins Bett geschickt hatte und der unruhig und unglücklich in seiner Einsamkeit schlief.

Aus seinem Arm führte ein Schlauch zu einer Salzinfusion. Sein Gesicht, auf dem ein bleistiftdünner Streifen Sonnenlichts lag, sah aus, als sei es für eine Analyse oder eine Demonstration in Sektionen unterteilt worden. Es war rot, fleischig und voller blauer Flecke. Auf seinem Körper, seinem Bauch, seinen Ellbogen, Händen und Schultern waren noch mehr blaue Flecke zu sehen.

Laura Aubrete kam um die Mittagszeit. Sie trat an das Bett und bückte sich, so dass ihr Gesicht nur Zentimeter von seinem entfernt war. Sie roch an seinem Atem, berührte dann mit der Fingerspitze den größten blauen Fleck, das Blut unter der Haut auf seinem Bauch. Sie richtete sich auf, kreuzte die Arme und betrachtete ihn nachdenklich. Der Kontrast hätte nicht auffallender sein können: die Frau in dem grellgrünen Anzug. Der Mann im Bett.

Eine Schwester steckte den Kopf zur Tür herein.

»Ist Mr Aubrete auch da?«

»Nein«, sagte Laura.

»Kommt er noch?«

»Nein.«

»Könnte der Doktor dann mit Ihnen sprechen? In ein paar Minuten, wenn er mit der Visite fertig ist?«

»Ja«, sagte Laura. »Ich warte hier.«

Sie ging auf die andere Seite des Raums und setzte sich auf den einzigen vorhandenen Stuhl.

Dominic Aubrete wandte den Kopf.

»Was machst du da?«, rief er.

Laura setzte sich bequem zurecht und stellte ihre Handtasche neben dem Stuhl auf den Boden.

»Komm runter«, flüsterte er. »Oder ich dreh dir deinen verfluchten Hals um.«

Sie sah, dass ein Auge offen und die Pupille in die Augenhöhle zurückgerollt war. Sein Mund hing schlaff herunter, er begann Unverständliches vor sich hinzumurmeln, und seine Hand irrte über sein Gesicht und zupfte an der Haut auf seiner Stirn herum.

»Komm runter – runter mit dir – von der Wand…«

Die Hände auf den Knien verschränkt, saß Laura gelassen da.

Sie hatte Dominic vor zehn Jahren kennen gelernt, doch war er mit dem Mann von damals kaum noch zu vergleichen: einem Mann, der einen Raum völlig beherrscht hatte. Und das hatte er auch getan, die Mitte der Bühne beherrscht, erwartet, dass alles verstummte, wenn er zu sprechen begann. Unglaublich, dass Matthew sein Sohn war, auch jetzt noch. Der arme höfliche Matthew, der nie richtig wusste, in welche Richtung er sich wenden sollte. Matthew, der in Dominics Schatten aufgewachsen war, in dem auch Dominics Frau gelebt hatte, bis sie den ungleichen Kampf aufgab und in eine Lungenentzündung flüchtete.

Laura betrachtete ihre Fingernägel. Lungenentzündung mit siebenundvierzig. Weniger eine Krankheit als ein Signal der Niederlage, des endgültigen Rückzugs. Erschöpft, gedemütigt hatte Alison Aubrete sich ins Bett gelegt und war nie wieder aufgestanden.

Das ganze Szenario hatte Laura immer unvermeidlich an eines der viktorianischen Melodramen erinnert, mit einer Heldin, die sterbend in den Schnee sinkt und unter deren Röcken ein Kind hervorkriecht. Matthew war so ein Kind, ein blasser, kleiner Junge, der es allen recht machen wollte, bei sportlichen Spielen nichts taugte, in der Armee nichts zustande brachte, und dessen einziges Interesse jener Art unselbstständiger, abhängiger Frauen galt, die ihn an seine Mutter erinnerten.

Zehn Jahre waren seit der Weihnachtsparty im Manor vergangen.

Erst drei Monate hatte Laura als Sekretärin für den Gutsverwalter gearbeitet. Alison Aubrete war sechs Monate vorher gestorben. Das Haus ließ, wenn man es betrat, eine Aura rasch um sich greifenden Verfalls erkennen. Staub lag in jedem Winkel. Die Vorhänge, ein schrecklicher, mottenzerfressener roter Brokat, hingen in ausgebleichten Falten vor den Fenstern. Der Weihnachtsschmuck war lieblos, das Essen katastrophal. Nur alkoholische Getränke schien es im Überfluss zu geben. Jedes Möbelstück, jeder Zentimeter verblasster Tapete sprachen von Niedergang und Vernachlässigung. Die Gäste standen verlegen in Grüppchen herum und fürchteten, Dominic könnte hereinkommen und anfangen auf sie einzureden. Im Speisezimmer war der Tisch zur Seite geschoben worden, und eine Band spielte *Knock Three Times*. Laura zog sich ein wenig zurück und bemühte sich nach Kräften, nicht zu lachen. Das ganze Haus, seine Ländereien und Pachthöfe glichen einer reifen Frucht, die am Baum hing und nur darauf wartete, dass eine Hand nach ihr griff und sie pflückte.

Sie hatte Dominic bis zu jenem Abend noch nicht kennen gelernt. Er besaß eine Wohnung in London und verbrachte dort die meiste Zeit. Deshalb hatte sie sich, als er endlich erschien, am Fuß der Treppe postiert und ihn beim Herunterkommen beobachtet. Und die hatte richtig geschlossen, dass der Gutsherr sich vor allem eines wünschte: ein Publikum. Sie stand nicht an der Seite der Treppe, wo er ohne Schwierigkeiten an ihr hätte vorbeigehen können, sondern genau in der Mitte unter der letzten Stufe.

Es war in den Achtzigern, und sie hatte ein Kleid erstanden, das der absolut letzte Schrei war: ein purpurroter Traum aus Taft, ein riesiger Scarlet-O'Hara-Ballon von einem Kleid mit einem weiten Volantrock und einem tiefen Dekolleté. Das Haar hatte sie zu einer eleganten Hochfrisur aufgetürmt. Wahrscheinlich sah sie aus wie eine Brautjungfer, und die Wirkung hätte auf Dominic Aubrete nicht besser sein können. War sie Scarlet O'Hara, war er nicht darüber erhaben, sich für Rhett Butler zu halten, als er mit rötlich glitzernden Augen die Treppe herunterkam.

Mit ernstem Gesicht hielt sie seinem Blick stand und streckte ihm sogar die Hand zum Kuss entgegen.

»Wie wunderbar, Sie kennen zu lernen«, sagte sie.

»Das Vergnügen ist ganz auf meiner Seite«, erwiderte er.

Er hielt sich tatsächlich für attraktiv und war es vielleicht sogar einmal gewesen. Jetzt war er nur noch ein großer, grobschlächtiger Kerl mit einem feuchten Händedruck. Sein Haar wurde dünn, sein Gesicht war von ein paar fadendünnen roten Äderchen durchzogen, und seine Kleidung hing schlaff über einem mächtigen Bauch. Seine Hände waren groß, die Finger lang mit stark hervortretenden Knöcheln. Sie sah seine Hände an und dachte an einen Preisboxer, der auf einem Jahrmarkt zu seinem nächsten Schaukampf antrat, um vor den Damen zu paradieren. Er begann mit der dröhnenden, viel zu exakt artikulierenden Stimme der Oberschicht zu sprechen, diesem irgendwie wie stranguliert klingenden Tonfall.

Auf einmal hatte sie tiefes Mitleid mit ihm gehabt...

Jetzt wurde die Tür des Krankenzimmers geöffnet.

Aus ihren Erinnerungen gerissen, blickte Laura auf.

»Mrs Aubrete...«

Der Doktor reichte ihr die Hand, dann traten sie auf den Korridor und gingen zu der Sitzgruppe am entgegengesetzten Ende.

»Wie ich sehe, hat sich nichts verändert«, sagte Laura.

Der Doktor zögerte. »Nun, eigentlich schon. Wir würden ihn gern auf die Intensivstation des General verlegen.«

»Oh?«, sagte Laura und hob die Brauen.

»Ja. Die Ansammlung von auszuscheidenden Stoffen im Körper, das Leberversagen – außerdem muss sein Blutdruck genauer kontrolliert werden.«

»Ich verstehe«, sagte sie und sah auf die Bäume im Krankenhauspark hinaus. »War er überhaupt bei Bewusstsein?«

»Nein.«

»Nicht häufiger als wir ihn in den letzten Tagen erlebt haben?«

»Nein.«

Sie fragte sich, wie weit sie sich vorwagen durfte. »Hat ihn sonst noch jemand besucht?«

Der Doktor sah sie verwirrt an. »Das kann ich leider nicht so genau sagen. Aber Sie können die Schwestern fragen. Haben Sie an jemand Besonderen gedacht?«

Lächelnd erhob sich Laura. »Nein«, sagte sie. »Ich war nur neugierig.«

»Ihr Mann war gestern Nacht hier.«

»Ja. Ja, ich weiß.« Sie strich sich über das Haar. »Wann werden Sie ihn verlegen?«

»Heute.«

Sie nickte. Befangen standen sie noch ein paar Sekunden da. »Es ist furchtbar, das mit anzusehen«, sagte sie leise. »Nach dem Schlaganfall im vergangenen Jahr schien er sich wieder zu erholen...«

»Jedes System hält nur ein gewisses Maß an – Reparaturen aus«, sagte der Doktor.

Sie sprachen noch eine Weile mit gedämpften Stimmen, sprachen über den Mann, der in dem privaten Krankenzimmer hinter ihnen lag.

Allein in dem stickigen Raum schlug Dominic Aubrete in der Hitze um sich. Ein paar qualvolle Sekunden zappelten seine Füße unter dem Laken wie in einer Parodie schlurfender Schritte. Seine Hand begann an der Nadel in seinem Arm zu zerren.

»Anna«, flüsterte er.

Der Name verhallte ungehört, blieb ohne Antwort.

»Anna...«

9

Als Detective Chief Inspector Wilde das Mädchen aus dem Auto wiedersah, war es fast zwei Uhr.

Sie hatten sie in der Zelle behalten, wo sie, wie der Sergeant vom Dienst berichtete, das Mittagessen aß, das man ihr gebracht hatte. »Hat den Teller leergeputzt«, sagte der Sergeant bissig lächelnd. »Offensichtlich ausgehungert vom Trauma.«

Das Mädchen wurde in einen Verhörraum gebracht, in einen der besseren mit zwei hohen Fenstern, die Sonnenlicht hereinließen. Als er durch die Tür kam, blickte sie zu ihm auf. Wieder fiel ihm ihre Gelassenheit auf. Er streckte die Hand aus, die sie ergriff. Ihr Druck war leicht, aber nicht schlaff. Ihre Finger waren warm und trocken.

Er setzte sich ihr gegenüber.

»Wie fühlen Sie sich?«, fragte er.

Sie hielt seinem Blick stand. Sie hatte braune Augen. Ihr Haar war glatt, als habe sie es gebürstet – obwohl, soweit er wusste, im Auto nichts gewesen war, das ihr gehörte. Vielleicht hatte ihr eine Polizeibeamtin einen Kamm gegeben. Sie war wirklich hübsch: glatte Haut, breite Schultern, ein voller Mund. Ein rundliches, gesund aussehendes Mädchen. Sie sah wie ein Milchmädchen von Thomas Hardy aus: Tess, deren Haut nach Milch geduftet hätte. Sogar ihr Kleid war das Kleid eines Milchmädchens – blaue Baumwolle mit kleinen cremefarbenen Blüten bestreut, einem engen Oberteil und einem weiten Rock. Laura Ashley, dachte er.

»Ich weiß nicht, wie ich Sie nennen soll«, fuhr er fort. »Bin nicht sehr gut im Raten.«

Sie musterte seine Kleidung, seine Hände. Es sah aus, als präge sie sich ein, was er trug.

»Meine Tochter heißt Alice«, sagte er. »Sie behauptet, es gebe sonst niemanden im Land, der Alice heiße. Sie findet, man müsste mich wegen Grausamkeit anzeigen, weil ich ihr einen solchen Namen gegeben habe. Aber ich dachte, er würde zu ihr passen. Ihrer Mutter hat der Name auch gefallen.« Er grinste. »Aber eigentlich möchte sie Frankie heißen. Wie ein Mädchen in ihrer Klasse. Francesca.«

Das Mädchen lächelte leicht.

»Ärgerlich, finden Sie nicht?«, sagte er. »Man gibt einem Kind einen hübschen Namen, und es möchte einen anderen. Ein Name ist eine Art Merkmal, würde ich sagen. Eine Art Kategorie. Schrecklich, wenn man da was falsch macht.« Lächelnd beugte er sich vor. »Deshalb möchte ich Sie nicht Edith nennen, wenn Sie Elizabeth heißen.«

Sie sagte nichts.

»Sie sehen wie eine Elizabeth aus«, sagte er. »Oder wie eine Anne. Oder Judith. Hübsche Namen. Mädchennamen.« Nach einer Pause. »Wie Alice.«

Sie rutschte ein wenig auf dem Stuhl herum und senkte den Blick.

»Mum und Dad«, sagte er. »Brüder und Schwestern? Wie nennen die Sie?«

Sie ging nicht darauf ein. Doch er glaubte, etwas zu erkennen, eine flüchtige Veränderung in ihren Zügen, als er ihre Eltern erwähnte.

»Was für ein Tag ist heute?«, fuhr er fort. »Dienstag. Wie wäre es damit? Miss Dienstag.«

Keine Reaktion.

Wilde sah die Polizistin an, die an der Tür stand. Ihre Augen weiteten sich vor Ärger.

Er änderte die Strategie. »Wie alt sind Sie?«, fragte er.

Nichts.

»Achtzehn, neunzehn?«

Nichts.

»War Alisha Graham Ihre Freundin?«

Nichts.

»Eine schreckliche Sache, in die Sie da hineingeraten sind«, sagte er, noch immer mit leiser Stimme. »Eine Tote. Vielleicht jemand, den Sie nicht einmal kannten. Jede Art von Tod ist ein Schock. Manchmal ein so großer Schock, dass man gar nicht daran denken möchte. Manchmal überrieselt es einen schon kalt, wenn man zufällig an einem Verkehrsunfall vorüberkommt. Und noch viel schlimmer ist es, wenn man direkt daran beteiligt ist.«

Inzwischen merkte man dem Mädchen an, dass ihre Aufmerksamkeit abschweifte. Ihre Augen wanderten über den Fußboden und folgten mit seiner Schuhspitze einem mikroskopisch kleinen Staubkörnchen.

»Erzählen Sie mir etwas über Alisha Graham«, sagte er.

Keine Reaktion. Er beugte sich vor, klopfte mit den Fingerknöcheln leicht auf die Tischplatte, fragte sich, ob der Doktor sich geirrt hatte und sie doch schwerhörig war. Falls ja, hätte sie aufblicken müssen, als er die Hand bewegte. Aber sie warf nur einen kurzen Blick darauf, ehe sie wieder auf den Boden sah.

Er dachte an die Gegenstände, die sie in Alisha Grahams Auto gefunden hatten – eine einzelne Reisetasche, funkelnagelneu, noch mit dem Preisschild im Innern, leuchtend blau-grün. Er hatte sie eine Weile betrachtet und gedacht, dass man so ein Ding bei einer siebzigjährigen Frau nicht erwartete. Aber ihre Sachen hatten darin gelegen. Die gerahmte Fotografie einer zweiten älteren Frau, die eine leichte Ähnlichkeit mit ihr hatte. Ihre Schwester, vermutete er. Zwei Taschenbücher. Ein Notizblock und eine Füllfeder. Eine Brieftasche mit vierzig Pfund, Briefmarken, Kleingeld, ein Fetzen Stoff, eine Platzkarte für eine Konferenz oder eine Versammlung. Eine Strumpfhose, Unterwäsche. Ein Pullover, ein Rock. Dicke, raue Stoffe, auch die Unterwäsche. Stützstrumpfhosen, noch verpackt. Ein Hüftgürtel aus Lycra, ebenfalls noch in der Tüte eines Kaufhauses verpackt. Zwei Paar Wandersocken – aber keine Schuhe.

Er hatte sich einen Augenblick lang gefragt, was abgesehen von den Schuhen, noch merkwürdig war. Abgesehen von dem Preisschildchen und den ungetragenen Sachen. Dann hatte er bemerkt, dass die alten Sachen ohne Preisschild ungewaschen waren. Sie waren stark zerknittert und rochen muffig. Zweierlei Klamotten – neue, die noch sorgfältig verpackt war, als habe man sie aus einer Kommode herausgenommen. Und benutzte. Zerdrückte. Aus der Schmutzwäsche geholt. Oder vom Fußboden aufgehoben.

Er hatte das Notizbuch und die Bücher aufgeschlagen.

Das Notizbuch, ein Spiralblock mit fünfhundert Seiten, war zerlesen. Er hatte es flüchtig durchgeblättert und Seite um Seite mit Notizen und Skizzen mit den verschiedenen Ortsangaben als Überschrift überflogen. Ungefähr in der Mitte war er auf eine Seite mit dem Titel »Das Landgut Aubrete« gestoßen.

In der ersten Zeile Matthew Aubretes Name und Telefonnummer.

Darunter die Postanschrift von Aubrete Manor, und dann etwas, das er überhaupt nicht verstand.

Eine baumartig verzweigte Markasit-Ader in dreihundert Metern Tiefe…

Er hatte weitergeblättert. Auf der Rückseite waren vier Paare gitterförmig verlaufender Linien eingezeichnet. In derselben Handschrift Notizen am Rand der Zeichnung.

Das Pferd betätigte den Flaschenzug.

Der Kopf lag auf dem Poor Heart Hill.

Die blaue Ader hatte Zwischenschichten aus Bath-Platten.

Immer wieder hatte Wilde hin und her geblättert.

Was war sie gewesen? Industrie-Historikerin? Das hatte Aubrete gesagt. Eine Art Chemikerin. Eine Ader aus baumartig verzweigten Markasiten…

Wo war der Poor Heart Hill?

Er musterte das Mädchen, den sauber gezogenen Scheitel, das Haar, das auf beiden Seiten glatt nach hinten gekämmt und im Nacken zu einem Zopf geflochten war. Sie sieht nicht so aus wie moderne Mädchen normalerweise aussehen, dachte er. Sie trug kein Make-up, keinen Schmuck. Einige Mädchen in Alices Schule, kaum älter als Alice, trugen allen möglichen Kram: Nasenringe, Piercings im Nabel, Fußkettchen. Alice erklärte ihm dauernd, er sei alles andere als eine Autorität, und am allerwenigsten eine im Bezug auf Frauen, doch er wusste immerhin, dass heutzutage nicht viele achtzehnjährige Mädchen noch Zöpfe trugen. Die schüchternen vielleicht. Die allzu behüteten. Die unschuldigen, von denen es noch Gott weiß wie wenige gab.

Er fragte sich, ob das Mädchen vor ihm unschuldig war.

»Was ist ein baumartig verzweigter Markasit?«, fragte er.

Sie blickte auf. Schien überrascht.

»Wissen Sie, was das ist?«

Keine Antwort. Sie hob eine Hand und kratzte sich am Hals.

Dabei entdeckte er die Male, die der Doktor erwähnt hatte.

Über beide Unterarme zogen sich mehrere gerade Striemen. Sie waren nicht tief. Keine Kratzer, sondern ungefähr zwei Zentimeter breite Abschürfungen. Sie waren nicht entzündet und hatten einen dünnen Schorf gebildet, woraus der Doktor geschlossen hatte, dass sie etwa eine Woche alt waren.

»Was ist das?«, hatte Wilde gefragt.

»Abwehrspuren«, hatte der Doktor erwidert, beide Arme gehoben und vors Gesicht gehalten – die Fäuste nach innen gedreht, die Ellbogen nach außen, während die Hände das Gesicht schützten.

»Die Außenseite des Unterarms fängt den Schlag eines Angreifers ab«, hatte er erklärt.

»Und sie hat diese Male?«

»Ja.«

»Woher? Von einem Messer?«

»Nein«, hatte der Doktor geantwortet. »Die Waffe war nicht scharf. Es ist, als sei sie mit einem stumpfen Gegenstand mit rauer Oberfläche geschlagen worden – als hätten die Schläge sie nur gestreift. Mit einem Stück Holz mit aufgerauten Rändern vielleicht.« Er hatte einen Moment überlegt. »Wahrscheinlich von jemandem, der sie nicht ernsthaft verletzen wollte. Mehr im Affekt, in einem Wutanfall.«

»Die Verletzungen könnten nicht von einem Sturz herrühren?«

»Wohl kaum. Wäre sie auf sandigen oder rauen Boden

gefallen, hätte sie ähnliche Male auf den Handballen oder Ellbogen oder Knien – oder überall. Nein – es sieht aus, als habe sie die Arme gehoben, um sich die Ohren zuzuhalten. Vielleicht hat sie sogar versucht, die Hände auf die Ohren zu pressen.«

»Und in dieser Haltung wurde sie geschlagen.«

»Genau.«

Als das Mädchen jetzt die Hand sinken ließ, hielt er ihr seine entgegen.

»Darf ich?«, sagte er.

Sie erstarrte. Er stand auf, ging um den Tisch herum, setzte sich auf die Schreibtischkante, nicht zu dicht neben sie und hielt ihr mit nach oben gewandter Handfläche abermals die Hand entgegen. Langsam, sehr langsam, legte sie ihre Hand auf die seine.

Er drehte sie herum und musterte das Handgelenk. Wie der Doktor gesagt hatte, gab es keine Anzeichen für eine Misshandlung. Keine Spuren an den Handgelenken; sie waren weder gefesselt gewesen noch hatte sie versucht, sich zu schneiden. Auf der Innenseite der Ellbogen keine Hinweise auf Nadelstiche. Das, dachte er, ist kein gestörtes Mädchen. Wenigstens nicht auf den ersten Blick.

Sanft drehte er den Arm um und betrachtete die Striemen.

»Hat Sie jemand geschlagen?«, fragte er.

Sie folgte seinem Blick.

»Das sieht aus, als hätte Sie jemand geschlagen«, stellte er fest. »Haben Sie sich mit jemandem gestritten?«

Ihre Hand zuckte leicht, wollte sich aus seinem Griff lösen. Er hielt sie fest, strich ihr mit dem Finger über den Arm und dann wieder zurück zur Hand. Ruhig hielt er sie zwischen seinen beiden Händen.

»Wenn ich Wahrsagerin wäre, wüsste ich vielleicht ein bisschen mehr über Sie«, stellte er fest. »Und das wäre nicht schwierig, oder? Mehr zu erfahren als Sie uns sagen.«

Er sah sich ihre Hand genauer an, als könne er aus den Linien tatsächlich etwas über ihr Leben erfahren. Die Haut war glatt und weich. Keine Anzeichen körperlicher Arbeit. Die Nägel waren gepflegt, aber nicht lackiert. Die meisten hatten weiße Sprenkel.

»Wissen Sie, als ich noch klein war, hat meine Mum mir immer gesagt, die weißen Sprenkel kämen vom Kalzium-Mangel. Aber jetzt gibt es eine andere Theorie.« Er sah ihr ins Gesicht und versuchte wieder den unergründlichen Ausdruck zu entziffern. »Es heißt, sie kämen von einem starken Druck auf das Nagelbett.«

Sie schaute auf ihre Hand, die in der seinen lag.

Er drehte die Hand um und bemerkte die abgeflachten Spitzen der ersten drei Finger. Er hob sie an, um sie genauer betrachten zu können. Dann drehte er die Hand wieder um und besah sie sich von der anderen Seite. Die Fingerkuppen waren unverkennbar runder und flacher als die der anderen Hand. Den Bruchteil einer Sekunde lang kam ihm wieder das Gittermuster in Alisha Grahams Notizbuch in den Sinn. Irgendwo in seinem Hinterkopf klingelte es. Er wusste, dass er solche Fingerspitzen schon einmal gesehen hatte; gerötete Spitzen an drei Fingern einer Hand, doch ihm fiel nicht ein, wo das gewesen war.

Abrupt entzog das Mädchen ihm die Hand und wischte sie mit methodischer Sorgfalt an ihrem Kleid ab.

»Was ist denn?«, fragte er.

Sie schloss die Augen.

»Warum sind Sie zum Haus von Anna Miles gefahren?« fragte er. »Alisha Graham wurde im Manor erwartet. Sie waren nur zwei Meilen entfernt. Vom richtigen Haus. Warum sind Sie nicht dorthin gefahren? Warum zu Anna Miles hinunter?«

Sie hätte genauso gut aus Stein gehauen sein können. Zum ersten Mal spürte Robert Wilde, dass er zornig wurde.

»Was hat Anna Miles mit Ihnen zu tun?«, wollte er wissen. »Was haben Sie mit Alisha Graham zu tun? Warum haben Sie in diesem Auto gesessen?«

Er sah, dass sie die Augen nur noch fester zusammenkniff.

Und dann formte sich, beredter als alle Worte, eine Träne auf ihrer Wimper und lief ihr langsam die Wange hinunter.

10

Beryl Graham gab sich große Mühe, nicht an ihre Schwester zu denken.

Es hätte nicht sehr schwierig sein sollen, denn seit Alisha vor fünfzehn Jahren angefangen hatte, an der Universität zu arbeiten, hatten sie sich nur sehr unregelmäßig gesehen.

Als sie erfahren hatte, dass Alisha ein Haus in der Nähe gekauft hatte, hatte sich Beryl der romantischen Vorstellung hingegeben, sie könnten sich versöhnen; hatte sich ausgemalt, sie könnten vielleicht im selben Haus wohnen, sich gegenseitig auf dem unabänderlichen, immer schwerer zu bewältigenden Weg ins Alter helfen. Liebevoll hatte sie sich vorgestellt, ihrer Schwester den Haushalt zu führen, während sie an irgendeiner verstaubten These knobelte, für die sich die Welt nicht mehr interessierte. Alishas Arbeit war in ihren Augen eine Schwäche, die man tolerieren und der man hin und wieder nachgeben musste – wie etwa einer

Diskussion über ihre Gesundheit, die Mängel der Labour-Regierung oder einer lebhaften, zeitlich begrenzten Unterhaltung über ein Thema, auf das sie beide keinerlei Einfluss ausüben konnten.

Es war ein Schock gewesen, als sie begreifen musste, dass Alishas Haltung im Alter, auch nachdem sie zwanzig Jahre im Ausland gearbeitet hatte, nicht abgeklärter war. Beryls Meinung nach hatte ihre Schwester alles vergessen, was man auch nur annähernd Anstand nennen konnte. Zum Beispiel rauchte sie. Und nicht nur Zigaretten. Das Haus roch manchmal nach etwas, das Alisha »Gras« nannte, eine abstoßende Gewohnheit bei jedermann und ganz besonders bei einer Frau von Alishas Erziehung. Und dann waren da die Freunde: junge Leute, dreißig, vierzig Jahre jünger als Alisha. Sie lud sie in ihr Haus ein, sie ging zu Fakultätspartys und verbrachte unter Gott weiß was für Umständen das Wochenende an für Beryls Vorstellungen ausgesprochen mysteriösen Orten.

Alisha hatte auch so falsch ausgesehen, überhaupt nicht, wie es einer Frau ihres Alters entsprach. Sie trug Jeans oder indische Röcke oder sogar manchmal Overalls. »Wegen meiner Arbeit«, sagte sie einmal zu Beryl, als sie einen Dokumentenkoffer packte. »Um Himmels willen, versuch doch zu verstehen! Ich gehe in Gruben, Beryl. Unter Tage, Beryl. Ich sehe mir Maschinen an. Ich gehe in verfallene Lagerhäuser. Das ist meine Arbeit.«

Aber Beryl verstand es nicht.

Sie weigerte sich zu verstehen. Sie kam jede Woche zum Saubermachen, sah darin eine Art Märtyrertum, ein bezahltes Kreuz, das sie tragen musste, ein Symbol für ihre selbstlose Bereitschaft und Alishas Egoismus.

Beryl Graham wünschte sich eine *richtige* Schwester. Eine, die sie ins Women's Institute begleitete; eine, mit der sie die Zeitung lesen konnte; die sie am Sonntagvormittag mit dem Wagen abholte, mit ihr in die Kirche ging und sich in die verlassenen, übertrieben auf Hochglanz polierten Kirchenbänke setzte; eine Schwester in einem hübschen Kostüm, die die richtigen Seitenzahlen für die einzelnen Messen wusste und die Seiten für sie umblättern konnte, wenn sie – was gelegentlich passierte – einen arthritischen Krampf in den Händen hatte. Sie wollte Alisha mit den Frauen bekannt machen, die sie bemitleideten, weil sie keine Familie hatte, keine Kinder, keine Enkelkinder. Sie wollte sagen können: »Das ist meine Schwester Alisha. Sie hat eine Zeit lang in Amerika gelebt und ist jetzt nach Hause gekommen.« Alisha, die vielleicht etwas Interessantes gelehrt hatte, deren Leben auf diesem Gebiet jetzt jedoch abgeschlossen und die nun genauso beschäftigungslos und respektabel war wie sie selbst, eine nette, angenehme Person, nützlich bei Kirchenfesten und in Nähzirkeln.

Das war doch nicht zu viel verlangt, oder? Sich eine ordentliche Schwester zu wünschen, die ihr Gesellschaft leistete.

Aber es war zu viel für Alisha.

Und jetzt war Alisha tot.

Und sie hatte nicht einmal auf respektable Art sterben können.

Beryl stieß die Kirchentür auf. Aus dem Innern drang der tröstliche Duft der Gottgefälligkeit. Es roch nach starkem Tee, Feuchtigkeit und leicht angewelkten Blumen. Sie blickte zu dem farbigen Glasfenster auf, das dem Portal am nächsten war – einem von Heiligen umgebenen Christus; ein Porträt in Blutrot, Gold und Grün. Christus zu Füßen wanden sich die unglückseligen Sünder, die streng gekleideten viktorianischen Körper im Boden versinkend, die Hände ausgestreckt, um göttliche Gnade flehend, ehe das höllische Feuer sie verschlang. Sie hatten leere, farb-lose Augen und kleine, spitze Gesichter. Die um Vergebung weinten. Um Gnade bettelten. Christus hatte das Gesicht von ihnen abgewandt, als ertrage er ihre Ausstoßung nicht. Andere klammerten sich an ihn, an den Saum seines Gewandes. Es waren die Gerechten, sicher in der Erwartung himmlischer Glückseligkeit. Als Beryl hinaufschaute, sah sie Alishas Ausdruck – einen Ausdruck erstaunter Überlegenheit – rasch von den Gesichtern der Sünder verschwinden. Sie konnte Alisha nicht unter den Gesegneten entdecken, die sich auf den grasbewachsenen Hängen von Elysium hinter ihrem Retter aufreihten. Mit einem Gefühl sinnlicher Dankbarkeit erschauderte sie. Die arme Alisha musste für alles, was sie getan hatte, im ewigen Feuer brennen.

Denn sie hatte gesündigt.

Ich darf nicht daran denken, sagte sich Beryl. Aber sie dachte daran. Mit leiser Befriedigung.

Als sie durch das Seitenschiff ging, nickte Beryl den wenigen Gläubigen zu, die sich zum Mittwochsgebet eingefunden hatten, und ihre Gedanken kehrten zu der Fotografie zurück. Sie schob sich seitlich in eine Kirchenbank, griff nach dem Kniekissen und kniete auf dem glatten Leder nieder, die Knie fest zusammengepresst und die Hände noch fester auf der Gebetbuchablage vor ihr verkrampft. Sie schloss die Augen.

Sofort sah sie das Mädchen von dem Foto vor sich. Den nackten Rücken, die runde Schulter. Die Haltung glich der einer Tänzerin, die sich zum Fußboden neigt. Alisha hatte ein nacktes Mädchen im Schlafzimmer gehabt. Sie hatte ein nacktes Mädchen fotografiert. Und das Foto in ihrem Zimmer aufbewahrt.

Beryl presste die Hände noch fester zusammen, bis die schmerzenden Knöchel weiß hervortraten.

Noch immer sah sie den Bildschirm des Computers vor sich, die Farbe, die auf den Gesichtern der Polizisten reflektiert wurde, die Blautönung in den Schatten. Jemand, der die Bibel kannte, hatte eine Botschaft auf dem Bildschirm hinterlassen. Beryl hatte sich gestern den ganzen Tag den Kopf zerbrochen und versucht zu entschlüsseln, zu entziffern, ob die Worte ein Scherz oder eine ernst gemeinte Botschaft waren. Menschen, wie Alisha sie kannte, dachten sich nichts dabei, Gottes Wort eitel auszusprechen. Alisha hatte es selbst oft getan. Und doch – die Worte hatten etwas Kaltes, Durchdringendes. Kein Punkt, kein Ausrufungszeichen, keine kryptische kleine Bemerkung am Ende. Auch keinen Anführungszeichen, wie die Polizei festgestellt hatte. Dieser Satz war dem Herzen eines Menschen sehr nahe, hatte eine Bedeutung, deshalb distanzierte er sich nicht durch ein Satzzeichen von ihm. Er war keine Fußnote wie in Alishas Büchern, mit Angabe von Kapitel und Vers. Er war persönlich. Eine Botschaft.

Sogar als Beryl versucht hatte zu schlafen, hatte der Satz sie beschäftigt. Sie war ihn nicht losgeworden. Als habe sie sich ein Virus eingefangen, ein Virus, das aus Worten bestand. Aus Worten, die für immer mit Alishas Gesicht verbunden bleiben würden. Und mit einem Mädchen auf einem Foto.

Als die Messe zu Ende war, blieb Beryl auf der Bank sitzen, während das halbe Dutzend Gemeindemitglieder nacheinander die Kirche verließ, der Pfarrer die einzige Kerze auf dem Altar löschte, in die Sakristei ging und in Jeans, weißem Hemd und blauem Leinenjackett wieder herauskam. Als er Beryl in der Bank sitzen sah, zuckte er zusammen.

»Miss Graham geht es Ihnen gut?«

Sie öffnete den Mund, um ihm zu erwidern, es gehe ihr

gut, doch zu ihrem Entsetzen kam nur ein leises Miauen heraus. Sie tastete nach ihrem Taschentuch und presste es auf den Mund, aber das Schluchzen schien stärker zu sein als sie, ließ sich nicht aufhalten. Tränen tropften auf ihr Gebetbuch.

»Was ist denn passiert?«, fragte er.

»Meine Schwester«, sagte sie. »Sie ist gestorben.«

Pfarrer York nahm sie ins Pfarrhaus mit, wo sie in seinem makellosen Arbeitszimmer auf einem kleinen Sofa wartete, während er Tee kochte. Nach ein paar Minuten brachte er ihr eine Tasse, stark gesüßt.

»Entschuldigen Sie«, sagte sie. »Ich weiß gar nicht, was über mich gekommen ist.«

»Es war ein Schock, ohne Zweifel«, sagte er.

»Gestern habe ich den ganzen Tag nicht geweint«, flüsterte sie. »Nicht einmal, als die Polizei mir ihr Bild zeigte, das nach ihrem Tod aufgenommen wurde und ...«

»Die Polizei?«, wiederholte York.

Sie sah zu ihm auf. »Sie wurde in ihrem Auto gefunden, meilenweit entfernt von hier.«

»Wo denn?«

»Irgendwo an der Südküste.« Er nahm ihr die Tasse ab. Sie putzte sich die Nase. »Wir waren einen großen Teil unseres Lebens getrennt«, jammerte Beryl. »Und jetzt werden wir überhaupt nicht mehr zusammen sein.«

Der Pfarrer nickte verständnisvoll. »Sie hat Vorlesungen an der Universität gehalten«, stellte er fest.

»Ja.«

»Ich habe sie ein-, zweimal dort gesehen«, sagte er beiläufig. »Sie war immer sehr beschäftigt.«

»Ja«, erwiderte Beryl, ehe ihr aufging, was er gesagt hatte. »Sie gehen auch dahin?«, fragte sie.

»O ja. Ein- oder zweimal im Monat«, sagte er. »Es

gibt dort so etwas wie eine Erweckergruppe der Studenten.«

Beryl musterte ihn misstrauisch. Sie hatte ihn für einen vernünftigen Traditionalisten gehalten und nicht für einen dieser glücklichen In-die-Hände-Klatscher. »Erwecker?«, fragte sie.

»Ein Gottesdienst zur Lobpreisung Gottes mit Diskussion und einem anschließenden Chat hinterher.«

Beryl zog ein langes Gesicht. Sie konnte es sich gut vorstellen. Eine Menge Krach. Keine Würde, keine Kontrolle. Alle im Schneidersitz auf dem Boden hockend und hin und her schwankend. Irgendeine Musik, die kein richtiges Kirchenlied war. Barfuß und Hand in Hand. Sie wich von York zurück, als habe er ihr gestanden, Überträger einer ansteckenden Krankheit zu sein.

»Ein Chat«, sagte sie.

»Ja. Alisha war auch ein paarmal da.«

Nichts hätte Beryl mehr erstaunen können. Zu erfahren, dass er eine Art bekennender Evangelist war, war schlimm genug, aber zu hören, dass Alisha – gott- und herzlos vom Tag ihrer Geburt an – an einer solchen Versammlung teilgenommen hatte. Es war zu absurd.

»*Alisha?* Doch nicht Alisha!«

»O doch«, sagte er. »Nicht oft, aber manchmal.«

»Aber ...« Beryls Gedanken rasten. Augenblicklich wich ihr Erstaunen einem Gefühl, verraten worden zu sein. Alisha war gläubig gewesen. Zwar fehlgeleitet, aber sie hatte geglaubt. Sie war in die Kirche gegangen. In eine *Art* Kirche jedenfalls. Sie war mit den Studenten in die Kirche gegangen, hatte irgendwo auf dem Boden gesessen, gesprochen über ...

Sie wandte den Blick ab und schauderte unwillkürlich.

Es war ein widerrechtliches Eindringen. Genau das war

es. Eine Invasion in ihr Territorium. Denn Gott gehörte Beryl. Ausschließlich sie kannte IHN, verstand SEINE Regeln. Sie konnte die Gottesdienste Wort für Wort zitieren. Beryl hatte eine feste Beziehung mit Gott, die einzig wirklich enge Beziehung, die sie je gehabt hatte. Beryl lieferte sich IHM hinter den Seiten des Gebetbuchs heimlich aus, in der zugigen Stille, an den verregneten Sonntagabenden, an den einsamen Fastentagen, in den kleinen, strengen Züchtigungen, die ihrem Geist zuteil wurden, in den leeren Wüsten ihres Herzens. ER war ein ferner und kritischer Herrscher, dem sie Gaben darbrachte, eine Steuer für Leben, eine Abgabe für Freude. Sie brachte IHM ihre Zeit und ihre Einsamkeit dar, strickte daraus kalte und klamme Opfergaben. Ihre Seele setzte sich zusammen aus christlichen Hilfspaketen, turnusmäßigem Messingpolieren und einem guten Hut, den sie Ostern und Weihnachten trug. Sie war nicht leicht erregbar oder ungestüm oder talentiert oder optimistisch, und die Liebenswürdigkeit ihres Wesens war längst zu Scheinheiligkeit und Frömmelei erstarrt, aber sie *gehörte* in die Kirche, war ein kleines, bescheidenes Rädchen in Gottes geheimnisvollem Plan. Und Alisha – Alisha gehörte mit allem Nachdruck nicht dazu. Alisha konnte nicht gerettet werden.

»Alisha kommt nicht in den Himmel«, sagte sie.

Der Pfarrer beugte sich vor. »Wie bitte?«

»Es ist nicht wichtig«, antwortete sie.

»Gottes Gnade ist unendlich«, sagte York. »Dessen können Sie sicher sein.«

»Ich will dessen gar nicht sicher sein«, erklärte sie.

»Wir alle haben unsere eigenen Wege, um zu Christus zu finden«, fuhr er nach einer Pause ruhig fort. »Ich denke, dass Alisha vielleicht dabei war, einen Weg zu entdecken.«

Beryl schnaubte entrüstet: »Mit all diesen Studenten.

Mit all diesen Süchtigen und ähnlichem Gesindel.« Plötzlich fiel ihr das Atmen schwer.

Er lächelte. »Ich kenne nicht viele Süchtige«, sagte er. »Aber die ich kenne, sind alkoholsüchtig und leben in dieser Gemeinde.« Er setzte sich wieder auf den Stuhl. »Die meisten Jungen und Mädchen sind sehr nett. Sie würden sie mögen. Mädchen wie Alishas Freundin.«

Beryl gelang es, auf die Beine zu kommen und sich zu ihrer vollen Größe aufzurichten. »Ich will sie nicht kennen«, sagte sie. »So jemand will ich nicht kennen.«

Und verließ das Pfarrhaus, stolperte über die Katze, die auf der Schwelle lag, und entdeckte im Mund einen Fluch. In einer Verfassung, die sie nicht zu benennen vermochte, eilte sie den Pfad entlang, wischte sich die Hände am Mantel ab, bevor sie die Handschuhe anzog, als wolle sie etwas wegwischen, das sie in der letzten Stunde möglicherweise berührt hatte.

11

In seinen Träumen lebte er ein anderes Leben.

Und jetzt träumte er, in der letzten Stunde vor der Morgendämmerung.

Robert Wilde reiste in die Vergangenheit, warf, wie immer, die Jahre ab wie überflüssige Kleidung, um schneller auf einen Lichtpunkt zulaufen zu können. Er fühlte die Tage, die Wochen mit ihren geisterhaften Stimmen vorüberrauschen, mit ihren spinnwebzarten Händen, ihren prickelnden Fingerspitzen, die seinen Körper streiften. Und als er an ihnen vorüberlief, von der Nacht befreit, wurde er plötzlich leichter, so als falle im Dahinschwinden der Zeit das Fleisch von ihm ab. Er hatte das Gefühl zurückzugehen, flackernde Gesichter zu sehen. Räume, Straßen und Hügel, die sich neigten und im heller werdenden Licht verblassten.

Dann war es zu Ende.

Es gab einen Augenblick äußerster Spannung, während er gestrandet zwischen zwei Welten hing. Und dann fand er sich, unendlich dankbar, plötzlich an dem alten Ort, in der alten Stille wieder.

Der See lag viele Meter unter ihm, das Gras unter seinen Füßen war gemäht, und auf seinem Gesicht lag ein leichter Schleier aus Tau. Es war immer im ersten Licht. Sechs Uhr morgens. Weit unten im Tal war das stumpfe graue Band von Crummock Water zu erkennen.

Es war rund dreißig Jahre her, der Sommer seines achtzehnten Geburtstags, das Jahr, in dem er Christine begegnete und sie heiratete. Er stand auf dem Fleetwith Pike und wartete auf seinen Vater, der bergauf nicht mehr so schnell war wie er. Er setzte sich, schlang die Arme um die Knie, betrachtete den Pfad, den Nebel, der sich über den weiter entfernten Gipfeln auflöste; das Muster aus Grau und Grün und Schieferblau unter ihm, den schmalen weißen Wasserstreifen und einen fast senkrecht vom Sheepbone Buttress auf die schwarze Oberfläche des Buttermere herabstürzenden Wasserfall.

Das Dorf, dreihundert Meter tiefer, bestand aus einigen kleinen weißen Rechtecken – den Mauern des Hotels und den Häusern zu beiden Seiten. Irgendwo da unten waren ihr Haus und seine Mutter.

In diesem Augenblick hörte er ein Geräusch auf dem Pfad und wandte den Kopf. Aber statt seines Vaters war es immer Christine. Christine, wie sie war, als sie heirateten.

Erstaunlicherweise trug sie eine dreiviertellange Hose und ein weißes Hemd. Barfuß stieg sie über die mit leuchtend grünen Flechten bewachsenen Felsbrocken, dann blieb sie stehen. Er stand auf. Sie sahen sich an, als stünden sie auf dem Gipfel der Welt. Der Berghang fiel zu beiden Seiten steil ab. Auf ihren Köpfen und Schultern lag der erste Morgenglanz.

In den vertrauten, stets wiederkehrenden Phasen seines Traums war ihm immer klar, dass Christine nie mit ihm auf den Fleetwith oder The Stacks gestiegen war. Aber obwohl sie dieses Erlebnis nie geteilt hatten, wiederholte sein Gehirn es immer wieder, versuchte die schmerzliche Phantasie in sein Leben einzufügen. Es war ein Bild von Christine, die barfuß über den Rasen seiner Eltern ging, das er im Schlaf auf den Berg kopieren wollte. Etwas seltsam Weiches berührte sein Gesicht, als er sie ansah. Liebkosungen, die sich seltsam anfühlten.

Und dann wurde ihm mit unerschütterlicher Gewissheit klar, dass der Augenblick Wirklichkeit war. Dass er wirklich an diesen Ort zurückversetzt worden war, dass er tatsächlich im ersten zarten Morgenlicht auf dem Berg stand. Dass er nicht mehr fünfundvierzig, sondern achtzehn war. Dass er durch irgendeine Tür ein Land betreten hatte, in dem sie noch lebte.

Er betrachtete ihr Gesicht und wartete auf die vertrauten Worte.

»Hallo, Robert«, sagte sie.

Und dann wachte er auf, wie immer.

Ein paar Sekunden lag Robert Wilde auf dem Rücken und starrte an die Decke hinauf. Hier in der anderen Welt war es schon hell. Er wandte den Kopf und schaute auf die Uhr. Sechs Uhr. Dieselbe Zeit wie im Traum. Aber sechs Uhr, dreihundert Meilen und fast dreißig Jahre entfernt.

Sechs Uhr an einem – was für einem Tag? Er zwang sich, in die Gegenwart zurückzukehren. Es war Mittwoch. Ein Mittwoch im Juni. Er seufzte tief und stützte sich auf einen Ellbogen.

Die Einzelheiten des kommenden Tages liefen zusammenhanglos vor ihm ab. Alice schrieb heute eine Französisch-Arbeit. Gestern Abend hatten sie gemeinsam französische Vokabeln gepaukt und die in drei Tagen beginnende Klassenfahrt besprochen. Er legte kurz die Hand über die Augen, blickte an Alices Gesicht vorbei, das sich gestern Abend stirnrunzelnd über das Buch gebeugt hatte. Blickte an ihr vorbei in den Tag, dachte an die Arbeit. Sein Büro. Den Einsatzraum, den sie gestern eingerichtet hatten, die dreißig Schreibtische, die Computerschirme, die Gesichter. Er nahm die Hand weg, öffnete die Augen. Christine, die auf einem Berg stand. Und lächelte – wie Alice.

Er schwang die Beine aus dem Bett, zog Shorts an und öffnete den Vorhang. Die Sonne schien bereits. Vor ihm erstreckte sich ein ruhiges Vorstadtidyll. Autos parkten auf gepflegten Zufahrten in noch gepflegteren Gärten. Eine schnurgerade Straße, die zur Schule führte. Sorgfältig aufeinander abgestimmte Farben. Kein Blatt, das nicht da war, wohin es gehörte.

Er ging hinunter, setzte den Wasserkessel auf und ermahnte sich, den Traum loszulassen.

Alice war fünf Jahre alt gewesen und eben eingeschult worden, als ihre Mutter Christine starb. Alice war ein überaus ordentliches Kind, das darauf bestand, dass ihre Pausenbrotdose gut sichtbar auf dem Küchentresen bereitstand, wenn sie am Morgen herunterkam. Sie wusste immer, was sie am nächsten Tag brauchte. Darüber hatte Christine lachen müssen, denn sie selbst war vermutlich die unordentlichste Person auf diesem Planeten. Robert brachte ihr jeden Morgen sehr früh eine Tasse Kaffee, die sie entgegennahm, nachdem sie sich jammernd und ächzend aufgerichtet hatte. Aber aus der Dusche kam ein völlig anderer Mensch – Christine, der Wirbelwind, die berufstätige Mutter, die Alice zusammen mit ihren Aktenordnern und Taschen in ihren Wagen verfrachtete. Christine hatte in diesem Jahr einen Forschungsauftrag, in einem Polizeilabor. Sie hatte ein gutes Auge und ein gutes Ohr für die besonderen Mysterien der Kriminaltechnik.

Er goss heißes Wasser in die Tasse.

Und Christine hätte wegen dieses Mädchens, das mit Alisha Graham im Auto gesessen hatte, zweifellos eine Idee gehabt. Des Mädchens, das nicht redete. Christine würde die Fakten finden, die ihnen entgangen waren; sie hatte das Talent gehabt, Fragmente zusammenzusetzen. In der Arbeit, in der es um Fakten ging – um harte und kalte Fakten –, war Christine fähig gewesen, ihren Geist die seltsamsten Wege gehen zu lassen – und dabei hatte sich von Zeit zu Zeit eine Wahrheit gefunden, die Gold wert gewesen war. Robert hatte seither immer wieder versucht diesem Talent nachzueifern, und manchmal gelang es ihm, aber ebenso wie alle anderen irrte auch er sich viel öfter oder war nicht imstande, auch nur den kleinsten Schritt ins Unbekannte zu wagen, über die Sicherheit der Buchstaben und Zahlen auf einem Blatt Papier, über Namen in einer Akte hinauszudenken.

»Denk nicht an das, was du weißt«, hatte Christine immer gesagt. »Schau weg, tu so, als sei es dir völlig egal. Sieh es wie ein Spiel. Ein Versteckspiel. Wende deine Aufmerksamkeit ab, etwas anderem zu, dann wird es von hinten über dich herfallen. Wie Antworten, die man in Träumen findet.«

In Träumen – in Träumen.

Wie gewöhnlich hatte er den Kaffee hinaufgebracht – an jenem furchtbaren Morgen.

Es war so gewesen wie immer: Langsam hatte sie sich im Bett aufgesetzt und geräkelt. Er hatte den Kaffee auf den Nachttisch gestellt und die Vorhänge geöffnet. Dann hört er sie hinter sich scharf Atem holen. Als er sich umdrehte, hatte seine Frau aufrecht im Bett gesessen, die Augen vor Überraschung geweitet, die rechte Hand auf den Hinterkopf gepresst.

»Was hast du?«, hatte er gefragt.

»Ich weiß nicht. Mein Kopf…«

Er verzog das Gesicht, machte sich Kaffee und befahl sich, das Bild zu verdrängen. Christine hatte mit neunundzwanzig Jahren eine Gehirnblutung erlitten.

Eine andere Erinnerung aus jenem schwarzen Loch einer Woche war noch verblieben.

Alice, die am Tag vor der Beerdigung von einer anderen Mutter abgeholt und in die Schule gebracht worden war. Ihr grauer Schulrock hätte gebügelt werden müssen. Er erinnerte sich noch, dass er mit krampfhaft geballten Fäusten starr im Flur vor dem Bügelbrett gestanden hatte. Wie er versucht hatte, mit bleischweren Fingern die Falten in den Rock zu bügeln. Er hatte nicht gewusst, wie es ging, und er war an der Aufgabe gescheitert, so einfach sie auch gewesen sein mochte. Alice hatte ihm zugesehen.

»Mummy macht es anders«, hatte sie gesagt.

Er hatte sich über das Bügelbrett gebeugt, Tränen waren ihm in die Augen geschossen, Angst und Schmerz hatten ihn gewürgt. Gescheitert an dieser einen kleinen Aufgabe für seine kleine Tochter.

Alice hatte ihm den Rock weggenommen und ihn mit ernsthafter Miene angezogen.

»Er ist in Ordnung – schau mal«, hatte sie versucht ihn

zu trösten, da sie dachte, er habe angefangen zu weinen, weil er sich beim Bügeln der Falten so ungeschickt anstellte. Die betonte Eindringlichkeit ihres Trostes und sein ängstliches Bemühen, sie vor der Verzweiflung über Christines Tod zu bewahren und sein ungeschicktes Herumgefummel mit dem Rock hatten ihn überwältigt. Als Alice zur Schule aufgebrochen war, hatte er sich im Wohnzimmer auf die Couch gelegt und eine lange Stunde bitterlich geweint, todunglücklich über seine Unbeholfenheit und voller Angst vor der Zukunft.

Es war lange her. Fast zehn Jahre. Er schaute auf seine linke Hand hinunter, an der noch immer der Ehering steckte.

Er verließ das Haus durch die Hintertür und ging in den Garten.

»Denk nicht an das, was du weißt.«

Also gut.

Er setzte sich auf die Bank unter dem Apfelbaum.

In diesem besonderen Fall war es nicht schwierig, nicht mehr an das zu denken, was sie wussten, denn über das Mädchen wussten sie praktisch nichts. Sie wussten, dass sie im Wagen gewesen, wussten, dass Alisha Graham tot war. Sie wussten – oder hatten vielmehr bis heute, ehe der Obduktionsbericht kam, vermutet, dass sie erdrosselt worden war. Das hatten sie aus den Malen an ihrem Hals und um ihre Augen geschlossen. Sie wussten, dass das Mädchen unberührt schien – zumindest hatte er das angenommen, bis sie gestern geweint hatte. Kein Wort, nur Tränen. Sie wusste – was? Er wusste, dass sie wenigstens etwas fühlte. Vielleicht fürchtete sie sich. Vielleicht trauerte sie. Bedeutete das, dass sie Miss Graham kannte und sich um sie sorgte? Weinte sie um die Tote oder um sich selbst?

Der Bericht des Polizeiarztes war am späten Nachmittag hereingekommen. Die Mundabstriche sowie die Haar- und

Fingernagelproben. Alle Fakten. Sie konnten – oder auch nicht – von Bedeutung sein, sobald ihm auch die Berichte über Alisha Graham, die Kleidung des Mädchens und das Wageninnere zur Verfügung standen.

Was wusste er sonst noch über das Mädchen?

Er ließ seine Gedanken wandern, und sie schweiften zu ihren Fingern.

Zu ihren Fingern und den Malen auf ihrem Arm.

Stirnrunzelnd starrte er in seine Kaffeetasse. Flache, gerundete Fingerkuppen, leicht gerötet – er sollte wissen, was das war. Er hatte es schon gesehen, an jemand anders, jemand...

Er versuchte das Wissen zu fassen zu bekommen, das irgendwo am Rand seines Bewusstseins trieb. Versuchte danach zu greifen. Doch es entzog sich ihm. Er trank den Kaffee aus, stand auf und streckte sich. Verdammt, er war in Christines Versteckspiel noch immer nicht gut genug.

Aber er *würde* sich erinnern.

Früher oder später.

Im Polizeirevier war gerade Schichtwechsel.

Der Sergeant ging das Buch durch und kontrollierte die Zelleninsassen. Es waren nur zwei: ein älterer Trunkenbold, ein regelmäßiger Gast, den sie alle kannten. Und das Mädchen.

»Scheint die Nacht durchgeschlafen zu haben«, meinte der Sergeant. »Kein Laut, kein Theater. Überhaupt nichts.«

Seine Ablösung sah ihn fragend an. »Hat sie noch nichts gesagt?«

»Kein Wort.«

»Seltsame Sache«, sagte der jüngere Beamte. »Sehr seltsam.«

Gemeinsam gingen sie zu den Zellen.

Der Betrunkene lag laut schnarchend auf dem Rücken. Sogar durch die Luke in der Tür war der Geruch überwältigend, der in dem engen Raum herrschte. Sie verzogen das Gesicht und schlossen die Klappe.

»Sie ist in Zelle drei«, sagte der Sergeant. Als sie zu ihrer Tür kamen, blieb er einen Moment stehen. »Sie tut mir ein bisschen Leid«, sagte er leise.

Er öffnete die Klappe.

Zuerst konnten sie sie nicht sehen, da sie nicht in ihrer Koje lag.

Automatisch beugte sich der Sergeant weit vor und atmete dankbar und erleichtert auf, als er sie auf dem Boden entdeckte. Eine Sekunde lang hatte er sie, obwohl es völlig unlogisch war, lang ausgestreckt daliegen sehen, tot wie Alisha Graham.

Aber seine Erleichterung war nur kurz.

Das Mädchen blickte zur Tür. Sie kniete in einem kleinen Fleck frühen Sonnenlichts und streckte die Arme wie im Gebet dem Licht entgegen. Sie war ganz still, wie aus Stein gehauen.

Und an beiden Unterarmen war das Blut der Kratzer, die sie sich mit den Fingernägeln selbst beigebracht hatte, schon getrocknet.

12

Der Doktor untersuchte sie wieder um neun.

Um diese Zeit war Robert Wilde bereits auf dem Revier. Während der Doktor bei dem Mädchen war, sprach Wilde mit dem Sergeant.

»An den Knien war sie auch verletzt«, sagte der Mann. »Vom Knien auf dem Fußboden.«

Verärgert fuhr Wilde sich mit der Hand durchs Haar. »Und noch immer nichts – kein Wort, keine Erklärung?«

Der Sergeant schüttelte den Kopf. »Wir sind hineingegangen und haben ihr aufgeholfen. Sie hat keinen Widerstand geleistet. Setzte sich auf die Bettkante.«

»Was hat sie gemacht, als Sie sie um sechs kontrolliert haben?«

»Geschlafen.«

»Und um sieben?«

»Es sah so aus, als bete sie.« Der Sergeant hob die Hände, um es Wilde zu demonstrieren.

Robert Wilde sah ihn eindringlich an. »Aber keine Worte, nicht einmal ein Flüstern, das wie ein Gebet klang?«

»Nein, Sir.«

»Sonst etwas?«, fragte Wilde. »Irgendetwas?«

Der Sergeant zuckte mit den Schultern. »Als wir reingegangen sind und sie aufgehoben haben – hat sie sich anfassen lassen. Und sie hat zu mir aufgeschaut.« Verlegen spitzte er die Lippen. »Sie hat mir einen Blick zugeworfen …«

»Was für einen Blick?«

»Dankbar. Rührend.« Der Sergeant verzog das Gesicht, als wisse er, dass, was er jetzt sagen würde, missverstanden werden könnte. »Es war ein so – lieber Blick. Voller Güte, Trauer.«

»Aber gesprochen hat sie nichts.«

»Sie hat den Mund aufgemacht, als wolle sie etwas sagen. Dann hat sie nur meinen Arm gedrückt. Wir haben ihr eine Tasse Tee gebracht.«

»Hat sie ihn getrunken?«

»Ja.« Der Sergeant seufzte. »Wenn sie einen Mord begangen hat, ich weiß nicht …«

Wilde sah ihn an. »Was halten Sie von ihr?«, fragte er.

»Weiß nicht, was ich von ihr halten soll«, antwortete der Sergeant aufrichtig. »Sie sieht wie ein anständiges Mädchen aus. Aber …«

»Aber was?«

Der Sergeant lächelte reumütig. »Etwas war merkwürdig. Als ich sie angefasst habe.«

»Was?«

Der Mann wandte das Gesicht ab und senkte verlegen die Stimme. »Ich hab einen elektrischen Schlag bekommen«, sagte er. »Mehrere Schläge.«

»Statik?«

»Auf einem Betonboden?«

Wilde ging zum Einsatzzentrum, einen Teil des Reviers, in dem sich früher die alten Zellen befunden hatten und der jetzt eine Baustelle war. Zwei Tage zuvor waren Bauarbeiter hier gewesen und hatten eine Reihe neuer Büros eingebaut. Hinter dicken Plastikplanen hingen Verteilerkästen an Kabeln. In dem neu geschaffenen Raum, in dem es noch intensiv nach Ziegel- und Putzstaub roch, standen nun Schreibtische, Telefone und Bildschirmgeräte.

An einem langen Tisch in der Ecke saßen Seite an Seite zwei Detectives und sahen sich Videos an. Die Bänder sämtlicher Fernsehüberwachungsanlagen auf der wahrscheinlichsten Route zwischen Alisha Grahams Haus und Anna Miles' Cottage waren eingetroffen. Die mühsame Aufgabe, jedes Band anzusehen, das während eines Zeitraums von sechsunddreißig Stunden aufgenommen worden war, war den beiden Männern zugefallen, die vor den Bildschirmen saßen.

Wilde ging zu ihnen. »Na, wie läuft's?«

Er schaute auf den ihm nächststehenden Schirm. Körniges Nachtlicht auf dem Bild. »Wo ist das?«

Der Detective nahm die Hülle und las vom Seitenstreifen ab. »Aus einem Ort namens High Park Ash. Kurz vor Bristol.«

Es war eine kleine Tankstelle. Leere Gestelle, in denen tagsüber Zeitungen und Blumen ausgestellt wurden. Ein Eiscreme-Schild, das zweifellos unbeabsichtigt über Nacht draußen vergessen worden war, drehte sich träge in einer leichten Brise. Die Uhr am unteren Ende des Bildschirms zeigte zwei Uhr vierzig morgens. Sie betrachteten das Bild weitere fünf Minuten im Schnelldurchlauf, doch die Szene änderte sich nicht.

»Wie viele habt ihr schon gesehen?«, fragte Wilde.

»Achtzehn.«

Wilde legte dem Detective die Hand auf die Schulter. »Bleibt dran.«

Als er wieder hinaufkam, war der Doktor mit dem Mädchen fertig. Sie wurde in ein anderes Vernehmungszimmer gebracht, und Wilde setzte sich mit Sandys ihr gegenüber. Der Doktor hatte ihr beide Knie und einen Arm verbunden. Sie trug ein Hängekleid und ein Sweatshirt, die man für sie besorgt hatte. Ihre eigenen Sachen waren Beweisstücke.

Falls ich überhaupt einen Fall habe, dachte Wilde selbstironisch.

Diesmal begann er ohne Umschweife.

»Wir möchten Ihnen helfen«, sagte er. »Und Sie müssen uns helfen.«

Sie blickte auf ihre Hände.

»Wie ist Alisha Graham gestorben?«

Sandys seufzte schwer.

»Heute Morgen«, fuhr Wilde fort, »hat man Sie auf dem Fußboden kniend vorgefunden. Sie haben gebetet ...«

Ein kurzes Flackern überflog ihr Gesicht wie ein Schatten.

»Sie haben gebetet«, wiederholte er.

Ein leichtes, kaum merkliches Neigen des Kopfes, das als Nicken gedeutet werden konnte.

»Vielleicht haben Sie um Hilfe gebeten?«

Nichts.

»Wir beten, um von Gott etwas zu erbitten, ihm etwas zu sagen.«

Nichts.

»Glauben Sie an Gott?«, fragte er.

Sie erstarrte.

»Glauben Sie an Gott?«, wiederholte er.

Die Wirkung war ungewöhnlich. Wilde hatte zahlreiche Verhöre geleitet und gesehen, was er in zynischeren Augenblicken für ein unabänderliches Verhaltensmuster Kleinkrimineller gehalten hatte. Er hatte dieselbe Geschichte hunderte von Malen mit nur kleinen Abweichungen gehört – die unglückliche Kindheit, die Arbeitslosigkeit, die Drogen- oder Trunksucht, die Verlockung, der man nicht widerstehen konnte. Hatte Schuld und Perversität gesehen. Scham. Falsche Verlegenheit. Wahnsinnige Angst. Unbekümmerte gute Laune. Die ganze Palette menschlicher Reaktionen.

Doch das hatte er noch nicht gesehen.

Das Mädchen mit dem Engelsgesicht legte die Hand an den Hals, als werde sie gewürgt. Sie rappelte sich vom Stuhl auf und kniete, den Kopf mit den Händen bedeckend, wieder auf dem Fußboden nieder; kniete so, dass sie mit der Stirn den Boden berührte. Ihr ganzer Körper bebte.

Wilde widerstand dem Wunsch, um den Schreibtisch herumzugehen und sie aufzuheben, doch Sandys, offenbar mit derselben Absicht, sprang sofort auf, aber Wilde legte ihm die Hand auf den Arm und hielt ihn zurück. Rasch ging er um den Schreibtisch herum, kniete neben dem

Mädchen nieder und brachte das Gesicht dicht an ihr Ohr.

»Was ist es denn?«, sagte er.

Sie atmete stoßweise.

»Sag es mir«, drängte er. »Ich kann dir helfen, einen Weg zu finden. Ich kann eine Antwort finden. Sag es mir.«

Sie sah ihn erschrocken an, dann glitt ihr Blick an ihm vorbei zum Fenster, zum Licht. So eindringlich war ihr Blick, dass auch er den Kopf wandte, doch er sah nichts als einen wolkenlosen Himmel, den Himmel eines Frühlingsmorgens, eines neuen warmen Tages.

»Was ist es?«, fragte er.

Sie zitterte.

»Ist es Gott?«, fragte er, als er zu begreifen glaubte. »Sieht Gott dich an?«

Zu seiner unendlichen Erleichterung – weil es zumindest eine Spur von Kommunikation bedeutete, wenn auch nur einen Hauch mehr als gestern – nickte das Mädchen geistesabwesend.

»Gott sieht dich an, beobachtet dich?«

Sie riss die Augen von dem freundlichen blauen Himmel los und starrte Wilde ins Gesicht.

»Hast du Angst – wovor? Dass er auf dich zornig ist?«

Keine Reaktion. Ihre Miene verriet ihm, dass er danebenlag. Er kam sich vor wie ein nutzloser Spieler bei einer Scharade.

»Gott ist dort oben«, sagte er leise. »Er beobachtet, wartet.«

Sie legte ihm die Arme um den Hals.

Er spürte ihren duftenden Atem warm auf der Haut.

13

Langsam und methodisch nahm man Alisha Grahams Haus auseinander.

Gegen Mittag erreichte das obere Team das Schlafzimmer, nachdem es die Diele und den oberen Treppenabsatz untersucht hatte, ohne jedoch etwas Nennenswertes gefunden zu haben. Die Fußleisten waren schmutzig, die Türschwellen und Fensterbänke ziemlich sauber; die Vorhänge waren schon länger nicht gewaschen worden und rochen alt, nach Staub und abgestandener Luft. Man stellte fest, dass die Scharniere der metallenen Fenster verrostet waren, als seien sie nie geöffnet worden – der Riegel ließ sich nicht bewegen. Hier und da waren neben den zwei oberen Türen braune Flecken in Tropfenform an der Wand, wie sie normalerweise entstanden, wenn man eine Teetasse sorglos vor sich hertrug. Offensichtlich hatte sich die Bewohnerin der Hausarbeit nur flüchtig gewidmet, weil sie Wichtigeres und Interessanteres zu tun gehabt hatte.

Im ersten Stock wandte sich einer der Officer an seinen Kollegen. »Weißt du, was es ist?«, fragte er und sah sich um. »Was anders ist?«

»Sag du's mir«, erwiderte der andere.

»Es ist nicht das Haus einer alten Frau.«

»Wie meinst du das?«

Der erste Officer zuckte mit den Schultern. »Wie alt war sie, siebzig?« Er lächelte. »Meine Oma ist dreiundsiebzig. In ihrem Haus ist dieser ganz bestimmte Geruch – Politur, Mottenkugeln... Überall Nippes. Es ist kein übler Geruch, versteh mich nicht falsch. Irgendwie beruhigend. Ich meine, man weiß, wo man ist, selbst mit geschlossenen

Augen. Politur und Kuchen. Der Geruch des Gasfeuers, das den ganzen Tag gebrannt hat und kurz bevor du kamst abgedreht wurde.«

Der andere lachte.

»So riecht das Alter, weißt du«, fuhr der erste Officer hartnäckig fort. »Tee und gekochte Mehlspeisen und Teppiche und Kuchen. Einreibmittel im Bad. Gestärkte Tischtücher. Kühlschränke mit Tomaten und halben Brotlaiben, geöffnete Dosen mit Pfirsichhälften.« Er lächelte. »Menschen, die allein leben, weißt du? Alte Menschen, die keinen Appetit haben. Medizin neben dem Brotkorb.«

»Gibt's hier alles nicht.«

»Das meine ich ja«, sagte der erste Officer. »Kein Nippes. Jede verdammte Frau, die ich kenne, sammelt das blöde Zeug. Gerahmte Fotos. Pflanzen. Alle möglichen Sammelsurien.« Er unterbrach sich. »Ich meine, das ist nicht mal das Haus einer Frau. Kein einziges verfluchtes Kissen. Nichts an den Wänden. Es sieht aus wie das Haus eines Kerls.« Er zeigte auf die Haustür unter ihnen. »Das Zeug auf dem Tisch neben der Tür. Meine Linda hat da ein Hundefoto stehen und eine Art Blumenkorb drum herum, aus Keramik, außerdem hat sie ein Telefonverzeichnis in einem Messinghalter und einem Vogel vorn drauf … Aber was findest du hier unten? Ein paar Autokataloge, ein Formular für die Verlängerung der Gebäudeversicherung. Das ist alles.«

Sie schauten beide nach unten. Im Büro hinten im Haus hörten sie das andere Team bei der Durchsicht von Alisha Grahams Papieren. Die Eigentümlichkeiten, die dort auftauchten, waren noch eindeutiger.

Auf dem Teppich bei der Tür lagen mehrere aufgeschlagene Bücher, in denen noch die von Alisha eingelegten Merkzeichen steckten. Daneben waren die Fotografien aufgestapelt.

Das Bild in dem ersten aufgeschlagenen Buch schien ziemlich harmlos. Hinter einem riesigen steinernen Torbau in einer fremden Landschaft ging die Sonne unter. Zu beiden Seiten erstreckten sich sandige Flächen. Die Bildunterschrift lautete: *Das Tor zur Sonne, Tihuanaco. Fünf Städte, eine auf der anderen erbaut, verlassen im 13. Jahrhundert.* Auf der nächsten Seite waren fünf in eine Mauer eingelassene Steinköpfe zu sehen: zwei quadratisch und ritualisiert, zwei verrottet und der fünfte von beunruhigender Leere mit weit offenem Mund und einer Falte in der Stirn und in der Schädeldecke. Dieses letzte Gesicht hatte etwas zutiefst Abstoßendes; es sah aus wie das eines Irren. Das Auge des Betrachters wurde immer wieder von der Kerbe im Knochen über den Augen angezogen, von den kleinen, runden Augen, die viel zu dicht unter dem Scheitel saßen. Der Mund war zu einem Schrei geöffnet.

Das zweite Buch war ebenfalls auf einer Seite mit Gesichtern aufgeschlagen. *Teotihuacánische Götter* lautete die Fußnote. Es waren die Gesichter alter Männer mit vorstehenden Zähnen; die eckigen und roboterartigen Masken von Regengöttern; Tiergesichter mit gefiedertem Kopfschmuck; Augen mit schwarzen Pupillen und Rändern.

Das dritte Buch war nahezu vollständig von Zeitungen bedeckt. Buch und Zeitungen widmeten sich einem alltäglichen Thema: Torbauten. Stadttore und Tempeltore. Tore verlassener Kirchen; megalithische Altäre, die Tore in Tarxien flankierten; verfallene Erdbänke in L'Anse aux Meadows in Neufundland. Die heilige Einfriedung des Marduktempels in Babylon; das aufgerissene Maul des Jaguargottes der Olmeken. Pfade zu Geheimnissen, seit Jahrhunderten gehütet. Ganz oben lag das Gesicht eines weinenden Kindes, eine vorkolumbianische Jade-Statuette. Verkürzte Glieder und pfotenähnliche Hände betonten die Hilflosigkeit des riesigen Kopfes. Das Kind blickte neben den Masken der Inkas zu den Männern auf, die stumm und bedrückt im Zimmer herumräumten.

Es war genau ein Uhr, als der Inspector sich von den Knien erhob, seufzend aus Alishas Aktenbergen auftauchte. Im selben Moment klingelte sein Mobiltelefon, das neben den Büchern auf dem Boden lag. Er hob es auf und meldete sich.

»Wallis.«

»Inspector Wallis, hier spricht Detectice Chief Inspector Wilde aus Melkham.«

»Guten Tag, Sir.«

»Wie läuft's?«

»Langsam.«

»Irgendetwas Eindeutiges?«, fragte Wilde.

»Nichts, was ins Auge springt. Nichts, was auf einen Kampf schließen lässt, kein Blut... An manchen Stellen ein bisschen unordentlich. Verschiedene Dinge, die ein bisschen ungewöhnlich sind. Es ist noch zu früh.«

Am anderen Ende der Leitung entstand eine kleine Pause, so dass Wallis im Hintergrund mehrere Stimmen, das Klingeln mehrerer Telefone hören konnte. »Ungewöhnlich?«, wiederholte Wilde. »Inwiefern ungewöhnlich?«

Wallis versuchte es in Worte zu fassen. »Unmengen von Papier, wissenschaftliches Zeug. Aufsätze von Studenten – mindestens vierzig Stück. Alte Ausgaben von Zeitschriften. Drei- oder vierhundert, alle historisch, über Maschinenbauindustrie. Eine Menge Zeug über Bergbau – Kohle, Zinn. Es gibt hier einen Raum voller Bücher. Ein paar merkwürdige Themen.«

»Merkwürdig?«

»Eine Menge Literatur über...« Er suchte nach dem richtigen Wort. »Rituelle Orte. Tempel. Archäologische Ausgrabungen. Totenmasken...«

Wieder gab es eine nachdenkliche Pause am anderen Ende der Leitung.

Wallis schaute aus dem Fenster; es war ihm bisher noch gar nicht aufgefallen, dass es stark nieselte. »Haben wir eine Todeszeit?«, fragte er.

»Ja«, antwortete Wilde. »Alisha Graham ist irgendwann am späten Montag gestorben.«

»Aber wir wissen nicht, wo. Noch nicht.«

»Absolut richtig«, sagte Wilde. »*Noch* nicht.«

Sie beendeten das Gespräch. Lächelnd legte Wallis das Telefon weg. Wilde war offensichtlich ein ungeduldiger Mensch, zu ungeduldig, um die Nummer ihres Einsatzzentrums anzuwählen. Oder vielleicht hatte er schon dort angerufen und wollte von den Männern in Alisha Grahams Haus das Allerneueste wissen. Wallis nickte anerkennend. Er kannte dieses Gefühl, das Gefühl der Frustration, wenn man versuchte, die Teile eines Puzzles zusammenzufügen und es einem einfach nicht gelingen wollte. Er fragte sich, was sie von dem Mädchen erfahren hatten, das bei Miss Graham gewesen war, und überlegte, ob er hätte danach fragen sollen. Wie lange würde es wohl dauern, bis er Wilde zu sehen bekam, der vermutlich bald hier erscheinen würde. Gewiss konnte er nicht lange widerstehen.

»Komische Sache«, sagte er vor sich hin. »Komische Sache ... eine alte Frau und ein junges Mädchen.«

Der jüngere Officer blickte auf. »Tut mir Leid, Sir, ich habe Sie nicht verstanden.«

»Es war nichts«, sagte Wallis. »Gar nichts.«

Der Nachmittag verging. Draußen regnete es stärker, während das Team im oberen Stockwerk noch einmal den Teil des Hauses durcharbeitete, den es schon am Vortag unter die Lupe genommen hatte. Sie öffneten Alisha Grahams Schränke und Schubladen, nahmen jedes einzelne

Stück heraus, untersuchten jede Tasche, jeden Kragen, jede Manschette und jeden Saum. Auch sie wunderten sich über die seltsame Zusammenstellung von Kleidungsstücken, die in Alishas Koffer gefunden worden waren: alt und neu durcheinander, die neuen Sachen oft noch mit den Preisschildchen versehen. Sie konnten sich keinen Reim darauf machen. Offensichtlich hatte Alisha nicht einfach beschlossen, neue Unterwäsche oder Schuhe zu kaufen und die alten Garnituren wegzuwerfen. Hier lag alt und neu nebeneinander: ganz unten im Schrank Schuhe, die schon jahrelang getragen worden waren, neben Schachteln, in denen die Schuhe noch in Seidenpapier gewickelt waren. Neue Pullover lagen neben alten in den Schubladen der hölzernen Kommode und unter dem Diwanbett. Zerknitterte Blusen mit ausgefransten Krägen waren zusammen mit noch verpackten, neuen Hemden gestapelt. Schätzungsweise hatte Alisha Graham vor kurzem mehrere hundert Pfund für Kleidung und Schuhe ausgegeben. Für Kleidung und Schuhe, die noch in den Schachteln und Tüten aufbewahrt worden waren, als sollten sie nie benutzt werden, als dienten sie einem anderen Zweck als dem, getragen zu werden.

»Wissen Sie, wie das aussieht?«, meinte der Officer. »Es sieht so aus wie in dem Haus in Stowe, in dem wir mal waren. Die Wohnung der Ladendiebin mit all diesem Zeug, das auf dem Fußboden aufgestapelt war. Die vielen Jacketts. Erinnern Sie sich?«

Wallis erinnerte sich. Hier war es dasselbe und doch auch wieder nicht. Chronische Diebe wie die traurige Frau mittleren Alters in Stowe vermischten ihr Diebesgut nie mit ihrer alltäglichen Kleidung. Sie glichen Trophäen. Leblose Zeugen für eine Krankheit. Diebstahl war nichts Persönliches. Häufig wurde die Beute, wie im Fall der Ladendiebin, in ein Gästezimmer oder auf den Speicher gebracht, einen Raum, der vom Boden bis unter die Decke mit gestohlenen Waren voll gepackt war. So etwas wie hier hatte er jedoch noch nie gesehen – die neuen Sachen sorgfältig zwischen die abgetragenen eingeordnet. Es war, als habe man zwei Leben ineinander verschachtelt, zweierlei Wünsche, zwei Bilder eines Menschen. Es war schwierig zu definieren, schwierig, es in den Griff zu kriegen. Es schien einfach nicht richtig.

Der erste Officer ging zur Treppe und rief hinunter: »Inspector …«

»Was gibt's?«

»Sir, haben Sie Kontoauszüge, Empfangsbestätigungen oder Quittungen gefunden?«

»Bin eben erst zu ihren Finanzen gekommen.«

Es war die dünnste und ordentlichste Mappe im ganzen Haus. Weder alte Abschnitte noch Dokumente waren darin aufbewahrt worden; alles stammte entweder vom laufenden oder vom vergangenen Jahr.

Alisha Grahams Versicherungen und Kreditkarten waren auf dem neuesten Stand und wurden monatlich bezahlt. Strom, Gas und Telefon wurden abgebucht.

»Ich verstehe das einfach nicht«, sagte Wallis vor sich hin.

»Was verstehen Sie nicht?«, wollte sein Kollege wissen.

»Das hier.« Wallis zeigte auf die Mappe. »Die Frau gibt nicht viel aus. Man muss sich nur mal die Stromrechnung ansehen, auch wenn es sich um das Frühjahrsquartal handelt, ist sie ungewöhnlich niedrig. Bei den Kosten für Gas ist es dasselbe. Es gibt nur wenige Lebensmittel in der Küche. Keine neuen Möbel im Haus.« Nachdenklich tippte er mit einem Finger auf die Mappe. »Die Frau gibt nur Geld für Bücher und ihren Wagen aus. Sie hält nicht viel von häuslichem Komfort. Schaltet die Heizung nicht ein und kocht nicht viel, wie es aussieht. Sie verbringt die meiste Zeit außer Haus oder am Computer, sie kümmert sich nicht viel ums Haus, putzt es nur ab und zu – aber nicht sehr gründlich. Sie mag keinen Wirbel, und sie besitzt nichts, das nicht rein praktisch wäre.«

»Und hat für Kleidung nichts übrig – trotz all dieser Sachen im ersten Stock.«

Wallis schüttelte den Kopf. »Genau. Eine Frau, die sonst nichts ausgibt, hat ein Zimmer voll neuer Kleidung. Die sie entweder gestohlen oder geschenkt bekommen hat. Gekauft hat sie sie kürzlich ganz bestimmt nicht.«

»Vielleicht hat sie sie schon lange.«

»Möglich. Das muss ich mir genauer ansehen. Wir müssen die Sachen in die Läden bringen und herausfinden, wann sie zuletzt verkauft wurden.«

»Wenn sie sie nicht selbst gekauft hat …«

Beide schauten auf den Laserausdruck der Fotografie, die am Tag vorher im Haus gefunden worden war und jetzt am Kaminsims über der leeren Feuerstelle hing. Betrachteten das nackte Mädchen, das in Alishas Schlafzimmer ausgestreckt auf dem Fußboden lag. Ein Abzug des Fotos war bereits an das Untersuchungsteam in Melkham geschickt worden, doch bisher war noch keine Antwort gekommen, so dass man nicht wusste, ob es sich um das Mädchen handelte, das dort festgehalten wurde.

Wallis seufzte. »Geschenke eines Bewunderers?«, fragte er verärgert. »An eine Frau von siebzig Jahren? Die verschiedensten Sachen, die sie nicht anziehen wollte?«

Wieder schaute er auf die auf dem Fußboden aufgestapelten Papiere. »So vieles passt einfach nicht zusammen«, stellte er fest und sprach damit einen Gedanken laut aus, der ihm an diesem Tag schon fünfzig Mal durch den Kopf gegangen war. »Eine Botschaft auf dem Bildschirm, die dem Ton dieses ganzen wissenschaftlichen Krams widerspricht. Das Bild eines solchen Mädchens …«

»Eine Freundin«, sagte der andere. »Eine besondere Freundin.«

»Sexuell. Auf jeden Fall intim. Intim genug, um ein solches Foto zu machen … Das würde bedeuten, dass das Mädchen oft hier war. Aber hier ist nichts, das einem jungen Mädchen gehört. Kein Ohrring, keine Seife … Ich meine, werfen Sie mal einen Blick ins Bad. Schon mal das Badezimmer eines Teenagers gesehen? Voller Körpersprays, Tampax, drei verschiedene Shampoos …«

»Dann hat sie nicht hier gewohnt.«

»Sie hat nicht nur *nicht hier gewohnt*, sie hat keine Spur hinterlassen, die darauf hinweist, dass sie jemals hier war.« Wallis betrachtete das Foto eingehend. »Und trotzdem war sie unbekleidet in Alisha Grahams Schlafzimmer. Was ist es also? Ein Scherz mit einer ihrer Studentinnen? Ein sehr seltsamer Scherz.«

»Vielleicht …«

Wallis drehte sich zu ihm um. »Was?«

»Vielleicht hat Alisha Graham sie bezahlt. Für gewisse Dienstleistungen.«

»Sex, meinen Sie?«

Der Jüngere errötete. »Ja.«

Wallis lächelte ihn an. »Sie sind wirklich viel zu sensibel«, stellte er fest und trommelte mit den Fingern auf die Schreibtischplatte. »Es gibt hier nichts, woraus man auf etwas Sexuelles schließen könnte. Nichts in den Büchern oder Zeitschriften.« Er runzelte die Stirn. »Das war keine sinnliche Frau«, sagte er. »Sehen Sie sich doch einmal um. Hier hat eine praktische Person gelebt. Sie hätte nicht bezahlt, um Wärme zu bekommen, geschweige denn für jemanden in ihrem Bett. Sie war auch nicht übertrieben empfindsam, eher das, was wir spartanisch nennen würden.«

Er kehrte zu der Mappe mit den finanziellen Unterlagen zurück. »Das Einzige, das ihr wirklich am Herzen zu liegen schien, war ihr Auto. Das Teuerste, das ich in der Mappe gefunden habe, ist die Reparaturrechnung für einen neuen Kühler von kurz vor Weihnachten. Der Kundendienst wurde zwei Monate vorher gemacht. Die Kreditkarten...« Er besah sich die Abschnitte. »Benzin. Rechnung ihres Internet-Providers. Druckerpatronen. Zeitschriftenabonnement. Lebensmittelrechnung vom Supermarkt – damit würde ich nicht mal meine Katze satt kriegen.«

Sie hörten Schritte auf der Treppe und spähten in die Diele hinaus. Einer vom Team kam aus dem Schlafzimmer herunter und trug eine kleine Schachtel vor sich her.

»Inspector Wallis...«

»Was gibt's?«

Der Mann kam an die Tür. Seine Miene war unergründlich; er hielt die Schachtel weit von sich, als könnte sie explodieren.

Wallis stand auf. »Noch ein Paar Schuhe?«

»Nein«, sagte der Jüngere und warf einen Blick in die Schachtel, ehe er plötzlich angeekelt den Mund verzog. »Keine Schuhe«, sagte er. »Keine Schuhe...«

14

In diesem Frühling bestritt er seinen halben Lebensunterhalt als Rattenfänger.

Sie waren überall auf dem Hügel, bis hinunter zu den durstigen Feldfrüchten und in den Minengebäuden. Aubrete selbst war zu ihm gekommen, zu seinem im Unterholz versteckten Wagen, den er mit einer grünen Baumwollplane abgedeckt hatte, damit man seine Farbe von der Landstraße aus nicht sehen konnte. Er wollte nicht in ihr Blickfeld geraten.

Der Ägypter ging nie zu ihren Häusern hinunter, nicht einmal auf der Suche nach Frauen. Manchmal sahen sie ihn mit ihrem versteckten Lächeln an, betrachteten seine Arme, seinen Körper. Aber er ging nie los, um Frauen zu finden. Nicht hier, nicht jetzt.

Aubrete stieß am Abend zu ihm.

Der Bergwerksbesitzer kam durch die Bäume, als der Ägypter sein Feuer hütete und das Kaninchen ausnahm, das er sich von Aubretes Land geholt hatte. Es war ein Verstoß gegen das Jagdverbot, aber Aubrete würdigte das tote Tier kaum eines Blickes, obwohl es in Reichweite des Ägypters lag. Und in diesem Moment erkannte er zum ersten Mal, wie schlimm es um die Dinge stand.

»Ich möchte, dass Sie in der Grube Fallen aufstellen«, sagte Aubrete.

Der Ägypter musterte den Grundbesitzer, den weichen dunklen Mantel, das blasse Gesicht. »Dorthin kann ich nicht«, sagte er. »Ich gehe überallhin, wohin Sie wollen. Aber dorthin nicht.«

»Ich bezahle Sie.«

»Egal«, sagte er Ägypter. »Ich bitte um Verzeihung, aber ich kann nicht.«

»Warum nicht?«

Der Ägypter konnte es nicht sagen. Er konnte nicht in die Nähe der Grube gehen. Wenn er nur eine halbe Meile davon entfernt war, bekam er schon eine Gänsehaut vom Geschrei des Eingangs. Das Tor war zerbrochen, das Gate ungeschützt. Es war schrecklich, wütete in seiner Kehle, in seinem Kopf, wie Fieber. Es weckte ihn in der Dunkelheit mit seiner Totenklage.

Er sah Aubrete zögern. Wusste, dass da noch etwas war. Er las es im Gesicht des Mannes.

Wasser.

Zu viel Wasser.

»Wollen Sie nicht wenigstens einen Blick hineinwerfen?«, fragte Aubrete mit so sanfter Stimme, dass der Ägypter ihn verblüfft ansah.

Die Frage traf ihn so unvorbereitet, dass er sich über den Rauch des Feuers hinweg, der zwischen ihnen schwelte, sagen hörte: »Ich werde es mir ansehen, wenn Sie es gern wollen.«

Und das war alles, ein paar kleine Worte.

So begann das Ende.

15

Als Anna Miles das Polizeirevier von Melkham betrat, war es früher Nachmittag. Robert Wilde erwartete sie.

»Tut mir Leid, Sie noch einmal behelligen zu müssen«, sagte er.

»Ist schon in Ordnung«, antwortete sie. Sie war überrascht, dass er in der Eingangshalle auf sie wartete.

»Ich möchte etwas in Ihrer Aussage überprüfen«, fuhr er fort und führte sie durchs Revier. Sie ging hinter ihm, die Handtasche fest an die Brust gedrückt, die Arme über der Tasche gekreuzt. Sie kamen zum Fuß der Treppe, wo er stehen blieb, um sie vorbeizulassen, und ihr mit einer kurzen Geste zu verstehen gab, dass sie vor ihm hinaufgehen sollte. Jetzt erst merkte sie, wie müde er aussah. Sie lächelte ihm zaghaft zu. Sie gingen in sein Büro. Er stellte ihr einen Stuhl zurecht. »Tee?«, fragte er.

Sie schüttelte den Kopf. »Danke, nein.«

Die Tür ging auf. Sandys kam herein und setzte sich auf einen Stuhl in der Ecke, wo das Tonbandgerät stand.

»Haben Sie gegen die Anwesenheit von Inspector Sandys etwas einzuwenden?«, fragte Wilde.

Sie blickte von einem zum anderen. »Nein.«

»Haben Sie auch nichts dagegen, dass unser Gespräch aufgenommen wird?«

Sie musterte das Aufnahmegerät. »Ich dachte, das sei bloß eine ganz zwanglose Unterhaltung...«

»Das ist es auch. Aber wir müssen sie trotzdem aufnehmen.«

»Nur eine Minute«, sagte sie.

»Sie sind nicht festgenommen«, versicherte er ihr.

Sie starrte ihn mit offenem Mund an. »Ich habe, verdammt noch mal, nichts Unrechtes getan«, sagte sie.

Sandys schaltete das Gerät ein und hielt ihren Namen und die Zeit fest.

Wilde setzte sich nicht, sondern blieb am Fenster stehen und sah Anna an. »Wie geht es Ihnen?«, fragte er.

Die Frage überraschte sie. »Ich bin okay.«

»Gut geschlafen?«

Sie runzelte die Stirn. »Ja.«

»Viele Leute schlafen nicht gut. Sie sagen, sie können es nicht. Leute, die eine Leiche finden.«

»Tatsächlich«, murmelte sie. Es war keine Frage.

»In der Nacht zuvor haben Sie nicht geschlafen«, stellte er fest. »Dienstag.«

Sie blickte zu ihm auf. Sie war noch immer wütend wegen des Tonbands und Sandys' Anwesenheit und hatte das Gefühl, in eine Falle gelockt worden zu sein. Noch schlimmer allerdings war, dass sie irgendwie unter Verdacht stand. »Wie bitte?«

»Als wir uns im Haus umgesehen haben«, sagte er, »ist mir nicht entgangen, dass Sie noch nicht geschlafen hatten.«

Schweigen. Anna betrachtete ihre Hände.

»Die Möbel waren verrückt«, sagte er.

Sie rührte sich nicht. Dann sagte sie leise: »Ich schlafe nicht immer.«

Er nickte, als sei das eine völlig normale Antwort, die sich mit seiner Beobachtung deckte. Er ging um seinen Schreibtisch herum, nahm ein Papier aus dem Aktenordner, der dort lag, und las es durch. »Was haben Sie gedacht, als Sie das Auto Ihre Zufahrt herunterkommen hörten?«

»Gedacht?«, fragte sie.

»Nun – es ist ein Uhr nachts. Draußen stürmt es. Sie erwarten niemand … warten auf niemand.« Er sah sie fest an. »So war es doch, nicht wahr? Sie haben niemand erwartet?«

»Nein«, bestätigte sie.

»Sie haben eine Mahagonitruhe vor die Tür gezogen …«

»Nein«, sagte sie.

Er war überrascht. »Wie bitte? *Nein?*«

»Ich…« Sie verstummte.

»Gut«, fuhr er mit tonloser Stimme fort. »Sie haben also niemand erwartet. Sie waren in Ihrem Schlafzimmer, wach, voll angekleidet.«

»Ja«, sagte sie.

»Und dann hören Sie ein Auto. Sie hören eine Hupe, und das Auto kommt näher.«

»Ja.«

»Und es ist ganz ohne Zweifel auf Ihrer Zufahrt. Sie sehen Scheinwerfer.«

»Ja.«

»Wie schnell ist das Auto gefahren?«, fragte er.

»Ich weiß es nicht.«

»Fahren Sie selbst?«

»Ja, ich…«

»Könnten Sie vielleicht schätzen, wie schnell es war?«

»Ich glaube, es fuhr ziemlich schnell«, antwortete sie. »Kurz nachdem ich die Hupe gehört hatte, kam es über den Hügel. Die Scheinwerfer… hüpften. Auf dieser Seitenstraße mit den Furchen und Schlaglöchern. Sie hüpften und schwankten, wie wenn man zu schnell fährt.«

»Richtig. Dreißig Meilen pro Stunde? Vierzig? Fünfzig?«

»Dreißig vielleicht.«

»Okay. Ziemlich schnell in einer regnerischen Nacht auf einer unbefestigten Straße.«

»Ja.«

»Würden Sie selbst auch so schnell fahren?«

»Nein. Ich hätte Angst um den Wagen. Die Achse. Den Auspuff.«

Er lächelte. »Ich auch.« Er setzte sich und trommelte mit den Fingern leicht auf den Schreibtisch. »Wir würden also langsamer fahren, Sie und ich. Aber diese Person hat es nicht getan. Das Mädchen.« Er unterbrach sich. »Woraus man schließen kann, dass…«

»Keine Ahnung.«

»Dass sie es eilig hatte?«

»Nun, offensichtlich.«

»Dass sie es eilig hatte und die Straße kannte.«

Anna runzelte die Stirn. »Das bedeutet nicht unbedingt, dass sie die Straße gekannt hat. Man könnte nur dringend irgendwohin wollen…«

»Sie wollte dringend zu Ihrem Haus?«

Anna zuckte mit den Schultern.

»Sie wollte dringend zum falschen Haus?«, beharrte Wilde.

»Ich weiß es nicht«, sagte Anna. »Ich rate nur herum.«

»Und trotzdem…« Wilde griff wieder zu Annas Aussage und las sie. »Und trotzdem steigt sie, als sie bei diesem Haus ankommt, zuerst nicht aus. Und als sie es schließlich tut, bleibt sie einfach im Regen stehen. Entfernt sich sogar ein Stück.« Er blickte wieder auf. »Ist das korrekt?«

»Ja.«

»Also war sie gar nicht so sehr darauf erpicht, Sie zu finden, sondern schlendert einfach davon, bleibt im Regen stehen… So benimmt sich niemand, der etwas dringend will, oder?«

»Nein«, sagte Anna. »Aber…«

»Sie ist also nicht schnell gefahren, weil sie verzweifelt, in Panik war. Sie fuhr schnell, um zu Ihnen zu gelangen.«

»Nein«, widersprach Anna.

»Und Sie waren wach und haben auf sie gewartet.«

»Nein.«

»Sie hatten auch keine Angst?«

Anna legte sich die Hand an die Stirn. »Warum sollte ich?«

»Vor einem unbekannten Eindringling, so spät nachts.«

Sie runzelte die Stirn. Er merkte, dass sie die Hände im Schoß verkrampfte.

»Und dieses Mädchen«, fuhr er fort, »hat nichts zu Ihnen gesagt. Hat überhaupt nicht reagiert. Sie haben sie auf einen Stuhl gesetzt und dann uns angerufen.«

»Ja.«

»Warum?«

Anna sah ihn völlig verblüfft an. »Warum – was?«

»Warum sind Sie rausgegangen und haben sie reingeholt?«

»Es hat geregnet ...«

»Allerdings. Aber sie ist Ihnen völlig fremd, sie steht draußen im strömenden Regen – das ist doch merkwürdig, oder? Sonderbar?«

»Ja, natürlich war's das.«

»Und Sie waren allein im Haus.«

»Ja.«

»Konnten nicht schlafen, waren unruhig – und dann fängt mitten in der Nacht ein Auto an zu hupen, und diese völlig Fremde taucht auf der Zufahrt auf ...«

»Nachdem sie ausgestiegen war, konnte ich nicht mehr sehen, wohin sie ging. Sie ließ den Motor laufen und die Scheinwerfer brennen ...«

»Also sind Sie rausgegangen.«

»Das habe ich doch schon ausgesagt. Ich habe gezögert. Aber schließlich bin ich zum Auto hinausgegangen.«

»Und haben eine Tote entdeckt.«

»Ja.«

»Und dann das Mädchen ins Haus gebracht.«

»Ja.«

»Eine völlig Fremde, die mitten in der Nacht unter so dramatischen Umständen auftauchte. Sie hätte diese

Frau ermordet haben können. Und Sie holen sie in Ihr Haus.«

»Ich – ich kann es wirklich nicht erklären«, erwiderte Anna. Sie merkte erst jetzt, dass sie die Hände rang, und versuchte bewusst und konzentriert damit aufzuhören. Wie konnte sie ihm, ohne die Wahrheit preiszugeben, erzählen, warum der Anblick des Mädchens eine solche Erleichterung für sie gewesen war? »Sie hat hilflos ausgesehen«, sagte sie.

»Mit einer Toten in ihrem Wagen?«

»Ja. Ich weiß, es klingt seltsam. Ich habe einfach gedacht, es müsse ihre Großmutter sein, ihre Tante oder irgendeine Verwandte... Ich bin nie auf den Gedanken gekommen, dass sie die Frau getötet haben könnte.« Anna sah Wilde sehr direkt an. »Hat sie es getan? Wollen Sie das sagen? Sie hat sie getötet?«

Wilde antwortete nicht.

Anna wandte den Blick ab. »Ich habe nicht klar gedacht«, flüsterte sie. »Wahrscheinlich habe ich falsch gehandelt. Ich weiß nicht. Ich war einfach... Ich bin müde.« Ihr versagte die Stimme. Sie schluckte hart. »Es war in letzter Zeit ein bisschen schwierig.«

Es wurde still im Raum.

Sandys streckte die Beine aus, kreuzte die Arme und schaute zu Boden. Anna sah ihn an, dann wieder Wilde.

»Matthew Aubrete«, sagte Wilde. »Sie kennen ihn?«

»Matthew? Natürlich kenne ich ihn.«

»Aber nicht sehr gut.«

Wilde entging die verräterische Röte nicht, die ihr vom Hals in die Wangen schoss.

»Nein, nicht sehr gut«, bestätigte sie.

»Sie wussten also auch nicht, dass er Alisha Graham erwartete.«

»Nein.«

»Sie wissen folglich auch nichts von seinen Plänen?«

»Seinen Plänen?«, wiederholte sie.

»Pläne für die Gärten. Warum er Miss Graham hergeholt hat.«

»Nicht genau … Hören Sie …«

»Nicht genau?«

»Nun ja, jeder hier weiß, dass es Probleme mit dem Wasser gibt.«

Wilde machte eine Pause, streckte die Hände aus und legte die Fingerspitzen aneinander. »Und kennen Sie Dominic Aubrete?«, fragte er, ohne sie anzusehen.

Sie warf einen verstohlenen Blick auf Sandys. »Nein«, antwortete sie. »Nur vom Sehen, mehr nicht.«

»Nur vom Sehen?«

»Ja, das ist richtig.«

Er nickte langsam. »Sie waren nie Gast im Haus?«

Sie sagte nichts, hielt jedoch kopfschüttelnd seinem Blick stand.

»Als privater Gast … als Freundin der Familie?«

»Nein …«

»Vielleicht wenn Mr Aubrete senior und junior da waren, im letzten Jahr oder so?«

»Nein.«

»Wenn Mrs Aubrete verreist war?«

Es folgte ein längeres Schweigen. Beide Männer beobachteten sie. Sie blickte zu Boden, während sich die Röte auf ihrem Gesicht ausbreitete.

»Miss Miles?«, hakte Wilde nach. »Haben Sie meine Frage gehört?«

Sie schloss ein paar Sekunden lang die Augen. Die Knöchel ihrer verschränkten Hände wurden weiß, dann öffnete sie die Augen wieder und biss sich auf die Lippen.

»Hören Sie«, sagte sie schließlich, »ich habe es nicht für wichtig gehalten. Ich konnte mir nicht vorstellen, wieso es wichtig sein sollte.«

»*Was* haben Sie nicht für wichtig gehalten?«, fragte Wilde.

»Meine Freundschaft mit Matthew«, antwortete sie leise.

»Freundschaft? Meinen Sie eine Affäre?«

Sie schüttelte den Kopf. »Das ist jetzt nicht mehr wichtig«, sagte sie. »Alles aus und vorbei.«

Wilde betrachtete sie ein paar Sekunden nachdenklich. »Und warum?«, fragte er dann.

»Das ist sehr schwierig.«

»Haben Sie deshalb Dienstagnacht Ihre Tür verbarrikadiert?«

»Nein. Nicht wegen Matthew.«

Zu spät wurde ihr klar, was sie gesagt hatte; sie hob den Kopf und blickte verärgert zur Decke.

»Weswegen dann?«, fragte Wilde. »Wer wollte kommen?«

»Ich weiß nicht. Niemand.«

»Niemand? Aber Miss Miles!«

Sie ließ den Kopf sinken.

Wilde blickte zu Sandys hinüber und sah die hochgezogenen Brauen seines Kollegen.

»Was war geschehen?«, fragte er Anna. »Hatte es etwas mit Matthew Aubrete zu tun?«

»Es war nur ...« Sie schien nach einem Grund zu suchen.

»Sie hatten sich gestritten?«

»Nein, nicht richtig.« Sie beugte sich vor, stützte die Ellbogen auf die Knie und legte den Kopf in die Hände. »Er wollte etwas, das ich ihm nicht geben konnte«, sagte sie. »Er wollte mich heiraten.«

»Ist das so unerträglich?«, fragte Wilde.

»Nein …« Sie unterbrach sich.

»Was dann?«

»Ich begreife einfach nicht, was zum Teufel, Sie das angeht!«, stieß sie mit einem Anflug von Ungeduld hervor.

Wilde betrachtete sie mit lebhaftem Interesse, als habe er in ihrer Stimme etwas gehört, das ihm bekannt vorkam. »Woher kommen Sie?«, fragte er.

»O Jesus!«, murmelte Anna. Nur eine einzige Sekunde lang blickte sie zu Boden und bemühte sich, einen letzten Rest an Geduld aufzubringen. Es gelang ihr nicht. Sie sprang auf, schnappte sich ihre Handtasche und presste sie wieder an ihre Brust. »Ich habe alles getan, um Ihnen zu helfen«, sagte sie. »Ich kenne das Mädchen nicht, ich kenne auch diese Graham nicht. Matthew hat mir nicht gesagt, warum sie herkommen sollte. Ich weiß nicht, warum sie vor meinem Haus aufgetaucht sind oder warum ich so verdammt idiotisch war, hinauszugehen, statt gleich die Polizei anzurufen, was das Richtige gewesen wäre …« Sie unterbrach sich, um nach dieser Wortflut Atem zu holen. »Ich glaube nicht, dass Sie mich hier zurückhalten können«, fügte sie hinzu.

Wilde kam rasch um seinen Schreibtisch herum.

»Ich gehe«, sagte sie und wandte sich zur Tür.

Doch es gelang ihm, sanft ihren Arm zu fassen, als sie die Tür zum Korridor öffnete.

»Miss Miles«, sagte er so leise, dass sie ihn kaum hörte. »Wen haben Sie erwartet, wenn nicht Matthew Aubrete?«

16

Wie alle guten Märchen hatte es mit einem schönen Prinzen begonnen.

Es hätte, ebenso wie alle guten Märchen, in einem anderen Jahrhundert passieren können. Anna hatte das Gefühl, als seien ein paar hundert Jahre vergangen, seit sie ihm begegnet war, in Wahrheit jedoch waren es kaum mehr als zwei Jahre.

Letzte Weihnachten waren es zwei Jahre gewesen.

Anna Miles – oder Anna Cray, wie sie damals geheißen hatte – war Musiklehrerin an einer Schule in Manningham gewesen. Sechsundzwanzig und Single. Das erste Mal hatte sie ihn in der Schule gesehen, wo er mit einer Mappe und einer Aktentasche am Empfang gestanden hatte. Er war groß und dunkelhaarig und sah südländisch aus. Wer immer er war, er sah aus wie einer dieser Filmstars in den Fünfzigerjahren, mit sanften Gesichtszügen, Rehaugen und einem durchtrainierten Körper.

»Mein Gott, wer ist das?«, hatte die Vertretung des Direktors gefragt, die bei Anna stehen blieb, als sie Akten aus einem Regal nahm.

»Keine Ahnung«, hatte Anna erwidert.

»Ist der echt?«, hatte die Kollegin wissen wollen. »Er sieht aus wie aus Plastik.«

Sie hatten gelacht, sich »pst, pst« zugeflüstert und sich abgewandt, als der Direktor mit dem Mann auf sie zukam.

Er war, fand sie in der Mittagszeit heraus, einer der Architekten, die am Umbau der Schule arbeiteten, der für diesen Sommer geplant war. Sie hatte seinen Namen erfahren. Ben McGovern. Er war zu gut, um wahr zu sein. Zu schön, zu glatt, zu sauber.

Unwirklich.

Alljährlich zu Weihnachten veranstaltete die Musikabteilung ein Konzert, dessen Erlös gespendet wurde. Die Metamorphose war Annas Idee gewesen. Ohne auf das übliche Konzert mit Weihnachtsliedern zu verzichten, hatte sie ein Gemeinschaftsspiel arrangiert und das traditionelle Krippenspiel der jüngeren Schüler mit einer Kapelle umherziehender Geiger, Tänzer und Blechbläser vereint, die Jazz spielten. Zum Glück war es ein voller Erfolg gewesen, und die Eltern hatten auf den Bänken im Pariser Caféhaus-Stil, dem englischen Dorfanger, dem hawaiischen Strand und im Stallhof von Bethlehem gestanden und gejubelt, als Anna, feuerrot, immer wieder vor den Vorhang gerufen worden war.

Sie hatte nicht gewusst, dass Ben McGovern auch da war, bis er aus der Menge auftauchte und ihr die Hand reichte.

Sie hatte sie genommen.

Auf der Rückfahrt zu ihrem Haus dachte Anna an diese Hand und an den Griff, mit dem Robert Wilde sie zurückgehalten hatte, als sie das Polizeirevier verließ. Ben McGoverns Hand war glatt und weich und ohne Furchen, Robert Wilde hingegen hatte ein wenig rauere Finger, die sich leicht in einem Faden ihrer Jacke verfangen hatten, so dass man ein winziges scheuerndes und zischendes Geräusch hörte, als sie versuchte, sich von ihm loszureißen. Zwei völlig verschiedene Hände. Sie hatte Wildes Hände betrachtet und die ersten Altersflecken auf seinem Handrücken gesehen. Hatte die breite Hand gesehen, die quadratischen Nägel an kurzen, praktischen Fingern. Bens Finger waren lang und fein.

»Wie die eines Pianisten«, hatte sie an jenem ersten Abend scherzend gesagt.

»Oder einer Geigerin wie Sie«, hatte er hinzugefügt und ihre Hand ein wenig zu lange festgehalten.

Jetzt behielt sie die Straße im Auge.

Die Abzweigung zu ihrem Cottage tauchte auf. Sie sah die anderen Wagen, die auf dem Grünstreifen beim Tor parkten. Die Insassen waren ausgestiegen und warteten anscheinend in der hellen Nachmittagssonne auf sie.

»Guter Gott, nein!«, sagte sie vor sich hin.

Sie fuhr langsamer und sah dann das Polizeiauto hinter dem Tor. Der Polizeibeamte, der neben dem Auto stand, winkte sie durch. Als sie ins Tor einbog und in den ersten Gang schaltete, um über die mit einem Gitterrost bedeckte Grube zu holpern, pressten sich Gesichter an ihre Scheiben.

»Wer ist das geheimnisvolle Mädchen?«, schrie ein Mann.

Schlimmer noch. »Wie geht's Matthew?«, gellte eine zweite Stimme.

Ein Blitzlicht flammte auf. Sie legte die Hand vors Gesicht, um es abzuschirmen.

Zu spät.

Sie beschleunigte und winkte dem Polizisten kaum merklich zu. Es war nicht leicht, auf dem Feldweg die Geschwindigkeit beizubehalten. Der Wagen hüpfte von einer Seite auf die andere, und erst als sie etwa dreißig oder vierzig Meter gefahren war, kam sie dazu, Atem zu holen. Sie schaute in den Rückspiegel: Am Tor drängten sich noch immer die Leute und sahen ihr nach. Sie biss die Zähne zusammen und schaltete herunter, bis der Wagen nur noch etwa zwanzig Stundenkilometer fuhr. Langsam… langsam. Überleg doch, wie das für sie aussehen muss. Langsam, langsam. Geschwindigkeit bedeutete Schuld, *Geschwindigkeit bedeutete Furcht.*

Ben hatte ihr gesagt, dass sie zu schnell fuhr. Bevor er es erwähnt hatte, hatte sie nie viele Gedanken daran verschwendet: Sie kam immer zu spät, hatte es immer eilig, war aber nie ein ernstes Risiko eingegangen und hatte sich nie als Gefahr am Steuer gesehen. Bis zu dem Zeitpunkt, als Ben aufgetaucht war.

Zuerst hatte er es scherzhaft betrachtet. »Brrr«, hatte er gesagt, als ziehe er an den Zügeln eines Pferdes. »Rot bedeutet Halt.«

Er hatte gelacht, als sie an die Ampel gefahren war. An dem Abend, an dem sie ihn nach Hause gebracht hatte. Sein Wagen war beim Kundendienst gewesen; zu ihrer heimlichen Belustigung hatte er so liebevoll von diesem Wagen gesprochen, als sei er etwas Lebendiges. Als sie an der Ampel warteten, hatte sie sich ihm zugewandt.

»Es war nicht Rot«, hatte sie widersprochen, ohne ihm seine Kritik wirklich übel zu nehmen, nur ein klein wenig. Bei der Vollbremsung nach seiner Bemerkung war ihr Sicherheitsgurt eingerastet, so dass sie ihn auf ihrer Schulter lockern musste.

»Sie brauchen einen dieser Fliegerhelme«, hatte er gesagt und ihr Lächeln erwidert. »Wie im Ersten Weltkrieg. Und einen weißen Schal, der seitlich hinausweht. Und eine Pfeife. Und Sie dürfen mich Biffo nennen.«

Erst viel später war ihr seine versteckte Andeutung über ihren leichtsinnigen Fahrstil klar geworden und hatte sie nervös gemacht – zusätzlich zu allem anderen.

Sie hielt vor dem Haus, stellte den Motor ab und blickte hinaus zu den wogenden Hügeln, der See und dem weißen Horizont.

Ich stecke fest, dachte sie. Stecke in einem Treibsand fest.

Sie verzog das Gesicht, schloss die Augen und versuchte dieses Bild zu verdrängen.

Unmöglich, sich zu bewegen. Weder vor- noch rückwärts. Robert Wilde hatte ihr das Versprechen abgenommen, nicht zu verreisen. Er hatte ihr nicht erlaubt, das Revier zu verlassen, ehe sie ihm nicht diese Zusicherung gegeben hatte. Sie blieb noch ein wenig sitzen und fragte sich, was passieren würde, wenn sie dieses Versprechen brach und heute Abend wegfuhr. Würde der Polizist am Tor sie fragen, wohin sie fuhr? Würden sie nach ihrem Wagen fahnden, wenn sie nicht zurückkam? Wie lange würde es dauern, bis man sie fand? Bevor sie wieder zurückgekommen war und sich selbst durch ihre »Flucht« als Schuldige gebrandmarkt hatte ...

Seufzend schaute sie auf die Uhr. Drei Uhr. Sie legte beide Hände ans Gesicht, rieb sich die Stirn. Als sie aus dem Wagen stieg, suchte sie in der Handtasche nach den Schlüsseln, ohne zur Tür zu blicken. Als sie schließlich den Kopf hob, sah sie, dass sie bereits offen war.

Sie blieb stehen, legte unbewusst die Hand an die Kehle und drückte mit den Knöcheln gegen die Luftröhre.

Sie betrachtete das übrige Haus. Kein Hinweis sonst. Sie sah sich nach allen Seiten um. Kein Wagen. Niemand auf den Feldern. Sie machte einen Schritt vorwärts, bückte sich ein wenig, um den ganzen Flur zu überblicken. Er war leer. Sah aus wie immer. Ihre Jacke hing an einem Haken. Der Dielentisch. Der Spiegel. Das Ende des Flurs im Schatten verborgen.

Kurz nach drei Uhr wurde Robert Wilde ins Einsatzzentrum gerufen. Als er eintraf, hatte sich eine kleine Gruppe vor dem Fernseher versammelt und sah sich das Band noch einmal an.

Als er kam, wichen sie zur Seite, damit er sich setzen konnte.

Der Constable ließ das Band zurücklaufen.

»Und wo ist das?«, fragte Wilde.

»Ballantyne Hill.«

»Das kenne ich«, sagte Wilde.

Ballantyne Hill auf den Somerset Levels war eine merkwürdig kegelförmige Gesteinsformation. Aus manchen Winkeln betrachtet sah sie ganz regelmäßig aus – einige hundert Fuß hoch, eine Insel auf einem flachen grünen Plateau. Von der kleinen Straße aus gesehen, die daran entlangführte, wirkte sie eher wie ein Schiffsbug mit einer steilen Wand und einem sanft nach Süden abfallenden Hang. Keine Insel mehr, sondern ein grünes Schiff, das eine seichte grüne See durchpflügte. Auf einer Seite säumten Bäume den Weg zum Gipfel: niedrig wachsender Weißdorn, der im Frühling zu weißem Blütenschaum wurde.

Ganz oben erhob sich, was einst eine Kirche gewesen war. Alles außer dem Kirchturm war längst zerfallen, und der Turm selbst war winzig, innen kaum mehr als dreieinhalb Meter im Quadrat. Anders als an das etwa zwanzig Meilen entfernte Glastonbury knüpften sich an diesen Turm keine Legenden. Es gab keine heilige Quelle am Fuß des Ballantyne Hill und keine Geschichte über den in der Nähe vergrabenen Heiligen Gral. Wenn überhaupt, hielten nur wenige Touristen hier an. Und wenn doch, dann nur, um den Abhang hinaufzusteigen und das flache Land zu betrachten, das sich in alle Richtungen erstreckte, und an heißen Sommernachmittagen ein wenig kühlere Luft einzuatmen. Etwa hundert Meter weiter unten befanden sich ein Farmhaus und eine kleine Tankstelle.

»Mitten im Nirgendwo«, sagte Wilde nachdenklich.

»Die Tankstelle hat zwei Pumpen, Benzin und Diesel«,

sagte der Constable. »Zwei Pumpen und einen kleinen Laden. Der einzige im Umkreis von zehn Meilen. Brot und Zeitungen von gestern.«

Wilde lächelte. Das größte Geschäft wäre wohl mit einem Pannendienst zu machen. Und prompt sah er auf der einen Seite des Bildschirms den Abschleppwagen, der unter einer Lampe parkte.

»Sie haben die Kamera vor einigen Monaten eingebaut. Ein paar Kids sind eingebrochen und haben einen Minibus zu Schrott gefahren, den sie für Schulfahrten benutzten.«

Wilde beugte sich interessiert vor. Ein Wagen, Alisha Grahams Wagen, fuhr in die Tankstelle ein.

Es war vier Minuten vor zwei Uhr morgens.

Schweigend beobachteten sie, wie der Wagen anhielt.

Alisha Graham stieg auf der Fahrerseite aus.

Ein sonderbares Gefühl durchrieselte Wilde bei ihrem Anblick. Seit zwei Tagen interessierte und beschäftigte sie ihn. Als er sie zum ersten Mal in diesem Wagen gesehen hatte, still und kalt, mit einem kleinen Rest Feuchtigkeit auf Haut und Kleidung, hatte er Mitleid mit ihr gehabt. Im Tode hatte sie sehr alt ausgesehen, die Farbe ihrer Haut grauweiß wie Pergament.

Doch sie war eine talentierte, ungewöhnliche Frau gewesen, so viel stand fest; eine lebenssprühende, intelligente Frau mit einem Kreis wesentlich jüngerer Freunde. So lebenssprühend, dass es schien, als habe sie auch in ihrem siebten Lebensjahrzehnt noch eine Art körperlicher Beziehung gepflegt. Alles an ihr verriet eine positive Einstellung zum Leben. Sie war eine viel beschäftigte Frau gewesen, und obwohl er eine ganze Menge über sie wusste, hatte er sie nie reden gehört, nie gesehen, wie sie sich bewegte. Bis jetzt.

Eine Hand in die Hüfte gestützt, sah sie sich um. Dann

ging sie zur Benzinpumpe und betrachtete das Vorhängeschloss. Sie schien mit den Schultern zu zucken oder zu seufzen, wahrscheinlich war sie verärgert. Wilde beobachtete ihren Gang ganz genau. Sie bewegte sich leicht und locker und mit weit ausholenden, männlichen Schritten.

»Wie viel Benzin war noch im Tank?«, fragte Wilde.

»Ungefähr ein Viertel«, sagte jemand hinter ihm.

»Also nicht mehr besonders viel«, sinnierte Wilde, »aber mit dem letzten Tropfen ist sie auch nicht gefahren. Warum hat sie angehalten? Warum hat sie nicht bis zum Morgen gewartet?«

Sie wandten sich wieder dem Bildschirm zu.

Alisha entfernte sich von der Pumpe, überquerte den Vorplatz der Tankstelle und verschwand.

In den verbleibenden Augenblicken musterten sie den Wagen und versuchten die Insassin zu sehen. Doch diese Seite des Wagens lag im tiefen Schatten. Keine Bewegung.

»Ist das Mädchen dort?«, fragte Sandys.

Sie konnten es nicht genau sagen. Der Wagen stand praktisch direkt unter der Kamera.

»Was macht sie?«, fragte Wilde. »Wo ist sie hin?«

Wie auf ein Stichwort kam Alisha Graham zurück. Sie stieg in den Wagen, startete und fuhr im Rückwärtsgang aus der Pumpengasse.

»Habt ihr andere Fahrzeuge vorbeikommen sehen?«, fragte Wilde die Männer.

»Nein.«

Wilde lehnte sich zurück, trommelte mit einem Fuß auf den Boden, wie immer, wenn er sich konzentrierte. »Seht zu, ob wir noch etwas über die Beifahrerseite erfahren können«, sagte er dann. »Fahrt hin und sprecht mit dem Inhaber der Tankstelle und mit den Leuten aus dem Farmhaus. Sie haben vielleicht etwas gehört oder gesehen.«

»Mitten in der Nacht?«

Wilde seufzte. »Man kann nie wissen«, sagte er. »Wir müssen es versuchen.«

Wieder Dunkelheit.

Wieder ein Flur.

Anna Miles war bei einem Elternabend in der Schule gewesen. Es war im Januar und siebzehn Monate her. Kalt und stockdunkel. Sie hatte mit zwei anderen Lehrerinnen noch etwas getrunken und war dann zu Fuß nach Hause gegangen. In der ruhigen und schmalen Straße hatten auf beiden Seiten Autos geparkt. Sie war, den Schlüssel schon in der Hand, fröstelnd die Stufen hinaufgeeilt; noch immer über einen Scherz lächelnd, den jemand gemacht hatte, als sie das Pub verließ. Sie hatte sich ihre Aktenmappe unter den Arm geklemmt, eine abgenutzte, mit Papieren voll gestopfte Ledertasche, deren Verschluss schon lange kaputt war. Anna war ins Haus gegangen, hatte die Tür geschlossen und auf den Lichtschalter gedrückt.

Nichts. Leise fluchend hatte sie sich durch die enge Halle und zur Treppe vorgetastet und die Aktentasche auf der ersten Stufe abgestellt. Das Haus war viktorianisch, ein Reiheneckhaus am Ende der Straße. Es war ihr erstes eigenes Heim, und sie hatte es billig erstanden, weil es allmählich zerfiel. Nachdem sie ihr ganzes Geld für ein neues Dach und neue Leitungen ausgegeben hatte, war nichts mehr übrig gewesen, um die Wände zu streichen oder Möbel für die Zimmer zu kaufen, wie sie es sich gewünscht hatte. In den Räumen lagen noch die fadenscheinigen Teppiche mit Blumenmuster der Vorbesitzerin, und an den Wänden klebte die alte gelbliche Tapete. In der Küche gab es eine steinerne Spüle, einen alten Gasofen und mehrere Resopalschränke. Um die Trostlosigkeit des Raums ein wenig aufzuhellen, hatte Anna sich in einem Heimwerkermarkt Farben besorgt und auf eine Wand eine riesige Sonne in einem strahlend blauen Himmel gemalt. Sogar jetzt, in der Dunkelheit, sah sie die tröstlichen Umrisse, während sie sich weiter vortastete. Mondlicht fiel auf den Fußboden.

Sie hatte die Tür zur Speisekammer geöffnet und nach dem Sicherungskasten gesucht. An der hinteren Wand hing ein seltsamer Kasten; sie öffnete ihn und tastete vorsichtig nach den Schaltern.

Einer zeigte nach oben.

Sie hatte die Stirn gerunzelt. In einem leeren Haus war der Stromkreis unterbrochen worden, und das Licht war ausgegangen. Langsam schob sie den Schalter nach unten. Das Licht ging wieder an. Kopfschüttelnd ging sie in die Küche zurück.

Vielleicht war der Stromkreis ja überempfindlich.

Draußen bewegte sich etwas.

Am hinteren Fenster tauchte ein Gesicht auf; ein körperloses Gesicht, vom Licht in der Küche hell beleuchtet, hob sich scharf von der Dunkelheit ab. Anna hielt den Atem an, das Gesicht kam näher.

Es war Ben McGovern.

»Himmel«, sagte sie. »Sie haben mich zu Tode erschreckt.«

Lächelnd gab er ihr zu verstehen, dass er sie nicht hören konnte, und wies auf die verschlossene Hintertür.

Sie hatte nur den Bruchteil einer Sekunde gezögert. Er grinste, schüttelte den Kopf und sagte etwas. Und schließlich war er kein Fremder. Sie kannte ihn. Sie öffnete die Tür.

»Sie haben mich erwischt«, sagte er.

»Was in aller Welt machen Sie hier?«, fragte sie.

Er hob eine Braue. »Habe ich das nicht eben gesagt? Sie haben mich auf frischer Tat ertappt. Ich hab gedacht, ich stelle es ganz schlau an und lege Ihnen etwas vor die Hintertür, wenn Sie nicht zu Hause sind.«

»Sie wollten mir etwas vor die Tür legen?« wiederholte sie und erhaschte aus dem Augenwinkel einen Blick auf die Küchenuhr. Zwanzig nach elf.

»Das hier«, sagte er und hielt ihr ein Päckchen entgegen. Es war klein, rechteckig und in Goldfolie eingepackt.

Sie hatte es erstaunt betrachtet. »Was ist das?«

»Ein Dankeschön.«

»Wofür?«

»Dafür, dass Sie mich im Auto mitgenommen haben.«

Sie hatte den Kopf geschüttelt. Das war vier Wochen her. Außer einem kurzen Guten Tag, wenn sie sich in der Schule begegnet waren, hatten sie nicht mehr miteinander gesprochen.

»Ich weiß, das kommt Ihnen merkwürdig vor«, hatte er eingeräumt. »Dass ich mich so im Dunkeln herumdrücke.« Mit beschämter Miene hatte er mit den Schultern gezuckt. »Bitte nehmen Sie es. Es ist nichts Großartiges.« Er hatte sich zum Gehen gewandt.

Sie hatte ihm die Hand auf den Arm gelegt. »Kommen Sie rein«, hatte sie gesagt, »während ich das Päckchen aufmache.«

Jetzt stand sie in der Tür, blickte in den dunklen Flur und dachte daran, wie Ben McGovern ihr Haus betreten hatte.

Eisiges Entsetzen schlug über ihr zusammen. Sie schauderte unwillkürlich, mit einem Gefühl des Ekels. Schuldgefühle. Zorn. Sie erinnerte sich sogar an das Geräusch, das seine Schuhe machten, als er hereingekommen war. Es war ein altmodisches Geräusch gewesen. Vorsichtige, sparsame Männer gingen so. Er war stehen geblieben und hatte sich die ersten Tropfen des Schneeregens vom Mantelkragen gewischt.

»Er ist es nicht«, flüsterte sie jetzt. »Er ist nicht hier.«

Ängstlich ging sie weiter. Alles im Flur sah aus wie immer. »Nicht hier. Nicht hier«, sagte sie ganz leise wie ein Gebet.

Sie spähte durch einen Spalt der Wohnzimmertür. Alles war noch genauso, wie sie es verlassen hatte. Vorsichtig ging sie weiter zur Küche, stieß die Tür mit der Schuhspitze auf. Langsam gab sie den Blick auf den Kühlschrank, die Küchenschränke und das Brot frei, das noch auf der Arbeitsplatte lag. Sie sah ihre benutzte Kaffeetasse. Den Rand des Pinnbretts, die mit Stecknadeln daran befestigten Rechnungen. Die Tischecke.

Und auf dem Tisch das kleine rechteckige goldene Kästchen.

17

Im Pfarrhaus von Manningham führte ein etwa zwanzigjähriges Mädchen die Polizeibeamten ins Arbeitszimmer von Pfarrer York.

Sie lächelte den beiden Männern zu, als sie sich setzten, und schloss leise die Tür hinter sich.

»Ihre Tochter?«, fragte Wallis und betrachtete die schönen Kunstdrucke. Die Fotografien von Venedig, New York, St. Petersburg. Musterte den polierten Holzfußboden und das grüne Leinensofa.

»Nein«, antwortete York. »Eine Theologiestudentin.«

Wallis unterdrückte die spontane Antwort, die ihm über

die Lippen wollte: *Was für eine Studentin!* Das Mädchen war hübsch und teuer gekleidet gewesen. Wallis selbst hatte nicht lange studiert – nur die beiden Grundstufenjahre an einem College –, aber soweit er sich erinnerte, konnte sich kein Student etwas anderes als Jeans und ein billiges Jackett leisten. Eine *Theologiestudentin?*, sagte er sich immer wieder und versuchte Worte und Bild miteinander in Übereinstimmung zu bringen, doch es gelang ihm nicht.

Auch York selbst widersprach seinen Vorstellungen von einem Geistlichen. Im Lauf der vergangenen ein Dutzend Jahre hatte er im Zusammenhang mit seiner Arbeit auch ein Dutzend unterschiedlicher Pfarrer kennen gelernt. Die älteren, die das Leben aus müden Augen betrachteten, und die jungen, die berufenen aus den Innenstädten, die noch Feuer in den Herzen hatten. Man hatte ihm in gemütlichen Pfarrhäusern in Cheshire Tee serviert, ebenso wie Becher mit starkem, teerartigem Gebräu in Pfarrhäusern aus den sechziger Jahren in trostlosen Wohnsiedlungen. Er hatte anmutige Ehefrauen gesehen, die den zuständigen Bischof mit Tee bewirteten, und geplagte Ehefrauen, die am liebsten ihre Küchenfenster verbarrikadiert hätten, damit sie ihnen nicht eingeworfen wurden.

Aber jemand wie Peter York war er noch nie begegnet.

Der Mann war charmant und ein gewandter Redner. Die obersten Knöpfe seines Hemds waren geöffnet, und er trug eine schicke Baumwollhose. Er sah nach Geld aus. Irgendetwas an seinem Gesichtsausdruck verriet das ganz deutlich, etwas wie – nicht Überheblichkeit, sondern Sicherheit. Über Peter Yorks Kopf würde die Welt nie einstürzen. Er war ehrgeizig, ein Mann, der für ein hohes Amt bestimmt war – ein Oxford- oder Cambridge-Absolvent, ein Mann mit Privatvermögen. So viel war Wallis klar. Auch bei der

Polizei gab es eine ganze Reihe davon, ebenso wie in jeder Branche. Nur hatte Wallis bisher nicht gewusst, dass es sie auch in der Kirche gab.

Diesmal ließ sich der Gedanke in seinem Kopf nicht verdrängen.

»Sie sehen nicht sehr wie ein Pfarrer aus«, stellte er fest.

Peter York lächelte. »Wirklich nicht?«, antwortete er. »Vielleicht, wenn ich mein Kollar umhätte.«

»Auch dann nicht.«

»Nun«, sagte York, »die Zeiten ändern sich. Sogar in der anglikanischen Kirche.«

Wie sehr müssen die alten Frauen dich lieben, dachte Wallis.

Die jungen auch.

»Sind Sie verheiratet?«, fragte Wallis.

»Nein.«

»Ich habe gedacht, alle Pfarrer brauchten eine Ehefrau.«

York lachte leise. »Man hat mir gesagt, eine Ehefrau wäre von Vorteil«, gab er zu. »Aber ich würde nur ungern einen ›Vorteil‹ heiraten. Wenn es um diese Dinge geht, bin ich ein Romantiker. Ich warte auf die richtige Frau.«

Die beiden Männer musterten sich abschätzend.

Hinter York standen ein Computer und ein Drucker. York bemerkte, dass Wallis' Blicke in ihre Richtung wanderten.

»Wir machen hier unsere Zeitschriften.« York nahm ein kleines, geheftetes Faltblatt von einem Stapel auf dem Schreibtisch. »Frisch aus der Druckerpresse«, sagte er.

Wallis sah es sich an. Das Deckblatt zierte eine Zeichnung der heimischen Kirche, im Innenteil waren die üblichen Anzeigen von Flohmärkten und ortsansässigen Inserenten zu finden.

»Machen Sie auch andere?«, fragte er.

»Andere?«

»Sie sagten *Zeitschriften*. Im Plural.«

York lächelte. »Oh, durchaus. Wir produzieren ›Erwecket die Welt‹ und ›Christus, der Allmächtige‹.«

Wallis' Kollege Ebberly stieß ein prustendes Lachen aus, bemäntelte es jedoch rasch mit einem Husten.

»Nehmen Sie eins mit«, sagte York und reichte Wallis eine Broschüre.

Dieses Exemplar sah allerdings ganz anders aus. Es war auf Glanzpapier gedruckt, auf der Titelseite ein Mann und eine Frau, die sich anschauten. Die Aufnahme, die nur Köpfe und Schultern zeigte, ließ vermuten, dass das Paar nackt war. Es war von Licht umflossen.

»Nobel«, erklärte Wallis.

York lehnte sich zurück und faltete die Hände im Schoß. »Die Kirche verliert dauernd Kunden«, sagte er. »Ich gehöre zu einer Gruppe, die das Ziel hat, sie zurückzuholen.«

»Kunden«, wiederholte Wallis. »Sie hören sich an wie ein Trust-Manager des Nationalen Gesundheitsdienstes.«

»Es gibt keinen Grund, warum die Kirche nicht hinter Käufern her sein sollte«, sagte York. »Wir haben schließlich ein erstaunliches Produkt anzubieten.«

»Ich würde es wohl kaum als Produkt bezeichnen.«

York zuckte kaum merklich mit den Schultern. »Es ist ganz egal, wie wir es nennen«, sagte er. »Tatsache ist, dass wir etwas Außergewöhnliches zu bieten haben. Etwas, das die Menschen suchen.«

Wallis warf einen verstohlenen Blick auf die bloße Haut des weiblichen Models. »Wie gut kannten Sie Alisha Graham?«, fragte er.

»Nicht besonders gut. Eigentlich kaum.«

»Aber sie besuchte manchmal die Gottesdienste in der Universität?«

York lächelte wieder. »Ah, Sie haben mit Beryl gesprochen, wie ich sehe.«

Wallis' einzige Antwort bestand darin, dass er die Frage wiederholte.

»Ja«, sagte York. »Sie ist mir aufgefallen.«

»Warum?«

»Ich verstehe nicht, was Sie meinen. »

»Warum sollte Ihnen bei den Messen eine bestimmte Person auffallen? Ich vermute, sie sind gut besucht.«

Das Telefon klingelte. York griff rasch über den Schreibtisch und schaltete auf das Fax um. Nach wenigen Sekunden schob sich ein Fax aus dem Gerät. York warf einen flüchtigen Blick auf das Blatt, ehe er Wallis' Frage beantwortete. »Alisha Graham war keine Frau, die im Hintergrund verschwand«, sagte er. »Erstens war sie fünfzig Jahre älter als die meisten Anwesenden. Zweitens war sie sehr populär.«

»Und wieso das?«

Yorks Lächeln schien stets abrufbereit zu sein. »Ich sehe, Sie haben sie nie kennen gelernt«, stellte er fest. »Sie hatte eine ziemlich laute Stimme und hat oft gelacht. Und Fragen gestellt.«

»Sie hat während der Messe Fragen gestellt?«

»Oh, ununterbrochen«, sagte York.

»Hat Sie das nicht abgelenkt?«

»Keineswegs. Es war mir sogar recht. Wir führen alle unsere Gespräche vor Gott.«

Wallis sah ihn verständnislos an. »Und wie machen Sie das?«, fragte er.

»Durch Affirmation.«

»Affirmation …«

»Wir bringen unsere Probleme dar. Unsere Fragen. Hoffnungen, was auch immer. Einige wollen sich demütigen.

Sich zu Boden werfen. Einige wollen lobpreisen. Jeder muss tun, wonach ihm zumute ist.«

»Und das hat Alisha Graham getan?«

»Nein – nie. Aber sie hat ihre Freundin unterstützt.«

Die Tür ging auf. Das Mädchen brachte ein Tablett mit Kaffee. Wallis musterte die Kanne und die Mandelbiskuits – nur um das Mädchen nicht ansehen zu müssen, das sich verführerisch duftend über ihn beugte und eine Wolke dieses Duftes hinter sich zurückließ, als es gegangen war.

Wallis öffnete die Mappe auf seinem Schoß und nahm die Fotografie heraus, die sie in Alisha Grahams Haus gefunden hatten.

»Ist das Alisha Grahams Freundin?«, fragte er.

Peter York betrachtete das Bild ein paar Sekunden lang. »Schwer zu sagen«, meinte er endlich. »Blond war sie jedenfalls.«

Wallis nahm ein zweites Foto heraus, das auf Robert Wildes Anweisung auf dem Revier in Melkham aufgenommen worden war. Das Mädchen aus dem Auto saß gelassen in dem weißen Polizei-Overall da. Ihr Gesicht war ganz ruhig und verriet nicht die kleinste Regung.

»Ist sie das?«, fragte er.

York streckte sich auf dem Stuhl, hielt das Foto sekundenlang ins Licht und reichte es dann nickend zurück. »Ja«, bestätigte er, »das ist sie.«

»Sind Sie sicher?«

»Absolut.« Er reichte Wallis eine Tasse Kaffee.

Wallis war leicht benommen.

Verblüfft nahm er die Tatsache in sich auf, dass dem Mädchen nun endlich ein Name, vielleicht sogar eine Adresse zugeordnet werden konnte.

»Wissen Sie, wie sie heißt?«

»Ja«, sagte York. »Oder vielmehr, ich weiß, wie sie gern

genannt wurde. Ich kenne den Namen, mit dem Alisha sie angesprochen hat.«

Wallis zog die Stirn in Falten. »Und Sie glauben, das war nicht ihr richtiger Name?«

»Ja, das denke ich.«

»Wieso?«

York lächelte bedächtig. »Weil sie Omega genannt wurde.«

Es entstand eine Pause. »Omega?«, sagte Ebberly. »Ist das ein Name? Ich dachte immer, so heißt dieses Hundefutter.«

Wallis warf ihm einen vernichtenden Blick zu.

York stand auf, ging zu einem Bücherregal und nahm eine schöne, in Leder gebundene Bibel heraus. Er blätterte darin, fand die Stelle und reichte Wallis die Ausgabe. »Offenbarung, Kapitel 21«, sagte er. »›Siehe, ich erschaffe alle Dinge neu … Ich bin Alpha und Omega, der Anfang und das Ende.‹«

Wallis blickte zu ihm auf, nachdem er den Text gelesen hatte. »Ist es das, was ihr Name bedeutet?«, fragte er. »Das Ende?«

Mit einem Schulterzucken nahm York seinen Platz wieder ein. »Es ist auf jeden Fall die wörtliche Übersetzung.«

»Aber warum sollte jemand sich so nennen? Hat sie es Ihnen erzählt?«

»Nein, nie«, antwortete York.

»Sie haben mit ihr gesprochen?«

»Nur zwei- oder dreimal. Sie war ein sehr stilles Mädchen. Ernst. Gefühlsbetont. Alisha schien ihr sehr zugetan zu sein.«

Die Polizeibeamten sahen einander an.

»Was ist daran so erstaunlich?«, fragte York.

»Sie haben mit ihr gesprochen«, sagte Wallis. »Und sie mit Ihnen?«

»Aber ja. Natürlich.«

»Spricht sie Englisch?«

York lachte unvermittelt. »Natürlich spricht sie Englisch. Was ist so bemerkenswert daran?«

Wallis lächelte. »Weil sie kein einziges Wort gesagt hat, seit wir sie in Schutzgewahrsam genommen haben.«

York schien unbeeindruckt. »Sie hat ganz bestimmt kein Problem mit der Sprache«, sagte er leise. »Keine Behinderung, meine ich.«

Er musterte die Beamten kurz, blickte dann auf seine Hände, die im Schoß lagen.

»Ja?«, sagte Wallis. »Gibt es noch etwas?«

»Ich weiß nicht, inwiefern das relevant ist«, meinte York.

»Überlassen Sie es bitte uns, das zu beurteilen.«

York blickte wieder auf. »Auf dem Foto hat sie einen Polizei-Overall an«, sagte er. »Warum?«

»Wir ermitteln noch.«

»Ich verstehe.«

»Was wollten Sie uns sonst noch über das Mädchen sagen?«

»Nichts«, antwortete York.

»Wo hat sie gewohnt?«

»Das weiß ich nicht.«

»Hat sie bei Alisha Graham gelebt?«, hakte Wallis nach.

»Nein, ich glaube nicht.«

Enttäuscht lehnte Wallis sich zurück. »Sie wissen also weder ihren richtigen Namen noch wo sie gewohnt hat«, sagte er.

»Nein. Tut mir Leid.«

»Hat Alisha Graham sich für Gott, für das Christentum interessiert?«

Wieder lächelte York rätselhaft. »Nun«, sagte er leise lachend, »nein. Nicht wirklich. Sie hat sich für das Leben nach dem Tod interessiert. Für das Fortleben des Geistes. Den Tod selbst.«

»Den Tod?«, wiederholte Wallis.

Abermals ließ York sich Zeit mit der Antwort. Als er antwortete, beugte er sich vor und wählte seine Worte mit Bedacht. »Meine Aufgabe als Priester ist es, ins Licht zu führen«, sagte er. »Erleuchtung. Klarheit und Erkenntnis. Ein Öffnen des Geistes, ein Pfad in eine höhere Wirklichkeit. Meinen eigenen Pfad finde ich durch Christus, doch wenn ich, wie in diesen Versammlungen, auf Menschen treffe, die diesen Pfad nicht sehen, aber zögernd vor dem Tor stehen, erlaube ich ihnen, einzutreten und uns zu begleiten, mit welchen Worten, in welcher Gestalt sie wollen. Ich betrachte es als meine Pflicht. Ihnen beizustehen, während sie versuchen ihren Weg zu finden.«

Wallis saß schweigend da und sah York ins Gesicht. »Das muss Ihnen eine Menge Schwierigkeiten einbringen«, sagte er nach einer Weile.

York war offensichtlich überrascht. »Ja«, sagte er, »der Weg war nicht immer leicht.« Er errötete.

Wallis betrachtete wieder die Zeitschrift, die er auf den Tisch gelegt hatte. »Ich wette, Sie sorgen sich um die da oben«, sagte er.

York strich sich mit der Hand über die Haare. Er glättet sein zerzaustes Gefieder, dachte Wallis leicht triumphierend. Ihm war klar, dass er Yorks Panzer geknackt, die ungeschützte Stelle gefunden hatte. Die englische Staatskirche war in jüngster Zeit von charismatischer Anbetung abgewichen, hatte Vorwürfe des Missbrauchs abgewehrt und paddelte wie verrückt, um wieder ins rechte Fahrwasser zu kommen.

Langsam stellte Wallis seine Tasse ab.

»Was wollte Alisha Graham von Ihnen über den Tod wissen?«, fragte er.

York zuckte mit den Schultern. »Sie schien eine Menge über alte Rituale gelesen zu haben«, sagte er. »Sie interessierte sich dafür, wie sich die Gotteserkenntnis der Menschheit gewandelt hat.«

»Waren Sie überrascht, dass sie Ihnen solche Fragen stellte?«

»Nein. Schließlich war sie Historikerin.«

»Alte Rituale«, wiederholte Wallis. »Welche im Besonderen?«

»Tore, Opfer, Übergänge. Die Pyramiden. Solche Dinge eben.«

»Opfer?«, wiederholte Wallis.

»Ja. Die Inkas. Sie hat sie ein- oder zweimal erwähnt.«

»Menschenopfer?«

»Das hat sie nicht gesagt. Unser Gespräch drehte sich eher um die Frage, wieso der Mensch sich Gott um so vieles näher fühlt als in der Vergangenheit. Opfer waren Gutscheine, Pässe, um zu Gott zu gelangen. Sie war erstaunt, weil der Mensch keine solchen Pässe mehr braucht.«

»Verstehe«, sagte Wallis, obwohl er nur die Hälfte verstand. »Und was haben Sie gesagt?«

»Ich hatte das Gefühl …«, begann York, unterbrach sich dann. »Ich erinnere mich, dass ich zu Miss Graham gesagt habe, die Beziehung des Menschen zu Gott habe sich tatsächlich gewandelt, in der Wahrnehmung und der Erkenntnis verändert. Daraufhin sagte sie zu dem Mädchen – Omega: ›Siehst du? Siehst du?‹«

Draußen, in dem weitläufigen Pfarrgarten flog eine Amsel mit perlenden Trillern über den Rasen. Wallis beobachtete das Fenster, als es sanft, aber stetig zu regnen begann.

Plötzlich fiel ihm die Schuhschachtel wieder ein, die ihm aus Alisha Grahams Zimmer gebracht worden war. Er erinnerte sich, dass er Robert Wilde von ihrem Inhalt berichtet hatte, worauf Wilde vorschlug, am nächsten Tag nach Manningham zu kommen. Man müsse über Prioritäten sprechen – welche Abteilung die Ermittlung leite, zum Beispiel. Und Wilde war ebenso begierig wie er, Alisha Grahams Haus zu sehen.

Die Schuhschachtel hatte mehrere gefaltete Papierbögen enthalten, nicht größer als acht bis zehn Quadratzentimeter. Auf jedem stand in sorgfältiger Schönschrift etwas Ähnliches wie Gebete, Bitten an Gott, sich dieses oder jenes nicht näher genannten Problems anzunehmen. Eines bezog sich auf eine Last, die schon zu lange getragen worden war. Aber um welche Last es sich handelte und wer sie trug, blieb unbeantwortet.

Noch verwirrender waren die »Gaben«.

Federn, Steine. Und vier kleine Glasfläschchen mit Blut.

Wallis blickte zu York auf.

»Wir glauben, dass Alisha Graham Opfer dargebracht hat«, sagte er. »Sie hatte Tierblut im Haus.« In Wahrheit hatte er bis zu diesem Moment nichts dergleichen gedacht – es war ihm plötzlich eingefallen, als er den Inhalt der Schachtel mit dem Gespräch über Alishas Interessen in Zusammenhang brachte.

York sagte nichts. Aber er wurde blass.

»Sie sehen aus, als hätten Sie es gewusst«, bemerkte Wallis.

»Nein«, sagte York, »ich habe es nicht gewusst.« Abrupt stand er auf, ging zum Fenster und schaute in den Regen hinaus. Dann drehte er sich zu den Polizeibeamten um. »Ich habe mich gefragt«, gestand er. »Ja, ich habe es mich gefragt, wegen der Engel.«

Auch Wallis stand auf. »Engel?«, wiederholte er.

York blieb ganz ruhig. »Religion besteht nicht nur aus Tee und Biskuits und Krankenhausbesuchen«, sagte er ruhig. »Sie dringt in die tiefsten Gefühle der Menschen vor – Gefühle, die nicht immer kontrolliert sind. Menschen wenden sich in Zeiten der Verzweiflung und der Hoffnungslosigkeit oft dem Glauben zu. Sie wollen Antworten …«

»Was für Engel?«, wiederholte Wallis hartnäckig.

York trat an seinen Schreibtisch und schloss die oberste Schublade auf. Er nahm ein zerknittertes Papier heraus und reichte es dem Polizeibeamten. Es war die billige Reproduktion einer Zeichnung von sehr kindlicher Hand. Grob gezeichnete Engel mit beunruhigend gewalttätig aussehenden Gesichtern griffen aus einem grellen und gewitterträchtigen Himmel nach unten. In den Händen hielten sie Blitze. Unter ihnen, auf der Erde, drängten sich gesichtslose Massen, die Hände über die Köpfe erhoben, als versuchten sie abzuwehren, was auf sie herabgeschleudert wurde.

Unter der Zeichnung stand eine Adresse: *3a Pennystone Road.*

»Das werden Sie zweifellos zu sehen bekommen, wenn Sie sich auf dem Campus mit einigen von Alishas Studenten unterhalten«, sagte er. »Im vergangenen Jahr hat es eine Menge Gerede darüber gegeben. Aber es war nichts – ein Zufallstreffer. Man hat mir gesagt, sie hätten sich aufgelöst. Ich bin sicher, dass es stimmt.«

»Wer sind *sie?*«, wollte Wallis wissen.

York schien ihn nicht gehört zu haben; stirnrunzelnd hatte er die Arme gekreuzt und blickte zu Boden.

»Sie sind … sie waren eine Art Kult«, sagte er nach einer Weile.

Wallis trat auf ihn zu. »Mit Opfern«, sagte er.

»Darüber will ich keine Spekulation anstellen. Eine Studentensache, der ich keine Bedeutung beimessen würde.«

Zum ersten Mal seit sie sich begegnet waren, wallte in Wallis Zorn auf. »Sie haben die ganze Zeit gewusst, dass dieses Mädchen diesem Kult angehört hat«, sagte er. »Sie haben gewusst, dass Alisha mit diesem Kult zu tun hatte.«

York schüttelte heftig den Kopf »Nein«, widersprach er. »Ich wusste es nicht. Ich wusste sehr wenig.«

»Waren Sie in diesem Haus?«, fragte Wallis.

»Natürlich nicht. Warum sollte ich?«

»Woher haben Sie dieses Pamphlet?«

»Es wurde vergangenes Frühjahr in der ganzen Universität verteilt.«

»Und Sie haben sich mit der Kirche in Verbindung gesetzt?«

»Ja. Man hat mir gesagt, man müsse nichts tun. Sie waren spurlos verschwunden. Das Haus sei mit Brettern vernagelt. Das hat man mir gesagt. Es war ein Gerücht. Vielleicht sogar ein übler Scherz.«

»Aber als dieses Mädchen sagte, es sei ein Engel …«

York legte die Hand an die Stirn und kniff die Falte zwischen den Brauen zusammen. »Ich bin schlicht und einfach nicht auf den Gedanken gekommen. Ich bin überzeugt davon, es ist nichts.«

»Aber Miss Graham hat Sie nach Opfern gefragt.«

»Nein, das hat sie nicht«, sagte York. »Sie hat mich nach Ritualen gefragt, ohne die Opfer auch nur mit einem Wort zu erwähnen. Sie redete darüber … Sie hätten sie kennen müssen … Sie sprach ironisch darüber, lächelnd. Trocken, als sei es Thema einer historischen Recherche … Sie war sehr skeptisch …« York wandte den Blick ab. »Ich bin sicher, dass nichts Ungehöriges passiert ist.«

Wallis griff nach dem Pamphlet auf dem Tisch, auf den York es hatte fallen lassen.

»Ich danke Ihnen, Pfarrer York«, sagte er wütend und machte auf dem Absatz kehrt. »Ich danke Ihnen sehr für Ihre Hilfe.«

18

Der Ägypter ging am frühen Sonntagmorgen zur Grube.

Sie förderten nie Kohle am Tag des Herrn, und die Gebäude waren leer, das Bergwerk verlassen.

Er ging die Landstraße entlang, überquerte das Ox Leys genannte Feld und kam auf das Great Ox genannte Brachland. Als er es durch den Zaun betrat, überfiel ihn ein Schaudern. Es schüttelte ihn, als sei er in einen Sturm geraten. Er blieb stehen, betete. Ging weiter. Blieb am Rand des Hügels wieder stehen, das Gebäude mit dem Seilzug direkt vor sich. Er stand auf rotem Lehm, der wie eine Wunde wirkte. Er hatte seine Mutter an Diphtherie sterben sehen, und es war genauso gewesen – das Schütteln, die Kälte.

Er betete, als er an seine Pflicht dachte.

Aubrete kam ihm entgegen. Sie standen im Zechenhaus, und der Ägypter betrachtete die unbenutzte Pferdeschlinge, das unbenutzte Geschirr, den Kreis, auf dem das erschöpfte Grubenpferd sich tagein, tagaus bewegte.

»Hier hinüber«, sagte Aubrete.

Aus dem Schachteingang schlug ihm fauliger Geruch entgegen. Das Seil hing lose darüber, reichte in den Schacht hinein. Tag für Tag wurden Männer und Jungen an diesem Seil hinuntergelassen. Es gab keine Motoren, keine För-

derkörbe, nur das Seil. Es war in bestimmten Abständen verknotet, und durch jeden Knoten war ein Holzbrett gezogen. Jeden Tag saß rittlings ein Mann auf jedem Knoten, auf jedem Holzbrett, und jeder von ihnen hatte einen Jungen auf dem Schoß. Das Seil ruckte ein Stück tiefer, hielt an, und oben nahmen der nächste Mann und der nächste Junge auf dem nächsten Brett ihren Platz ein. Wenn hundertachtzig Mann und etwa hundertzwanzig Jungen saßen, eine menschliche Kette auf dem Seil, begann das Grubenpferd im Kreis trottend, die Seilwinde abzurollen, und hinunter ging es. Tiefer, tiefer – dreihundert Meter tief in eine nur von Kerzen erleuchtete Dunkelheit.

An einem guten Tag, wenn die Luft gut roch, verbrannten die Kerzen schnell, und ein Mann konnte zwölf Stück pro Tag verbrauchen. An einem schlechten Tag, bei bitterer Luft, brannten die Kerzen langsam. Drei pro Tag für jeden Mann.

Der Ägypter stand am oberen Ende des Schachts. Er wusste, was nötig war, und er fürchtete sich davor. Ein Drei-Kerzen-Tag. Gottes Sonntag.

»Ich muss hinunter«, sagte er.

Aubrete schüttelte den Kopf. »Das geht nicht. Es ist niemand da, der die Seilwinde bedienen könnte. Und unten in der Grube ist auch keiner.«

Der Ägypter wandte sich ihm mit einem krank und gequält ausschenden Geischt zu. Er fühlte, dass die Hände des Tors ihn umklammerten. Er wusste, was im Dorf geschah. Er wusste, warum der Typhus über die Cottages auf dem Küstenpfad herfallen würde, direkt über Peacock Vein, die unter der See hinausströmte. Er wusste, warum ein Junge namens Thomas Rogers in dieser Woche vierzig Faden tief in die Grube stürzen würde. Er wusste, warum die Frau des Pfarrers in diesem Sommer die Schwindsucht bekommen und, ein gelber Schatten ihres früheren Selbst, in einem Zimmer im ersten Stock liegen würde, während ihr Mann in der Zeit, in der sich die Grubenbesitzer trafen, in der Sakristei betete.

»Ich muss auf dem Grund des Lochs, das ihr gemacht habt, ein Opfer bringen«, sagte er. »Um den Geist zu besänftigen, den ihr verletzt habt.«

Aubrete erbleichte angesichts dieser Blasphemie. »Tu es hier, jetzt, und hier oben«, sagte er.

»Sir, das wird nicht funktionieren«, antwortete der Ägypter. »Die Flut wird trotzdem kommen. Und die schlechte Luft bleiben.«

Aubrete holte zehn Shilling heraus und legte sie auf den Boden.

»Tu es hier«, befahl er.

19

Laura und Matthew Aubrete saßen in der Intensivstation zu beiden Seiten des Bettes.

Zwischen ihnen lag Dominic wie ein Fremder: Von Medikamenten aufgeschwemmt, erkannte man in ihm kaum noch den blühenden, übergewichtigen Mann, der so lange Mittelpunkt ihres Lebens gewesen war. Sein Gesicht war blutleer und rund – ähnlich den Puppen, die so viele Kinderzimmer bevölkern, dachte Matthew. Wachsgesichter mit aufgeblähten Wangen, die Lippen übertrieben geschürzt, mit starren blauen Augen unter nachgezogenen Brauen. Auch Dominic sah inzwischen aus, als sei er aus Plastik. Das Haar des alten Mannes bedeckte ordentlich frisiert seinen Schädel, doch hatte sich eine kleine dunkle Locke gelöst, die nun auf dem blauen Kissen lag.

Sie waren mitten am Nachmittag ins Krankenhaus gerufen worden. Die Monitore, an denen Dominic hing, registrierten sein unerbittliches, langsames Dahinsterben.

Laura musterte Matthew mit säuerlicher Miene. Schließlich beugte sie sich vor und flüsterte boshaft: »Du brauchst nicht zu glauben, ich wüsste nicht, was du tust.«

Matthew betrachtete sie kalt. »Keine Ahnung, wovon du redest.«

»Ich war beim Treuhandverwalter.«

»Tu, was du nicht lassen kannst.«

»Wozu du ihn auch überredet haben magst, es kann nicht funktionieren.«

Matthew seufzte. Er sah zuerst seinen Vater, dann die Apparate an.

»Aubrete wird von einem verdammten Komitee verwaltet, das nicht einmal du manipulieren kannst«, fuhr Laura fort. »Und dein Versuch, deine Freundin einzubeziehen und zu erklären, das Land hätte wegen dieses Wassers an Wert verloren, ist geradezu …«

»Ich habe nichts dergleichen getan.«

Schlagartig verschloss sich Lauras Gesicht und wurde zu einer Maske mit der kaum merklichen Andeutung eines Lächelns. »Wenn er sein Testament geändert hat, werde ich Einspruch einlegen, und du wirst es bereuen«, sagte sie.

Das Mädchen in der Zelle fuhr abrupt hoch und blickte auf das Stück Himmel, das durch das Fenster zu sehen war.

Der am Tor stand hatte kurz den Kopf gewandt und in die Ferne geschaut. Sie spürte ihn. Sie folgte seinen Gedanken, nahm seine Gefühle auf.

Der Tod kam wie eine Wolke wechselnden Lichts, wechselnder Farben. Sie fühlte, wie er die Hand des Mannes berührte, der in einem unruhigen Schlaf lag, und diese Hand umdrehte, so dass die Handfläche nach oben zeigte. Tropfen des Bewusstseins fielen auf den Handteller und drangen wie eine Droge in sein Blut ein.

Hier kamen die Dunkelheit und die Morgendämmerung.

Sie stand auf, wandte den Blick von der Sonne ab und blickte zu Boden. Der Mann am Tor war still, betrachtete das Bett, den Wechsel des Lichts in einer untergeordneten Seele. Dominic Aubretes letzter flüchtiger Gedanke im Leben galt seinem Besitz und seinem Testament. Er, der an einem hauchdünnen Faden hing, an einer Reihe geschriebener Worte, die ihm den Besitz des Stofflichen zuerkannten.

Das Mädchen lächelte über die alte Einbildung. Niemand besaß irgendetwas in dieser Welt. Es war die erste Illusion. Es war Dominic Aubretes Illusion. Jene Illusion, die in dem Gebäude, in dem sie jetzt stand, jeder Mann hegt. Außer einem vielleicht. Es war die Illusion der Engstirnigkeit, der Habsucht. Die Illusion jeder Todsünde. Man legte die Hand auf einen Gegenstand und beanspruchte ihn für sich. Man nannte ihn. Man bezahlte ihn. In Wahrheit aber besaß man nichts. Man hatte nur einer geringen Habe, die mit der Zeit verrotten würde, seinen Stempel aufgedrückt.

Der Anfang und das Ende.

Sie begann zu beten.

Dies war das Ende von Dominic Aubrete.

Armselige kleine Träume und Illusionen waren alles, was er hatte. Alles, was er liebte. Kleine Dinge. Worte auf Papier. Nummern und Ziffern.

Leise entglitt ihm das Leben. Es war nutzlos gewesen. In neunundsechzig Jahren hatte er nichts verändert, nur seine Unmoral gestärkt. Er war leer. Er hatte nichts, das er für ein unsterbliches Leben eintauschen, nichts, mit dem er seine Seele retten und nichts, womit er seine Überfahrt bezahlen konnte. Die Dinge, die er liebte, waren nur Gespenster. Er würde seine Frauen nicht mitnehmen, von denen ihn die meisten ohnehin längst vergessen hatten. Er würde weder Speis noch Trank mitnehmen und auch nicht die Fotografien eines jungen Mannes in einer Rudermannschaft oder die in eine sudanesische Mütze eingenähten Abzeichen; ebenso wenig die Erinnerung an sich selbst im Sattel eines Pferdes, einen Silberpokal in der Hand, und auch nicht das Gefühl von Luxus, mit dem er hinter das Steuer seines Wagens glitt, oder das Gefühl der über die Seiten des Scheckbuchs fliegenden Feder, diese hohle Täuschung, die Macht hieß. Nichts davon würde mit ihm gehen.

Er konnte sein Zimmer, sein Bett, seine Kleidung, seine Bücher nicht tragen. Er konnte nicht einmal seine Bank aus der Ecke des Küchengartens mitnehmen, den einzigen Platz, den er wirklich liebte. Und nicht mitnehmen konnte er die Sonne auf seinem Gesicht, wenn er sich dort eine Zigarette anzündete, seine Zeitung las, und auch seine weichen Rehlederhandschuhe musste er zurücklassen. Nicht einmal den Geschmack des grünen Tees konnte er mitnehmen, der einzigen gesunden Gewohnheit, die er als junger, untüchtiger Armeeoffizier aus dem Ausland mitgebracht hatte. Er konnte den Duft der Kerzen nicht mitnehmen, den er verblüffenderweise liebte, eine verschwommene Erinnerung an seine Mutter beim Anzünden von Weihnachtskerzen. Er konnte überhaupt keine Erinnerungen mitnehmen. Nur sich selbst und sein Herz, die Last, die er für andere getragen, die Opfer, die er gebracht, und die Liebe, der er sein Leben gewidmet hatte.

Und weil er nie eine Last getragen und nichts im Herzen trug außer sich selbst, nie ein selbstloses Opfer gebracht und nie geliebt hatte, würde er sehr schnell und sehr allein reisen; führerlos in ein weiches graues Panorama eintauchen. Er würde im Verlust seiner Sinne untergehen, keine Grenzen spüren, nichts haben, woran er sich festhalten konnte. Er würde kein Licht sehen. Verwirrung würde ihn überfluten.

Armer Dominic.

So weit zu gehen in dieser erstarrten Landschaft.

Ich werde dafür sorgen, dass sich aus deinem eigenen Haus das Unheil gegen dich erhebt…

Nichts was er gegen seine Überfahrt eintauschen konnte, wenn die Engel warteten.

Und einige Engel waren schrecklich anzusehen. Schöpfungen des Abgrunds. Kreaturen der Finsternis. Rachelüsterne Boten mit gebreiteten Schwingen und Gesichtern, aus Spiegelungen zusammengesetzt, aus feinen Lebensspuren, aus Schatten des Seins, den letzten Grenzposten der Schöpfung, den Wächtern am Rande des Nichts, aus Vergessen, aus dunklem Chaos. Sie hatte die Engel schon früher gesehen. Das Mädchen wusste, dass sie am äußersten Rand der Schöpfung umherstreiften, die Ströme aufsaugten, sie nach innen kehrten, zu Pulsschlägen der Materie komprimierten. Zu einem Nichts zu werden, das ewige Leben zu verlieren, vom Leben abgeschnitten, jede Bindung gelöst, ausgestoßen zu werden, eine dünne Falte im Grau zu sein, dem schlimmsten Ende von allen.

Gedenke ich Jahwes, so muss ich stöhnen, sinne ich nach, so wird mein Geist ohnmächtig. Du hältst meine Augenlider wach…

Sie schloss fest die Augen und versuchte die Schatten zurückzuhalten, die auf Aubrete zurasten.

Du hältst meine Augenlider wach, ich bin verstört und kann nicht mehr sprechen...

Andere bewegten sich vor dem Tor, beobachteten ihn.

Du hältst meine Augenlider wach...

Sieh sie an. Sieh sie an, betete sie, und sei gerettet.

Sie grub die Fingernägel in die Handfläche.

Sie durchstießen die Haut.

Dominics Atem stockte und setzte dann ganz aus.

Der Alarm des Monitors wurde ausgelöst.

»Was ist das?«, fragte Laura.

Matthew blieb am Bett sitzen, rückte jedoch seinen Stuhl zur Seite, um die Schwester durchzulassen. Er betrachtete das Gesicht seines Vaters, ein Gesicht, in dem sich während der letzten Tage nichts verändert hatte, das aber noch immer gerötet war und zornig aussah, die Lippen halb geöffnet, wie zum Sprechen bereit.

Matthew hatte unzählige Zornesausbrüche aus diesem Mund über sich ergehen lassen. An etwas anderes konnte er in diesem Moment nicht denken. Vierunddreißig Jahre lang hatte er von diesem Mund die Launen des Vaters abgelesen. Die Augen vor diesen Augen niedergeschlagen, nicht weil er sie besonders fürchtete, sondern weil es beschämend war zu sehen, wie wütend und unbeherrscht sein Vater sein konnte. Es war auch schmerzlich zu sehen, wie giftig dieser Blick sein konnte. Es war ein Blick, der, wenn er wollte, jeden zu Eis erstarren ließ, und Dominic war ein Meister in der Kunst, seinen einzigen Sohn zu verletzen und zu demütigen.

Demütigung, als der Fünfjährige versuchte zu reiten.

Demütigung, wenn der Teenager die Telefonnummer eines Mädchens wählte.

Nur Demütigung. Allein mit seinem Vater und dessen

gottähnlicher Entscheidung über die Unfähigkeit seines Sohnes. Dominic, der mit einem Glas in der Hand in einem Sessel lümmelte, sich mit der Faust aufs Knie schlug, um seinen Worten größere Überzeugungskraft zu verleihen. Er verschüttete seinen Drink und verfluchte das Kind. Der achtjährige Matthew, der zusehen musste, wie der Vater sein Zeugnis in Stücke riss, ein Zeugnis, das er im nächsten Halbjahr in die Schule zurückbringen sollte.

Hundert Entschuldigungen für einen Vater, dessen einzige Beziehung zu seinem Sohn aus Wettbewerb und Abscheu bestand. Hundert Bestrafungen in Dominics Sinn. Jetzt lag derselbe Mann hilflos vor ihm.

Matthew glaubte etwas zu hören.

Ein weinendes Mädchen. Schwingen rauschten.

Die Schwester wandte sich ihm zu.

»Es tut mir sehr Leid, Mr Aubrete«, sagte sie.

Er stand auf.

Er streckte die Hand nicht nach Laura aus. In Wahrheit vergaß er in diesem Augenblick sogar, dass sie existierte. Er wandte sich ab und verließ das Krankenzimmer.

20

In der vorübergehenden Stille nach dem Lunch saß Robert Wilde, den Kopf in die Hände gestützt, in seinem Büro. Neben ihm auf dem Schreibtisch lagen die Reste eines Sandwichs; die Kruste begann in der Feuchtigkeit des Plastikbeutels aufzuweichen. Verdrießlich starrte er auf die Diät-Cola in der kalten Dose, fuhr mit dem Finger über das beschlagene Metall und hinterließ eine Spur.

Sein Schreibtisch war mit Papieren übersät. Heute Morgen waren sie noch geordnet gewesen; jetzt spiegelten sie seine immer größer werdende Verwirrung wider. Seine Fingerspitze zeichnete einen sauberen geraden Strich auf das Aluminium. Durch diesen Fall führt kein gerader Weg, dachte er. Plötzlich fielen ihm Alices alte Bilderbücher wieder ein, und er fragte sich, ob er der Prinz im Märchen vom Dornröschen war, verirrt in der Schwarzdornhecke, seinen Weg ins Schloss suchend und immer wieder von neuen Dornen eingeschlossen, die wuchsen, während er sie abschnitt.

Wilde nahm die Hand von der Dose.

Wer war in dem Schloss?

War es Anna Miles mit ihrer leidenschaftlichen Abwehr, ihrem eigenen Dornenzaun? War es das namenlose Mädchen in der Zelle, das weinte und ihn umarmte? Sie ist eine Märchenbuchheldin, wenn es überhaupt je eine gegeben hat, dachte er. Die gefangene Prinzessin mit den langen blonden Haaren und dem unschuldigen und verletzten Gesichtsausdruck und der spürbaren Angst. Durch einen Zauber der Sprache beraubt. Einem Zauber, der etwas mit Alisha Graham zu tun hatte, oder mit Anna Miles, oder mit beiden.

Wildes Blick fiel auf den Bericht der Gerichtsmedizin, den er und sein Team vor dem Mittagessen ausgiebig diskutiert hatten. Er nahm die Seite zur Hand, die ihm am rätselhaftesten erschienen war, überflog die ordentlich niedergeschriebenen Zeilen, die kalten Tatsachen, vermerkt in nüchterner Sprache. Die Worte, die Alishas Tod festhielten und all seine verschlungenen und falschen Windungen.

Alisha Graham war am Montag gegen Mitternacht gestorben.

Sie war nicht, wie sie anfangs vermutet hatten, schon

länger tot gewesen, nur ungewöhnlich kalt, weil die stürmische Gewitternacht so kalt gewesen war.

Sie hatte mehrere blaue Flecke am Hals, die nicht vom Druck von Daumen und Fingern stammten, wie man es vielleicht bei einer Strangulierung erwartete. Noch hatte man ihr etwas auf das Gesicht gepresst, um sie zu ersticken. Es seien Male, hieß es, die von einem weichen Tuch herrührten, das abwechselnd fest zugezogen und dann wieder gelockert worden war. Obwohl dies Blutergüsse hervorgerufen hatte, wie sie für eine Frau von Alishas Alter typisch waren – die blauen Flecke sahen wesentlich schlimmer aus als es bei einer jüngeren Person der Fall gewesen wäre –, war Alisha nicht daran gestorben.

Andere Male auf ihrem Körper gaben ebenso Rätsel auf.

Die Male an den Fersen, zum Beispiel.

Wilde hatte sie nicht selbst gesehen; Alishas Füße waren im Fußraum verborgen gewesen, weil sie sehr aufrecht gesessen und die Füße auf den Boden gestellt hatte. Doch auf den Fersen, hieß es im Bericht, hätten sich tiefe verschorfte Schürfwunden voller Schlamm und Gras gefunden. Man machte Tests mit den Pollen und Grassamen, die in den Schlammkrümeln und in der Haut von Alishas Füßen steckten. Die Analyse ergab rötlichen Schlamm – nicht typisch für den Kreideboden im Gebiet von Melkham.

Alisha war über ein schlammiges Feld oder einen schlammigen Feldweg geschleift worden, so der Bericht. Mit bloßen Füßen durch den Schlamm geschleift. Kratzer an Beinen, Füßen und der Rückseite der Oberschenkel bestätigten dies. Noch mehr blaue Flecke unter den Armen zeigten, wie sie transportiert worden war. Unter den Armen, die Beine über den Boden schleifend. Nicht mit einem groben Griff festgehalten. Möglicherweise hatte der Täter vorsichtig die Hände von hinten unter ihren Armen durchgeschoben und auf ihrer Brust gefaltet. Aber noch mehr Grasflecke und Schlamm und Samenkörner auf ihrer Kleidung deuteten darauf hin, dass sie auf dem Boden gelegen hatte. Vielleicht hatte, wer immer sie gezogen haben mochte, öfter eine Atempause gebraucht.

Wilde legte das Blatt beiseite und stützte wieder den Kopf in die Hände, schloss die Augen, versuchte sich die Szene bildlich vorzustellen. Den restlichen Bericht kannte er auswendig.

Alishas Hände.

Noch ein weiterer blockierter, labyrinthischer Pfad.

Alishas Handteller waren von einer dunklen Substanz verfärbt gewesen. Ihre Fingernägel schmutzig, wahrscheinlich von derselben Substanz. Auch sie waren zur Analyse geschickt worden, aber der Pathologe war sicher, dass es sich um Asche handelte. Keine Zigarettenasche; sie sah eher wie Holzkohle aus.

Was hat sie gemacht?, fragte sich Wilde.

Die Asche von verbranntem Holz. Die Asche eines Feuers …

Aber wo?

Und warum?

Doch das war noch immer nicht alles. Und genau das war der Kern von Wildes Dilemma.

Denn, schloss der Bericht, Alisha Graham war nicht ermordet worden. Sie war an einem Herzanfall gestorben. Einem massiven, ersten und tödlichen Anfall. Einer natürlichen Ursache. Einer Ursache, mit ihrem Alter ohne weiteres vereinbar.

Wilde öffnete die Augen und griff zum Telefon.

Sekunden später war er mit Chief Inspector Wallis verbunden und entspannte sich lächelnd schon bei der ersten Silbe dieses ausgeprägten Manningham-Akzents. Das

Idiom seines alten Reviers hatte für ihn etwas unendlich Tröstliches – auch wenn der schroffere Tonfall sich von dem weicheren Cumberlands deutlich unterschied. Es war noch immer nördlich von Watford. Die Heimat.

»Haben Sie meine Faxe bekommen?«, fragte Wallis.

»Ja.«

»Kommen Sie trotzdem her?«

»Morgen Vormittag«, bestätigte Wilde.

»Wir haben noch etwas«, sagte Wallis. »Etwas, das vielleicht eine Verbindung zu dem Mädchen herstellt. Wir haben mit dem hiesigen Pfarrer gesprochen. Das Mädchen und Alisha gingen gemeinsam in eine reichlich absonderliche Kirche. Alisha Graham interessierte sich für Kulte, und es sieht so aus, als habe das Mädchen einem dieser Kulte angehört. Und sie hat einen Namen.«

Einen Augenblick lang vergaß Wilde völlig, was er zu sagen hatte.

»Einen Namen? Wie heißt sie?«

Leises Lachen am anderen Ende der Leitung. »Jedenfalls ist es eine Art Namen. *Omega*. Der Pfarrer meint, er stammt aus der Offenbarung.«

»*Omega*«, wiederholte Wilde.

»Und eine mögliche Adresse.«

Wilde seufzte tief. »Warten Sie. Es geht nicht mehr um Mord.«

»Ich dachte, sie sei stranguliert worden.«

»Ja, so hat es ausgesehen. Aber es war ein Herzanfall.«

»Was noch?«, wollte Wallis nach einer kurzen Pause wissen.

»Sie wurde durch ein Feld oder über einen Feldweg geschleift. Hat Holzkohlenasche an den Handtellern.«

»Nach ihrem Tod geschleift?«, fragte Wallis.

»Ja.«

»Dann hatte sie den Herzanfall, als das Mädchen bei ihr war?«

»Wahrscheinlich. Möglicherweise.«

»Dann ist sie in die Sache verwickelt. Wo zum Teufel kommt die Holzkohle her?«

»Keine Ahnung.«

»Vielleicht hat sie die Frau zu Tode erschreckt. Hat sie schon gesprochen?«

»Kein Wort. Aber sie scheint selbst panische Angst zu haben. Sie betet.«

»Betet?«, sagte Wallis. »Ja, das passt.« Wilde hörte, wie im Hintergrund eine Tür geöffnet und wieder geschlossen wurde. »Bleiben Sie dran«, sagte Wallis. Eine Hand wurde auf den Hörer gelegt, dann meldete sich Wallis wieder. »Wie lange können Sie das Mädchen festhalten?«

»Ohne Verbrechen?« Wilde lachte leise. »Nicht lange.«

»Verdammt seltsame Geschichte.«

»Ich weiß.«

»Kommen Sie trotzdem her?«

»Ja. Ich fahre am frühen Morgen los und bin dann gegen zehn bei Ihnen. Um mir eine Übersicht über das ganze Durcheinander zu verschaffen, wenn ich schon nichts anderes tun kann.«

»Okay.«

»Ich habe heute Abend einen Aufruf im Fernsehen«, sagte Wilde. »Vielleicht bringt uns der etwas.«

»Viel Glück. Ich prüfe inzwischen die Adresse nach.«

»Danke«, sagte Wilde, ehe er resigniert auflegte.

In der nächsten Sekunde klingelte das Telefon wieder.

Wilde, der bereits aufgestanden war, um in den Einsatzraum hinunterzugehen, hätte um ein Haar nicht abgehoben. In letzter Sekunde besann er sich jedoch eines Besseren und nahm ab, während er sich die Jacke anzog.

»Wilde.«

»Wir haben eben einen Notruf bekommen, Sir. Dachte, Sie wollten es vielleicht wissen.«

»Einen Notruf?«, wiederholte Wilde. »Von wem?«

»Aus dem Cottage in Aubrete. Von Anna Miles.«

21

Robert Wilde traf um sechzehn Uhr dreißig in Anna Miles' Cottage ein.

Nachdem er mit den beiden Officer, die vor ihm da gewesen waren, ein paar Worte gewechselt hatte und an ihrem alten roten Auto vorbeigekommen war – wobei er einen Blick auf die verrostete Karosserie, die ausgefranste Gummizierleiste an der Windschutzscheibe und die geflickte Lenkradverkleidung geworfen hatte –, fand er Anna im Wohnzimmer. Sie war allein, kauerte in einem Lehnsessel und starrte aufs Meer. Sie musterte ihn kurz, als er hereinkam, wandte sich wieder von ihm ab.

Er setzte sich. In einer Ecke sah er einen offenen Geigenkasten und Notenstapel. »Erzählen Sie mir alles – von Anfang an«, sagte er.

Es dauerte ein paar Sekunden, ehe sie zu sprechen anfing. »Sie können nichts tun.«

»Warum sagen Sie das?«, fragte er.

»Weil bisher auch nichts getan wurde.«

»Wer hat nichts getan? Die Polizei? Haben Sie etwas gemeldet? Etwas wie diesen Vorfall?«

»Ja«, sagte sie, und stützte den Kopf in eine Hand.

Sie sah anders aus als am frühen Nachmittag. Ihre Gegenwehr war gebrochen. Die aufrechte Kopfhaltung – das leidenschaftliche Funkeln ihrer Augen. Sie schien geschrumpft, plötzlich zerbrechlich. Ihre Verletzlichkeit schien noch verstärkt durch den leicht singenden, keltischen Tonfall ihrer Stimme.

»Warum haben Sie die 999 angerufen, wenn Sie denken, dass wir Ihnen nicht helfen können?«, fragte Wilde.

»Ich war in Panik«, antwortete sie tonlos. »Tut mir Leid.«

»Es braucht ihnen nicht Leid zu tun. Erzählen Sie es mir einfach.«

Diesmal sah sie ihn an. Durchdringend. Tränen stiegen ihr in die Augen, die sie mit dem Handrücken wegwischte.

»Sie sind sehr müde«, stellte er fest.

Sie nahm ein Papiertaschentuch heraus, putzte sich die Nase und wischte sich mit der bockigen Miene eines Kleinkinds das Gesicht ab. Wilde war versucht, aufzustehen und sie zu trösten – die instinktive Reaktion eines Vaters. Anna Miles hatte eine gewisse Ähnlichkeit mit Alice – das straff zurückgekämmte Haar, den Zug um den Mund, der über ihre Verletzlichkeit hinwegtäuschen sollte.

»Ich war Lehrerin, und er kam in die Schule«, sagte Anna schließlich. Ihre Stimme war so leise, dass er sie kaum hörte. »Ich habe ihn nach Hause gefahren. Vier Wochen später tauchte er spätabends vor meinem Haus auf und sagte, er habe ein Geschenk für mich. Als Dank dafür, dass ich ihn damals mitgenommen hatte. Ich habe ihn hereingelassen«, fuhr sie fort und schlug die Augen nieder. »Er heißt Ben McGovern.«

In der Stille hörte Wilde das Ticken der Küchenuhr.

Anna stand abrupt auf und griff nach einer Tasse, die neben ihrem Sessel stand. »Ich mache uns eine Tasse Tee«, sagte sie.

»Wenn Sie wollen.«

Er folgte ihr in die Küche. Während das Wasser siedete, stand sie mit verschränkten Armen in einer Ecke.

»Ich nehme an, Sie halten mich für verrückt«, sagte sie leise.

»Ich denke nichts dergleichen.«

»Er hat mich nicht vergewaltigt«, sagte sie. »Er hat mich an jenem Abend nicht einmal angerührt.«

Sie brühte den Tee auf. Er nahm ihr die Tasse ab, und sie gingen ins Wohnzimmer zurück, wo Anna sich in denselben Sessel setzte. Sie trank ihren Tee. Wilde wartete darauf, dass sie sprach.

»Er hat nur im Haus herumgestanden. In meinem Haus. Dann hat er mir das Geschenk gegeben – ein goldenes Medaillon in einem in Goldpapier verpackten Kästchen.« Sie runzelte die Stirn. »Solchen Schmuck trage ich nicht«, fuhr sie fort. »Keine Herzen, keine Armreifen. Nichts dergleichen. Ich finde es zu affig. Ich mag es nicht, wenn mir etwas um den Hals oder am Handgelenk baumelt.«

Wilde trank seinen Tee und stellte die Tasse auf dem Tisch ab. »Sie haben das Geschenk abgelehnt?«, fragte er.

»Das wollte ich, aber er hat es nicht akzeptiert«, sagte sie. »Außerdem war es – übertrieben. Ein Goldmedaillon für einmal Nachhausefahren. Das war irgendwie falsch.«

»Ich verstehe«, sagte Wilde.

»Wirklich?«, fauchte sie. »Wie einfühlsam von Ihnen.«

Stille. Dann seufzte sie.

»Was ist an diesem Abend noch passiert?«, fragte er.

Sie zuckte mit den Schultern. »Es wurde spät. War schon fast Mitternacht. Ich hatte ihm eine Tasse Kaffee gemacht, wir hatten über die Schule gesprochen – es gab nichts mehr zu sagen. Ich wollte, dass er ging. Er hatte sich mit einem Lächeln in meiner Küche niedergelassen. Es war so dumm, so dumm von mir, ihn hereinzubitten ...«

Ihr Blick schweifte ab. Wilde dachte daran, dass sie das Mädchen auf dieselbe Weise aus dem Regen hereingeholt hatte. Anna sah auf, als habe sie seine Gedanken gelesen. »Das Gleiche habe ich vor kurzem ja wieder getan«, stellte sie fest. »Als Sie mich befragten, ist mir klar geworden, dass ich es wieder getan habe.«

»Aber Sie haben ihn an jenem Abend aus dem Haus bekommen?«

»Ja, irgendwann«, sagte sie. »Ich hatte Angst. Er konnte über mich herfallen, mich verletzen… Schlimmer noch. Als ich gerade dachte, er werde nie mehr gehen, ist er verschwunden. Hat mitten im Satz auf dem Absatz kehrt gemacht und etwas gesagt wie ›Ich kann nicht die ganze Nacht hier bleiben.‹ In einem Ton, als hätte ich ihn aufgehalten und er hätte nun die Geduld mit mir verloren. Er marschierte durch den Flur, öffnete die Haustür und trat ins Freie, ohne sich noch einmal umzudrehen. Ich weiß nicht einmal mehr, was ich an der Tür zu ihm gesagt habe. Vielleicht habe ich mich für das Geschenk bedankt, irgendetwas geplappert, weil ich so glücklich war, dass er ging.«

»Und dann?«

»Ich habe die Tür versperrt und verriegelt. Alle Türen.« Sie kauerte sich im Sessel zusammen. »Wenn es nur das gewesen wäre«, sagte sie leise. »Aber es war erst der Anfang.«

»Wovon?«

Wilde erhaschte eine Bewegung vor dem Fenster. Einer der Constables war vorübergegangen. Er hörte gedämpfte Stimmen, dann unterdrücktes Lachen. Anna Miles blickte in die Richtung, aus der die Geräusche kamen. »Sie denken, es ist komisch«, sagte sie.

»Nein, durchaus nicht«, erwiderte er. »Nein. Wenn Sie wollen, sag ich den beiden, sie sollen verschwinden.«

Sie hob die Hand. »Vergessen Sie's.«

Innerlich verwünschte Wilde die Ablenkung. »Was ist passiert?«, fragte er.

Sie zupfte an einem losen Faden des Sesselüberzugs. »Anfangs kam er und saß im Auto vor dem Haus«, sagte sie. »Nicht jeden Tag. Manchmal nicht einmal direkt vorm Haus, sondern irgendwo in der Straße. Ich kam aus der Schule nach Hause, und er war da. Oder er tauchte mitten am Abend auf. Er ist nie ausgestiegen. Er hat mich nie angesprochen, hat nie an die Tür geklopft, aber früher oder später habe ich ihn natürlich bemerkt, und sobald ich ihn bemerkte hatte…«

»War es um Ihren Seelenfrieden geschehen.«

»Ja«, bestätigte sie. »Es klingt völlig harmlos, nicht wahr? Ein Mann, der in einem Auto sitzt und früher oder später wieder wegfährt…«

»Wie lange ist er gewöhnlich geblieben?«

Sie hob eine Hand an die Stirn, zog mit dem Finger eine Braue nach. »Manchmal nur eine Viertelstunde. Manchmal stundenlang. Es gab kein bestimmtes Schema. Einmal ist er die ganze Nacht geblieben.«

»Sie haben es der Polizei gemeldet?«

»Ja.«

»Und was hat die Polizei gemacht?«

»Nichts«, sagte Anna. »O ja, sie sind herausgekommen und haben mit ihm gesprochen. Er hat gesagt, er warte auf eine Freundin. Nicht auf mich. Auf eine andere Freundin. Wem schade er denn schon? Er verstoße doch gegen kein Gesetz.«

»Vielleicht tut er es jetzt.«

»Ja, ich weiß. Aber damals gab es kein Gesetz, das ihm verboten hätte, was er tat.« Sie presste die Handteller auf die Stirn, als sei die Erinnerung ein körperlicher

Schmerz. »Und er ist so glaubwürdig, so unglaublich glaubwürdig. So höflich.« Sie seufzte. »Nach ein, zwei Monaten hat er damit aufgehört und mit etwas anderem angefangen.«

»Mit etwas anderem? Womit denn?«

»Telefonanrufe«, antwortete sie. »Stumme Telefonanrufe. Ein-, zweimal täglich, vielleicht. Dann seltsame kleine Dinge.«

»Zum Beispiel?«

»Na ja...« Sie seufzte; es klang fast wie ein Lachen. Fast. »Das hört sich jetzt verrückt an. Wenn ich aus dem Haus kam, lag irgendetwas auf dem Weg. Nichts Unangenehmes. Nur etwas Eigenartiges, was nicht hingehörte. Ein zusammengerolltes Stück Schnur. Eine Spielkarte. Ein Busfahrplan. Eine Muschel. Mitten auf dem Weg. Der Busfahrplan war mit Steinen beschwert, sehr ordentlich, wie eingerahmt.«

Stirnrunzelnd beugte Wilde sich vor.

»Ich habe mir einzureden versucht, es seien Kinder«, sagte Anna. »Ich habe Zehnjährige unterrichtet und gehofft, dass einer das für einen Riesenspaß hielt.«

»Woher wissen Sie, dass dem nicht so war?«

»Ich weiß es nicht«, sagte sie. »Das heißt, ich kann es nicht beweisen. Aber ich weiß, dass es kein Kind war. *Er* war es. Ich traf ihn noch immer in der Schule. Wenn ich ihn sah, lächelte er immer. Aber die Art, wie er lächelte...« Sie unterbrach sich, schloss die Augen und holte tief Atem.

Die Ellbogen auf die Knie gestützt, beugte Wilde sich vor. »Wie lange hat all das gedauert?«

»Sechs Monate.«

»Und warum hat es aufgehört?«

Sie schlug die Augen auf. »Verstehen Sie denn nicht?«, fragte sie. Ihre Miene verriet eine Mischung aus Zorn und Erstaunen. »Es hat nicht *aufgehört*. Es hat nicht aufgehört. Und dann – eines Tages …« Sie zögerte. Zitterte. »Ich musste weg«, flüsterte sie.

»Warum?«

Lange Zeit schwieg sie, starrte ausdruckslos auf einen Punkt auf dem Teppich. Dann blickte sie zu Wilde auf. »Seine Mutter starb«, sagte sie monoton. »Ich habe die Anzeige in der Zeitung gesehen. Sie war …« Sie suchte nach dem richtigen Wort. »Schwülstig. Eine riesige, gerahmte Anzeige. Die Mutter war an einem Schlaganfall gestorben. Der Text …«

»Was war mit dem Text?«

»Er war …« Sie rang verzweifelt die Hände. »Er war natürlich liebevoll, aber – übertrieben. So übertrieben, dass man Gänsehaut bekam. Es war ein Gedicht – rührselig. So etwas könnte ein Ehemann über seine Frau schreiben. *Mein liebster Liebling, du bist dahin. Weißt du, wie einsam ich nun bin? Hab keine Hand, die mich jetzt hält …«*

Angeekelt verzog Anna das Gesicht und stand abrupt auf, als wolle sie sich von diesem Gedanken losreißen. Sie durchquerte das Zimmer, blickte auf den Feldweg hinaus und auf den Platz, an dem Alisha Grahams Wagen im Regen gestanden hatte und wo jetzt ihr eigener Wagen parkte.

»An dem Tag, an dem seine Mutter beerdigt wurde, kam er zu meinem Haus«, sagte sie. »Ich hatte nicht vermutet, dass er es sein könnte. Ich öffnete die Tür, versuchte aber, sie sofort wieder zu schließen. Er stellte den Fuß dazwischen. Ich fing an zu schreien. Er brachte das Gesicht dicht an den Türspalt und grinste mich an. *›Ich werde dich nach Hause holen, Anna‹*, sagte er.«

Wilde stand ebenfalls auf.

»Irgendwie habe ich es geschafft, die Tür zu schließen«, fuhr sie fort. »Er schlug mit der Faust dagegen, und ich hörte ihn flüstern und lachen. Und dann ging er.« Sie erschauderte. »Eine Stunde später läutete das Telefon. Es läutete alle dreißig Sekunden, fünf Stunden lang. Um Mitternacht nahm ich endlich ab. Aber er sagte nichts.«

Sie drehte sich um und sah Wilde an. Da sie vor dem Fenster stand, durch das die Nachmittagssonne schien, war es schwierig, in ihrem Gesicht zu lesen.

Wilde wandte den Blick ab.

»Sie glauben mir nicht«, stellte sie fest.

Er sah auf. »Ich glaube Ihnen. Aber – der Mann hat Sie nie körperlich angegriffen. Hat Sie tatsächlich nie berührt?«

»Nicht mit den Händen, nein.« Sie lachte kurz auf. »Sie haben keine Ahnung, wie einer Frau in einer solchen Situation zumute ist, nicht wahr?«

»Ich fühle mit Ihnen«, sagte er. »Ganz ehrlich.«

Sie lächelte seltsam. »Er ist in meinem Kopf«, sagte sie. »Verletzlich. Das ist es, wovon ich rede. Sie verstehen das nicht. Wie man sich fühlt«, flüsterte sie.

»Hat er Ihnen jemals geschrieben?«

»Nein.«

»Eine Nachricht auf dem Anrufbeantworter hinterlassen?«

»Nur Stille. Im letzten Monat habe ich auch hier diese stummen Botschaften bekommen.«

»Ich verstehe«, sagte Wilde.

Sie wandte sich zornig ab. »Der Mistkerl ist hier«, sagte sie.

»Keine Briefe, keine Botschaften auf dem Anrufbeantworter«, überlegte Wilde. »Ich nehme nicht an, dass es Ihnen gelungen ist, ihn zu filmen, wenn er auf der Straße gewartet hat?«

»Nein«, sagte sie. »Jesus Christus!«

»Ich denke an Beweise«, erklärte er.

Sie sagte nichts.

»Und deshalb sind Sie hergekommen?«, fragte er schließlich.

»Ja.« Plötzlich klang ihre Stimme lebhafter als zuvor – vor Verärgerung, vielleicht auch vor Verachtung. Dennoch konnte Wilde nicht sagen, ob die Verachtung McGovern oder ihm galt, weil die Polizei ihrer Meinung nach so langsam und schwerfällig reagiert hatte.

»Ich bin noch in derselben Nacht gefahren«, sagte sie schnell und abgehackt. »Ich habe die Koffer gepackt, mein Haus und meinen Job im Stich gelassen und niemand – absolut niemand – gesagt, wohin ich fuhr. Ich wusste es ja nicht einmal selbst. Ich fuhr nach Süden, so weit nach Süden wie möglich.« Sie legte eine Hand ans Gesicht, bekümmert über die Wortflut, die sie so lange unterdrückt hatte. »Ich glaube nicht, dass ich bei klarem Verstand war, als ich am nächsten Morgen Matthew Aubrete begegnete«, fuhr sie fort. »Ich hatte auf der Hauptstraße eine Panne und keine Ahnung, wo ich war. Ich war erschöpft. Ich habe am Straßenrand gestanden. Konnte kaum sprechen. Ich habe keinen Satz herausgebracht. Matthew hat einen Pannendienst angerufen und mir ein Hotel empfohlen. Als ich nach einer Woche auszog, hat er die Rechnung bezahlt. Er war freundlich und gut zu mir, sonst nichts. Hat mir keine einzige Frage gestellt. Und mir dieses Haus angeboten.«

Sie hielt inne.

Wilde trat neben sie. »Warum haben Sie mir gesagt, dass Sie Matthew Aubrete nicht kennen?«, fragte er.

»Weil es nur mehr Schwierigkeiten gegeben hätte.«

»Wieso?«

»Nun ja, das ist doch offensichtlich. Seine Frau.«

»Weiß sie es denn noch nicht?«

Eine Pause. »Vielleicht.«

»Wieso hätte es dann mehr Schwierigkeiten gegeben, wenn Sie es mir gesagt hätten?«

»Weil die Dinge hier auf Messers Schneide stehen«, sagte Anna. »Laura hat das Talent, anderen das Leben zur Hölle zu machen, wenn es nicht nach ihrem Kopf geht. Das ist einer der Gründe, warum ich Matthew nicht mehr sehen will. Ich halte all das nicht aus. Und auch nicht – diese Telefonanrufe. Es ist einfach zu viel.«

»Wieso auf Messers Schneide?«, fragte Wilde.

»Sein Vater liegt im Sterben. Es gibt eine Vorgeschichte.«

»Was für eine?«

»Streit um das Haus. Das Testament.«

Wilde sah sie nachdenklich an. »Haben Sie etwas damit zu tun?«

»Nein«, antwortete sie unüberhörbar gereizt. »Hören Sie, ich mag Dominic ... er ... nun ja, er ist exzentrisch. Zwischen uns hat sich so etwas wie eine Freundschaft entwickelt. Er ist oft ins Café gekommen, um Laura aus dem Weg zu gehen. Er mag Musik ...«

»Und er wusste von Ihnen und seinem Sohn?«

»Ja.«

»Hat er es unterstützt?«

»Er hat es nicht missbilligt.« Sie verschränkte die Hände im Schoß. »Anfangs verstanden er und Laura sich sehr gut – in Wahrheit ...« Sie unterbrach sich.

»In Wahrheit – was?«

»Nur Gerüchte«, antwortete sie.

Wilde nickte bedächtig. »Ich verstehe.«

»Eine Schlangengrube«, murmelte Anna.

»Der Vater hat Sie vorgezogen, um seiner Schwiegertochter eins auszuwischen?«

Anna zuckte hilflos mit den Schultern.

»Was hat Matthew getan?«

Sie blickte in die Ferne. »Matthew weiß nie, was er tun soll, egal worum es geht«, sagte sie ohne Bitterkeit. »Laura leitet das Gut, und Matthew tut sein Bestes, um ihre Pläne zu durchkreuzen. Im Moment gibt es ein Problem mit den Gärten wegen der Wasserversorgung, und Laura ist sicher, dass Matthew daran schuld ist. Ich denke, er hat Alisha Graham geholt, um zu beweisen, dass dem nicht so ist.«

Wilde hob überrascht die Brauen. »Mrs Aubrete denkt, ihr Mann versuche den Gutsbetrieb zu sabotieren?«

»Weiß der Himmel. Wahrscheinlich.«

»Und er versucht zu beweisen, dass er es nicht tut?«

Sie seufzte. »Hören Sie, Dominic ist ein alter Mistkerl und Matthew eine verlorene Seele. Laura ist rachsüchtig und unversöhnlich. Alle verachten sich gegenseitig. Das ganze Gerede darüber, dass Dominic sein Testament ändern will, ist nur Dominics Art, Öl ins Feuer zu gießen. Er tut es zu seinem Amüsement.«

»Und benutzt Sie als Zündstoff?«

»Ja«, sagte sie. »Jetzt verstehen Sie wohl, warum ich mich von ihnen fernhalten will. Ich dachte, wenn ich leugne, dass ich sie kenne, werden sie mich in Ruhe lassen. Ich habe diese Beziehung mit Matthew angefangen, als ich alle möglichen Schwierigkeiten hatte, und jetzt möchte ich …«

»Frieden.«

»Ja«, erwiderte sie leidenschaftlich. »Nur das. Frieden.«

Wilde nahm die beiden Tassen und trug sie in die Küche. Er blieb einen Moment stehen und blickte aus dem Fenster. Anna Miles hatte, wie es schien, ein Talent, Schwierigkeiten anzuziehen.

Er ging ins Zimmer zurück.

»Sind Sie inzwischen überhaupt einmal in Ihr Haus zurückgekehrt?«, fragte er.

»Nein«, antwortete sie. »Es gibt mich nicht mehr. Ich bin gestorben.« Sie wandte sich ab. »Aber er hat es getan«, sagte sie. »Ben McGovern ist zurückgekommen.«

Die eiserne Selbstbeherrschung, die Wilde vom ersten Augenblick an so entnervt hatte, zerbrach endlich. Anna ließ sich in den nächsten Sessel fallen, schlug die Hände vors Gesicht und weinte. Und ihr Kummer hörte sich entsetzlich an. Es war, als würden die Töne ihrem tiefsten Innern entrissen, einem Ort, den er sich kaum vorstellen konnte. Einem Ort, an dem niemand sein sollte.

Er ließ sie weinen. Die Schluchzer waren trocken, qualvoll, abgehackt.

»Er hat mich gefunden. Ich hab es Ihnen gesagt. Er hat mich gefunden.«

»Wie kann er das angestellt haben?«

»Ich weiß es nicht«, gab sie zurück. »Alles ging über ein Postfach. Alle meine Briefe. In der Nacht, als ich losfuhr, schob ich einen Zettel in den Briefkasten meiner Freundin, zusammen mit den Hausschlüsseln. Ich habe sie gebeten, jede Woche nachzusehen. Ich habe keine Adresse angegeben. Ich habe sie nicht einmal angerufen.«

Wilde stellte sich vor, wie Anna wach lag und auf die kleinste Bewegung draußen horchte. Vielleicht viele Nächte wach gelegen hatte, nie ganz sicher, ob sie ihrem Verfolger wirklich entkommen war. Spürte, dass er nach ihr griff. Wilde ging in die Küche, riss ein Stück von der Küchenrolle ab, ging zurück, bog Annas Finger auseinander und legte das Papiertuch hinein.

»Waren Sie damals schon Anna Miles?«, fragte er nach einer Weile.

»Nein«, antwortete sie. »Ich heiße Anna Cray.«

»Haben Sie Alisha Graham gekannt?«

»Nein.«

»Sie kommen aber aus derselben Stadt.«

»Ja, ich weiß.«

»Sie war auch Lehrerin.«

»Aber ich habe in der Grundschule unterrichtet. Sie an der Universität.«

»Ist es nicht möglich, dass Ihre Wege sich irgendwann einmal gekreuzt haben?«, blieb Wilde hartnäckig. »Vielleicht bei einer Lehrerkonferenz.«

»Ich habe Musik unterrichtet.«

»Waren Sie Kirchgängerin?«, fragte Wilde.

Anna sah auf. »Was?«, fragte sie verblüfft.

»Kirche.«

»Nein, nie.«

»Und das Mädchen...«

»Ich habe das Mädchen nicht gekannt. Obwohl...« Ihre Stimme erstarb.

»Obwohl – was?«

Sie runzelte die Stirn. »Ich kenne sie nicht, habe mir das Gehirn zermartert, habe keine Ahnung, wie sie heißt. Aber...« Sie unterbrach sich. »Irgendetwas kommt mir bekannt an ihr vor. Irgendetwas. Aber ich weiß nicht, was es ist. Ich kann mir nicht vorstellen, was es sein könnte.«

Er drängte sie nicht, legte ihr stattdessen sanft die Hand auf den Arm.

»Zeigen Sie mir das goldene Kästchen«, sagte er.

22

Das Land unterhalb des Ballantyne Hill war – tausend Jahre hin oder her – vermutlich seit dreitausend Jahren bewirtschaftet worden.

Nicht immer hatte man Weizen angebaut, Vieh oder Schafe gezüchtet. Bis zum vierzehnten Jahrhundert war das Land regelmäßig überflutet worden, bis man an der zwanzig Meilen entfernten Küste Dämme errichtet hatte. »Geerntet« wurden damals Fische im Überfluss. Sogar jetzt noch waren die Felder oft sumpfig und wurden von Entwässerungsgräben durchzogen. Weiter südlich nannte man sie bildhaft die Wasserwiesen, hier waren es ganz einfach die Levels, Meile um Meile leicht welliger Landschaft, ein Flickwerk aus Weiden und Getreidefeldern. Hin und wieder wurde das Grün unterbrochen vom surrealistischen Gelb des Rapses oder dem Blau des Flachses, bis das Land anzusteigen begann und der Ballantyne Hill unvermittelt aufragte. Doch Mike Musternes Familie bewirtschaftete das Land unterhalb des Ballantyne nicht seit dreitausend, sondern erst seit achthundert Jahren.

Musterne, ein finsterer, wortkarger Familienvater, fuhr mit dem Landrover an der Rückseite des Hügels entlang. Es wurde bereits dunkel – eine rote Linie markierte den Himmel hinter dem Hügel bis zum Bristol Channel. Sogar jetzt, als der erste Abendtau sich über das Land legte, flog hinter dem Landrover der Kreidestaub auf und nahm dem Fahrer im Rückspiegel die Sicht. Es war ein langer, warmer Tag gewesen. Musterne blinzelte durch Staub und den Rauch seiner Zigarette und beugte sich vor, um den Gipfel des Hügels durch die Windschutzscheibe zu betrachten.

Sie hielten Schafe auf der Ballantyne Farm, die eine Hälfte auf einer Weide in der Nähe des Hauses, die andere auf dem Hügel. Es war ein allgemeines Weiderecht, das Musterne so leidenschaftlich für sich beanspruchte, als gehöre es nur ihm allein. Er brachte Rinder und Schafe aus einer Art Starrsinn auf den Hügel, nur um gelegentliche Besucher zu ärgern. Er lenkte den Landrover an die Seite und stieg aus, um das Feldgatter zu öffnen.

Der Hügel sah heute Abend seltsam aus. Musterne blieb stehen, um ihn zu betrachten.

Bei einem bestimmten Licht – frühmorgens und in der Abenddämmerung – sah er aus wie eine Reihe von Ringen oder Reifen, die sich um einen Kegel legten. Wie diese Dinger auf dem Jahrmarkt, auf die man Ringe werfen konnte. Im Lauf der Jahrhunderte hatten Erdrutsche den Hügel auf allen Seiten wellig verformt. Im Licht des heutigen Abends sah es aus, als habe eine Riesenhand mit einem grauen Bleistift Ring um Ring um den Hügel gezogen.

Hier gab es alte Aberglauben, die noch viel älter waren als die Weiderechte.

Während der Jungsteinzeit war der Hügel Beerdigungsstätte gewesen. Eine mit Steinen eingerahmte Grube war in den Gipfel gegraben worden. Als die Erde verwitterte, waren die Steine zum Vorschein gekommen – mehrere stumpfe Buckel, die im rechten Winkel umgestürzt waren. Ziemlich deutlich waren noch alte Gravierungen zu sehen. Dann, irgendwann im sechzehnten Jahrhundert, hatte man über den Steinen eine kleine Kapelle erbaut, in der etwa hundert Jahre lang Messen gelesen wurden.

Doch auch die Kapelle verfiel; nur noch ein ringförmiges Fundament war vorhanden, wo früher die Kirche gestanden hatte, und ein seltsamer flacher Stein, der zeigte, wo sich in der Steinzeit das Hügelgrab befand.

Musterne fuhr mit dem Landrover durch das geöffnete Gatter und schloss es hinter sich.

Der Geländewagen rollte weiter über das Land, bis er ein zweites Gatter erreichte, dessen Pfosten gespalten waren. Das rostige Kettenschloss war hinuntergefallen. Musterne stieg aus, sah es sich an und versetzte ihm sicherheitshalber einen Tritt. Die Pfosten bestanden aus zwei massiven Holzklötzen, wurmstichig, verwittert und von der Hitze gebleicht, jedoch so tief in den Boden eingesunken, dass er davon ausging, sie würden bis zum Jüngsten Tag stehen bleiben.

»Verdammtes Zeug«, murmelte er vor sich hin.

Er stützte den Pfosten ab, holte einen Bolzenschneider und eine Zange aus dem Fond des Rovers, schnitt die Kette durch und setzte das Schloss neu ein. Als er fertig war, legte er die Hand auf den Pfosten. »Verdammtes Zeug«, wiederholte er verwirrt.

In diesem Moment bemerkte er den Schuh.

Er steckte neben dem Pfosten im Gras, tief zwischen Winden und Disteln. Musterne öffnete das Gatter wieder, bückte sich und hob den Schuh auf, wobei er sich tüchtig die Hand zerkratzte. Er drehte den Schuh ein paar Mal um. Es war ein Damenschuh, Größe siebenunddreißig, aus blauem Segeltuch mit weißem Schnürsenkel. Ein alter Schuh, zerknautscht, mit einem Loch in der Sohle und einem ausgefransten weißen Rand am Knöchel.

Er wog ihn in der Hand.

Er hatte schon häufig alte Sachen gefunden, besonders auf dem Hügel. Hippies hatten früher alles Mögliche liegen lassen – Quarz, Blumen, aus Gras geflochtene Halsketten. Auch Bänder, die sie an die Gatter gehängt hatten. Jemand aus dem Dorf hatte ihm einmal erzählt, dass Buddhisten Gebetsfahnen benutzten und die Bänder wahrscheinlich demselben Zweck dienten. Er wusste auch, dass es einen Wunschbaum gab, weil er einmal einen in Schottland auf der Black Isle gesehen hatte; einen riesigen Baum, mit allen möglichen Lappen behängt, jeder ein Wunsch, ein Begehren. Er sah den Schuh an. Bei ihm handelte es sich weniger um einen Wunsch als um ein Stück Abfall, das verbotenerweise hier zurückgelassen worden war. Er warf den Schuh über den Zaun in die Hecke, passierte das Gatter und stieg den Hügel hinauf.

Als er oben ankam, wurde es allmählich dunkel. Er liebte den Ausblick. Als er über die letzte Erhebung kam, wurde er mit einem weitläufigen Panorama belohnt, zwanzig Meilen Grün, das langsam mit dem Schatten verschmolz. Unten auf der Straße schalteten die Autos die Scheinwerfer ein, Lichtpunkte wie Glühwürmchen. Direkt über ihm hatte der Himmel einen intensiven Blauton angenommen, jenes violett angehauchte Blau des letzten Lichts. Im drei Meilen entfernten Dorf wurde der Motor eines Motorrads hochgejagt. Ein Hund bellte. In der Nähe weideten Schafe und zupften den Rasen ab.

Er warf einen Blick auf den alten Kirchenboden, wandte sich ab und schaute dann noch einmal hin.

Der andere Schuh, ein blauer Segeltuchschuh, lag auf dem glasähnlichen glatten Boden. Daneben die Reste eines Feuers, ein Kreis aus Asche und um das Feuer herum ein Ring.

Er ging näher und versuchte festzustellen, was es war.

Er ging in die Hocke und berührte es mit der Fingerspitze.

Es war ein Sternenring – aus Blut.

23

Robert Wilde saß an diesem Abend vor dem Fernseher. Der Aufruf der Polizei war eben gesendet worden.

»Du siehst komisch aus«, sagte Alice.

»Was meinst du mit komisch?«

»Nicht wie sonst. Zu clever.«

Er lächelte grimmig.

»Und sie hat wirklich überhaupt nichts gesagt?«, fragte Alice.

Wilde begann die Abendbrotteller aufeinander zu stapeln. »Hör mal, darüber habe ich nie mit dir gesprochen, okay?«

»Hat sie eine Zunge?«

»Natürlich.«

»Nun ja, manche Leute haben keine.«

Er ging in die Küche. »Sie hat eine Zunge, aber sie benutzt sie nicht.« Er füllte das Geschirr in die Spülmaschine, während Alice ihm mit einem einzelnen Löffel folgte. »Du bist eine wahre Hilfe, weißt du das?«, sagte er.

Sie grinste und tat eine Weile so, als beobachte sie ihn, ehe sie anfing die beiden Kochtöpfe abzuwaschen, die in der Spüle standen. Als er fertig war, richtete Wilde sich auf und lehnte sich an die Arbeitsplatte.

»Allie«, sagte er, »glaubst du an Gott?«

Methodisch wusch sie den Topf ab und stellte ihn dann vorsichtig auf das Abtropfbrett, sah nicht auf. »Ja«, sagte sie.

»An den Gott, von dem ich dir erzählt habe?«

Sie lächelte. »Der in einem weißen Gewand mit einem Blitz in der Hand?«

»Nein. Vielleicht. Einen richtigen Gott.«

»Ja.«

»Wirklich?«, sagte er erstaunt.

»Ich versteh nicht, wieso du so überrascht bist«, stellte sie gelassen fest. »Du bist es doch, der mich mit allen Informationen gefüttert hat.«

»Welchen Informationen?«

»Weihnachten und Ostern.«

»Das war meine Aufgabe«, sagte er.

»Willst du damit sagen, du hast es mir erzählt, ohne selbst etwas damit am Hut zu haben?«, fragte sie.

»Ich weiß nicht.«

»Was weißt du nicht – genau, bitte.«

Verlegen fummelte er an der Zierleiste der Arbeitsplatte herum. »Verschiedenes.«

Sie drehte sich um und sah ihn an. »Du hast mir erzählt, Mum sei im Himmel, erinnerst du dich? Nun, wo ist sie dann, wenn nicht dort?«

»Alice, ich weiß es nicht.«

»Du weißt es nicht? Früher hast du es sehr bestimmt behauptet.«

»Deinetwegen.«

»Du hast es zu mir gesagt und selbst nicht daran geglaubt?«

»Es ist nicht so, dass ich nicht daran glaube. Ich möchte, dass es wahr ist. Ich wollte dich trösten.«

Jetzt war es Alice, die ihn erstaunt ansah. »Du hast mich getröstet, aber selber hinterm Rücken die Finger gekreuzt, stimmt's?« Alice trocknete sich die Hände ab und baute sich vor ihm auf, die Hand mit dem Geschirrtuch in die Hüfte gestützt. »Du glaubst nicht, dass sie um uns ist?«

Er überlegte. Dachte an den Traum. »Doch, das tue ich.«

»Ich auch«, sagte sie. »Darum geht es bei der Religion, nicht wahr? Zu glauben, was man nicht beweisen kann.«

Er überlegte wieder. »Du glaubst alles, was ich dir erzählt habe, alles, was sie dir in der Sonntagsschule gesagt haben …«

»In Wahrheit«, unterbrach sie ihn, »tu ich es nicht.« Sie faltete das Geschirrtuch ordentlich zusammen und legte es auf den Heizkörper. »Die Rache ist mein, und all das. Aber ich denke, es gibt etwas anderes und irgendwo anders. Wie *Alice hinter den Spiegeln.*«

»Was? Eine Art viktorianischer Albtraum?«

Sie lachte. »Nein, Dad. Nur wie Alice, die durch den Spiegel schaut und eine andere Welt sieht. Dann geht sie durch und schaut zurück und sieht das Zimmer, aus dem sie eben gekommen ist, die Uhr auf dem Kaminsims …«

»Mum ist im nächsten Zimmer.«

»Und sie alle wachen über uns.«

Er sah sie ernst an. Plötzlich erschien sie ihm in einem völlig neuen Licht. »Du denkst, Gott wacht über allem?«, fragte er. Ein Schauder überlief ihn.

»Nicht der Gott im langen Gewand. Aber eine Kraft, vielleicht. Unzählige Seelen. Höhere Wesen.«

»Engel«, sagte Wilde.

»Ja, so ähnlich.«

Wilde kehrte ins Wohnzimmer zurück und setzte sich auf die Couch. Alice kam zur Küchentür und sah ihn an. »Was?«, fragte sie.

»Komm, setz dich zu mir.«

Sie setzte sich neben ihn, und er legte ihr den Arm um die Schultern. »Alice«, sagte er, »lass dich nie auf irgendeinen Kult ein, ja?«

»Was?«, sagte sie lachend.

»Ich meine …« Er stockte. »Wenn du an etwas glaubst – und ich bin froh, dass du das tust –, aber wenn du von etwas überzeugt bist, können Leute das ausnutzen.«

»Dad«, sagte sie, »ich werde mir nicht den Kopf kahl rasieren und auf der Straße singen.«

»Nein, das weiß ich.«

Sie blickten auf den leeren Fernsehschirm vor ihnen.

Robert dachte an das, was Anna heute Nachmittag gesagt hatte – dass Männer keine Ahnung hatten, wie es war, verletzlich zu sein. Er hatte gedacht, es erlebt zu haben – die Beklommenheit, nicht zu wissen, wohin man sich wenden sollte, den Verlust der Sicherheit. Ja, sogar der Realität. So hatte er noch lange nach Christines Tod empfunden, und auch jetzt noch überkam ihn manchmal dieses Gefühl. Er hatte alle richtigen Dinge getan, alle so genannten empfohlenen Dinge, um gegen den Kummer anzukämpfen. Er war mehreren Clubs beigetreten, einem Squash-Club, hatte Abendkurse besucht, und er hatte seine Freundschaften gepflegt. Er war sogar mit ein paar Frauen ausgegangen, mit der letzten sogar über acht Monate. Aber das Gefühl – diese Empfindung in den frühen Morgenstunden, das Ende der Welt sei gekommen – überkam ihn noch heute manchmal. Es war eine körperliche Sache. Sie schlug zu und ließ ihn außer Atem zurück, während er die einfachsten und belanglosesten Dinge tat. Plötzlich wurde ihm klar, dass er einen lebenswichtigen Teil von sich verloren hatte, einen Teil seines Lebens, der unwiederbringlich dahin war.

Hat Anna das gemeint?, fragte er sich. Dass man den Boden unter den Füßen verliert, dass einem der Atem wegbleibt? Vor einigen Jahren hatte er einen Kurs besucht, in dem es um Gleichstellung am Arbeitsplatz ging. Einmal wurde über Aggression, offene und unterschwellige Aggression, diskutiert. Die Frauen dort hatten behauptet, dass sie nie das Gefühl verloren, über die Schulter schauen zu müssen, besonders abends und nachts, wenn sie allein unterwegs waren. Sie hatten behauptet, Männer warteten ständig auf einen Augenblick der Schwäche bei Frauen. Damals hatte er all das für paranoid gehalten. Jetzt dachte er an Anna, die ständig auf das leiseste Geräusch horchte. Schlaf verlor. Alles andere verlor.

Er wandte sich an seine Tochter. »Bist du jemals verfolgt worden?«, fragte er.

»Von wem?«

»Irgendjemand.«

»Ja«, sagte sie gedehnt, und ihr Ton verriet ihm, dass sie etwas ganz Selbstverständliches feststellte.

»Von einem Mann?« Sein Herzschlag beschleunigte sich leicht.

»Ein paar Mal, in Läden oder so. Nur um den Ladentisch rum«, sagte sie. »Du weißt schon.«

»Sie sind in den Läden hinter dir hergegangen?«

»Jungs tun das. Und der Spinner.«

»Der …«

»Der Spinner der Stadt. Der Mann mit den Tragetaschen.«

Das war ihm völlig neu. »Was für ein Mann?«

Alice begann zu lachen. »Jeder kennt den Spinner. Er schaut dich an, das ist alles. Er setzt sich zu uns auf die Bänke vor Woollies.«

»Er …«

»O Dad!«, sagte sie. »Er ist harmlos. Er redet mit den Mädchen hinter den Kosmetiktresen. Er hat eine laute Stimme, ein bisschen nasal. Du weißt schon.«

»Ich weiß es nicht. Hab ihn noch nie gesehen.«

»Na ja …« Sie zuckte mit den Schultern. »Er ist da. Vielleicht weil du, wenn du einkaufen gehst, einfach rein- und wieder rausflitzt, ohne nach links und rechts zu schauen.«

Er überlegte. Vielleicht würde er es auch nicht merken, wenn ihm jemand folgte. War es das? Was das betraf, hatten Männer einen blinden Fleck. Sie hatten keinen Grund, um ihre körperliche Sicherheit zu fürchten. Keine Frau würde ihnen jemals den Arm um die Kehle legen und sie in einer dunklen Gasse vergewaltigen. Keine Frau würde jemals – was? Wovor fürchtete sich Anna? Vor einem Mann, der sie anrief und keine Nachricht hinterließ? Vor einem Mann, der vor ihrem Haus saß?

Er bekam das nicht in den Kopf. Wenn ihm dasselbe mit einer Frau passieren würde, wäre er wütend. Aber er hätte keine Angst. Wie könnte er sich vor einer Frau fürchten, die in ihrem Wagen saß und manchmal eine Spielkarte auf seine Schwelle legte? Warum sollte ihn das ängstigen? Warum sollte er Angst vor einer Frau haben, die ihm ein unpassendes Geschenk machte?

Vielleicht, dachte er, hätte ich keine Angst, weil ich nie so etwas erlebt habe. Weil Frauen so etwas nicht tun.

»Alice«, sagte er, »fühlen sich alle Frauen unsicher?«

»Unsicher?«, wiederholte sie. »Nein.«

»Nein? Warum nicht?«

Sie schmiegte sich an seine Schulter. »Weil ich dich habe. Ich bin eine Frau, und ich hab dich.«

Sein Herz verkrampfte sich ob ihrer Unschuld. Unschuld und Reife in einem. In zwei Jahren wurde sie sechzehn. Mein Gott, sechzehn …

»Was hat sie gemacht?«, fragte Alice plötzlich.

»Wer?«

»Das Mädchen auf dem Bild. Im Fernsehen.«

»Nichts«, sagte er. »Nichts, das wir beweisen können.«

»Fährst du deshalb morgen nach Manningham?«

»Ja.«

»Hat sie einem Kult angehört?«

»Ich weiß es nicht«, antwortete er. »Vielleicht.«

»Warum ist sie hergekommen?«

»Ich weiß nicht.«

Seufzend beugte Alice sich vor und schaltete den Fernseher wieder ein. »Du weißt wirklich nicht sehr viel, Dad, nicht wahr?«, sagte sie.

24

Anna Miles erschien an diesem Abend um halb acht auf dem Polizeirevier.

»Ich möchte mit Chief Inspector Wilde sprechen«, sagte sie zum Dienst habenden Sergeant.

»Tut mir Leid«, sagte der Mann, »aber der Chief Inspector ist nicht mehr im Dienst. Worum geht es?«

Sie trommelte mit den Fingern auf den Empfangstresen. »Es arbeitet doch noch ein zweiter Mann an Alisha Grahams Fall ...«

»Inspector Sandys.«

»Ja. Ist er hier?«

Man bat sie zu warten, was sie widerwillig tat. Nervös ging sie auf und ab, bis Sandys endlich kam. Er sah todmüde aus. »Kann ich Ihnen helfen?«, fragte er.

»Ich möchte mit Ihnen sprechen«, sagte Anna. »Wegen des Mädchens.«

Robert Wilde hatte Sandys erzählt, dass er Anna Miles an diesem Nachmittag aufgesucht hatte. Sandys betrachtete Anna mit gemischten Gefühlen. Er wusste, dass es falsch war, voreilige Schlüsse zu ziehen – manchmal sogar katastrophal –, dennoch konnte er ein instinktives Misstrauen gegen die Frau nicht unterdrücken. Sie sieht neurotisch aus, dachte er. Hat den Blick einer Besessenen. Ihre innere Unruhe verriet sich durch ihre Hand, die ständig in Bewegung war, und nun den Saum ihres Mantels in Falten legte. Ein Nervenbündel, hätte seine Mutter gesagt.

Wenn das, was sie sagte, die Wahrheit war, hatte sie jedoch allen Grund, so nervös zu sein. Durch das ganze Land verfolgt von einem frustrierten Liebhaber, dessen Spezialität es war, Frauen zu stalken. Wenn sie die Wahrheit sagte. Er hatte seine Zweifel. Sie war das typische Beispiel einer unglaubwürdigen Zeugin, einer Zeugin, die bei näherer Befragung zusammenbrach. Innerhalb von drei Tagen hatte er erlebt, wie sie sich aus einer wortkargen, beleidigten Frau, die nur den Mund aufmachte, um alles abzustreiten, in eine aggressive, wortreiche Lügnerin verwandelt hatte. Sie kannte Matthew Aubrete nicht. Aber sie kannte ihn doch. War seine Geliebte gewesen. Und war es vermutlich noch. Sie kannte Dominic Aubrete nicht. Aber sie kannte ihn. Sie kannte das Mädchen nicht …

Er führte sie in einen Vernehmungsraum. Anna Miles fing sofort zu reden an, ohne anscheinend seine Geste zu beachten, mit der er ihr einen Platz anbot.

»Ich nehme an, er hat es Ihnen gesagt«, begann sie.

»Was genau?«

»Chief Inspector Wilde. Er hat Ihnen das …« Sie errötete leicht. »Von dem Kästchen erzählt. Von dem Mann, der in mein Haus eingedrungen ist.«

»Ben McGovern.«

»Ja.«

»Hat er.«

Wieder zupfte sie an ihrem Mantel herum. Er schaute weg. Sie lenkte ihn ab. Er stellte ihr einen Stuhl zurecht. Sie ging zwar hin, setzte sich aber noch immer nicht.

»Er hat mir geraten, auszuziehen, anderswo hinzugehen«, sagte Anna.

»Das wäre nur klug, wenn er Ihnen gefolgt ist.«

Sie nickte. »Ich denke …« Sie sprach nicht weiter, blickte zu Boden.

»Was ist mit dem Mädchen?«, fragte Sandys.

»Wie bitte?«

»Sie haben gesagt, Sie wollten über das Mädchen reden.«

Sie schien aus großer Ferne zu ihm zurückzukehren. »Ja«, sagte sie, »es ist mir eingefallen. Ich habe mich erinnert, wo ich sie gesehen habe.«

»Ach, wirklich?«

Die Worte waren ganz spontan über seine Lippen gekommen. In Wahrheit überraschte ihn das nicht im Geringsten. Seiner Meinung nach – und die letzten Momente hatten das bestätigt – hatte sie die ganze Zeit gewusst, wer das Mädchen war. Die Alternative, dass das Mädchen einfach irrtümlich vor dem falschen Haus aufgetaucht war, nachdem es nachts über einen höllisch langen unbefestigten Weg gerumpelt war, war seiner Schätzung nach zu grotesk. Und dieser Unglaube offenbarte sich nun in seiner Stimme – einem Tonfall, der keinen Zweifel an seiner Geringschätzung ließ.

Anna Miles reagierte sofort. »Sie glauben mir nicht«, sagte sie.

»Doch – doch. Bitte fahren Sie fort.«

»Sie glauben mir kein Wort.«

Sie war scharfsinnig, das musste er ihr lassen. »Es ist nicht wichtig, was ich glaube«, sagte er. »Wichtig sind die Fakten.«

Sie stand wie erstarrt da. Sekundenlang sagte sie gar nichts. Dann: »Ich möchte, dass Sie ein sicheres Haus für mich finden.«

»Verzeihung«, sagte er. »Ein was?«

»Ein sicheres Haus«, wiederholte sie. »So nennt man so etwas doch, oder? Ich weiß, dass Sie das arrangieren können. Ich bitte um einen sicheren Ort, wohin ich gehen kann. Irgendwo, wo Ben McGovern mich nicht findet.«

»So etwas machen wir nicht«, sagte er.

Sie wurde rot vor Zorn. »O doch. Sie müssen es tun.«

Er ertappte sich dabei, dass er lächelte, und bemühte sich, das Lächeln zu unterdrücken. »Vielleicht gibt es das, in Städten für – wen? – Informanten vielleicht«, sagte er. »Aber hier nicht.«

Er sah, dass sie jetzt richtig wütend war. »Ich bin in Gefahr«, sagte sie.

»Das haben Sie gesagt.« Er wusste sehr genau, dass sein Mangel an Mitgefühl den Vorschriften widersprach. Frauen in Gefahr mussten immer ernst genommen werden. So hieß die Regel. Frauen, die von Männern belästigt wurden – von Männern, die vergewaltigten, die verfolgten. Es gab Spezialräume, wo sie ungestört sprechen konnten. Doch es gelang ihm einfach nicht, so etwas mit Anna Miles in Zusammenhang zu bringen. Sie hatte irgendwie den falschen Geruch. Sie stachelte seinen sechsten Sinn auf. Sie war eine Lügnerin. Er wusste es. Sie zog Schwierigkeiten an wie ein Fischerboot die Möwen. Vielleicht konnte sie nichts dafür. Vielleicht genoss sie es, wer konnte das schon sagen …

»Ich bin in Gefahr«, wiederholte sie hartnäckig.

»Ja«, sagte er, »ich habe das Kästchen gesehen.« Es folgte ein gespanntes Schweigen. »Sie müssen zugeben«, sagte er ruhig, »dass es keine übliche Drohung darstellt. Ein Kästchen.«

Ihre Augen schweiften über sein Gesicht. Sie war stocksteif, buchstäblich stocksteif vor Zorn. Sie streckte das Kinn vor und warf ihm, wie er leicht amüsiert feststellte, jenen Blick zu, mit dem kleine Hunde einen ansehen, bevor sie einen in den Knöchel beißen.

»Ich möchte mit Chief Inspector Wilde sprechen«, sagte sie.

»Er ist erst am Freitag wieder da«

Sie starrte ihn weiterhin an. »Okay«, sagte sie mit eisiger Miene, machte auf dem Absatz kehrt und öffnete die Tür.

»Was ist mit dem Mädchen?«, rief Sandys und stand auf.

Sie blickte nicht zurück. »Ich habe mich geirrt«, sagte sie. »Tut mir sehr Leid.«

25

Das Haus in der Pennystone Road war ein Stück von der Straße zurückgesetzt. Es war in den Tagen gebaut worden, als die Baumwollhändler von Manningham es satt hatten, in dem schmutzigen Rauch der City zu leben, und beschlossen, einen breiten Grünstreifen in einen Vorort umzuwandeln – und dies war das Ergebnis.

Einst noble Villen standen jetzt meist im Schatten hinter Sträuchern, die sich zu Bäumen ausgewachsen hatten. Auf der Straße donnerte stadteinwärts der Verkehr vorbei. Das Viertel wirkte heruntergekommen. Hinter den roten Steinfassaden waren die Häuser in Wohnungen unterteilt – Trennwände unterbrachen hellhörige Korridore, auf Treppenabsätzen waren Küchen und im Dachgeschoss Wohnschlafzimmer eingebaut worden. Die riesigen Keller unter den Häusern standen leer.

Pennystone Road 3a war schlimmer als alle anderen.

Das Haus auf dem Eckgrundstück war früher einmal das begehrenswerteste in der Straße gewesen. Im Garten stand ein wunderschöner Kastanienbaum, und die Zufahrt hinter dem schmiedeeisernen Tor war großzügig geschwungen. Doch alle Schönheit war längst dahin. Das Tor, inzwischen so verrostet, dass es nicht mehr repariert werden konnte, war hinter einem dunklen Wald aus Lorbeer und Stechpalmen verschwunden. Ein Kastanienbaum, mittlerweile fünfundzwanzig Meter hoch, verdeckte die Hausfront und tauchte sie in ewigen Schatten. Die Haustür war mit Brettern verschlagen, und auf der Veranda lag haufenweise totes Laub. Das Geräusch durchfahrender Züge hallte ununterbrochen durch die Straße. Das Grundstück an der gegenüberliegenden Ecke war inzwischen längst verkauft, und eine Reihe von Läden war dort eröffnet worden; ein chinesisches Restaurant mit Straßenverkauf. Ein Buchmacher. Ein Laden für Haushaltswaren mit tagtäglich auf dem Gehsteig aufgestapelten roten Plastikeimern, Stehleitern, die aneinander gekettet und am Eisengitter des Schaufensters befestigt waren.

Über Nummer 3a waren immer wieder Beschwerden eingegangen, seit der Besitzer das Haus aufgegeben hatte. Im Garten faulte Abfall vor sich hin, der über den Zaun geworfen worden war. Auf der Veranda und im Schuppen nächtigten Penner und versuchten regelmäßig einzubrechen. Nur die hintere Mauer mit der Krone aus Glasscherben, die inzwischen verboten waren, sorgte dafür, dass der Hintergarten sauber blieb. Er war zu einem kleinen Dschungel verwildert, erstickt von wuchernden Brombeerbüschen, über denen wild die Kastanien- und Pflaumenbäume wuchsen. Jetzt, am frühen Morgen, hoben sie sich schwarz vom gelben Stadthimmel ab.

Peter York kam um ein Uhr – genau eine Stunde nach

Mitternacht. Er parkte den Wagen weit unten an der Straße und legte das letzte Stück zu Fuß zurück. Bei Nummer 3a bog er ab, passierte das verrottete Tor, ging an einem schief hängenden Schild *Zu verkaufen* vorbei und tauchte in die Schatten unter den Bäumen ein. Bei der hinteren Mauer nahm er einen Schlüssel aus der Tasche. Er hielt inne und lauschte. Da er nichts Ungewöhnliches hörte, öffnete er das schwere hölzerne Tor, ging durch und schloss hinter sich wieder ab.

Fast sofort drang eine weibliche Stimme durch die Dunkelheit.

»Peter – bist du's?«

Sie tauchte auf wie ein Geist – ein angedeuteter Haarschleier, der durch das Dunkel zu schweben schien. Als sie seinen Arm berührte, sah er, dass sie einen langen dunklen Mantel trug. Ihr Gesicht konnte er nicht sehen.

»Du *bist* es«, stellte sie fest.

Er steckte den Schlüssel in die Tasche. »Oh, du Kleingläubige«, sagte er.

Sie lachte leise und wandte sich ab. Er folgte ihr über den Pfad, der so holprig war, dass sie beide immer wieder zu stolpern drohten. Über ihnen flüsterten die Zweige.

»Es gibt hier Füchse«, sagte sie. »Ich habe sie gehört, während ich gewartet habe. Es gibt auch Fuchskinder. Sie schreien wie junge Kätzchen.«

Sie hatten den Zaun erreicht, und er tastete sich an dem glitschigen, moosbewachsenen Holz entlang. Die Bretter waren noch intakt. Nach etwa einem halben Meter berührten seine Finger den dichten Vorhang aus Efeu. Er hörte, dass sie den Stein von der Tür weghob, und das Knarren von Metall, als sie sie öffnete. Sie schob sich seitlich durch den Spalt. Ihr Schuh scharrte über die Treppe, während sie sich weitertastete. Nach und nach verschwand ihr Körper, als sie hinunterging. Als er mit der Tür auf gleicher Höhe war, erblickte er eine schwach flackernde Flamme. Er bückte sich, um hineinzusehen, und beobachtete, dass sie ein Streichholz an die Kerze in der Metallhalterung an der Wand hielt. Das Licht glühte eine Sekunde lang grün. Er wandte sich zur Seite, kroch fast auf Händen und Knien weiter und schloss die Tür hinter sich.

Sie ging an der unterirdischen Wand entlang und zündete die restlichen Kerzen an. Als sie fertig war, flackerten zehn kleine Wachsstummel dicht unter der Wellblechdecke und warfen ein sanftes Licht auf die Kojen zu beiden Seiten der Tür. Zwei Steinplatten auf jeder Seite waren mit Plastikfolie abgedeckt, auf denen zwei Vinylkoffer standen. Sie bückte sich, zog die Reißverschlüsse auf, holte Decken heraus und breitete sie auf einem Bett aus. Er beobachtete sie nur mit einem halben Auge, seine Aufmerksamkeit galt der Wand hinter ihr.

Dort, ihm unmittelbar gegenüber, rahmte ein Torbogen totale Finsternis ein. Den Bogen selbst zierten gezeichnete Symbole in Rot, Gold und Grün. Auf dem Scheitelpunkt war eine so genannte Blattmaske, efeuumkränzt, mit weiteren Ranken, die ihr aus dem offenen Mund hingen. An jeder Ranke zu beiden Seiten des Bogens hingen gemalte Relikte der Welt – Menschenhände mit grünen Adern, Wasserfälle voller sich windender, kleiner Fische, Feuerzungen, Wolkenfetzen, von Schlangen umrahmte Gesichter, Tiere, die unter Vögeln kauerten.

Es war kalt. Sein Atem dampfte.

Sie hatte die Reisetasche auf den Boden gestellt und entnahm ihr nun einen Laptop, zusammen mit einem Bündel Papiere. Er setzte sich neben sie und sah ihr zu, als sie sorgfältig die verschiedenen Akten voneinander trennte. Nach und nach waren beide Betten mit Himmelskarten bedeckt.

»Hör mir eine Minute zu«, sagte er. »Es ist etwas passiert.« Sie blickte kaum auf. »Etwas Ernstes. Man hat Sara festgenommen.«

Jetzt horchte sie auf. Sie straffte sich und starrte ihn an, doch ihre Stimme blieb vollkommen ruhig. »Warum?«, fragte sie.

»Sie glauben, sie hätte Alisha ermordet.«

»Aber das ist lächerlich.«

»Sie ist in Dorset.«

»Schon?«

»Sie ist am Dienstag in Alishas Wagen hinuntergefahren.«

»Und Alisha ist tot? Woran ist sie gestorben?«

Er zuckte mit den Schultern. »Die Ermittlungen dauern noch an«, sagte er. »Du weißt doch, wie die Polizei ist.«

»Ja«, murmelte sie und legte die Karten aus der Hand. »Hat sie etwas gesagt?«

»Nein. Nichts. Kein Wort.«

Das Mädchen nickte. »Wenigstens hält sie sich daran«, sagte sie.

Er sah sie an.

Von allen Studenten, die er kennen gelernt hatte, hatte dieses Mädchen ihm immer am besten gefallen. Sie war nicht nur eine »Jüngerin«; sie war ungewöhnlich intelligent. War viel mehr als alle anderen, die ihm bei den Zeitschriften oder in den Gottesdiensten halfen. Sie war eine Hüterin, und ihre absolute Ruhe hatte etwas geradezu Erschreckendes.

»Ich habe der Polizei das Flugblatt gegeben«, sagte er.

»Du hast – warum denn, um Himmels willen?«, wollte sie wissen.

»Früher oder später hätte ihnen jemand eins gegeben – jemand von der Universität, zum Beispiel, und dann wären sie wiedergekommen«, erklärte er. »Ich habe ihnen gesagt, meines Wissens hätte die Gruppe sich aufgelöst und niemand wohne hier. Ich dachte, dass sie dadurch die Witterung verlieren würden. Wenn sie nachsehen kämen, würden sie nur ein leeres Haus vorfinden.«

»Und das war alles?«

»Sie wollten alles über Sara und Alisha erfahren.«

»Und?«

»Ich habe ihnen weisgemacht, dass sie Omega heißt.«

»*Omega?*« Sie lachte.

»Sie wollten ihren Namen wissen. Hätte ich ihnen den genannt, hätten sie alles gehabt, was sie wollten. Ihre Herkunft. Ihren Vater. Alles. *Sie wüssten, wer sie ist.* Würden sich an sie erinnern. Sämtliche Berichte werden unter ihrem richtigen Namen archiviert. Ohne Fotografien. Wenn sie nur ihr Bild haben, können sie nichts tun.« Er schüttelte den Kopf. »Ich habe nur gesagt, sie hätten die Gottesdienste besucht. Und dass Alisha Saras Stütze war.«

Das flackernde Licht erhellte ihr Gesicht. »Arme Alisha«, murmelte sie.

Er fuhr sich mit der Hand durch das Haar. »Und sie haben eine der Schachteln gefunden.«

»Wo? Wo haben sie eine Schachtel gefunden?«

»In Alishas Haus.«

»Ich hätte bei ihnen sein sollen«, sagte sie. »Was hat die Polizei davon gehalten?«

»Ich habe ihnen eingeredet, dass Alisha sich als Historikerin für alte Rituale interessiert hat«, sagte er.

»Ich verstehe«, sagte sie. »Gut. Das klingt einleuchtend.«

Er wandte den Blick von ihr ab und starrte zu Boden, um so die Bilder über dem Torbogen zu meiden.

»Kalte Füße?«, fragte sie.

»Nein – nein.«

»Sara wird nichts passieren«, sagte sie. »Sie wird nicht sprechen. Alisha muss eines natürlichen Todes gestorben sein – Sara hätte nie etwas getan, das sie verletzt hätte. Sie können sie nicht festhalten, wenn sie nichts getan hat.« Sie legte die Hand auf seine. »Und außerdem ist sie beschützt«, sagte sie.

Er sagte nichts.

»Du glaubst das doch, oder?«, fragte sie.

»Ich hoffe nur, dass sie nicht redet.«

Kurzes Schweigen. »Um deine Spuren zu verwischen?«, fragte sie.

»Nein, das habe ich nicht gemeint. Ich glaube an deine Vision. Das habe ich bewiesen.«

Sie lächelte. »Und hast damit ein bisschen Geld verdient«, meinte sie. »Und das sollen sie natürlich nicht erfahren.«

»Ich habe mich dir angeschlossen«, sagte er gekränkt. »Ist dir klar, wie sehr das meine Laufbahn gefährdet? *Ich* bin derjenige, der auf dem schmalen Grat balanciert. Keiner von euch muss das tun. Um euch alle zu schützen.«

Sie sah ihn mit einem verächtlichen Lächeln an. »Nicht um *uns* zu schützen«, sagte sie. »Das Tor.«

»Ja, ja, schon gut«, räumte er ein.

»Das Tor, Peter. Du glaubst doch daran, nicht wahr?«

»Ja, natürlich.«

»Bist du sicher?«

»Ja, ja«, versicherte er.

»Verkriechst dich nicht wieder in deiner kleinen christlichen Ecke?«

Er legte die Hand auf die Augen. »Ich bin Priester«, sagte er.

Sie musterte ihn kühl, ehe sie die Karten einsammelte und sich erhob. »Es ist fast so weit.« Endlich legte sie die Hand in seine. »Wenigstens können wir nicht stürzen«, stellte sie fest. »Es gibt keine Trennungslinien hinter dem Tor.«

Sie wandten sich dem Bogen zu, doch er blieb auf der Schwelle unter dem Mund der Blattmaske stehen.

»Ist dir jemals der Gedanke gekommen«, sagte er leise, »dass sie die Kontrolle über dieses Ding verlieren könnte?«

Die Miene des Mädchens spiegelte Erstaunen wider. »Die Kontrolle verlieren?«, wiederholte sie. »Sara? Die Kontrolle verlieren? Wie kommst du denn auf die Idee?«

Er schloss plötzlich die Augen.

»Weil sie im Haus ihres Vaters gelebt hat«, sagte er. »Und das viel zu lange.«

26

Robert Wilde traf gegen halb zehn in Manningham ein.

Der Morgen war schön und sonnig, und Wilde fand, Wallis' Anleitung folgend, das District Headquarter ohne allzu große Schwierigkeiten, obwohl er, als er von der Zufahrtsstraße abbog und durch das Sicherheitstor gewinkt wurde, erstaunt feststellte, dass er genau wusste, wo er war. Als er vor zehn Jahren das letzte Mal hier war, war hier offenes Feld gewesen.

Wallis erwartete ihn im Foyer.

Sie schüttelten sich die Hand, während Wilde sich umsah. »Was für ein Haus«, bemerkte er. Im Treppenhaus stand eine große gläserne Skulptur. Er dachte an sein eigenes Dienstgebäude und die gekachelten Flure, die große Ähnlichkeit mit einer riesigen viktorianischen Toilette besaßen.

»Hier hat sich alles verändert.«

»Sie kennen sich hier aus?«

»Meine Großmutter hat fünf Meilen weiter unten an der Straße gewohnt.«

Wallis führte ihn eine Treppe hinauf und in ein Büro mit Ausblick auf einen sorgfältig angelegten Garten. »Hören Sie, mein Boss wollte mit Ihnen sprechen, aber nun haben wir heute diese Konferenz«, sagte er. »Also sind Sie auf mich angewiesen.«

Wilde nickte. »Im Moment gibt es nichts, das besonders wichtig wäre«, sagte er.

»Stimmt. Es ist ohnehin Ihr Fall, da Miss Graham in der Nähe von Melkham gestorben sein muss.«

Wilde öffnete seine Aktenmappe.

»Hat das Mädchen schon etwas gesagt?«, fragte Wallis. Jetzt, da Wallis vor ihm stand, hörte er den leichten Liverpooler Akzent in seiner Stimme und fragte sich, aus welchem Teil der Stadt er kommen mochte. Er konnte sich, wenn auch nur dunkel, an damals erinnern, als er noch ein Teenager gewesen war und an der Lime Street Station auf eine Freundin gewartet hatte. Eine geschlagene Stunde hatte er in der windigen Straße gestanden, ehe ihm klar wurde, dass sie ihn versetzt hatte. Er war an den Mersey hinuntergegangen, nur um sagen zu können, er habe ihn und die mit Grünspan überzogenen Vögel auf dem Liver Building gesehen, bevor er am selben Abend den Zug zurück nach Windermere genommen hatte; er hatte sich gefühlt wie ein Landei, das von einem Stadtmädchen gedemütigt worden war. Inzwischen erinnerte er sich nicht einmal mehr an ihr Gesicht, sondern nur noch an ihren kurzen Rock und den vollen weißlippigen Mund – Lippenstiftmode der Sechziger mit braunem Lippenliner. Welche Raffinesse.

Seine Gedanken schweiften kurz zu Alice, dann zu dem Mädchen auf dem Revier. Mädchen, ein fremdes Land.

»Nein«, sagte er. »Kein Wort.«

»Die forensische Untersuchung hat nichts ergeben?«

»Nichts«, sagte Wilde.

»Das ist kaum zu glauben.«

Wilde blickte auf. »Ja«, sagte er, »das ist es. Und wir müssen sie heute entlassen. Eine sichere Unterkunft für sie finden.«

Wallis nickte. »Wir haben zwei Mädchen«, sagte er.

»Wie bitte?«

»Es sieht so aus, als seien zwei Mädchen in die Sache verwickelt«, erläuterte Wallis. »Das Mädchen, von dem uns der Pfarrer erzählt hat, das sich an die Schulter einer älteren Frau lehnt und in sie vernarrt zu sein scheint. Vernarrt genug, um sich vor ihr auszuziehen und sich fotografieren zu lassen. Dann ist da *Ihr* Mädchen, ruhig, mit einer Toten im Auto. Dieselbe Frau, mit der sie sich auf die eine oder andere Art eingelassen hat.«

»So ruhig ist sie nicht«, widersprach Wilde und berichtete Wallis von den Tränen und den Gebeten.

Wallis beugte sich vor. »Sind Sie religiös, Robert?«

»Nein, eigentlich nicht.«

Wallis schlug eine Akte auf. »Meine Mutter war Katholikin«, sagte er. »Sie stammte aus Donegal. Bis zu ihrem Todestag hat sie sich vor der Hölle gefürchtet. Und sie ist in Angst gestorben«, fügte er tonlos hinzu, ohne aufzublicken. »Und wenn ich höre, was wir alles in Grahams Haus gefunden haben, über das Tor zur Hölle...« Sein Gesicht verriet Ungeduld und Verachtung, als er aufsah. »Ich habe nichts dafür übrig.«

Er öffnete einen Umschlag, der neben der Akte lag, und reichte Wilde ein Blatt Papier. »Miss Grahams Schwester plagt uns dauernd, wir sollen das Haus freigeben«, sagte er. »Alles, was wir gefunden haben, ist eingetütet. Alles, was im Computer war, haben wir auf Disketten kopiert. Die Essays sollten an die Universität zurückgegeben werden, ebenso wie die meisten Bücher, soweit ich das übersehe.« Er schaute in den Umschlag, ehe er ihn Wilde reichte. »Ich habe alles zweimal auf Diskette kopiert, falls Sie sich auf die Computerdaten beziehen möchten«, sagte er. »Wir haben keine Zeit, sie uns anzusehen. Befehl von oben.«

»Danke«, sagte Wilde, unterschrieb das Papier und gab es zurück. Er legte den Umschlag in seine Mappe.

»Wer mich mehr interessiert, ist dieser Pfarrer. Dieser Peter York«, meinte Wallis.

»Ach ja?«

»Ja, er ...« Wallis drehte seinen Sessel und streckte die Beine aus. Er nahm eine Packung Zigaretten vom Schreibtisch, betrachtete sie aber nur, ohne sie zu öffnen. »Er hat eine Hightech-Anlage. Und er gibt Zeitschriften heraus. Es sieht so aus, als verdiene er Geld damit. Ein glatter Typ. Und er hat an der Universität Messen gelesen.« Er unterbrach sich, öffnete die Packung und betrachtete das halbe Dutzend Zigaretten, das sie enthielt. »Viele junge Mädchen interessieren sich dafür.«

»Und Sie denken – was?«

Wallis zuckte mit den Schultern. »Ich weiß es nicht«, räumte er ein. »Nicht, solange ich keine Zeit habe zu ermitteln, was kaum der Fall sein wird.« Er machte die Packung zu und grinste Wilde an. »Ich hab vor vier Wochen damit aufgehört.«

»Und ein paar für Notfälle aufgehoben?«

»Nein«, sagte Wallis. »Nur um zu sehen, ob das Elend noch schlimmer werden kann.«

Wilde lachte. Er hatte nie geraucht, glaubte jedoch, vor

ein paar Wochen an Alice Rauch gerochen zu haben. Es hatte ihn beunruhigt, und er hatte sich gefragt, wie er das Thema anschneiden könnte, ohne dass sie den Eindruck bekam, er misstraue ihr.

»Was hatten Sie im Hinblick auf den Pfarrer für ein Gefühl?«, fragte er.

»Mein Bauch sagt mir, dass es der Kirche von England nicht gefallen würde, was er tut. Er hat eine Erklärung für alles.« Wallis hielt inne. »Er hat uns eine Adresse dieses Kults gegeben. Wir sind zu dem Haus gegangen, aber es ist mit Brettern vernagelt und soll Ende des Monats versteigert werden. Wir haben uns mit den Immobilienmaklern unterhalten, die uns gesagt haben, der Besitzer sei ein gewisser Mr Acland, aber er habe seine Hypothek seit fast einem Jahr nicht mehr bezahlt. Er lebt nicht dort, und aufzuspüren ist er auch nicht. Er hat weder seine Unterstützung noch seine Invalidenrente kassiert. Er ist praktisch verschwunden. Wir haben die Nachbarn nach dem Kult gefragt, nach dem Flugblatt, aber sie wussten nichts. Nicht, dass ich das unbedingt erwartet hätte. Anscheinend redet keiner mit jemand anders.«

»Und das Mädchen hat diesem Kult angehört?«

»Das wissen wir nicht. Wir wissen nur, dass sie sich den Namen eines Engels gegeben hat, und Peter York hat uns diesen Hinweis auf einen Engelkult gegeben. Aber dieser Hinweis hat uns nicht weitergebracht.«

»Klingt aber nicht, als sei dieser Mr Acland der geistige Führer eines Kults.«

»Nein«, gab Wallis zu. »Er war Anfang siebzig. Durch eine Kriegsverletzung behindert.«

»Hatte er Familie?«

»Das weiß keiner.«

»Waren Sie im Haus?«

»Nein«, sagte Wallis. »All das haben wir herausgefunden, als wir uns seine Sozialakte vorgenommen haben. Gestern Nachmittag, nachdem Sie uns sagten, es handle sich nicht um Mord. Plötzlich hieß es, wir dürfen keine Dienststunden mehr darauf verschwenden, sondern nur noch die losen Enden verknüpfen und der Schwester das Haus freigeben. Dort gibt es nichts mehr zu ermitteln. Es sei denn, Sie wissen mehr.«

Die beiden Männer sahen einander an.

»Wollen Sie wissen, was mir mein Bauch sagt?«, fragte Wilde. »Ich denke, wir haben etwas übersehen.«

Geistesabwesend schlug Wallis rhythmisch mit dem Fuß gegen den Schreibtisch, während sich seine Finger in Richtung der Zigaretten bewegten.

»Irgendwie komme ich einfach nicht darauf«, sagte Wilde.

»Worauf denn? Das Mädchen? Die alte Frau?«

Wilde runzelte die Stirn. »Das Mädchen hat Alisha Graham zu Anna Miles gebracht«, sagte er. »Anna Miles behauptet, sie nicht zu kennen. Anna Miles wird inzwischen von einem verrückten Freund verfolgt. Sie glaubt, er habe sie aufgespürt. Anna Miles hat früher in Manningham gelebt. Innerhalb von zwei Tagen ist ein Mädchen aus dem Ort aufgetaucht, in dem sie wohnte, und ein Mann, den sie meiden möchte wie die Hölle. Sie behauptet, das Mädchen nicht zu kennen, aber da ist…« Seine Stimme erstarb.

Er legte die Finger an die Stirn und kniff sich über der Nasenwurzel. »Gestern hat Anna Miles mir gesagt, etwas an diesem Mädchen komme ihr bekannt vor – und irgendwo in der Vergangenheit des Mädchens verschwindet ein Mann…«

»Was für ein Mann?«

»Dieser Acland.«

»Aber er ist Rentner. Ein Kriegsveteran.«

»Und er wird vermisst«, sagte Wilde.

»Ja, aber wie kann man das miteinander verbinden?«, fragte Wallis. »Sein Haus wurde in Wohnungen aufgeteilt. Der Kult, von Studenten geleitet, könnte aus einer dieser Wohnungen heraus operiert haben. Und es braucht nicht sehr lange gewesen zu sein. Das Flugblatt war amateurhaft.« Wallis nahm das Flugblatt aus dem Ordner und reichte es Wilde. »Sieht aus wie eine Kinderzeichnung«, sagte er.

Wilde betrachtete es eine Zeit lang. Seine Fingerspitze lag auf dem wutverzerrten Gesicht eines der Engel. Er blickte auf. »Was hat der Priester über Engel gesagt?«, fragte er.

»Nicht viel. Etwas über das Millennium und Katastrophentheorien. Er hat die Bibel zitiert. Die Offenbarung.«

»Warum?«

Wallis lächelte verhalten. »Es ist von Vorteil, wenn man eine gottesfürchtige Mutter hatte«, sagte er. »In der Offenbarung wimmelt es von Engeln. Sieben Engel und sieben Plagen und sieben Phiolen, angefüllt mit dem Zorn Gottes.«

»Phiolen?«, wiederholte Wilde.

»Behälter. Glasröhrchen, so was eben.«

»Wie Reagenzgläser?«, fragte Wilde.

Sie sahen einander einen Moment lang an. Dann wandte Wallis sich wieder der Akte zu. Wilde beugte sich über den Schreibtisch, um mit ihm zu lesen – es war die Liste der Gegenstände, die man in Alisha Grahams Haus in der Schuhschachtel gefunden hatte.

…fünf Bogen Papier mit Gebeten beschriftet… zwei kleine weiße Federn… vier Röhrchen mit Blut…

Wilde sah Wallis an. »Haben Sie das Blut untersuchen lassen?«

»Tier. Katze.«

»Was machen diese Engel?«, fragte Wilde. Irgendetwas Unheimliches, Beunruhigendes war an dieser Zahl. Vier. Vier Röhrchen von sieben.

Wallis kratzte sich am Kopf. »Ich erinnere mich nicht mehr genau.«

Sie verließen das Büro und machten sich auf die Suche nach einer Bibel. Schließlich stießen sie im Büro der Sekretärin des Chief Constables – einer Frau, die man ihnen als Quell aller menschlichen Weisheit empfohlen hatte – auf ein Exemplar, das sie ihnen jedoch mit größtem Widerstreben aushändigte. »Es ist meine eigene«, sagte sie. »Gehen Sie vorsichtig damit um.«

»Kennen Sie die Bibel?«, fragte Wilde. »Lesen Sie darin?«

»Natürlich nicht«, sagte sie. »Der Chief Constable benutzt sie für seine Kreuzworträtsel.«

Sie fanden die Offenbarung.

»Sieben Engel«, las Wallis. »Tragen die Plagen der Welt. Schmerzhafte Wunden ... den Tod in der See ... Dunkelheit, Dürre ...«

»Plagen?«, wiederholte Wilde. »Jesus Christus, hoffen wir ...« Er schaute Wallis über die Schulter. »Was sind die letzten vier Plagen?«

»Ah ... Hitze ... Dunkelheit. Dürre. Und die letzte ...« Er blätterte um. »Donner und Hagel und Erdbeben und die Stimme Gottes.« Er sah Wilde an. »Sie denken doch nicht, es hat irgendeine Bedeutung, dass nur vier Röhrchen mit Blut vorhanden sind?«, fragte er. »Sie enthalten doch nur die letzten Überreste eines armen Katzentiers.«

»Alle vier?«

»Ja.«

Nachdenklich nahm Wilde dem Kollegen das Buch aus der Hand und blätterte es bis ans Ende durch. »›Ein neuer Himmel und eine neue Erde.‹«

»Das hat York auch zitiert.«

»... und einer der sieben Engel zeigte Johannes die neue Stadt Gottes mit zwölf Toren ... und bei den Toren zwölf Engel ... Ich bin *Alpha und Omega*, der Anfang und das Ende ...« Er klappte das Buch vorsichtig zu. »Und sie hat sich Omega genannt.«

»Ja.«

»Und wieder die Tore ... Sie haben gesagt, Ihre Leute hätten in Alisha Grahams Haus Artikel und Bücher über Tore gefunden?«

»Ja.«

»Und dieses – dieses Versprechen an die Welt, Gottes Versprechen ... der Anfang und das Ende des Lebens.«

»Johannes der Evangelist hat davon geträumt, es war seine Vision«, sagte Wallis.

Die Hände tief in den Taschen vergraben, wandte Wilde sich von ihm ab. Er dachte daran, wie sich das Mädchen im Vernehmungsraum verhalten und zu dem Licht aufgeblickt hatte, das durch das Fenster strömte. Wie sie auf die Knie gefallen und in Tränen ausgebrochen war. »Beobachtet dich Gott?«, hatte er gefragt.

»Wage den Sprung!«, hatte Christine gesagt.

Er drehte sich wieder um und sah Wallis an.

»Das Ende der Welt«, sagte er vor sich hin. »Sie wartet auf das Ende der Welt.«

Nachdem sie mit dem Einsatzteam in der Zentrale gesprochen hatten, ging Wilde mit Wallis in einen Pub, um etwas zu essen. Im Team war es ruhig, der Fall Graham praktisch schon ad acta gelegt. Einige Beamte waren bereits abgezogen worden, um in dringenderen Fällen zu ermitteln. Wilde fragte Wallis, ob er etwas dagegen hätte, wenn er das Haus in der Pennystone Road allein aufsuchte.

»Warum sollte ich?«, sagte Wallis.

Doch als Wilde beim Immobilienmakler anrief, war niemand verfügbar, der ihm das Haus zeigte. Er müsse sich einen Tag vorher anmelden, damit ein Tischler die Bretter entfernen konnte, teilte man ihm mit. Wilde musste sich einverstanden erklären, sich am nächsten Morgen um zehn mit ihnen zu treffen. Natürlich könne die Polizei keinen Tischler beauftragen – schließlich handle es sich nicht um ein Verbrechen. Kein Verbrechen, kein Geld.

Enttäuscht mietete er sich in eine Frühstückspension ein, die Wallis ihm empfohlen hatte. Er wollte Alice anrufen, die bei einer Freundin übernachtete, doch er erreichte sie nicht. Dann begann er nervös in den Kopien der Akten zu blättern, die Wallis ihm gegeben hatte; schließlich stieg er verärgert über den Fall und seine Unrast in seinen Wagen.

Er hatte kein festes Ziel im Auge, bis er die Schilder der Universität sah. Er bog auf unbekannte neue Straßen ab. Dieser Teil des Landes ist dem Auto geopfert worden, dachte er. Überall Autobahnkreuzungen. Das Gelände der Universität tauchte plötzlich vor ihm auf – ein kleines grünes Areal mit mehreren Gebäuden.

Er ging zu Fuß weiter, bis er an eine Kreuzung mit einer Mensa auf der einen und eine Gruppe von Hörsälen auf der anderen Seite kam. Er schaute auf seine Uhr; es war halb vier, aber der Ort schien verlassen. Zu seiner Linken waren ein Waschsalon, ein Zeitungshändler und ein Buchantiquariat. Er ging hinüber und stieß die Tür auf.

Überall in den Regalen und auf dem Fußboden Bücherstapel, die nach Themen geordnet zu sein schienen. Hinter einem Tresen kämpfte eine Frau mit einer riesigen Kartei. Sie hatte sich die Brille ins Haar geschoben.

»Guten Tag«, sagte er.

Sie sah ihn an. »Hallo.«

»Wo sind denn alle?«, fragte er.

Die große, rotgesichtige Frau in den Fünfzigern mit einem freundlichen, offenen Gesicht lehnte sich an den Tresen. Sie trug eine wild geblümte Bluse und hatte Blumenspangen im Haar. Die Wirkung war beinahe grotesk – ein Blumenkind in einer Strickjacke von Marks and Spencer. »Lassen Sie mich überlegen«, sagte sie. »Das Zweitsemester-Finale. Fußballturnier. Und im Bett.«

Er lachte. »Zweitsemester-Finale?«

Sie sah ihn prüfend an. »Sie müssen am Ende des zweiten Semesters Prüfungen ablegen, um die Kurse für die nächsten beiden Jahre belegen zu können«, sagte sie. »Fußball wird drüben in Lancaster gespielt, eine Riesenprügelei. Eine Art Krieg, habe ich gehört.« Sie wandte sich wieder den Karteikarten zu.

»Und im Bett.«

»Der andere Sport«, erklärte sie, ohne aufzublicken.

Er wanderte herum, hob ein oder zwei Bücher vom Boden auf. Dichtung aus dem sechzehnten Jahrhundert, und anorganische Chemie. »Sie haben hier ja eine tolle Sammlung«, sagte er.

Sie summte leise vor sich hin. »Sie verkaufen sie am Ende des Semesters und kaufen sie zu Beginn des nächsten zurück.«

Er sah sich auf den Regalen um. Der religiöse Teil war winzig – ein paar orthodoxe Titel über Weltreligionen mit Schwerpunkt Buddhismus und eine einzige Bibel mit der Frohen Botschaft in ihrem orangefarbenen Umschlag. Und darunter ein Bord mit einer Unmenge von Selbsttherapien. *Umarme dein gesegnetes Ich. Erinnerung und Verweigerung.* Er fuhr mit dem Finger daran entlang. *Die Welt am Morgen. Steine und Geheimnisse.*

Er nahm ein Buch heraus. Auf dem Umschlag war eine konventionelle amtliche topographische Karte, die von grünen Linien durchzogen war. Er legte es weg und griff nach einem anderen; auf der Vorderseite war die Fotografie eines Kindes, das, in wallende Gewänder gehüllt, auf einem Hügel stand. Er drehte das Buch um und schaute sich die Rückseite an.

»Interessant«, sagte er.

Sie warf einen Blick herüber. »Oh, das.«

»Sie haben eine Menge davon.«

»Nun ja«, sagte sie, mit den Schultern zuckend, »das machen sie alle durch, nicht wahr? Die Welt ist aus grünem Käse gemacht, all das. Wir werden alle sterben.«

Er sah auf. »Was werden wir?«

»Unheil und Verderbnis«, sagte sie. »Erinnern Sie sich an das Orakel in der alten Comedy-Serie? ›Wehe, wehe und dreimal wehe.‹ All das. Sie lieben es.«

»Tatsächlich?«, murmelte er.

»Die Welt wird nächste Woche von einem Asteroiden getroffen, oder sie haben in Norwich Christi Schuhe in einer Dose weißer Bohnen mit Tomatensoße gefunden; oder die Umweltverschmutzung macht uns alle zu Hermaphroditen«, sagte sie. »Oh, es ist ein Riesenspaß. Steckt enorm viel Geld drin.«

Nachdenklich drehte Wilde das Buch um.

»Dieses handelt von Tempeln, die am Schnittpunkt von Kraftlinien erbaut wurden«, sagte sie. »Sie sollten es lesen. Es ist wirklich zum Lachen.«

Er lächelte. »Tempel, die am Schnittpunkt von Kraftlinien erbaut wurden. Was ist denn das?«

»Sie wissen, was Kraftlinien sind?«

»Nicht genau.«

»Und kennen Sie Quarzsteine?«

»Nein.«

Sie schob die Ärmel ihrer Strickjacke zurück und ordnete die letzte Karteikarte ein. »Oh, dann haben Sie noch nicht gelebt«, sagte sie. »Die Linien erstrecken sich – gerade Linien natürlich – über das ganze Land. Über die ganze Welt, wie es scheint. Angeblich stimmen sie mit den natürlichen magnetischen Linien der Erde überein. Die Erde ist ein großer Magnet, wissen Sie?«

»Ach, wirklich?«

»Absolut. Deshalb vermuten sie, dass der Umgang mit Elektrizität und Satellitensystemen und Mikrowellensendern unsere Gehirne verschmoren lässt, weil wir einfach das Durcheinander sich überschneidender Kabel nicht ertragen. Aber das steht in einem anderen Buch. Es ist das dritte im Regal, von Ihnen aus gesehen.« Langsam begann sie sich für das Thema zu erwärmen. »Kraftlinien folgen geraden Routen von einem Punkt zum anderen. Entlang dieser Routen findet man Quarzsteine. Wegweiser. Man findet sie überall, wenn man nach ihnen Ausschau hält. Man findet sie in Gräbern und an Orten wie Stonehenge und Avebury.«

Sie lehnte sich zurück und schaltete auf einem Regal an der Hinterwand einen Kessel ein. »Eine Tasse Tee?«

»Ich möchte nicht Ihre kostbare Zeit in Anspruch nehmen.«

»Nehmen Sie so viel in Anspruch wie Sie wollen«, sagte sie. »Solange ich um halb vier *Countdown* sehen kann, bin ich zufrieden. Zucker?«

»Nein, danke.«

»Wo war ich?«

»Beim Quarz.«

»O ja«, sagte sie. »An verschiedenen Punkten der Kraftlinien – den Energiepunkten – gibt es wichtige Stätten. Zum

Beispiel Tempel, die an den Schnittpunkten von Kraftlinien erbaut wurden. Festplätze, Leuchttürme oder Kirchen. Magische Orte.«

»Die so genannten Tempel im Energierasterfeld?«

»Ja.«

»Und woher weiß man, wo sie sind?«

»Nun«, sagte sie und reichte ihm eine purpurn und weiß geblümte Tasse. »Das ist das Seltsame daran. Man weiß es nicht. Einige Leute behaupten, sie seien hier, andere sagen, sie seien dort – so kommen Bücher zustande. Bermuda-Dreiecke und heilige Tempel und Pyramidenpfade, sie wechseln jedes Jahr. Sie kennen das Zeug. Der Heilige Gral ist zweifelsfrei hier begraben. Es sei denn, natürlich, er ist sonst wo begraben. In Iowa. Oder unter der Antarktis.«

Er lachte, schlug das Buch auf und blätterte einige Kapitel durch.

»In diesem Buch heißt es, Kinder könnten als Einzige die Kraftlinien aufspüren«, sagte sie. »Daher das arme kleine in Laken gewickelte Würstchen auf dem Umschlag. Kinder und Jungfrauen.«

Er zögerte, ehe er dann das Buch zuschlug. »Gibt es auf dem Campus Gruppen, die daran glauben?«, fragte er. »Organisierte Gruppen, meine ich.«

»Nicht, dass ich wüsste. Warum?«

»Jemand hat mir etwas von Engeln erzählt.«

»Oh«, sagte sie. »Sind Sie ein Vater?«

»Bin ich. Aber sie ist nicht an der Universität.«

Noch nicht, dachte er. Aber wie lange wird es noch dauern, bis sie einer Gemeinschaft wie dieser angehört, in der Erforschung alles ist?

»Es gibt eine christliche Anbetungsgruppe«, meinte sie. »Sie nennt sich Gütiger Gott.« Sie biss sich auf die Lippen, um ein Lächeln zu unterdrücken.

»Ja«, sagte er, »über die weiß ich Bescheid.«

»Und eine Gruppe der Zen-Buddhisten und dann noch die Jungen Christen – aber die sind eher traditionell. Und ich glaube, einige versammeln sich irgendwo zu transzendentaler Meditation. Wahrscheinlich haben sie es alle auf irgendeine Weise mit den Engeln.«

»Danke für Ihre Hilfe«, sagte er. »Ich nehme das Buch.«

»Wollten Sie auch noch andere?«

Er betrachtete die Stapel zu seinen Füßen. »Gibt es etwas über die Offenbarung?«

Sie hatte gerade angefangen, das Taschenbuch einzupacken, hielt jedoch inne. »Offenbarung, wie das Buch der Bibel?«, fragte sie.

»Ja.«

»Das ist wirklich ein Zufall.«

»Ein Zufall?«, wiederholte er.

»Da war etwas vor ein, zwei Jahren. Die haben eine Menge Flugblätter verteilt und wurden dem Büro des Kanzlers gemeldet.«

»Flugblätter mit Engeln auf der Titelseite?«, fragte er.

»Ja«, sagte sie. »Oh, ich verstehe. Haben Sie das mit Engeln gemeint?«

»Was ist aus den Leuten geworden, die die Flugblätter geschrieben hatten?«

»Ich glaube nicht, dass irgendetwas passiert ist«, sagte sie. »Niemand wusste, woher sie stammten. Das Ding hat einigen Studenten Angst gemacht, verstehen Sie? Eine echte Höllenfeuer-und-Verdammnis-Botschaft. Wenn man die Nummer anrief, die auf dem Flugblatt stand, wurde man um Geld angebettelt, und wenn man seinen Namen nicht nannte und nicht spendete, drohten sie – mit, nun ja, all den Dingen, über die ich eben gescherzt habe. Katastrophen und Flut und Hungersnot, all das.«

»Haben Sie die Nummer angerufen?«, fragte er.

Sie fing an zu lachen. »Ich? Himmel, nein. Aber ein paar haben es getan. Ich weiß nicht, was dann passiert ist. Die Sache ist im Sand verlaufen, nehme ich an. Es hat nur dieses eine Flugblatt gegeben.«

Er bezahlte. Sie reichte ihm das Buch.

»Und Sie kannten niemanden von denen?«, fragte er.

»Nein«, sagte sie, »ich meine, Engel! Ehrlich. Sie verstehen, was ich meine? Dieses Jahr war es die Quantenmechanik. Alle waren absolute Experten, wenn es um die Mysterien der Quanten ging. Vergangenes Jahr waren es Engel, in diesem Jahr Physik, nächstes Jahr … Na ja, wahrscheinlich Psycho-Pingpong. Keine Tische, keine Schläger, keine Bälle.« Sie kicherte über ihren Scherz und machte die Kasse zu.

»Ich muss los«, sagte er mit einem Blick auf seine Uhr.

»Müssen Sie zum Zug?«, fragte sie, als er die Tür öffnete.

»Nein«, sagte er, »aber es ist fünf vor halb vier, und Sie verpassen sonst *Countdown.*«

27

Die Männer, die zu ihm kamen, waren betrunken.

Es war ein Feiertag, und es hatte ein Tanz stattgefunden. Sie hatten den Schacht und die Bäume an der oberen Straße in die Stadt gesegnet, ohne sich zu erinnern, warum sie es taten. Eine Tradition, die so alt war wie der Hügel, in deren Mittelpunkt jetzt hauptsächlich die Ausschweifungen standen. Die Ehefrauen schlichen nach Hause und mur-

melten etwas von Übeln und davon, dass es doch immer das Gleiche sei, und sie klagten über den untüchtigen Priester, doch die Männer – zum Platzen satt und mit Ale abgefüllt – trieben Unfug bis in die Nacht.

Und jetzt war es nach Mitternacht.

Der Ägypter wartete auf sie.

Torkelnd kamen sie in Sicht, vom falschen Mut des Alkohols erfüllt, die Fäuste erhoben. Es waren neun.

»Du hast den Teufel in die Grube geschickt!«, schrie der Erste schwankend.

»Du hast den Mund des Teufels hineingetan, dreckiger Zigeuner!«, schrie ein unsichtbarer Zweiter, der hinter den Übrigen stand.

»Ich habe nichts dergleichen getan«, erwiderte der Ägypter leise. »Ich habe mit dem Dämon nichts zu tun.«

Sie murmelten untereinander und stießen den ersten Mann vorwärts. Der Ägypter musterte ihn, dieses jämmerliche, kohlengeschwärzte Exemplar von Gottes Werk.

»Wir können ihn unten im Stollen hör'n«, sagte der Mann, mit einer Stimme voller Wut und Angst. »Wir hör'n ihn überall im Berg. Er fährt in den Förderwagen, auf'n Schienen, einfach überall.«

»Das tut mir Leid für euch«, sagte der Ägypter. »Für eure Arbeit.«

»Und dir wird's bald noch mehr Leid tun«, gab der Mann zurück.

Der Ägypter stand auf und ging auf sie zu. »Wenn ihr gekommen seid, um mich zu töten, dann tut es lieber gleich«, sagte er.

Aber er wusste, dass sie nicht deshalb gekommen waren.

Sie hörten auf, den starken Mann zu markieren, und zeigten sich ihm im Schatten als das, was sie waren – ein Haufen armer Jungen in Todesangst. Sie starrten ihm ins

Gesicht, urteilten nicht mehr über ihn. Waren verzweifelt, stumm.

»Die Grube muss schließen«, sagte er. »Sie muss geschlossen – sehr vorsichtig geschlossen – und der Quarz des Grabmals zurückgelegt werden.«

Doch er wusste ganz genau, dass es so nicht geschehen würde.

28

Am Freitagvormittag fuhr Anna zum Manor hinunter.

Es war elf Uhr, und in Haus und Park hatten sich schon Besucher eingefunden. Sie stellte den Wagen auf dem öffentlichen Parkplatz ab und ging durch die Besuchertür zum Haus. Als sie durch die Haustür eintrat, hielt eine der Angestellten sie am Arm zurück.

»Anna – was machen Sie hier?«

Verwirrt lächelte Anna sie an. »Ich möchte mit Matthew sprechen«, sagte sie. »Wissen Sie, wo er ist?«

Die Frau, die Anna nur vom Sehen kannte, senkte die Stimme. »Gehen Sie nicht rein«, sagte sie.

»Aber warum denn nicht?«

»Mrs Aubrete ist in der Galerie.«

Anna hob die Brauen. »Ich gehe nicht in die Galerie.«

»Hier war heute den ganzen Morgen der Teufel los«, sagte die Frau. »Im ganzen Haus nur Geschrei und Gebrüll. Sie haben bei Ihnen angerufen. Als ich kam, wurde ich zuerst gefragt, ob ich Sie gesehen hätte.«

»Ich gehe nicht ans Telefon«, sagte Anna. »Was gibt es denn?«

»Zu spät«, sagte die Frau, ihr Blick schweifte in die Halle hinter ihnen.

Anna drehte sich um und sah Laura Aubrete schnell auf sie zukommen. Von Lauras routiniert kühlem Auftreten war nichts mehr zu sehen. Sie wirkte erbost, außer sich vor Empörung.

»Sie verdammtes Miststück!«, stieß sie hervor, und blieb dicht vor Anna stehen.

Instinktiv trat Anna einen Schritt zurück. »Was?«

»Sie haben mich gehört! Sie verdammtes intrigantes Miststück.«

Zwei Besucher, die, ihre Eintrittskarten und den Hausführer in den Händen, eben hereingekommen waren, blieben wie angewurzelt stehen.

Anna drehte sich Hilfe suchend und fragend zu der Angestellten an ihrer Seite um. Und in dem Moment, als sie den Kopf wandte, schlug Laura Aubrete ihr hart ins Gesicht. Anna taumelte nach hinten und prallte gegen die schwere Mahagonitür des Salons.

»Wie können Sie es wagen, Ihr verdammtes Gesicht hier sehen zu lassen!«, sagte Laura. »Wie dürfen Sie es wagen, hierher zu kommen!«

Anna presste die Hand auf den Mund.

Laura hob die andere Hand, in der sie die Hausschlüssel hielt. »Sehen Sie die?«, fragte sie. »Sehen Sie sich sie ganz genau an«, fuhr sie fort. »Denn näher werden Sie nicht an sie herankommen. Hören Sie? Näher kommen Sie nie im Leben an sie heran!«

Anna wich noch weiter in den Salon zurück. Sie stolperte über die Kante des dicken Teppichs und streckte die Hand aus, um sich an der Seilabsperrung festzuhalten.

»Wie lange waren Sie hier?«, fuhr Laura fort. »Kein ganzes Jahr. Ich arbeite seit acht Jahren auf dem Gut. Ich habe es aus den roten Zahlen rausgeholt, habe es solvent gemacht, es gehört mir.« Sie schlug sich mit der Faust auf die Brust. »Ich habe es getan. Ich habe es geschaffen!«, schrie sie. »Es gehört nicht Ihnen. Ich brenne es nieder, bevor ich zusehe, wie Sie auch nur einen Fuß hereinsetzen, verstehen Sie? Sie verdammte habgierige ...«

Anna fand endlich Halt.

»Laura!«, rief Matthew von der Schwelle.

Laura fuhr herum »Komm ja nicht rein, um sie zu verteidigen!«, schrie sie.

Matthew schloss die Tür zur Halle. »In meinem Haus tue ich, was ich will«, sagte er.

Laura lachte bitter auf. »Dein Haus? Das ist es wohl kaum, denke ich. Denkst du das nicht auch? Das ist es wohl kaum noch.«

Matthew streckte die Hand nach Anna aus. »Du blutest«, stellte er fest.

Laura warf die Schlüssel auf den Tisch und lehnte sich schwer atmend dagegen. »Woher nehmen Sie nur die Unverschämtheit, herzukommen«, sagte sie leise. »Und wie kannst du hier stehen, Matthew, und sie auch noch bedauern?« Sie gestikulierte wild in Annas Richtung. »Siehst du denn nicht, was sie getan hat? Nein, nicht einmal du hast es gesehen. Sie hat es seit langem geplant. Siehst du nicht, was passiert ist? Sie taucht hier auf, und du lässt sie hereinkriechen, und sie schmeichelt sich bei deinem Vater ein ...«

»Ich habe nichts dergleichen getan«, protestierte Anna.

»Und du bist ein so rückgratloser Idiot, dass du nicht siehst, was sie tut,... nie gesehen hast, worauf sie aus war.«

»Setz dich«, sagte Matthew zu Anna und hob einen Stuhl über die Absperrung.

»Du siehst es auch jetzt noch nicht«, stellte Laura fest. »Sogar jetzt ist dein Plan fehlgeschlagen.«

»Was für ein Plan?«, sagte Anna. Sie hatte ein Papiertaschentuch herausgeholt und wischte sich den Mund ab, der sich wund anfühlte. »O Jesus«, murmelte sie.

»Deine Lippe ist geplatzt«, sagte Matthew und drehte sich zu Laura um. »Wird das irgendetwas ändern?«, fragte er. »Um Himmels willen, bewahr doch ein bisschen Würde. Machst dich schon den ganzen Vormittag zum Narren – machst eine Szene vor den Besuchern ...«

»Ich tue, was ich will«, erwiderte Laura. »Würde! Du lieber Gott!«

»Ich versteh das alles nicht«, sagte Anna.

»Die Unschuld in Person«, fauchte Laura.

»Du bist völlig außer dir«, sagte Matthew.

Laura begann auf und ab zu gehen. Der Klang ihrer Schritte wurde von den getäfelten Wänden zurückgeworfen. »Die ganze Zeit über habe ich geglaubt, du steckst mit ihr unter einer Decke«, sagte sie. »Nicht einmal ich hätte gedacht, dass sie dich hintergehen würde, sich an dir vorbeischwindeln würde, um an Dominic heranzukommen. Ein kranker Mann – mein Gott, es ist obszön.«

Sie blieb stehen und starrte Anna giftig an. »Was haben Sie mit ihm gemacht?«, fragte sie. »Etwas ganz besonders Erniedrigendes? Einen kleinen, schmutzigen Trick angewandt? Was hat er verlangt? Um was hat er gebeten?«

»Laura«, mahnte Matthew.

»Sagen Sie's mir«, sagte Laura. »Ich selbst kenne auch ein paar Tricks. Aber Ihr besonderes Talent besitze ich natürlich nicht. Was hat er gemocht?«

»Laura«, sagte Matthew. »Halt den Mund.«

»Irgendeine besondere Perversion, die Sie erfunden haben?«, wollte Laura wissen. Anna stand auf. »Okay, was werden Sie tun? Werfen Sie uns jetzt hinaus? Oder später? Dürfen wir unsere Kleider mitnehmen?«

»Jetzt reicht es«, sagte Matthew.

»Warum verteidigst du sie?«, schrie Laura. »Sie hat dir dein ganzes Leben weggenommen! Mein ganzes Leben!«

»Was?«, sagte Anna. »Was meinen Sie damit? Ich habe nichts getan.«

Doch Laura hörte sie kaum. Noch immer stand sie da, das Gesicht dunkelrot verfärbt, die Fäuste geballt, den Oberkörper vorgebeugt, und starrte Matthew an. Sie war außer sich vor Wut.

»In diesem Zustand rede ich nicht mit dir«, sagte Matthew. »Drei Stunden lang herumzuschreien wie eine Verrückte, ist mehr als genug.«

Laura erstarrte. »Du hirnloses Rindvieh«, zischte sie. »Du und deine blödsinnige hohle Überlegenheit. Du Schwachkopf. Sie hat dich an deinem Schwanz geführt – wie einen Ochsen an seinem Nasenring. Sie hat dir nur alles genommen, was dir gehörte, und du sagst nur dazu, ich soll nicht so herumschreien.« Sie wandte sich ab und presste eine Hand an den Kopf, als wolle sie sich die Haare ausreißen. Schließlich lehnte sie sich ans Fenster und schaute hinaus. »Sie wird keinen Erfolg haben«, sagte sie. »Dafür haben wir ja die Treuhänder. Er kann sie nicht über meinen Kopf hinweg hier reinsetzen, und der Teufel soll mich holen, wenn ich ausziehe.«

Anna starrte sie an.

Sie drehte sich um und legte Matthew die Hand auf den Arm.

»Was ist denn?«, flüsterte sie. »Was ist denn?«

Er legte einen Finger auf den Mund und nickte in Richtung Tür.

Er ging mit ihr in sein Arbeitszimmer hinauf.

Sie saß ihm gegenüber, vor seinem Schreibtisch, der sie

so fasziniert hatte, als er ihn ihr zum ersten Mal zeigte. »Das ist mein Leben«, hatte er gesagt.

Damals hatte sie sich geschmeichelt gefühlt. Niemand, erzählten ihr die Bediensteten, habe das Arbeitszimmer je betreten dürfen. Matthew Aubrete hielt dieses Zimmer verschlossen und trug den Schlüssel stets bei sich. Laura Aubrete scherzte vor den Bediensteten oft darüber, wenn auch auf eine Weise, die verriet, dass auch sie ausgeschlossen blieb und dass es sie verletzte.

Es war Herbst gewesen. Dicker Frost hatte den Boden bedeckt. Sie war seit vier Monaten in Aubrete. Seit September waren sie ein Liebespaar, seit die Blätter der Kastanie an der Zufahrt sich gelb zu verfärben begannen. Jetzt hoben sich ihre halb entlaubten Umrisse vom Horizont ab.

War sie in ihn verliebt gewesen?

Schwer zu sagen. Sie war in Sicherheit. Sie hatte ihn so sehr gebraucht.

Doch *er* liebte sie.

Jetzt stand er bei dem großen Tisch, und seine Hände lagen auf den Landkarten. Es waren über dreißig. Zehnten-Karten, Gemeinde-Karten. Karten des Poor Heart Hill. Karten der einzelnen Abschnitte von unterirdischen Gängen und Schächten der Mine, die sie *The 1800* nannten.

Er kehrte dem Licht den Rücken, während sie auf dem Stuhl kauerte, der ihm am nächsten stand.

»Mein Vater ist gestern gestorben«, sagte er.

Sie versuchte in seiner Miene zu lesen. »O Matthew, das tut mir so Leid.«

»Tatsächlich?«, sagte er. »Mir tut es nicht Leid.«

Anna schwieg.

»Ich habe seit Jahren darauf gewartet«, fuhr er ruhig fort; lächelte dann. »Und wie es sich herausstellt, ist es ein Riesenwitz, oder nicht?«, fragte er. Sein Tonfall war sanft, ungezwungen. »So viele Jahre habe ich darauf gewartet, von ihm frei zu sein und auf dem Gut eine gewisse Autorität zu haben, eine echte – eine endgültige Autorität ...« Seine Stimme erstarb. Mit dem Zeigefinger zeichnete er die Linie der Markasitschicht nach. *Peacock Vein* stand dort in gotischer Schrift. Er starrte die Worte eine Zeit lang an, hob dann den Kopf.

»Nun, was hast du für Pläne?«, fragte er. »Ich fürchte, Laura wird vor Gericht gehen.«

»Womit vor Gericht gehen?«, fragte Anna.

Er kam um den Tisch herum. »Bitte, Anna, nicht mit mir«, sagte er. »Mit Laura vielleicht, mit anderen. Aber nicht mit mir.«

Sie sah ihn eindringlich an, schaute wieder auf die Karte. Mit dem Finger betastete er die Schwellung an ihrem Mund. »Dominic hat mir das Gut hinterlassen«, sagte sie. Ihre Stimme war kaum mehr als ein Flüstern und klang ein wenig zögernd. Staunend. »Matthew, ich habe es nicht gewusst.«

»Ich bitte dich«, sagte er.

»Matthew, ich habe es wirklich nicht gewusst.«

»Ich habe das Testament gesehen«, sagte er.

Sie hob die Hände. »Nun, ich nicht.«

»Das Land und das Haus unterstehen natürlich einer Treuhandgesellschaft. Du darfst sie nicht verkaufen. Aber du kannst wenigstens einziehen. Du kannst das Einkommen kassieren und den Besitz nach Belieben verändern – mit Zustimmung der Treuhänder. Vielleicht willst du einen Freizeitpark daraus machen. Einen Campingplatz.«

»Matthew, bitte.«

Sie hatte ihn noch nie richtig zornig erlebt. Es war ein merkwürdiger Anblick – eine Stimmung, die viel tiefer ging als bei Laura. Es war, als blicke man in das stille Auge im Herzen eines Sturms, und das Gefühl ängstigte sie.

»Vielleicht willst du ja, dass wir ausziehen«, sagte er.

»Matthew …«

»Einen Golfclub. Golfclubs sind sehr lukrativ. Eine Schönheitsfarm auch.«

»Ich möchte, dass Aubrete bleibt, wie es ist. Das weißt du.«

»Ah – man darf wirklich nicht zu viel verlangen«, sagte er bitter.

Sie stand auf. »Matthew, dass dein Vater gestorben ist, tut mir Leid«, sagte sie. »Aber ich hatte nie den geringsten Einfluss auf ihn, und was Laura auch glauben mag oder dir einreden will, ich hatte nie eine körperliche Beziehung mit ihm. Um Himmels willen – das weißt du doch!« Sie versuchte seine Reaktion zu erraten. Er hatte sich halb von ihr abgewandt. An der Wand hing ein großes Aquarell des Gutes von 1810, dem Jahr, als das Haus erbaut worden war. Es stand inmitten einer kahlen Parklandschaft und sah neu und hässlich aus, noch nicht von der Zeit gemildert. Auf dem langen Abhang bis zur oberen Straße gab es noch keine Bäume. Der Hügel war noch voller Narben.

»Matthew«, drängte sie, »sag etwas.«

Er klopfte sich mit der Hand auf die Hüfte und auf die Tasche, als suche er etwas. »Mein Vater …«, begann er.

»Bitte …«

»Mein Vater hat dich als seine liebste Freundin bezeichnet«, sagte er. »In seinem Testament. Es ist ein langes Dokument. Er schildert genau, wie sehr er dich bewundert hat, welche Betten ihr geteilt habt, seine Abneigung für seine Familie, seinen Sohn, seine Schwiegertochter … Lang und breit zählt er meine Mängel auf …«

»O Gott«, stieß sie hervor, »Das ist eine Lüge.«

»Er hat dir seine Wohnung in London hinterlassen und – die Wohnung in Pollensa …«

»Ich will sie nicht«, sagte sie.

»Sein persönliches Vermögen…«

Sie ging zu ihm und griff nach seinem Ellbogen, damit er sich ihr zuwandte. »Siehst du nicht, was er getan hat?«, fragte sie. »Mit seinem letzten Atemzug? Es ist eine Lüge. Ich will das Haus nicht, ich will überhaupt nichts. Es gehört dir. Ich habe nie mit ihm geschlafen. Das weißt du. Tief in deinem Herzen, Matthew! Du weißt, wie er war. Es ist ein krankhafter Scherz, Matthew. Der letzte in seiner Reihe krankhafter und schrecklicher Scherze. Um dich nach seinem Tod leiden zu lassen, das ist ganz sein Stil… Es tut mir Leid«, setzte sie hastig hinzu, »das zu sagen. Aber es ist wahr. Sieh doch, wie sehr es dich verletzt.«

Er sah sie nicht an, deshalb legte sie die Hand an sein Kinn, um ihn zu zwingen, den Kopf zu wenden.

»Ich bin hergekommen, um zu sagen, dass ich das Cottage verlasse«, sagte sie. »Und ganz bestimmt nicht, weil ich hier einziehen will.«

»Du gehst weg? Warum?«

»Es ist nicht deinetwegen«, sagte sie. »Und ganz bestimmt nicht wegen des Testaments. Er hat mir nie ein Wort davon gesagt. Wie hätte er auch? Ich habe mich nie allein mit ihm getroffen. Nur mit dir.« Sie schüttelte den Kopf »O Gott«, murmelte sie. »Das ist verrückt. Mein ganzes Leben ist verdammt verrückt.«

»Es ist nicht, was er sagt«, erklärte Matthew. »Nicht, was Vater im Testament sagt. Sondern wie er es sagt.« Sein Lächeln war eisig, ein Verziehen des Mundes, das nur im Entferntesten etwas mit Humor zu tun hatte. »Es ist eine ungewöhnliche Geschichte. Eine Liebesgeschichte. Sehr rührend. Ich bin überrascht, dass so etwa in dem Alten steckte.«

»Er hat nicht! Ich habe nicht. Um Himmels willen!«

»Ich muss wirklich der Narr sein, für den er mich hält«,

fuhr Matthew fort, und schrak vor seiner eigenen Bemerkung zurück. »Er hat Recht. Und vielleicht sind die alten Geschichten wahr. Vielleicht ist jeder Besitzer von Aubrete verflucht.«

»Hör auf«, sagte sie. »Du bist kein Narr. Du bist nicht verflucht. Du bist der netteste Mann der Welt.«

»Bin ich das?«, fragte er leise. »Wäre ich dann nicht auch ein idealer Ehemann?«

»Hör zu ...«

»Nein, das wäre ich nicht«, sagte er. »Anscheinend bin ich als Ehemann völlig untauglich.«

»Ich will das Haus nicht«, wiederholte sie. »Ich werde es dir beweisen. Gib mir irgendeinen Vertrag, den ich unterschreiben kann. Ich unterschreibe noch heute Vormittag. Jetzt. Ein Stück Papier. Laura kann Zeugin sein. Ich gebe dir das Gut zurück. Und die Wohnungen. Und alle Sachen. Was sollte ich damit anfangen?«

Er sah sie an. Das Misstrauen war noch immer da, der tödliche Samen, den Dominic gesät hatte. »Ich mache jeden Test«, sagte sie. »Geh hinunter. Ruf deinen Anwalt an. Die Treuhänder. Ruf sie an, hol sie her. Ich überschreibe – übereigne dir wieder alles.«

Sanft löste er sich von ihr und trat ans Fenster. »Er hat dir über drei Millionen Pfund an frei verfügbarem Vermögen hinterlassen«, sagte er. »Vielleicht mehr, wer weiß? Das kannst du nicht ablehnen.«

»Es gehört mir nicht, ich kann es nicht behalten.«

Er wandte den Blick nicht von der See ab, der dunstig blauen Linie des Horizonts.

»Matthew«, sagte sie.

»Die Ironie der Sache ist«, flüsterte er, »dass ich dir viel Freude damit wünsche ... Ich wünsche dir ... Freude.«

29

Die monatliche Gemeindeversammlung, das Vestry Meeting, wurde in der Kirche abgehalten. Nur die Mitglieder des Komitees nahmen daran teil; und der Priester, die beiden Gemeindeaufseher und Aubrete waren die Einzigen, die an diesem Abend das lange Seitenschiff betraten. Sie hatten sich die Mäntel auszogen, die sie gegen den frühen Sommerregen trugen und die auf dem Steinboden Pfützen hinterließen.

Und je schwächer das Abendlicht wurde, umso hitziger wurde die Diskussion.

»Grabt einen neuen Schacht«, sagte Joshua Maudham, das Gesicht vor Zorn gerötet.

»Und tragt die Kosten?«, entgegnete Aubrete. »Und verliert das Flöz in diesem?«

»Dampfkesselkohle«, sagte Maudham. »Grabt einen anderen Schacht in Hammerton, oben an der Küste, wo die Qualität besser ist.«

»Es ist nicht notwendig, einen neuen Schacht zu öffnen«, sagte Aubrete beharrlich. »Betrachtet ihn als Ingenieur, als Berater.«

Maudham schlug mit der Faust auf die Kirchenbank. »Er ist kein Ingenieur.«

»Er könnte es genauso gut sein«, sagte Aubrete. »Wir hatten alle Ingenieure aus dem Bezirk hier. Wir haben sie aus Bristol kommen lassen. Und das Wasser ist nur ein einziges Mal zurückgegangen – nachdem der Ägypter hier war.«

»Mit seiner dreckigen Anbetung, Gott helfe uns«, antwortete Maudham.

Alle sahen den Priester an. Der Reverend war dicker als Maudham und saß schlaff in seiner Ecke. Seine Miene verriet Schwäche, Unsicherheit, und er hatte die Hände in seinem nicht der Jahreszeit entsprechenden schweren Mantel verborgen.

»Selbst wenn ihr ihm Anteile an der Grube anbietet, ist es nicht sicher, dass er tut, was ihr wollt«, sagte er.

Maudham stand auf. »Ist das alles, was Sie zu sagen haben?«, fragte er. »Vertreiben Sie ihn aus der Gemeinde, oder wir werden verdammt sein bis in alle Ewigkeit.«

Der Priester zuckte mit den Schultern. »Ich kann Christus dem Dorf nahe bringen«, sagte er. »Ich kann die Leute nicht zwingen zu glauben.«

»Glauben?«, donnerte Maudham. »Sie sind doch nicht besser als Vieh. Sie glauben, was man ihnen sagt.«

Der Priester musterte ihn mit zynischem Blick. »Sie glauben an das, was ihre Großväter ihnen erzählt haben«, sagte er leise. »An Götter im Hügel, Gespenster im Dunkeln, Stimmen im Gras.«

Maudham ging drohend auf ihn zu. Er zeigte auf das Gesicht des Priesters. »Ich werde dafür sorgen, dass Sie Ihres Amtes enthoben werden«, sagte er, »und dass man Ihnen nie wieder ein anderes gibt.«

»Ich bin Realist«, antwortete der Priester.

»Sie sind der Teufel.«

Der Priester sagte nichts mehr.

Aubrete zog schon den Mantel an. Über ihm schlug der Regen gegen das bunte Glas und befleckte die Gesichter der Engel mit Tränen.

»Ich biete ihm die Hälfte meiner Anteile, wenn er das Wasser heilen kann«, sagte er. »Geld hält ihn vielleicht hier, wenn schon nichts anderes.«

Maudham starrte den jüngeren Mann an. »Sie kommen mit Ihrer Götzenverehrung in die Hölle«, sagte er.

»Das bezweifle ich nicht«, antwortete Aubrete.

30

Man hatte ihr ihre Kleidung zurückgegeben.

Als man sie aus der Zelle entließ, folgte sie still. Eine Frau kam auf sie zu und streckte ihr die Hand zum Gruß entgegen.

»Ich bin Carrie Phillips«, sagte sie. »Ich arbeite beim Sozialen Dienst.«

Das Mädchen sah sie an. Im Korridor war es hell, und die Körper der Leute um sie herum schwankten vor ihren Augen. Der Polizist, der die Zelle geöffnet hatte, ein kleiner, untersetzter Mann von ihrer Größe mit nachdenklichen Augen, war ihr mit seiner Energie sofort aufgefallen – einer Energie, die wie aus Farbblöcken zusammengesetzt schien, die sich untereinander um den Vorrang stritten. Sie war an ihm vorbeigegangen und hatte gespürt, wie gering sein Interesse an ihr war. Bald würde er sie völlig vergessen haben.

Aber Carrie Phillips hatte kein Licht. Das Mädchen betrachtete sie interessiert. Ein seltsames Phänomen. Nicht einmal gebrochenes Licht. Diese hoch gewachsene Frau, die ihr die Hand reichte, war völlig verschwommen. Ihre Aura war kühl und düster. Carrie Phillips arbeitete bei der Fürsorge, doch sie sorgte sich um niemand mehr. Das Mädchen sah ihr mitleidig in die Augen und berührte die Finger, die man ihr reichte. Sofort sah sie ein anderes Land, eine belebte Straße. Eine Überfülle an Farben. Carrie, die sie so aufmerksam zu betrachten schien, hatte jedoch ein ganz anderes Bild vor ihrem geistigen Auge – Farbe, eine Straße an einem heißen Ort und eine Person auf dieser Straße. Und all das hing unmittelbar mit dem Brief zusammen, der in der schwarzen Tasche steckte, die sie an einem langen Schulterriemen trug.

Das Mädchen betrachtete die Tasche und spürte Carries Enttäuschung. Carrie bemühte sich, eine Lösung für eine Beziehung zu finden, die schrecklich schief gegangen war, doch sie würde nie in jenes Land kommen, und der den Brief geschrieben hatte, würde nie nach Hause kommen.

Das Mädchen drückte ihr die Hand.

»Wir kennen deinen Namen nicht«, sagte Carrie. »Was die Dinge ein bisschen schwierig macht. Aber nicht unmöglich.«

Sie unterschrieb ein Formular.

Ein zweites wurde dem Mädchen vorgelegt, aber sie wollten auf diese Weise nur ihren Namen erfahren. Sie betrachtete das Papier und legte die Feder wieder weg.

»Das ist ein hübsches Kleid«, sagte Carrie, während sie auf die Sachen des Mädchens warteten. »Ist es neu?«

Es war neu. Alisha hatte es genäht. Alisha konnte sehr gut nähen, was, wie sie eines Abends energisch erklärt hatte, keine leichte Frauenarbeit war. Man brauchte ein mathematisches Gehirn, um die drei Dimensionen des Kleidernähens zu beherrschen. Sie hatte den Stoff bereits in einer Schublade gehabt und ihn dem Mädchen ans Gesicht gehalten.

»Es ist deine Farbe«, hatte sie gesagt.

Dankbar hatte das Mädchen Alishas Hand ergriffen und sie an ihre Wange gedrückt.

»Komm schon«, hatte Alisha mit leicht belegter Stimme gesagt. »Damit ist es jetzt vorbei. Vergiss, was geschehen ist. Das ist ein anderes Leben.«

Der Stoff war sehr hübsch. Alishas Finger gingen vorsichtig und geschickt damit um. Sie nähte sich die meisten Kleider selbst, eine Tatsache, derer das Mädchen sich nicht bewusst gewesen war, als sie die Kleider aus den Geschäften mitgebracht hatte. Alishas Reaktion hatte sie noch sehr lebhaft in Erinnerung.

»Du hast sie gestohlen? Die ganzen Sachen *gestohlen*?«, hatte Alisha entsetzt gefragt. »Aber warum?«

Für dich.

»Hat er dich denn überhaupt nichts gelehrt? Nicht den geringsten Anstand? Hat er dir stattdessen beigebracht zu stehlen?«

Wütend hatte sie die noch unausgepackten Sachen in die Schlafzimmerschränke geworfen. »Wie in aller Welt soll ich sie zurückbringen?«, hatte sie vor sich hin gesagt. »Hast du mir das letzte Mal nicht zugehört? Warum tust du es immer wieder?«

Alisha hatte sich umgedreht und das Mädchen eine Zeit lang gemustert. »Dann schreib es auf«, hatte sie gesagt.

Sie hatte es aufgeschrieben.

Für dich.

»Nein, nicht für mich«, hatte Alisha gesagt. »Auch wenn du es glaubst, ist es nicht für mich. Ich verabscheue Diebstahl. Besonders wenn Dinge gestohlen werden, für die ich überhaupt keine Verwendung habe.« Sie hatte sich die Pakete angesehen. »Schuhe!«, hatte sie gerufen und angefangen zu lachen. »Und schau sie dir an!« Sie hatte die glänzenden schwarzen Pumps in die Höhe gehalten und vor den Augen des Mädchens damit herumgewedelt. »Kannst du dir mich in diesen Schuhen vorstellen?«

Der Humor gewann bei Alisha stets die Oberhand. Wenn sie einen ihrer Lachanfälle bekam, tanzten leuchtend blaue Punkte um sie herum. Alisha hatte einen Halo, eine Aura wahrer Erkenntnis und Geduld, eine Spiritualität, die ihrer Zeit voraus war. Vor allem deshalb war das Mädchen zu ihr gegangen. Wenn Alisha lachte, erschien das Blau in phantastischen Rädern, die sich drehten, sobald sie sprach. Der Bogen über ihrem Kopf strahlte. Sie war eine alte Frau, aber voller Energie, hatte zahlreiche Interessen und war unendlich kreativ. Sie streckte die Arme aus und zog das Mädchen ins Licht.

Erst am letzten Tag hatte sie versucht, Alisha zu zeigen, dass sie gehen musste, und Alisha hatte versucht zu packen. Es hatte eine Szene gegeben – eine Szene, nach der sie gegangen war, ohne alles, nur mit dem, was sie am Leib trug – ehe Alisha begriff, dass sie fest entschlossen war, und ihr nachlief, nachdem sie wahllos ein paar Sachen in einen Koffer geworfen hatte.

Diese Erinnerung entlockte dem Mädchen ein leises Lächeln.

Oh, sie hatte am Leben festgehalten. Sie kam mit ihr. Wollte bei ihr sein, trotz ihrer Zweifel. Hätte ihre Hand gehalten bis ganz zuletzt, bis zum Tor selbst, hätte ihr gebrechlicher Körper sie nicht im Stich gelassen.

Carrie Phillips musterte sie. »Du siehst sehr gut aus«, sagte sie nachdenklich.

Das Mädchen neigte den Kopf. Natürlich ging es ihr gut. Sie war die sechste erwählte Hüterin, und sie hatte eine Aufgabe. Es würde ihr gut gehen, bis sie beendet hatte, wozu sie bestimmt war. Es gab keine wichtigere Aufgabe in der Welt. Irgendeiner Welt. Aber darüber hinaus besaß sie etwas noch Faszinierenderes – die liebevolle Erinnerung an Alishas Licht. Und nun, da sie allein weitermachen und ihre Aufgabe erfüllen musste – allein zum Tor zu gehen –, konnte sie Alishas Licht herbeirufen, weil Alisha noch da war, ein ängstlicher Geist, der sich vergeblich bemühte, Gestalt anzunehmen, etwas, das sie noch nicht vollbringen konnte.

Aber es war nicht mehr weit.

Bald würde es vollbracht sein.

Carrie Phillips ging mit ihr hinaus auf die Straße. Auf den Stufen des Polizeireviers blieben sie stehen, und das Mädchen schrak einen Augenblick vor dem Lärm der Welt zurück. Menschen eilten vorbei, während sich der Verkehr durch die Straße quälte.

»Markttag«, sagte Carrie.

Es bedeutete überhaupt nichts.

Carrie hakte sich bei dem Mädchen unter. »Als ich dich gestern besucht habe«, sagte sie, »habe ich dir erzählt, dass die Polizei dir helfen und eine Unterkunft für dich finden wollte.«

Das Mädchen hörte nicht zu, was wahrscheinlich gut war, da es nicht ganz der Wahrheit entsprach. Die Polizei wollte das Mädchen zwar weiterhin beobachten, hatte jedoch keine Handhabe, es an seiner Bewegungsfreiheit zu hindern. Carrie hatte sich als Vermittlerin eingeschaltet, denn sie hatte für die Notlage des Mädchens Verständnis, aber war auch daran interessiert, auf die Wünsche der Polizei einzugehen. Sichere Orte waren selten wie Goldstaub, doch sie hatte ein Zimmer in einem von einem Aufseher kontrollierten Haus für jugendliche Straftäter aufgetrieben. Das Mädchen sollte dort untergebracht werden, wo man es im Auge behalten konnte, während man ihm ein Minimum an Freiheit einräumte.

»Weißt du noch? Ich bringe dich in ein Zimmer, in dem du bleiben kannst.«

Der Arm des Mädchens fühlte sich schwer, aber nicht schlaff an. Jahre des Kontakts mit Missbrauchten und Bedrohten und Benachteiligten hatten Carrie gelehrt, dass es viele Möglichkeiten gab, eine Hand zu halten und die Persönlichkeit eines Menschen hinter dem Griff zu erspüren. Die Hand dieses Mädchens war es gewohnt, gelenkt zu werden. Sie fügte sich, so als habe sie ihre Wünsche unterdrückt. Und trotzdem zerrte der Arm nicht. Sie hat sich ein gewisses Selbstbewusstsein bewahrt, dachte Carrie. Und eine gewisse Würde. Sogar Anmut.

»Mein Wagen steht hier«, sagte Carrie. Sie trug noch immer das kleine Bündel mit den Habseligkeiten des Mädchens – die Armbanduhr und einen Regenmantel, die im Auto gefunden worden waren und von denen man annahm, dass sie ihr gehörten, weil sie modern waren. Carrie blieb stehen und reichte das Bündel dem Mädchen, das es jedoch nur flüchtig betrachtete.

»Hast du Toilettensachen?«, fragte Carrie. »Kosmetika? Kleider?«

Nein.

Sämtliche Kleider hatten Alisha gehört.

»Nun, dann müssen wir ein paar Sachen für dich besorgen«, sagte Carrie. »Das Notwendigste.« Sie schloss die Wagentür auf. »Wegen des Essens brauchst du dir keine Sorgen zu machen. In dem Wohnheim gibt es drei Mahlzeiten täglich.«

Sie stiegen ein. Carrie zeigte ihr, wie sie den Sicherheitsgurt anlegen musste.

»Ich weiß nicht, wie lange wir dich in Brimmer House behalten können«, sagte Carrie. »Es ist nicht so, dass du es nicht brauchtest, aber die Leute reißen sich um die Zimmer.« Sie ließ den Motor an. »Doch mach dir keine Sorgen. Mir fällt schon etwas ein. Jetzt kaufen wir erst einmal, was du brauchst. Und wenn es dir besser geht, kannst du mit mir reden. Reden tut immer gut.«

Das Mädchen schaute aus dem Fenster, als der Wagen sich in den Verkehr einfädelte.

Sie machte sich nicht die geringsten Sorgen.

Es war ihr egal, ob sie etwas zu essen bekam oder nicht.

Sie würde das Zimmer nicht lange brauchen.

Und dort, wohin sie ging, würde sie auch keine Kleider brauchen.

31

Robert Wilde wollte eben das Hotel verlassen, als das Telefon klingelte.

Er nahm ab, und sofort meldete sich eine Frauenstimme.

»Chief Inspector – sind Sie's?«

»Hier spricht Robert Wilde«, bestätigte er, als er Anna Miles' Stimme erkannte.

»Gott sei Dank – ich habe schon den ganzen Vormittag versucht, Ihre Nummer herauszufinden.«

»Ich bin gerade dabei zu gehen. Habe um elf einen Termin. Was ist los?«

Er hörte ein Lachen, ein schnelles Atemholen. »Ich muss es Ihnen sagen. Ich habe mich an sie erinnert.«

»An wen?«

»An das Mädchen im Auto. Das Mädchen, das bei Alisha Graham war.«

Er hielt inne und starrte verdutzt auf den gerahmten Druck an der Wand. »Sie haben sich an ihren Namen erinnert?«

»Nein«, sagte Anna. »Daran nicht. Noch nicht. Ich versuche es. Aber ich glaube zu wissen, wo ich ihr schon mal begegnet bin.«

»Und?«

»Wenn es dasselbe Mädchen ist, war sie Mitglied eines ländlichen Orchesters, mit dem ich fünf- oder sechsmal im Jahr zu tun hatte«, erklärte Anna. »Habe dort ein Wochenendseminar abgehalten. Gruppen. Sie war in einer dieser Gruppen. Hat Violine gespielt.«

Er schwieg eine Weile. Das also war es. Die Fingerkuppen. Verdammt, etwas so Offensichtliches hätte er erkennen müssen. Als Alice als Sechsjährige gebeten hatte, Geige lernen zu dürfen, hatte er das Geld zusammengekratzt, um ihr ein Instrument zu kaufen und ihr Stunden geben zu lassen, doch nach nur drei Monaten hatte sie ihm rundheraus erklärt, sie hasse es. Eine Zeit lang waren ihre Fingerkuppen wund gewesen, und ihre Lehrerin hatte ihr ihre eigenen Hände gezeigt – Hände, deren Fingerkuppen vom häufigen Geigenspielen rund und abgeflacht waren.

»Ich verstehe«, sagte er.

»Das klingt aber nicht sonderlich interessiert.«

»O doch, es interessiert mich durchaus. Sehr sogar. Glauben Sie, sie hat sich an Sie erinnert? Glauben Sie, sie ist deshalb eigens zu Ihnen gekommen?«

»Warum sollte sie?«, antwortete Anna. »Wenn sie das Mädchen ist, habe ich nur ein einziges Mal mit ihr gesprochen. Aber ich muss sie wiedersehen, um sicher zu sein.«

»Ihre Fingerkuppen«, sagte er.

»Wie bitte?«

»Vom Geigespielen.«

Stille.

»Dann muss sie es sein«, sagte Anna vor sich hin. »Guter Gott.«

»Es sieht so aus.«

»Kann ich sie sehen?«, fragte Anna.

»Das ist jetzt nicht mehr so einfach. Sie untersteht nicht mehr meiner Zuständigkeit. Haben Sie mit dem Revier gesprochen?«

»Ich hab's versucht.«

»Wie meinen Sie das?«

»Ich war gestern da und habe versucht, es jemand zu sagen. Ohne Erfolg. Und ich habe um Schutz gebeten – auch ohne Erfolg.« Es klang, als hätte sie den Kopf vom Telefon abgewandt. Er konnte sich ihre abwehrende, verschlossene Miene gut vorstellen.

»Das tut mir Leid«, sagte er. »Es ist schwierig, für Sie eine Unterkunft zu finden. Wir haben diese Möglichkeiten einfach nicht. Wir haben aber zwei Leute am oberen Ende Ihrer Zufahrt postiert – sind sie noch da?«

»Ja«, antwortete sie grollend. »Aber Sie …« Sie unterbrach sich. Der Rest des Satzes kam sehr leise. »Ich muss von hier weg«, sagte sie. »Ich weiß, dass er hier ist, irgendwo. Ich muss weg.«

»Warten Sie, bis ich zurück bin?«, fragte er.

»Gibt es einen Grund, warum ich das tun sollte?«

Robert Wilde lächelte. »Sie müssen mir vertrauen, sonst hätten Sie mich nicht angerufen. Sonst wären Sie schon verschwunden.«

Es folgte ein kurzes Schweigen. »Kann ich das Mädchen sehen?«, wiederholte sie. »Wenn Sie mir sagen, dass ich sie sehen kann, dann fahre ich wieder aufs Revier und sage denen, Sie hätten es gesagt. Ich möchte nicht wieder abgewiesen werden.«

Er schaute auf seine Füße. »Sie wurde gestern entlassen«, sagte er. »Wenn Sie warten, bis ich zurück bin, bringe ich Sie zu ihr.«

»Ich kann nicht warten«, erwiderte Anna. Er spürte ihre Anspannung und Ungeduld durch die Leitung. »Hören Sie, wenn sie es ist, hat sie einmal über etwas sehr Persönliches mit mir gesprochen.« Sie seufzte. »Aber es wäre nicht fair, darüber zu reden, solange ich nicht sicher bin, dass sie es wirklich ist. Und auch dann weiß ich nicht, ob ich verraten soll, was sie mir anvertraut hat. Sie war damals dreizehn… Es ist fünf oder sechs Jahre her…« Sie unterbrach sich. »Wo ist sie?«

»Okay.« Er klemmte sich den Hörer zwischen Kopf und Schulter, während er in seiner Brieftasche nach der Karte suchte. »Bei einer gewissen Carrie Phillips.« Er gab ihr die Telefonnummer. »Viel Glück«, sagte er.

Er hörte sie die Zahlen flüstern, während sie die Nummer notierte.

»War noch etwas?«, fragte er. »Etwas, das Sie beunruhigt?«

Sie lachte kurz auf. »Chief Inspector«, sagte sie, »ich sitze tief tief in der Tinte. Und andererseits in einem verdammten Wunderland.«

Er hob eine Braue und betrachtete den Hörer, ehe er ihn sich dann wieder ans Ohr hielt. »Werden da unten auch Drinks serviert?«, fragte er.

»Wenn man dafür zahlt«, sagte sie.

Er kam ein paar Minuten zu spät in die Pennystone Road.

Die Immobilienmaklerin ging, ein Mobiltelefon am Ohr, schon vor dem Haus auf und ab. Als er näher kam, blickte sie auf. »Okay, er ist hier«, sagte sie zu ihrem unsichtbaren Telefonpartner und schaltete das Gerät ab.

Sie reichte Wilde die Hand. »Sophie Tarrant.«

Sie war groß, blond und erschreckend jung. Er erwiderte ihren Händedruck. »Robert Wilde.« Da er wusste, wie sorgfältig die Firma die Sicherheitsvorschriften handhabte, zeigte er ihr seine Vollmacht, ehe sie ihm die auf vier Seiten ausgedruckten Details des Hauses reichte. Die Fotografie war aus einem schiefen Winkel aufgenommen, wie er feststellte, so dass man die Bretterverschläge nicht allzu deutlich sehen konnte.

Er blickte zur Haustür.

»Der Tischler war vor mir hier. Er holt sich nur Zigaretten«, sagte sie mit vorwurfsvoller Miene und sah ihn über ihre Schulter hinweg an, als sie die Schlüssel aus der Tasche nahm und die Tür aufsperrte. Er betrachtete die Tür, als er hineinging: eine riesige Eichentafel, mindestens fünf Zentimeter dick, die unter dem Hartholz, mit dem sie verschlagen worden war, Blasen warf und angesengt war. Auch am Rahmen sah man Spuren eines Feuers.

Sophie Tarrant betrat die Halle.

Sie war düster, doch durch ein Fenster, das beinahe über den gesamten oberen Treppenabsatz reichte, fiel Licht herein. Robert betrachtete das üppige Buntglas aus der Zeit König Edwards.

»Ich bin überrascht, dass das noch nicht gestohlen wurde«, sagte er. »Es muss ein Vermögen wert sein.«

Sie folgte seinem Blick. »Das Erdgeschoss ist mit Brettern verschlagen und der hintere Teil des Gartens ziemlich unzugänglich«, sagte sie. »Es wäre also schwierig. Aber, ja – es ist hübsch.« Sie blätterte in ihren Papieren. »Was wollten Sie sehen?«

»Um die Wahrheit zu sagen, weiß ich es nicht«, antwortete er. »Das Haus wurde von der Polizei nach einem Brand der Bausparkasse gemeldet?«

»Ich glaube«, sagte sie. »Die Bausparkasse hat den Bewohner immer wieder angeschrieben. Als das Feuer ausbrach, wurde die Tür aufgebrochen, und die Feuerwehr hat die gesamte Post gefunden. Strom und Telefon waren abgemeldet. Die Benachrichtigungen waren bei der Post. Die Polizei hat es der Bausparkasse gemeldet...«

»Und das war der Beginn der Ereignisse, die zu dieser Versteigerung führten.«

»Genau.«

»Wie groß waren die Schäden?«

»Nicht besonders groß. Das Feuer beschränkte sich auf die Diele. Die Tür wurde beschädigt und ein paar Fensterscheiben sind geplatzt.«

»Und vom Besitzer hat man nichts gehört?«

»Nichts, soviel ich weiß.« Sie neigte den Kopf. »Aber Sie sind bei der Polizei, Sie wissen das doch«, sagte sie.

»Das ist nicht mein Bezirk.«

Sie lächelte leicht frostig. »Nun, darf ich Sie unter diesen Umständen um einen Gefallen bitten?« Ihre Finger umklammerten krampfhaft den Aktenordner. »Hätten Sie etwas dagegen, wenn ich mich, da Sie kein Käufer sind, in meinen Wagen setze?«

Die Frage überraschte ihn. »Nein, das ist okay.«

»Ich habe ein paar Anrufe zu erledigen. Und der Tischler bleibt vor der Tür und wartet, bis Sie fertig sind.«

Er musterte sie. Es klang, als versichere sie ihm, dass sie notfalls schnell fliehen könnten. »Gut«, sagte er.

Sie ging und ließ die Tür offen.

Er sah ihr nach, wie sie die Zufahrt hinuntermarschierte und in das kleine rote Coupé stieg, das vor dem Gartentor parkte. Sekunden später hielt sie schon wieder das Mobiltelefon ans Ohr.

Einen Moment lang blieb er unentschlossen in der Halle stehen, stieg dann die Treppe hinauf.

Es war offensichtlich, dass Mrs Tarrant es nicht ertrug,

sich auch nur eine Sekunde länger als nötig im Haus aufzuhalten, doch ihn störte die Atmosphäre nicht. Wilde fuhr mit dem Zeigefinger an dem schweren Treppengeländer entlang und nahm eine dicke, schmutzige Staubschicht mit. Er pfiff eine kleine, eintönige Melodie vor sich hin und wischte sich den Finger an seinem Taschentuch ab.

Robert Wilde war nicht besonders phantasievoll, war es auch als Kind nicht gewesen.

Schon als ganz kleiner Junge hatte er sich im Dunkeln nicht gefürchtet, und auch die Ungeheuer-unterm-Bett-Phantasien, die ein Kind wach halten und vor jedem Schatten zusammenzucken lassen, hatten ihn nicht beunruhigt. Nur einmal, als er sieben oder acht gewesen war, hatte er eine ängstliche Phase durchlebt. Und bis heute war er der Meinung, es müsse sich um eine Art Fehler in den elektrischen Schaltungen gehandelt haben – eine kurze, vorübergehende Phase, die mit ihm selbst kaum etwas zu tun hatte.

Es war geschehen, als man seinen Vater zu einer Routine-Operation ins Krankenhaus eingeliefert hatte. Als er eines Sonntagabends mit einem kleinen Koffer verschwand, hatte dies seinen Sohn nicht allzu sehr irritiert, denn seine Mutter war bereits nach einer Stunde guter Dinge und mit beruhigenden Worten zurückgekommen, und die Familie – Robert hatte zwei ältere Brüder – hatte sich zum üblichen Sonntagnachmittagstee mit Cornedbeef-Salat auf weißen Tellern auf einem gestärkten weißen Tischtuch gesetzt.

Die einzige Andeutung, dass die Welt nicht mehr in Ordnung war, kam später – als der Kamin angezündet werden sollte. In Abwesenheit des Vaters, der über das widerspenstige Anmachholz schimpfte und ihm eine Flamme abschmeichelte, indem er den Kamin mit einer Zeitungsseite abdeckte, hatten die Jungen die Aufgabe übernehmen müssen.

Sie waren sich dabei ungeheuer wichtig vorgekommen und hatten prompt das Zimmer verräuchert. Nervös und ungeduldig hatte die Mutter ihnen die Arbeit abgenommen.

Kurz vor dem Schlafengehen hatte Robert den Hund Rigger aus dem Hintergarten hereinholen müssen. Er hatte die Tür geöffnet und den Namen des Terriers gerufen. Ihr Garten grenzte an ein Feld, das die Schafe abgegrast hatten, einen steil ansteigenden Hang und eine niedrige Steinmauer am Fuß des Hügels. Robert hatte angestrengt in die Dämmerung gespäht, um zu sehen, ob der Hund, was er oft tat, über die Mauer gesprungen war, umherstreunte und die Schafe nervös machte.

Er hatte noch einmal in die hereinbrechende Dunkelheit gerufen, als er plötzlich auf dem Hügel unter der Regenwolke einen Lichtstreifen gesehen hatte. Hinter ihm hatten seine Brüder geredet und waren die Treppe hinaufgegangen. Er hatte gehört, wie Türen geöffnet und geschlossen wurden, den dumpfen Rhythmus der Musik aus dem Radio in ihrem Zimmer.

Und dann waren aus dem Hügel plötzlich Hände auf ihn zugekommen.

Es war kein Traum, keine optische Täuschung des vergehenden Lichts. Es waren Hände im Regen, im Atem des aufkommenden Windes. Sie kamen aus dem Licht und schwebten den Hügel herunter, die Finger ausgestreckt, die Handflächen ihm zugewandt. Sie waren so groß wie die Wolken, waren aus Wolken gemacht – aus wirbelndem, dichtem Dunst. Gekrümmte graue Handflächen in ganzen Schwärmen. Und die Handflächen waren voller Gesichter und die Gesichter voller Münder. Tausende von offenen Mündern in den ausgestreckten, schnell stürzenden Händen.

In Panik hatte er die Tür zugeworfen und sich mit den Schultern dagegengestemmt.

»Was ist los mit dir?«, hatte die Mutter gefragt. »Wo ist Rigger?«

»Er will nicht kommen«, hatte Robert gelogen.

»Sei nicht so albern«, hatte sie erwidert. »Mach die Tür auf und hol ihn rein.«

Als er in der kleinen Spülküche mit der grün gestrichenen Tür mit dem Schnappriegel stand, hatte er das Gefühl gehabt, in der schattigen grünen Geborgenheit des Hauses zu stehen – des Hauses mit dem inzwischen rot lodernden Feuer, dem Geruch nach Toast, dem schwachen Geruch von Seife, Bodenpolitur, dem roten Teppich vor dem Feuer, dessen Farbe in der Hitze nach gefallenem Herbstlaub roch – und hinter der Tür, der Tür, auf der seine Hand lag, war eine andere Welt. Eine Welt mit Regen und dem Hügel und den Regenhänden, den Stimmen der Bäume, des felsig-kahlen Abhangs, des Unsichtbaren, des Geheimnisses. Er war sicher gewesen, dass die Regenhände, wenn er die Tür öffnete, nach ihm greifen und ihn aus seinem sicheren grünen Schatten verschleppen würden.

»Mach dem Hund die Tür auf!«, wiederholte die Mutter, die im Wohnzimmer stand und sich, mit einem halben Auge das Geschehen auf dem Bildschirm verfolgend, die Hände an einem Geschirrtuch abtrocknete.

Er machte die Tür auf.

Sorglos und durch und durch nass kam Rigger herein. Robert warf die Tür zu und beobachtete den Hund, der sich energisch schüttelte.

»Bett!«, rief die Mutter.

Und später, im Dunkeln, in dem kleinen Hinterzimmer, mit seinen schlafenden Brüdern neben sich, hatte er dem Gewitter gelauscht, das sich grollend über die Gipfel verzog, und gesehen, wie der Himmel sekundenlang hell wurde. Aber kaum war die Bedrohung durch den Regen vorbei, hatte ihn mit Donnergetöse eine andere Angst überfallen.

Er hatte bemerkt, dass der Vater nicht im Haus war. Das hatte ihn lange wach gehalten, und er hatte das Laken mit beiden Händen fest an die Brust gepresst und gedacht, dass der Vater vielleicht nie wieder nach Hause kam. In diesem Moment war ihm klar geworden, dass der Vater eines Tages sterben würde, wirklich sterben, und der Gedanke hing so schwer wie die Wolke über ihm. Er hatte um die Rückkehr des Vaters gebetet. Für ihn sollte er aus dem Krankenhausbett aufstehen und zurückkommen. Robert hatte darauf gewartet, den Schlüssel des Vaters im Schloss, das Geräusch seiner Stiefel auf den Steinfliesen und das Scharren beim Ausziehen der Stiefel zu hören; zu hören, wie er im Dunkeln nach den Hausschuhen tastete. Und er hatte auf seine Schritte auf der Treppe gewartet.

Aber der Schlüssel drehte sich nicht im Schloss, und irgendwann schlief Robert ein. Und danach suchte ihn jede Nacht, eine ganze Woche lang, das Entsetzen über die Abwesenheit des Vaters heim. Und sogar als er nach Hause kam – ganz der Alte – und Karamellbonbons für alle auspackte, während alle drei versuchten, gleichzeitig auf seinen Knien zu sitzen und die Mutter sie verscheuchte – selbst dann hatten der Zweifel ihn nie wieder ganz verlassen. Der Zweifel, dass der Vater und er nur Fleisch in der Hand des Sturms waren.

Nun stand er am Fuß der Treppe und blickte zu dem schönen Buntglasfenster hinauf.

Es waren keine Hände da. Es waren nie Hände da gewesen. Der Vater war – sehr friedlich – im Alter von zweiundachtzig Jahren mit einem kleinen Lächeln im Schlaf gestorben; dem Lächeln einer wohlverdienten Ruhe.

Keine Hände.

Keine Gesichter, keine Münder, keine Hände.

Er schüttelte die Erinnerung ab und stieg vollends die Treppe hinauf. Betrat ein Schlafzimmer im ersten Stock und sah einen Toilettentisch im Stil der fünfziger Jahre, mit einer gewölbten Vorderseite und einem Spiegel in der Mitte. In einer Ecke stand ein Doppelbett mit einer pflaumenblauen Daunendecke; vor dem Fenster eine Ottomane, Wilde hob die Liegefläche an. Darunter waren Decken und ein kleines Säckchen mit Lavendel. Wilde betrachtete es mit leichter Wehmut. Seine Mutter hatte solche Säckchen in jeder Schublade aufbewahrt, was er als Teenager verabscheut hatte. Er hatte sich beschwert, dass seine Hemden »weibisch« rochen, und hatte die Säckchen hinausgeworfen. »Weibisch«, ein beliebtes Wort in den Sechzigern, das seine Mutter tief verletzte.

Er schloss den Kasten. Interessant, dass seine Mutter und sein Vater, die beide schon lange tot waren, in diesem kalten und leeren Haus, das dem ihren so unähnlich war, in seinen Gedanken plötzlich so lebendig wurden. Er verließ das Schlafzimmer und ging in den zweiten Stock hinauf. Hier war der Treppenabsatz unterteilt worden, und eine Tür mit einem separaten Yale-Schloss stand halb offen. Er ging hinein und kam in einen völlig leeren Raum mit einem schrägen Dachfenster. Es gab eine Spüle mit einem altmodischen Gasboiler. Ein tödliches Ding vermutlich. Im Raum roch es rauchig und feucht, und die Tapete hatte graue Stockflecken.

Als er wieder gehen wollte, bemerkte er, dass jemand unmittelbar über der Fußleiste etwas an die Wand geschrieben hatte. Er ging vor der Stelle unter dem Dachfenster in die Hocke.

Mit Bleistift stand da in schwacher, fadendünner Schrift:

Von heute Nacht bis heute Nacht in einem Jahr
und dieser Nacht
und für immer und ewig

Er stand auf und sah sich im Zimmer um, ohne jedoch irgendetwas Auffälliges zu entdecken. *Von heute Nacht...* Woran erinnert mich das?, fragte er sich. *Und dieser Nacht und für immer und ewig.* Es war wie ein Gebet. *Für immer und ewig. Amen.* Er bückte sich und betrachtete es. Und als er es nun aus einem anderen Winkel sah, stellte er fest, dass drei Initialen in die Wand geritzt worden waren. Drei Buchstaben, eingeritzt mit etwas sehr Scharfem und Feinem, einer Nadel oder einer Stecknadel.

B.M.M.

Sie bildeten ein Dreieck über den Worten; eine Art Schirm. BMM – ein Name? Wenn ja, wessen Name? Des Autors des Gebets oder desjenigen, der es an die Wand geschrieben hatte?

Von heute Nacht bis heute Nacht in einem Jahr.

Er richtete sich auf. Das Haus war seit vielen Monaten unbewohnt. Vielleicht ist es ein Jahr her, dass das an die Wand geschrieben wurde, dachte er. Er lächelte leicht. Es konnte auch dreißig oder fünfzig Jahre her sein.

Er ging wieder nach unten. In diesem Stockwerk gab es noch zwei andere Schlafzimmer und ein Badezimmer – altertümlich viktorianisch. Komisch, dachte er, wie groß diese viktorianischen Häuser von außen aussehen. Er ging am Fenster vorbei, blieb einen Moment stehen und blickte auf die grüne See des Gartens hinaus, auf die sich kräuselnden, von Schädlingen befallenen Blätter des Nussbaums.

Sein Blick schweifte zur Fensterbank.

Er hatte gedacht, eine Bewegung gesehen zu haben – ein Schlängeln, als seien die Blätter plötzlich lebendig geworden.

Aber da war nichts.

Keine Hände.

Er runzelte die Stirn, angesichts dieser absurden Vorstellung.

Er ging durch die Halle und überlegte, wonach er eigentlich suchte. Obwohl er mittlerweile das Engelsposter gesehen und mit Wallis gesprochen hatte, konnten sie sich an nichts Konkreteres halten als an das Mädchen, das sie in Schutzgewahrsam genommen hatten und das vielleicht – oder auch nicht – an irgendwelchen religiösen Ritualen in diesem Haus teilgenommen hatte. *Und dieser Nacht und für immer und ewig*. Jemand – es musste nicht zwangsläufig das Mädchen gewesen sein – hatte wenigstens ein Treffen arrangiert. Vielleicht war es ein Student gewesen. Es musste nicht jemand gewesen sein, der ständig hier lebte. Auch nicht der Besitzer, der Schattenmann namens Acland, der vor fast einem Jahr verschwunden war.

Wilde stand vor einer der Türen im Erdgeschoss und betastete das schwere Eichenpaneel. Vielleicht war Acland gestorben. Er hatte eine Kriegsverletzung, für die er Rente bezog – so viel wusste man über ihn. Wenn er noch lebte, war er inzwischen ungefähr achtundsechzig. Vielleicht war er an den Folgen seiner Verletzung gestorben. Eine tote Spur zu einem toten Mann und ein Haufen von Vermutungen und Halbwahrheiten in ihrem Kielwasser, deren dünner Faden zu dem verängstigten, blassen Mädchen zurückführte, das Robert Wilde um den Hals gefallen war, ohne jemals ein Wort gesagt zu haben.

Verängstigt...

Wovor fürchtete sie sich? Wovor?

Er stieß gegen die Tür, sie öffnete sich zu einem kleinen Flur, in dem es außer einer zweiten kleineren Tür nichts gab. Wilde zögerte eine Sekunde, ehe er sie öffnete. Er hatte halb einen Keller erwartet und war überrascht, vor einer Mauer zu stehen. Der Raum war ungefähr ein Meter achtzig im Quadrat mit einer schrägen Decke, unter der breiten Treppe versteckt. Er tastete nach einem Lichtschalter, doch es gab keinen. In der Wand war auch keine weitere Öffnung, gab es auch keine Regale, Paneele oder Schränke. Die Oberfläche war fein und glatt. Die Fußbodendielen kahl. Er runzelte die Stirn. Ein Schrank unter der Treppe, in dem offenbar nie etwas aufbewahrt worden war. Er bückte sich und betastete die Dielenbretter. Auch sie waren sehr glatt.

Unglaublich glatt. Poliert und abgehobelt und gewachst, fühlten sie sich wie Seide an. Seide oder Haut. Junge Haut, wie die von Alice.

Und die Bretter waren warm.

Er presste die Handfläche auf das Holz und wurde von einem höchst seltsamen Gefühl erfasst. Es schien sich seiner Hand anzupassen. Erwiderte den Druck zwar nicht, fügte sich aber in seine Berührung, als sei es viel weicher als seine Haut. Jetzt spürten seine Fingerspitzen einen leichten Flaum, der sich anfühlte wie Haut, wie der leichte Flaum auf dem Arm eines Kindes, die weiche, geschmeidige Struktur einer Babyhand. Es war sehr süß und angenehm.

Sofort dachte er an Christine.

Wie sie sich anfühlte, ihr Körper sich anfühlte. Er dachte daran, wie er neben ihr aufgewacht war, an die Tausende von Malen, die er neben ihr aufgewacht war. Er dachte daran, wie sie Alice als Baby nach Hause gebracht hatte, an den ersten Schritt über die Schwelle an einem schneeverhangenen Februarabend. Der graue Schneematsch vor der Tür knirschte, der Garten dahinter unberührt und weiß unter den verstreuten Lichtrechtecken des Hauses. Er hatte Feuer gemacht – er hatte Angst gehabt. Alice weinte. Er dachte an Christine, wie sie es sich am Feuer bequem gemacht hatte, Alice schließlich eingeschlafen war und Christine sich zu ihm umgedreht hatte – und zum ersten Mal hatten sie sich in ihrem Heim mit ihrem Kind ansehen können –, und er erinnerte sich an den Gedanken, den sie beide hatten, aber nicht in Worte fassen konnten – am Feuer mit ihrer Tochter in den Armen.

Und Christine bei anderen Gelegenheiten. Im Obstgarten ihrer Eltern, die Pforte zum Rasen öffnend. Frühling und üppige Kirschblüte.

»Schließ die Pforte«, flüsterte sie.

Plötzlich sah er sie vor sich. Die helle Pforte aus Lärchenholz, die ihm kaum bis zur Taille reichte. Die sechs Kirschbäume dahinter. Das höhere Gras, die Buchsbaumhecke auf der anderen Seite. Er sah das Schloss, das nie richtig eingeschnappt war. Christine band es immer mit einer Schnur zu. Und nach Christines Tod waren Robert und Alice nach Bowness zu ihren Eltern gefahren, und er hatte Christines Vater an der Pforte zum Obstgarten gefunden, wo er ungeschickt versucht, das Schloss mit einer Schnur zuzubinden. Und Robert war in den Garten gegangen und hatte im Näherkommen zu seinem Entsetzen gesehen, dass Christines Vater leise vor sich hin weinte, während er an dem Schloss herumfummelte. Und nachdem Christines Vater selbst gestorben war, hatte Robert ihrer Mutter geholfen, den Garten in Ordnung zu bringen. Er hatte das Gras gemäht, und auch er hatte an derselben Pforte herumgefummelt und die schreckliche Last der Trauer gespürt, die sich bei dieser ganz alltäglichen Arbeit auf ihn senkte.

»Schließ die Pforte«, flüsterte sie.

Er blickte auf – dahin, wo die Mauer sein sollte.

Und sie waren beide da. Christines Vater, ein Stück zerfaserter Schnur in einer Hand. Den anderen Arm hatte er Christine um die Schultern gelegt. Sie standen in der Sonne. Robert sah den Rand des Obstgartens. Er machte sich auf den Weg nach unten, zwängte sich unter dem niedrigen Sturz der Tür durch, um zu ihr zu gelangen. Sie standen direkt hinter der Mauer, nur knapp einen Meter von ihm entfernt, in einem hellen Raum. Er sah die quadratischen Betonplatten, die ihr Vater als Weg ins Gras gelegt hatte. Er hatte ihm selbst dabei geholfen. Er hatte das Gras um sie herum Dutzende von Malen gemäht. Der Weg führte zur Pforte, die ein wenig im leichten Wind schwang.

»Schließ die Pforte«, sagte Christine.

Doch die Pforte interessierte ihn nicht. Er wollte nur zu ihr.

»Robert, du musst auf mich hören«, sagte sie.

Sie machte einen Schritt nach vorn, ihr Vater trat zurück. Das Licht, das auf ihren Gesichtern gespielt hatte, veränderte sich plötzlich. Die Bäume neigten sich, wurden seltsam flach. Papierbäume in einer zweidimensionalen Landschaft. Der Wind wurde stärker, wehte ihr auf einmal das Haar aus dem Gesicht. Sie sah ihn eindringlich an, im Vordergrund eines sich verjüngenden Bildes, einer zerfallenden Statue.

»Schließ die Pforte«, wiederholte sie hartnäckig.

Außer sich blickte er sich um, betrachtete das Gras, die willkürlich angeordneten Steine. Da die Pforte nicht mit einer Schnur festgebunden war, schlug sie nun im Wind, und der Lärm traf ihn wie ein Schlag ins Gesicht. Alles, was er zum Festbinden sah, war das Kreuzkraut, das am Wegrand wuchs. Es hatte einen fasrigen Stängel, der sich schwer abbrechen ließ. Er überlegte, ob er es aus dem Boden herausziehen könnte, aus dem Boden, der seine Tiefe verlor, dem Boden, der grau wurde. Angst überfiel ihn, griff ihn an, erfüllte seinen Kopf. Plötzlich wusste er, warum es so schrecklich wichtig war, die Pforte zu schließen, er wusste um die Folgen, wenn es ihm nicht gelang.

Und hinter Christine fühlte er etwas, das durch die berstenden Bäume kam. Münder und Hände. Münder und Hände …

Er schrie eine Warnung – stammelnde, unverständliche Laute.

»Schließ die Pforte!«, schrie Christine. »Du musst! Du musst helfen, die Pforte zu schließen!«

Ihr Bild wurde in Stücke gerissen, zu einer grotesken Form verzerrt.

Eine Sekunde noch starrte er sie in Todesqualen an.

Dann taumelte er zurück, zur Tür hinaus, aus dem Raum hinaus, durch den kleinen Korridor und die Mahagonitür in die Halle, aus dem Haus und die Stufen hinunter.

Er rannte.

Eine Gestalt kam auf ihn zu, und er blieb wie angewurzelt stehen, die Arme über dem Kopf, um sich zu schützen, den Oberkörper nach vorne gebeugt.

Eine Hand berührte sanft seine Schulter, und er zuckte zusammen.

»Chief Inspector«, sagte Sophie Tarrant. »Geht es Ihnen gut?«

32

Laura Aubrete lag auf dem Rücken und starrte an die Zimmerdecke. Die geschlossenen Vorhänge des Hotelzimmers ließen nur wenig Licht herein – ganz gewiss nicht das Licht der Nachmittagssonne, das, als sie gekommen war, das

Zimmer überflutet hatte. Dass sie sehr wenig sah, störte sie nicht. Vor ihrem geistigen Auge sah sie viel mehr, sah die Bilder, die auf die graue Fläche über ihr projiziert wurden. Am häufigsten sah sie das Gesicht von Anna Miles und ihre heuchlerische Unschuldsmiene vor sich.

Sie stützte sich auf einen Ellbogen auf und trank einen Schluck aus dem Glas, das auf dem Nachttisch stand. »Ein Pfund Fleisch«, murmelte sie.

»Was?«, erkundigte sich eine Männerstimme aus dem Badezimmer nebenan.

»Ein Pfund blutiges Fleisch«, wiederholte sie und lachte erbittert auf. »Das würde ich ihr am liebsten rausreißen.«

Er steckte den Kopf durch den Türspalt. »Fleisch oder Herz?«

Sie leerte ihr Glas. »Herz. Eingeweide. Alles.«

Er musterte sie von Kopf bis Fuß. »Ich habe dich gewarnt.«

»Ja«, sagte sie. »Aber ich hätte nie geglaubt, dass sie es tatsächlich schafft.«

Er kam aus dem Badezimmer und warf das Handtuch auf den Boden.

»Ehemann und Schwiegervater in weniger als einem Jahr«, sagte er. »Du musst zugeben, das ist ein netter Trick.«

Sie wandte ihre Aufmerksamkeit wieder der Decke zu. »Und sie sieht so verdammt harmlos aus.«

»Hilflose kleine Frau«, sagte er. »Ich habe es dir prophezeit.«

»Schon gut«, sagte sie.

Er lächelte in sich hinein. Ihre Wut war nicht verraucht. Es hatte dem Nachmittag Würze verliehen, dieses unbeherrschte Temperament. Aber trotz der langen Stunde im Bett hatte sich ihre Stimmung nicht verändert. Sie war, wenn möglich, sogar noch düsterer als vorher. Doch es gefiel ihm. Er ermutigte sie sogar darin. Schließlich hatte er sonst keine Verwendung für sie.

»Wohin gehst du?«, fragte sie.

»Ich habe einiges zu erledigen«, antwortete er.

»Nein«, sagte sie.

Halb angekleidet sah er sie mit hochgezogenen Brauen an. »Wie bitte?«

Sie schwang die Beine über die Bettkante. »Ich will dich hier haben.«

»Das ist sehr nett«, sagte er, »aber ich muss gehen.«

Sie stand auf und umarmte ihn. »Ich bin noch nicht fertig«, sagte sie.

»Ich schon.«

Sie nahm auf seinem Rücken ein Stück Haut zwischen Daumen und Zeigefinger und verdrehte es. Er reagierte kaum, sondern nahm stattdessen seine Hose vom Stuhl und begann sie anzuziehen.

»Ich möchte wissen, was ich tun soll«, sagte sie.

»Du hast deine Treuhänder.«

»Mit denen habe ich gesprochen.«

»Na und?«

»Es wird Wochen dauern!«, rief sie. »Monate!«

»Du wirst eben Geduld haben müssen, nicht wahr?«

Die Hände in die Hüften gestützt, betrachtete sie ihn. Inzwischen war er fast ganz angezogen und musterte sie ebenfalls. Sie hatte in den Monaten, seit er sie kennen gelernt hatte, ein bisschen zugenommen. Es stand ihr gut, rundete Schultern und Hüften ein wenig. Das würde natürlich weitergehen. Sie würde immer schwerer werden, je mehr sie sich dem mittleren Alter näherte, und mit fünfzig übergewichtig sein. Das hatte nichts mit den Genen oder dem Geschlecht zu tun. Laura Aubrete würde schwerer werden, weil sie im tiefsten Herzen ein habgieriger Mensch war, und die Habgier würde die Lebhaftigkeit und Beweglichkeit ihrer zwanziger und dreißiger Jahre überlagern. Jetzt, in der Blüte ihrer Jahre, war sie wunderschön. Wie eine ihrer Rosen.

»Du bist wirklich bildhübsch«, sagte er.

»Oh, um Himmels willen!«

Er zog sich den Pulli über den Kopf. »Du musst den vorgeschriebenen Weg einhalten«, sagte er. »Man muss sehen, dass du das Richtige tust.«

»Sie hat mich betrogen!«, rief sie.

»Das weiß ich«, sagte er sanft.

»Sie hat ihn unter Druck gesetzt. Das muss ich beweisen.«

»Und kannst du das?«

Sie wandte sich ab und kreuzte die Arme.

»Nun – kannst du es?«

»Ich werde es tun.«

»Wie?«

Sie sagte nichts.

»Es wird schwierig werden«, sagte er.

Sie wirbelte wieder herum und sah ihn an. »Glaubst du, das wüsste ich nicht!«, schrie sie.

»Es sei denn, Matthew unterstützt dich.«

Sie ballte die Hände, und er nahm die Schlüssel vom Tisch.

»Er wird nichts tun«, sagte sie.

»Irgendwann schon.«

»Er hat sich in seine eigene kleine Welt zurückgezogen. Hat sich eingeschlossen.«

»Vielleicht steht er auch unter Schock.«

Sie lachte. »Ja, ich denke, das tut er wahrhaftig.«

»Und wenn er nicht mehr unter Schock steht und sich

vom Tod seines Vaters und von dem Verrat der Frau, die er liebt, erholt hat, wird er erkennen, dass er den Besitz behalten muss.«

»Er wird ihn ihr schenken.«

»Nein«, sagte er. »Das hat sein Vater bereits getan.«

Sie setzte sich aufs Bett und trat gegen die Tagesdecke, die zu einem Haufen zusammengeknüllt danebenlag. »Ich werde mir etwas einfallen lassen, mit oder ohne deine Hilfe«, sagte sie.

Er ging zu ihr. »Habe ich gesagt, dass ich nicht helfen werde?«

Laura blickte zu ihm auf.

»Ich habe nicht gesagt, dass ich nicht helfen würde«, erklärte er.

Er streckte die Hand aus und strich ihr mit einem Finger den Hals entlang, bis er die Stelle zwischen ihren Brüsten erreichte.

»Ich weiß nicht, was ich tun soll«, sagte sie.

»Wir werden tun, was ich immer geplant habe«, meinte er leise, während sich sein Finger weiter nach unten bewegte. »Leg dich hin«, sagte er.

»Wie meinst du das?«, fragte sie.

»Wir werden ihr helfen zu stürzen«, sagte er. »Leg dich hin.«

Sie ließ sich auf das Bett zurückfallen. Ben McGovern öffnete seinen Gürtel und zog ihn aus den Schlaufen. Ihre Augen flackerten, als er die Länge des Lederstreifens maß, den er in den Händen hielt.

»Stürzen?«, wiederholte sie.

Er wickelte sich den Gürtel um die Faust. »Weißt du, Laura«, murmelte er sanft, »man fällt sehr tief, wenn man aus dem Himmel hinausgeworfen wird.«

33

Nach dem Mittagessen kam das Mädchen aus seinem Zimmer in Brimmer House herunter in die Eingangshalle. »Willst du etwas?«, rief ihr die Hausmutter zu, die sie an der Tür stehen sah.

Das Mädchen wandte sich nicht um. Die Frau sah ihren Assistenten an und seufzte gereizt. Mühsam hievte sie ihren massigen Körper vom Schreibtischstuhl, ging auf das Mädchen zu und berührte einen Arm.

»Was willst du?«, fragte sie.

Das Mädchen betrachtete die Bäume, beobachtete jeden Wagen, der vorüberfuhr. Am Ende der kurzen Zufahrt fielen die weißen Blütenblätter von den Kastanienbäumen. Hin und wieder blickte sie zu ihnen auf.

»Soll ich Mrs Phillips für dich anrufen?«

Das Mädchen schaute auf die Hand, die auf ihrem Arm lag, worauf die Frau sie augenblicklich zurückzog. »Du kannst nicht den ganzen Nachmittag hier stehen bleiben, oder?«, fragte sie.

Da sie keine Antwort bekam, zuckte sie mit den Schultern. »Ich bin gleich hier hinter der Tür«, sagte sie. »Du kannst mich sehen, in Ordnung?«

Die Augen des Mädchens schweiften über ihr Gesicht und blieben ein paar Sekunden auf dem kurzen roten Haar liegen, aber sie sagte nichts. Die Frau ging zu ihrem Schreibtisch zurück. »Was kann ich tun?«, fragte sie ihren Assistenten. Sie setzte sich, fingerte an ihrem Haar herum und nahm die langen Strähnen ihres Ponys zwischen Daumen und Zeigefinger, ihre Federohrringe schaukelten hin und her. »Ich kann sie nicht rauslassen.«

»Es ist wie mit diesem Hund in Edinburgh«, antwortete er.

»Mit was für einem Hund?«

»Dem, der jahrelang am Grab seines Herrn wartete.«

»Red keinen Unsinn.«

Beide sahen das Mädchen an.

Der junge Mann beugte sich vor. »Sie ist irgendwie unheimlich«, flüsterte er. »Ich habe noch nie einen so stillen Menschen gesehen. Schau sie dir an.«

Das Mädchen glich einer Statue. Das Gesicht der Artemis auf dem Parthenon-Fries, im Profil. Kühler Marmor.

»Es ist psychologisch. Eindeutig ein psychologisches Symptom.«

»Wovon?«

Das wussten sie beide nicht. Oben bebten die Treppenflure unter schnellen Schritten, und man hörte laute Stimmen im Streit. Die unbewegliche Miene des Mädchens veränderte sich kaum.

Ein Wagen bog in die Zufahrt ein.

Das Mädchen machte einen Schritt vorwärts.

Der Assistent ging in die Halle hinaus und sah, dass das Mädchen sich an das Glas presste und beide Handflächen dagegendrückte. Draußen stand Anna Miles, eine Hand auf der Gegensprechanlage; sie nannte dem Assistenten ihren Namen und Robert Wildes Telefonnummer. Die Tür wurde aufgeschlossen.

Kaum war Anna über die Schwelle getreten, fasste das Mädchen ihre Hand und sah ihr ernst ins Gesicht.

»Kennt sie Sie?«, fragte der Assistent.

Sie gingen in den kleinen Aufenthaltsraum, der im Augenblick leer war, weil der Fernseher nicht lief. In dem engen Raum standen sich zwei schäbige Sofas gegenüber, dazwischen ein Tisch. Poster an den Wänden boten mannigfache Hilfe an: gegen Drogen, AIDS, Missbrauch. Das Mädchen setzte sich, noch immer Annas Hand festhaltend, unter das Bild eines Kindes, das, den Kopf auf den Knien, in einem dunklen Treppenhaus kauerte. Außerstande ihre Hand zu befreien, setzte Anna sich neben das Mädchen. Ihre Knie berührten sich fast.

Es war schwierig, den Blick des Mädchens nicht mit der gleichen Intensität zu erwidern. Die blauen Augen zwinkerten so gut wie nie. Anna betrachtete die Hände des Mädchens, die mittlerweile fest über ihrer Hand gefaltet waren …

»Ich habe mich erinnert«, sagte Anna. »Zumindest glaube ich es.«

Das Mädchen lächelte.

»Habe ich mich richtig erinnert? An ein Konzertwochenende.«

Die Hände drückten fester zu.

»Es war in Marr Breck House, dem Haus am See.« Anna nickte. »Ich war bei drei Sommerseminaren dort«, sagte sie. »Du hast am letzten teilgenommen.« Sie musterte das Mädchen. »Warst das wirklich du?«, überlegte sie laut. »Das Mädchen mit der chinesischen Violine …«

Die meisten Kinder, die diese Sommerschulen besucht hatten, stammten aus der Mittelschicht. Zerrissene T-Shirts, aber teure Trainingsschuhe und noch teurere – geradezu abenteuerlich teure – Instrumente. Wenn sie tatsächlich das Mädchen war, dann war sie die Einzige, die ein billiges Instrument gehabt hatte. Anna glaubte fast, es vor sich zu sehen – das leuchtende Orange und die zu stark glänzende Lackierung.

»Du warst nicht in meinem Kurs«, sagte Anna. »Und ich weiß nicht, wo du gewohnt hast.« Es war schwierig, sich mit jemand zu unterhalten, der nicht sprechen konnte oder wollte. Soweit sie sich entsann, hatte das Mädchen eine unauffällige Stimme gehabt, sehr leise, ein wenig angespannt. Gelispelte Töne der Kindheit.

Geflüsterte Vertraulichkeiten.

»Erinnerst du dich daran, dass du mit mir gesprochen hast?«, fragte Anna.

Das Mädchen lächelte wieder.

»Du erinnerst dich? Du *kannst* sprechen. Weißt du noch, was du gesagt hast ... Hast du noch weiter Geige gespielt?«

Das Mädchen ließ Annas Hände los und drehte die ihren um, so dass die Handflächen nach oben zeigten. Anna betrachtete ihre Finger.

»Du hast weitergespielt«, sagte sie. »Und du spielst noch immer.«

Das Mädchen rührte sich nicht.

»Ich habe schon ein paar Monate nicht mehr gespielt«, fuhr Anna fort. Sie stieß den Atem aus, so dass es fast wie ein Seufzer klang. »Und mein Klavier habe ich ganz vernachlässigt. Als ich herkam, habe ich einen Monat lang nicht einmal daran gedacht. Einen ganzen Monat lang. Als wäre ich betäubt. Es kam zurück – langsam. So wie man sich langsam erwärmt, nachdem man im Winter draußen in der Kälte war. Als kehre das Gefühl in die Hände zurück. Es prickelt. Ich war hier. Kein Klavier. Nichts worauf ich spielen konnte. Nur die Geige. Gott sei Dank habe ich sie mitgenommen«, fügte sie bedächtig lächelnd hinzu.

Sie stand auf und ging zum Fenster.

Das Mädchen ließ sie nicht aus den Augen.

Der Kastanienbaum bog sich und schwankte.

Anna drehte sich um. »Bist du mit Alisha Graham vor etwas weggelaufen?«, fragte sie. »Vor etwas weg- oder auf etwas zugelaufen?«

Das Mädchen beugte sich vor. Zum ersten Mal verriet es so etwas wie Müdigkeit und legte den Kopf in die Hände.

»Sag es mir«, sagte Anna. »Du kannst es. Ich werde es niemandem erzählen, das verspreche ich. Ich habe es damals auch niemand gesagt.«

In der Stille bemühte sich Anna, sich zu konzentrieren.

»Du hast mir damals erzählt, dass du mit deinem Vater zusammenwohnst«, fuhr sie fort. »Und dass du einen Stiefbruder hattest, der euch besuchen kam. Deine Mutter war gestorben. Du konntest dich nicht an sie erinnern. Schwestern hattest du keine. Im Haus lebten nur du und dein Vater. Du hast mir erzählt, er sei in Schwierigkeiten, hast mir aber nicht gesagt, was für Schwierigkeiten das waren. Du hast gesagt...« Anna setzte sich und schaute auf die Finger, die das Mädchen vor der Stirn verschränkt hatte. »Du hast gesagt, die Polizei sei bei euch im Haus gewesen.«

Das Mädchen ließ die Hände sinken. Ihr Gesicht verriet tiefe Niedergeschlagenheit.

»Was ist passiert?«, fragte Anna. »Was ist mit ihm passiert?«

Schweigen.

»Sie seien einmal da gewesen, hast du gesagt. Und hätten ihn zurückgebracht. Waren sie noch einmal da?«

Das Mädchen sah sich bedeutungsvoll um.

»Hat man dich in ein Heim wie dieses gebracht? Und dann... Was? Ist er zurückgekommen? Bist du wieder nach Hause gegangen? War jemand da, der sich um dich kümmern konnte?«

Abrupt kreuzte das Mädchen die Arme vor der Brust.

»Jemand hat sich um dich gekümmert...«

Anna kannte diesen Blick, diese Haltung. Sie hatte sich selbst so gefühlt. Still wie ein Stein, mit dem unbedingten Willen zu verdrängen, wovor man sich fürchtete. Machtlos.

Vor fünf Jahren hatte ihr das Mädchen draußen am See beim Marr Breck House unter einem Baum wie der Kastanie hier erzählt, dass sein Vater nie schlief. Und auch sie nicht schlafen ließ. Dass sie die Nacht damit verbrachten, durch das Haus zu wandern – ein weitläufiges, heruntergekommenes Haus in einer namenlosen Straße. Um die Dunkelheit zu bezwingen. Damals hatte ihr die Sonne ins Gesicht geschienen, und sie hatte die Hände ordentlich im Schoß gefaltet.

Anna war verwirrt gewesen. Sie merkte nicht, dass es eine Beichte war, dass die Schlaflosigkeit des Vaters eine viel größere Bedeutung hatte als das Mädchen sagen konnte. Und sie hatte dieselben Hände angestarrt, während das Mädchen vom Besuch der Polizei berichtete. Aber als Anna vorgeschlagen hatte, sie solle sich einer Lehrerin oder einer Freundin der Familie anvertrauen oder dass sie gemeinsam den Vater aufsuchen sollten, hatte die Kleine völlig schockiert reagiert. Sie hatte Anna am Arm gepackt und sie angefleht, kein Wort verlauten zu lassen. Hatte inbrünstig gebeten, alles zu vergessen, was sie gesagt hatte. Schlagartig hatte sie geleugnet und behauptet, es sei nichts Ernstes. Der Vater mache sie müde, hatte sie gestammelt. Er sei oft traurig. Er vermisse ihre Mutter. Das war alles. Er habe nichts Unrechtes getan. Es war ein Irrtum, behauptete sie. Und doch stand ein Entsetzen in ihren Augen, das ihre Worte Lügen strafte. Sie hatte Anna ins Gesicht gestarrt. *Das war alles. Das war alles.*

Wider besseres Wissen hatte Anna versprochen, es niemandem zu sagen. Das Gesicht des Mädchens hatte sich entspannt. Sie war ins helle Sonnenlicht hinausgetreten und über den Rasen gegangen, und Anna war ratlos hinter ihr hergelaufen. Und als sie am selben Nachmittag den Blick des Mädchens eingefangen hatte, hatte sie so breit gelächelt, dass Anna fast geglaubt hätte, das ganze Gespräch sei ein Traum gewesen.

Aber dem war nicht so. Mehr noch – es war so merkwürdig gewesen, dass sie es sieben Jahre lang nicht vergessen hatte.

Auch nicht das Mädchen.

»Wer hat sich damals um dich gekümmert? Jemand, der dir nahe stand?«

Sie streckte die Hand aus, um das Mädchen zu berühren, und spürte, dass es zitterte, schauderte. Es war als streiche sie mit der Hand über ein elektrisches Feld.

»Eine Freundin deines Vaters? Eine Tante?«

Das Mädchen schüttelte heftig den Kopf.

»Keine Frau? Ein anderer Mann? Was für ein Mann?«

Sämtliche Farbe wich aus dem Gesicht des Mädchens; sie sah aus, als falle sie im nächsten Moment um. Sie hatte sich völlig verschlossen, die Erinnerung in sich verkapselt.

»Gib mir doch einen kleinen Hinweis«, bat Anna. »Warum bist du zu mir gekommen? Ich verstehe es nicht. Du hast Alisha Graham zu mir gebracht – wozu? Warum? Was hätte ich tun können?«

Sie sah, dass unter den fest verschlossenen Lidern Tränen hervorquollen.

»Oh, wein doch nicht«, flüsterte sie entsetzt, weil sie anscheinend so viel Unglück heraufbeschworen hatte. »Was immer es war, es ist jetzt vorbei. Du bist hier sicher. Du bist hierher gekommen, du bist in Sicherheit.«

Das Mädchen riss die Augen auf und packte Annas Arm dicht unter der Schulter.

»Was ist denn?«, fragte Anna.

Zittern. Zittern. Weit aufgerissene Augen.

»Du bist in Sicherheit«, wiederholte Anna. »Es ist weit weg.«

Das Mädchen stöhnte, ließ die Hände sinken und fiel auf das Sofa zurück. Ganz langsam begann sie den Kopf von einer Seite auf die andere zu rollen.

Langsam begriff Anna und ließ sich neben ihr auf die Knie sinken. »Du bist nicht in Sicherheit?«, fragte sie.

Das Mädchen schüttelte heftig den Kopf.

»Nein, du bist nicht in Sicherheit«, sagte Anna nachdenklich.

Weinend legte das Mädchen Anna den Zeigefinger auf die Brust und stieß wieder und wieder heftig zu. Dann ließ sie Anna los, legte sich den Finger auf die eigene Kehle und bohrte ihn tief hinein. Immer wieder. Immer wieder.

Du. Ich.

Du. Ich.

Die Welt drehte sich um sie.

»Du bist nicht in Sicherheit«, flüsterte Anna. »Und ich auch nicht.«

Robert Wilde war auf dem Heimweg und musste auf halber Strecke die Autobahn verlassen.

Er fuhr zur Tankstelle hinunter, stieg eilig aus und warf die Wagentür zu. Auf dem Rücksitz lagen Papierstapel, sein Koffer, seine Brieftasche und eine Schachtel mit Alisha Grahams Computerdisketten. Robert schnappte nach Luft.

Er entfernte sich vom Wagen und ging hinüber zu einem Rasenstück, über das der Wind fuhr und über das man zu einem riesigen Weizenfeld gelangte. Er zwang sich, ein paar Mal tief Luft zu holen. Eine Frau, die ihren Hund spazieren führte, sah ihn kurz an, wandte den Blick wieder ab. Er fragte sich, ob ihm seine Angst ins Gesicht geschrieben stand. Er spürte, dass er sie ausstrahlte – dass sie von ihm abfloss und den Boden befleckte. Die Körper Vorübergehender berührte. Seine Feigheit weitergab wie eine Krankheit.

Er hatte letzte Nacht schlecht geschlafen.

Ständig hatte er Christines Gesicht vor sich gesehen, ihre Anklagen gehört und sich daran erinnerte, dass er vor ihr weggelaufen war. Dass sie ihn gebeten hatte, etwas zu tun, und er hatte nicht begriffen, was es war; er hatte nicht getan, was es auch war, und hatte die Befürchtung nicht abschütteln können, dass es sich um etwas Wichtiges handelte. Um etwas schrecklich Wichtiges.

Sich selbst einzureden, es sei nur ein Traum, eine Vorstellung, eine Halluzination – wie immer man es nennen mochte – gewesen … Es hatte keinen Sinn. Er sah trotzdem Christines Gesicht vor sich. Hörte trotzdem ihre Stimme und sah sich selbst durch die Tür dieses Hauses zurückweichen und die Zufahrt entlanglaufen.

Wie er das Gespräch mit Sophie Tarrant vor dem Haus in der Pennystone Road überstanden hatte, wusste er nicht mehr, würde es nie wissen. Er hatte ihr eine ziemlich wirre Erklärung gegeben, einen Asthmaanfall erfunden, der ihn aus dem Haus getrieben habe. Unerwartet war die Frau äußerst mitfühlend gewesen. Sie selbst leide ebenfalls an Asthma, sagte sie. Asthma und Heuschnupfen. Pollen und Grassamen seien daran schuld. Es liege an der Jahreszeit. Sie habe ein Inhalationsgerät im Wagen …

Er hatte zu ihr aufgesehen.

»Es ist die Jahreszeit«, hatte sie wiederholt. »Alle leiden darunter. Ist es Ihnen nicht aufgefallen? Leute kriegen es, die es noch nie hatten. Es ist die Jahreszeit …«

Das arme Mädchen. Sie musste ihn wirklich für verrückt gehalten haben. Er hatte das Inhalationsgerät abgelehnt. Er konnte es nicht anfassen, konnte auch sie nicht anfassen. Er fürchtete, etwas an sich zu haben – etwas, das sie verseuchen würde. Er spürte die Fäden an seinen Händen, sein vor Schreck verzerrtes Gesicht … Er war nicht in seinem richtigen Körper – er war nicht *er*. Er saß in einem Käfig aus Haut und Knochen fest, ein Flüchtling, verschleppt. Von allem abgetrennt. Er hatte nur weglaufen wollen, und genau das hatte er getan. Er hatte sich über die Schulter hinweg entschuldigt, vage auf seine Armbanduhr gezeigt und sich hastig bedankt. Als er in seinen Wagen gesprungen war, krachend den Gang eingelegt hatte und davonpreschte, hatte sie noch immer völlig perplex auf der Zufahrt gestanden.

Er war in einem Zustand, in dem ein Unfall eigentlich eine logische Folge gewesen wäre. Stundenlang war er umhergefahren und erst mitten am Nachmittag ins Polizeirevier gegangen, ohne sich genau erinnern zu können, wo er seit dem Morgen gewesen war. Jetzt wusste er, was die Leute meinten, wenn sie sagten, sie seien nicht mehr sie selbst.

Er hatte das Gefühl gehabt, dass etwas Fremdes an seinen Händen klebte, doch in Wallis' Revier hatte offenbar niemand etwas bemerkt. Vielleicht weil sie ihn nicht gut genug kannten, um den Unterschied zu sehen. Vielleicht weil zu viel zu tun war. Jedenfalls war er froh gewesen, dass ihn niemand darauf angesprochen hatte.

Von einem Sergeant im Gebäude des Headquarters hatte er die letzten Fotokopien entgegengenommen.

»Waren Sie in der Pennystone Road?«, hatte der Mann gefragt.

»Ja... Ja, ich war da. Warum?«

»Inspector Wallis hat es erwähnt.« Wilde hatte ein wenig mühsam unterschrieben und sich bemüht, die Konturen der Feder und ihren Druck auf das Papier zu spüren, das vor ihm lag, während er sich Halt suchend auf seine freie Hand stützte.

Der Sergeant kratzte sich lässig am Kopf. »Hab dauernd versucht, mich an diese Adresse zu erinnern«, sagte er.

»Wie bitte?«, sagte Wilde.

»Pennystone. Erinnert mich an etwas.«

»Es hat dort gebrannt«, sagte Wilde.

Der Sergeant klappte das Buch zu und legte es in die Schublade zurück. »Ja… aber das war's nicht. Es war was anderes… Schon länger her.«

Wilde sah ihn an. »Etwas anderes? Was?«

Der Sergeant lächelte breit. »Wird mir schon wieder einfallen«, sagte er. »Früher oder später. Es war wahrscheinlich nicht dasselbe Haus. Nur dieselbe Straße.«

Jetzt stand Wilde auf dem Rasenstück und blickte auf das vor ihm liegende Feld. Hinter ihm wichen die ständig an- und abfahrenden Wagen, die lauten Stimmen der Familien und der Lärm der Autobahn zurück und wurden langsam leiser.

Er betrachtete den Weizen. Viele Morgen bedeckten wellenförmig einen flachen Abhang. Die Halme in seiner Nähe machten ein leises Geräusch, wenn sie sich bewegten, ein Rascheln wie beim Umblättern starker Buchseiten. Er schaute in den trockenen Graben neben dem Zaun, in dem noch immer die Spur eines Traktors zu sehen war, ehe er den Weizen selbst betrachtete – dick und grün und aufrecht, jeder Halm aus hartem Lehm aufstrebend.

Es ist die Jahreszeit.

Die Worte hatten ihm die ganze Nacht im Kopf herumgespukt.

Es war gänzlich untypisch für ihn, nicht schlafen zu können. Er hatte noch nie damit ein Problem gehabt. Gewöhnlich schlief er sofort ein und hoffte, von Christine zu träumen. Acht Stunden. Wie eine Uhr. Schlief um elf Uhr ein und wachte um sieben Uhr wieder auf. Wurde zwischendurch nie wach, lag nie da und horchte auf den einzelnen leisen Stundenschlag des Weckers. Das war nicht er. Nicht er…

Er riss die Augen vom Boden los und blickte zum Himmel.

Gestern war er vor seiner Frau davongelaufen. Hatte sie in diesem Haus zurückgelassen.

Es ist die Jahreszeit.

Robert, Robert...

Er war nicht mehr er selbst.

Nein, nein. Nicht seit gestern.

»Nein«, sagte Anna Miles. »Nein.«

Sie stand am Eingang von Brimmer House neben der Glastür der Halle und versuchte die Hand des Mädchens von ihrem Arm zu lösen.

»Ich muss gehen«, sagte sie. »Ich komme wieder. Morgen, wenn du willst.«

Der Griff des Mädchens wurde noch fester.

Die Hausmutter tauchte aus ihrem Büro auf. Anna wandte sich an sie.

»Ich muss gehen«, wiederholte sie.

Die Frau legte ihre Hand auf die des Mädchens. »Komm jetzt«, schmeichelte sie.

Das Mädchen versuchte Anna zu umarmen.

»Ich komme wieder«, versprach Anna, über den plötzlichen Griff erschrocken. Das Mädchen presste sich so fest an sie, dass sie kaum noch atmen konnte. Der fremde Atem streifte ihr Gesicht, der Geruch des fremden Körpers hüllte sie ein. Es war, als würde man begraben, von Erde umschlossen. Sie roch nach Laub.

»Bitte«, sagte Anna. »Ich darf dich nicht mitnehmen.«

Die Arme des Mädchens fuhren plötzlich nach oben und legten sich um Annas Hals.

»O nein«, sagte Anna. »Du erwürgst mich... Bitte. Ich kann nicht atmen.«

Der Assistent erschien auf der Treppe. »Was ist hier los?«, rief er.

»Hilf uns, Mike!«

Er lief die Treppe herunter, während die beiden Frauen mit dem Mädchen rangen. Er versuchte sich zwischen sie zu schieben, als sich das Mädchen unvermittelt umdrehte und Anna freigab. Ohne jede Vorwarnung warf sie sich gegen die Tür.

»Tu das nicht«, sagte Anna. »Hör zu ... Ich komme wieder. Ich versprech's.«

Später sollte es Anna schwer fallen, sich an den Ablauf der Geschehnisse zu erinnern. Der Assistent streckte die Hand aus und wollte das Mädchen berühren, ihr Handgelenk, ihren Arm umfassen. Nur eine Sekunde lang sah Anna den Handteller des Mädchens flach gegen das Glas gedrückt und diesen Gesichtsausdruck, den sie vier Tage zuvor in den frühen Morgenstunden erblickt hatte – diesen heiteren, von allem losgelösten Ausdruck, mit dem das Mädchen vor dem Cottage im strömenden Regen gestanden hatte. Doch schon im nächsten Moment hatte Anna das Gefühl, als gerate der Boden unter ihren Füßen in leichte Wellenbewegungen, so als habe jemand ein Ende des Teppichs angehoben und daran gezogen. Mehr war es nicht – nur ein Kräuseln. Ein Murmeln. Eine Kontraktion unter ihren Füßen.

Die Hausmutter nahm die Hand des Mädchens und zog es von der Tür weg. »So ist es besser«, sagte sie. »Komm jetzt und lass deinen Gast gehen.«

Anna blickte von einem zum anderen, dann wieder auf den Boden.

Niemand sonst hatte es gespürt. Im Büro klingelte das Telefon.

»Komm mit«, sagte die Hausmutter.

Das Mädchen lächelte, hob die Hand und tippte mit der Fingerspitze leicht an den Ohrring der Frau. Die Feder ringelte sich um seinen Handrücken.

»So ist es recht«, sagte die Frau. »Das ist besser, nicht wahr?«

Das Mädchen neigte den Kopf in Annas Richtung.

»Das ist nicht der richtige Ort für sie«, sagte Anna leise. »Es ist nicht der richtige Ort.«

34

Vom Fenster seines Arbeitszimmers aus beobachtete Matthew Aubrete die Besucher im Park.

Es war später Nachmittag, und in zwei Stunden wurde der Park geschlossen. Eine Familie hatte sich auf einer Bank beim Boskettgarten niedergelassen. Die Tochter, nicht älter als drei, schob im Schein der warmen, bereits schräg stehenden Sonne ihren Buggy auf dem Weg hin und her. Ab und zu blieb sie stehen und schaufelte Kies auf den Sitz. Matthew betrachtete das blonde Köpfchen, die gestreifte Latzhose, die erstaunlich dicken Beinchen auf ihrem zielbewussten Weg. Er mochte Kinder und hatte die Hoffnung noch nicht aufgegeben, obwohl Laura es strikt ablehnte, Kinder zur Welt zu bringen, und Anna...

Nun, was hatte er für eine Zukunft mit Anna? Er konnte es nicht sagen. Er hatte es nie gewusst. Und jetzt wusste er es noch weniger.

Laura hatte Recht, wenn sie sagte, er wisse nichts über sie. Als er Anna das erste Mal gesehen hatte, war er so hingerissen gewesen – er hatte das Gefühl gehabt, sie schon früher gekannt zu haben, etwas wieder aufzunehmen, das unbeendet geblieben war –, dass er sich in endlosen Phantasien ergangen hatte. Ungezügelten Bildern aus Enthusiasmus und Verlangen. Der Phantasie, mit ihr und nicht mit Laura zusammen zu sein. Der Phantasie einer unauffälligen Scheidung. Der Phantasie einer Familie. Das waren Dinge, die er sich wünschte, aber nie gehabt hatte, und er hatte – wie ihm nun klar wurde – nie gewusst, ob sie sie auch wollte.

Er hatte es sich vorgestellt. Doch solche Vorstellungen ertrugen kaum das Tageslicht. Sie kamen ihm mittlerweile so naiv vor. Er hatte sich vorgestellt, mit ihr im Bett zu liegen, sie in den Armen zu halten, sie zu besitzen – o Gott, all diese Nachmittage, all diese Morgen –, er hatte geglaubt, sie habe ihm wirklich erlaubt, sie zu sehen. Sie zu kennen. Brutale Tatsache war jedoch, dass er nur sehen und mit ihr teilen durfte, was sie zuließ. Er hatte monatelang ein Land bereist, das sich jetzt als völlig fremd erwies, dessen Grenzen er nie erforscht hatte, dessen Geheimnisse geheim blieben, obwohl er selbst keine vor ihr hatte.

Er war so offen und ehrlich zu ihr gewesen wie bisher zu keiner anderen Frau. Und was hatte er bekommen… Blendwerk und Täuschung. Nur darum ging es. Es war sein Untergang. Nur darauf basierte seine Beziehung zu Anna Miles. Auf Vermutungen. Annahmen. Seine Nacktheit, in jeder Beziehung, vor einer Frau, die ihre Geheimnisse für sich behielt.

Und dann war da noch eine andere, weniger angenehme Phantasie. Eine zerbrechlichere Hoffnung. Wenn er ehrlich war, hatte er vermutlich gedacht, das Lockmittel Aubrete würde genügen. Wenn sie ihn nur ein wenig liebte, würde sie gewiss Haus und Gärten lieben. Was sie natürlich getan hatte.

Er wandte sich vom Fenster ab und verzog verzweifelt das Gesicht.

Du verdammter Narr, Junge.

Die Stimme seines Vaters. Und Lauras Stimme als Echo.

Er setzte sich an den Tisch und strich mit den Händen über die Karten. Gestern hatte er sich entschlossen, das Zimmer aufzuräumen, die Platten zu verpacken, die er zwanzig Jahre lang so liebevoll gesammelt hatte, und die Kisten zu versiegeln, um sie für den Transport vorzubereiten. Mit einem Gefühl überwältigender Scham hatte er angefangen, die Kisten zu füllen. Anna Miles hatte ihn zum Narren gehalten, und er hatte es nicht bemerkt. Er war ein leichtes Ziel gewesen. Ebenso gut hätte er draußen auf den Feldern stehen und eine Zielscheibe über dem Herzen tragen können. Er war so leicht zu durchschauen gewesen, so ahnungslos. Und er konnte sich noch nicht einmal darauf berufen, jung zu sein. Er war sechsunddreißig – und war Hals über Kopf einer Frau mit undurchsichtigem Lebenslauf verfallen.

Auch jetzt, während er mit wehem Herzen seine Schallplatten aussortierte, musste er daran denken, wie hilflos sie ihm erschienen war. Hin und wieder überwältigte ihn der Gedanke – gewiss *war* sie hilflos gewesen? Gewiss war sie es. An jenem ersten Morgen … was für ein Ausdruck der Verzweiflung. Hatte sie ihn schon damals manipuliert? Sie hatte ihm nie gesagt, wovor sie davongelaufen war, nur *dass* sie es tat und am Ende ihrer Kraft war. Beinahe, buchstäblich, am Ende der Straße. Sie hatte ihm so unendlich Leid getan. Und er hatte dieses merkwürdige Déjà-vu gespürt.

Er glaubte sie zu kennen.

Ein noch größerer Narr.

Gestern Vormittag war Laura heraufgekommen und hatte an die Tür geklopft.

»Was machst du?«, hatte sie gefragt. »Mach die Tür auf!«

Er hatte geöffnet, niedergeschlagen und tief in Gedanken. Laura war, die Hände in die Hüften gestemmt, auf der Schwelle stehen geblieben.

»Ich packe«, hatte er gesagt.

Sie war nicht hereingekommen »Du packst?«, hatte sie wiederholt. »Einfach so?«

»Es wird einige Zeit brauchen.«

Sie hatte ihm ins Gesicht geschlagen. Ihre Bewegung hatte ihn so überrascht, dass er keine Zeit gehabt hatte, den Schlag abzuwehren. »Was ist mit dir los?«, hatte sie geschrien. »Wir gehen nicht weg! Nirgendwo hin! Was zum Teufel ist mit dir los?«

Laut über ihn fluchend war sie die Treppe hinuntergegangen. Am Fuß der Treppe hatte er sie sagen gehört: »Ich habe einen Idioten geheiratet. Gott helfe mir.«

Er nahm das zunächst liegende Buch von dem Stapel, den er gestern aussortiert hatte. Obwohl er es schon oft gelesen hatte, schlug er es wieder auf und strich mit dem Finger über den abgewetzten roten Lederrücken. Die Seiten waren hauchdünn, zart wie fadenscheinige Seide, bedeckt mit einer ebenso zarten Handschrift.

Vestra meeting, 20. August 1799.

Er verschränkte die Arme und las – langsam, und mit jedem Satz keimte immer stärker das alte Gefühl von Verantwortung und Schuld in ihm auf.

Die Pächter von Poor Heart sind einverstanden mit der Zahlung von 30 Pfund pro Jahr an Stelle aller Einzelgebühren an die Gemeinde, lautete der erste Eintrag. *Die Gemeinde hat beschlossen, einen Katalog über alle Waren zu führen, die in die Häuser der Unterstützungsempfänger gebracht werden, denen Hilfe von der Gemeinde zuteil wird... Nach Festsetzung der niedrigen Rate für Bedürftige ermäßigt die Gemeinde die wöchentlichen Zahlungen der Bedürftigen wo immer möglich, und kein Bedürftiger wird mehr als zwei Shilling erhalten...*

Müde blätterte Matthew um.

Die Notizen der Versammlungen waren sparsam formuliert. Er stellte sich den Vikar vor, der mit dem Rücken an der kalten Kirchenmauer lehnend, das Notizbuch auf dem Schoß, den Mitgliedern des Kirchenrats, den beiden Aufsehern und dem Friedensrichter zuhörte. Jede Versammlung beanspruchte kaum mehr als ein Dutzend knapper, handgeschriebener Zeilen.

Aus dem Jahr 1802 gab es eine flüchtig hingekritzelte Notiz – beinahe wie ein nachträglicher Einfall –, dass die Kinder von Bedürftigen, die von der Gemeinde unterstützt wurden – die zusätzliche Hilfe zum Lebensunterhalt jener Tage, mit entsetzlicher Herablassung und fast unter einer Wolke der Schande gegeben –, nach außerhalb in die Lehre gegeben werden sollten. Kurz vor Weihnachten, am 16. Dezember, wurden ein neunjähriger Junge und ein siebenjähriges Mädchen auf eine zwölf Meilen entfernte Farm zum Arbeiten geschickt.

Der Himmel weiß, was sie dort erlebt haben, dachte Matthew. Zwei arme kleine Teufel auf einer fremden Schwelle. Arbeit ohne Bezahlung. Tiefer Winter, ein Winter, in dem es im Januar schwere Schneefälle gegeben hatte, die die Straßen unpassierbar gemacht hatten.

Er blätterte weiter.

Er stieß auf den Bericht über die Grubenarbeiten und die Beträge, die das Bergwerk der Gemeinde schuldete. Wann immer er sie las, drohte ihm das Blut in den Adern zu gefrieren. Er stellte sich vor, hunderte von Metern ins Dunkel zu sinken. In einen dreihundert Meter tiefen Bergwerksschacht, in dem es nur Kerzenlicht gab. Januar 1800. Das Seil stöhnte und ratterte, als sich das Rad an der Oberfläche ruckartig drehte. Die Luft wurde immer stickiger.

Oft hatte diese Vorstellung ihn nachts mit einem überwältigenden Gefühl der Klaustrophobie aus dem Schlaf gerissen. In diesen Nächten setzte er sich auf, rang nach Atem, während der Albtraum gegen die Dunkelheit ankämpfte, und sah, wie jede einzelne flackernde Kerze langsam erlosch. Er blieb in pechschwarzer Finsternis zurück, wo sogar das kehlige und ferne Geräusch des von einem Pferd bewegten Förderrads allmählich leiser wurde und schließlich erlosch wie die Kerzen. Und plötzlich wusste er, dass keine Luft mehr da war, überhaupt keine Luft in dem engen dreihundert Meter tiefen Schacht – und seine Lungen verkrampften sich qualvoll, hechelten nach Sauerstoff. Vergeblich. Er taumelte aus dem Bett, wurde erst dann richtig wach, klammerte sich ans Fensterbrett, riss das Fenster auf und atmete unendlich dankbar die salzige Luft der Küste ein.

Jetzt schloss er die Augen und versuchte das Bild beiseite zu schieben.

Sie waren noch da, flüsterte eine vorwurfsvolle Stimme in seinem Kopf.

Hörst du nicht ihr letztes Ringen nach Luft?

Sie sind unter dir ertrunken.

Direkt unter diesem Haus…

Unbeholfen begann er die Papiere zusammenzulegen. Er verstaute sie in einer Kiste und ging mit der Kiste auf den Armen zur Tür, balancierte sie auf einer Hüfte und schloss mit der freien Hand die Tür auf.

Vor ihm auf der Schwelle stand ein Mann.

Matthew ließ fast die Kiste fallen.

»Tut mir Leid«, sagte der Mann. »Ich wollte eben klopfen.«

Matthew blickte an ihm vorbei zur Treppe in der Erwartung, dort Laura oder eine der Angestellten stehen zu sehen. Der Mann war groß, dunkelhaarig und sah gut aus. Er trug einen makellosen dunklen Anzug und hatte eine Aktenmappe unter dem Arm.

»Mrs Aubrete hat mir vorgeschlagen, heraufzukommen«, sagte er und streckte Matthew die Hand entgegen. »Mein Name ist Ben McGovern.«

Matthew bat ihn ins Arbeitszimmer. Nachdem er ihm die Hand geschüttelt hatte, schien es ihm absurd, ihn auf der Schwelle stehen zu lassen. Zögernd trat McGovern ein, blieb in der Mitte des Raums stehen und sah sich um. Wie aus einem Inserat – für Eau de Cologne vielleicht, dachte Matthew. Oder für Kleidung. Die Art Designerkleidung, die ein Vermögen kostete. Er sah unglaublich adrett aus. Der Anzug hatte kein Fältchen, Hemd und Seidenkrawatte schienen funkelnagelneu, die Schuhe waren auf Hochglanz poliert. Der Mann selbst wirkte, als habe man ihn abgeschrubbt wie ein hölzernes Schneidebrett, das im Lauf der Jahre dadurch eine Oberfläche wie weißer Satin bekommen hatte. Sein Gesicht war so glatt, dass man sich kaum vorstellen konnte, dass er sich überhaupt rasieren musste. Sogar sein Scheitel war schnurgerade, eine weiße Linie in einer blauschwarzen Fläche.

Ein Mann der Tat, dachte Matthew, belustigt und verwirrt zugleich. Sofort versuchte er den kindischen Vergleich aus seinen Gedanken zu verbannen. *Er ist Anwalt. Sieht wie ein Londoner Rechtsanwalt aus.*

»Hat Laura Sie beauftragt?«, fragte er.

Ben McGovern sah sich bedächtig im Raum um. Dann wandte er seinen trägen, freundlichen Blick wieder Matthew zu. »Beauftragt?«, wiederholte er.

»Sind Sie mit dem Testament befasst?«

McGovern lächelte. »Nein. Ich bin Architekt.«

»Archi...«

»Ich arbeite ein Stück weiter oben an der Straße in der Stadt. An einem Bürokomplex für Brindley and Machen.«

Matthew sah ihn verständnislos an. »Entschuldigen Sie«, sagte er endlich, »ich verstehe nicht, warum Sie hier sind.«

McGovern neigte den Kopf in Richtung des Schreibtischs. »All das einzupacken, ist eine langwierige Arbeit«, stellte er fest.

»Das ist richtig. Hören Sie...«

»Mrs Aubrete hat mir gesagt, der Besitz sei früher ein Bergwerk gewesen. Ein Kohlenbergwerk.«

»Auch das stimmt«, sagte Matthew. »Es wurde anno 1800 geschlossen. Mein Urgroßvater war Aktionär. Er hat das Land gekauft und das Haus gebaut.«

»Faszinierend«, sagte McGovern. »Mittlerweile scheint all das so unwahrscheinlich. In einer so schönen Umgebung. Wie ich sehe, interessieren Sie sich für Geschichte. Wo war der Schachteingang?«

»Oben auf dem Hügel.«

»Auf dem Hügel, den ich eben heruntergefahren bin? Die breite Straße mit den vielen Bäumen? Wirklich erstaunlich. Das würde man nie vermuten. Und das Haus steht auf dem Bergwerk?«

»Über zwei Kohlenflözen, die im Meer versunken sind«, sagte Matthew. »Vor zweihundert Jahren. Hören Sie, Mr...«

McGovern öffnete seine Aktenmappe. »McGovern«, wiederholte er. »Hier ist meine Karte. Nur um Ihnen zu zeigen, dass ich wirklich der bin, der ich zu sein behaupte.«

Matthew las die Karte. »Das bezweifle ich nicht«, sagte er.

»Gut«, antwortete McGovern. »Ich denke, das ist jetzt sehr wichtig.«

Matthew runzelte die Stirn. Er verstand dieses Gespräch nicht. Er fühlte sich auf geradezu lächerliche Weise im Nachteil, während Ben McGovern bemerkenswert ungezwungen wirkte.

»Ich habe Mrs Aubrete vor zwei Wochen kennen gelernt«, erklärte McGovern. »Sie ist Mitglied im Museumskomitee. Ich bin freischaffend und arbeite im ganzen Land. Man hat mich hinzugezogen, weil man eine professionelle Meinung hören wollte. Ein professionelles Urteil über die Spannungen im Dach.«

Matthew sah ihn immer noch an. »Darüber weiß ich nichts«, sagte er endlich. »Laura erzählt mir nicht, was sie in ihren zahlreichen Komitees tut.«

McGovern nickte, als wisse er das bereits. »Ich habe sie am nächsten Tag wiedergesehen«, sagte er. »Tatsächlich war das vor zwei Tagen. Und dann haben wir festgestellt, dass uns ein ungewöhnlicher Zufall verbindet.«

»Ein Zufall?«

»Ja. Ein sehr ungewöhnlicher«, wiederholte McGovern. »Anna Miles.«

Matthew setzte sich; McGovern neigte den Kopf in Richtung eines Stuhls. »Darf ich?«

»Ja – bitte.«

McGovern stellte seine Aktenmappe neben sich auf den Boden. »Tut mir Leid«, sagte er. »Das ist ein bisschen peinlich, nicht wahr? Klingt, als hätte ich mich in Ihre Angelegenheiten eingemischt.«

»Ich weiß nicht, was Sie bisher getan haben«, sagte Matthew.

Wieder ein Lächeln. »Außer meine Meinung zu äußern – nichts«, antwortete McGovern.

»Ihre Meinung – worüber?«

»Anna.«

Matthew biss sich auf die Innenseite seiner Unterlippe, um sich zu zwingen, McGovern nicht alles nachzuplappern wie ein Papagei. Es war, als schmecke er sie, fühle ihre glatten runden Schultern unter seiner Zunge.

»Ich kenne Anna seit mehreren Jahren«, sagte McGovern. »Und dann ist sie von heute auf morgen verschwunden.« Er kreuzte die Hände locker auf den Knien. »Wir waren – nun es ist nicht mehr wichtig, welcher Art unsere Beziehung war. Ich habe ihr über einige Krisen hinweggeholfen.« Das Lächeln war inzwischen nicht mehr ganz so strahlend. McGoverns Gesicht verriet jetzt aufrichtiges Bedauern. Er wandte sich sogar von Matthew ab, holte tief Luft und blickte auf die Karten und Papiere. »Ich dachte immer, wir seien uns einig«, sagte er leise. »Aber ich habe mich ganz offensichtlich geirrt.«

Dies war ein so vollkommenes Echo der Gedanken, die Matthew vor noch nicht einmal drei oder vier Minuten durch den Kopf gegangen waren, dass er beinahe glaubte, dieser Fremde habe seine Gedanken gelesen.

»Sie und Anna?«, sagte Matthew. »Wo?«

»Da wo sie herkam. Manningham.«

Es folgte eine kurze Stille, während Matthew versuchte diese Information aufzunehmen. »In Manningham«, wiederholte er. »Ich verstehe.«

»Sie hat Ihnen nie gesagt, woher sie gekommen ist?«

»Nein.«

»Hat sie denn überhaupt nichts erwähnt? Ihr Haus, ihren Job?«

»Nein.«

McGovern lachte heiser auf. »Aber Sie haben sie doch bestimmt gefragt?«

»Natürlich. Sie hat gesagt, sie wolle die Vergangenheit vergessen.«

McGovern schwieg, dann begann er mit den Fingern auf seinen Handrücken zu trommeln. »Sehen Sie, das ist es, was ich so überraschend finde«, sagte er nach einer Weile. »Mrs Aubrete hat mir ein wenig von dem erzählt, was passiert ist, mit Anna und… Das war sehr überraschend für mich.«

Matthew zögerte. »Was mich überrascht, ist, dass Laura sich Ihnen anvertraut hat. Meine Frau ist kein besonders vertrauensseliger Mensch.«

McGovern zuckte mit den Schultern. »Ich selbst halte mich auch nicht für jemanden, dem sich die Leute anvertrauen, zumindest normalerweise«, gab er zu. »Aber Mrs Aubrete war so verzweifelt. Wir waren bei der Versammlung zu früh dran, und ich habe sie auf einen Kaffee eingeladen. Da hat sie mir von dieser Frau erzählt, die alles an sich gerissen hat… In jeder Beziehung, wie es scheint.«

Matthew spürte, dass er rot wurde. »Das geht Sie nichts an«, sagte er.

»Nein«, räumte McGovern bereitwillig ein. »Nein, es geht mich tatsächlich nichts an. Aber als sie den Namen der Frau erwähnte, als sie sie beschrieb und mir ihr Foto zeigte…«

»Laura hatte eine Fotografie von Anna?«

»Ein Gruppenbild der Angestellten. Weihnachten hier aufgenommen.«

Matthew hob die Hand. »Einen Moment, bitte«, sagte er. »Anna hat ein Haus in Manningham.«

»O ja. Ein sehr hübsches kleines Reihenhaus.«

»Und sie hatte einen Job.«

»Sie war ein Jahr lang Leiterin der Musikabteilung ihrer Schule und damit für alle Schüler bestimmter Jahrgänge – meist des zehnten oder zwölften – verantwortlich.«

»Leiterin der Musikabteilung, was ist das?«

»Sie war Lehrerin.«

Matthew blickte zu Boden.

»Und Sie haben nichts davon gewusst?«, fragte McGovern.

»Ich weiß, dass sie Geige spielt«, sagte Matthew.

»Nicht nur spielt, sie hat Geigenunterricht gegeben«, erklärte McGovern. »Und Sie hatten wirklich keine Ahnung?«

»Ich wollte sie nicht drängen«, erklärte ihm Matthew. »Als sie hier ankam, war sie sehr unglücklich und durcheinander. Sehr durcheinander.« Er sah noch immer zu Boden und dachte an Anna an jenem ersten Morgen. An die Angst in ihrem Gesicht, die Panik. »Ich wollte sie nie unter Druck setzen«, murmelte er. »Ich dachte …«

Er sah auf. McGovern schien nicht überrascht. »Anna ist sehr konfus«, stimmte er zu. »Sie war im Krankenhaus. Sie hatte – wie nennen die Ärzte es noch? – Wahnvorstellungen. Depressionen. Sie glaubte, alle Menschen um sie herum seien geradezu darauf versessen, sie zu hintergehen, sie anzugreifen. Wie auch immer. Es war sehr traurig. Ist zweimal passiert. Sie erholte sich wieder. Die Schule hat sie unter gewissen Sonderbedingungen eingestellt. Man behandelte sie sehr rücksichtsvoll, bot ihr jede Möglichkeit zu genesen, wieder auf die Beine zu kommen.« Er beugte sich vor. »Aber ich wäre nicht hier und würde mich nicht einmischen, wenn das alles wäre«, setzte er hinzu.

Matthew spürte ein Unbehagen, das ihn durchrieselte wie Eiswasser. »Alles?«, sagte er. »Wenn das alles wäre? Was meinen Sie damit?«

McGovern schloss kurz die Augen, als sehe er in Matthews Gesicht etwas Unerfreuliches. Als er sie wieder öffnete, lächelte er wie zu Beginn des Gesprächs. »Mir ist es ganz genauso ergangen wie Ihnen«, sagte er. »Sie haben mein volles Verständnis.«

Matthew biss die Zähne zusammen. »Kein Verständnis bitte. Erzählen Sie es mir einfach.«

McGovern erwiderte gelassen seinen Blick. »Mr Aubrete«, sagte er, »ich habe Anna geliebt. Sehr sogar. Wir wollten heiraten.« Er machte eine Pause. Als er weitersprach, klang seine Stimme spröde. »Aber ich muss Ihnen sagen, wenn Sie denken, dass Anna die richtige Nutznießerin, eine ehrliche Nutznießerin Ihres Geldes, dieses Besitzes ist – dann bitte ich Sie, zu überlegen, mit was für einem Menschen Sie es zu tun haben. Mit einem Menschen, den Sie, um offen zu sein, nicht kennen.«

Matthew fühlte eine tödliche Ruhe – eine Ruhe aus aufsteigendem Entsetzen, die sich wie eine Nebelwand auf ihn senkte. »Erzählen Sie es mir«, sagte er.

»Vor etwas mehr als einem Jahr«, sagte McGovern, »hat Anna Miles mir eine große Summe Geld gestohlen. Und dann ist sie verschwunden.«

35

Beryl Graham war unnachgiebig.

Sie stand in Peter Yorks Arbeitszimmer, richtete sich zu ihrer vollen Größe von einem Meter siebenundsechzig auf, und jeder Zentimeter sprühte vor Empörung.

»Sagen Sie mir nicht, was ich tun kann und was nicht«, erklärte sie.

Peter York hatte ihr einen Stuhl angeboten, den sie jedoch abgelehnt hatte. Er stand ihr gegenüber und lächelte, was ihren Zorn nur noch mehr zu schüren schien. »Ich versuche nicht, Sie zu etwas zu überreden«, sagte er. »Aber ich würde gern die Messe lesen, wenn Sie Alisha hier beerdigen.«

York blickte ihr ins Gesicht und sah, dass es sich seit dem Tod ihrer Schwester auf subtile Weise verändert hatte. Ihr Gesicht sah gesünder aus; es war nicht mehr so spitz, hatte aber dennoch einen harten, entschlossenen Ausdruck, der ihm nicht besonders gefiel. Sie hatte die gelassene Selbstgerechtigkeit abgelegt, die sie wie einen Schild vor sich hergetragen hatte. Es gab keinen Schild mehr. Sie wirkte abweisend und bockig. Er hatte Gesichter wie dieses in psychiatrischen Krankenhäusern gesehen – geprägt von der Sorge um eine innere Überzeugung und irritiert durch die Gewissheit, dass der Rest der Welt diese Überzeugung nicht teilte. Beryl Graham hatte sich befreit, wie ein Boot, das sich aus seiner Vertäuung gelöst hatte. Sie schlingerte.

»Ich möchte Alisha hier beerdigen, und ich möchte, dass Reverend Morton es tut«, wiederholte sie.

John Morton war ein älterer Pfarrer, der eigentlich schon im Ruhestand war, aber hin und wieder noch Messen las und Gespräche mit Gemeindemitgliedern führte. Ein freundlicher Mann, der ein- oder zweimal für Peter York eingesprungen war, wenn der im Urlaub war. Peter wusste, dass er nichts dagegen haben würde, Alisha Graham zu beerdigen, doch darum ging es hier nicht.

»Miss Graham«, sagte er. »Wer hier beerdigt wird und wer die Totenmesse liest, bestimme ich, müssen Sie wissen.«

»Unsinn«, sagte sie. Sie wandte sich von ihm ab und betrachtete den Bücherschrank mit finsterer Miene und hochgezogenen Schultern.

»Das ist meine Pfarrgemeinde, und was hier geschieht, fällt unter meine Zuständigkeit. Es ist meine Entscheidung. Beispielsweise ist der Friedhof sehr voll, und wer hier begraben wird, muss eine Zeit lang hier wohnhaft gewesen sein ...«

»Das trifft auf Alisha zu«, sagte Beryl. »Sie hat nach ihrer Rückkehr aus Amerika einen Monat bei mir gewohnt.« Sie hob den Kopf, redete jedoch noch immer mit der Wand gegenüber. »Ich gehe zum Bischof, ich werde mit dem Kirchenrat der Gemeinde sprechen.«

»Sie können natürlich sprechen, mit wem Sie wollen«, sagte er und versuchte die offensichtliche Lüge zu ignorieren, Alisha hätte, wie kurz auch immer, bei ihrer Schwester gewohnt. Er konnte sich nicht vorstellen, dass Alisha Beryl mehr als zwei oder drei Stunden am Stück ertragen hätte. »Aber es läuft immer auf dasselbe hinaus. Die Entscheidung liegt bei mir. Weder der Kirchenrat der Gemeinde noch der Bischof werden sich einmischen.«

Endlich drehte Beryl sich wieder zu ihm um. »Ich möchte, dass sie hier beerdigt wird, wo ich auch beerdigt werden werde«, sagte sie. »Ich möchte, dass wir im selben Grab liegen.« Ihre Hände krampften sich leicht um die Bügel ihrer Handtasche. »Ich lebe seit fast dreißig Jahren hier und gehe seit fast dreißig Jahren in diese Kirche, Woche für Woche, und ich möchte sie bei mir haben. Nicht bei Ihrer ... Gesellschaft. Nicht mit all Ihren Blasphemien. Nicht von Ihren Händen der Erde übergeben. Ich will sie dort beerdigt wissen, wo sie vor Ihnen sicher ist. Von John Morton. Dort beerdigt, wo ich sie finden kann. Wir werden noch hier sein, wenn Sie längst verschwunden sind.«

York setzte sich an den Schreibtisch und wartete, bis seine abrupt aufgeflammte Wut abgeklungen war. »Blasphemien«, sagte er schließlich.

Das Wort schien sie aus ihrer Starre zu lösen. Sie ging auf ihn zu. »Ich weiß, was Sie tun«, sagte sie. »Ich weiß, woran Sie glauben.«

Er wartete wieder – diesmal darauf, dass der kleine Stromschlag der Angst abklang. »Und was ist das?«, fragte er.

Ihre Kiefer mahlten, als versuche sie, die Worte auszuspucken. »Das ganze Lobpreisen, das Stürzen und vom Geist erhoben werden«, stieß sie schließlich hervor. »Sie lesen die normale Messe wie ein richtiger Priester, sind aber nichts anderes als ein Betrüger und tun dann so etwas. Und das ist es, was Sie wirklich wollen. Sie wollen, dass wir alle uns auf den Boden werfen. Uns auf dem Fußboden wälzen wie Tiere.«

»Nein«, sagte York, während sich sein Gesicht zu einem erleichterten Lächeln verzog. »Das ist kaum blasphemisch, Miss Graham, selbst wenn es wahr wäre.«

Es kostete sie so große Mühe, nicht die Beherrschung zu verlieren, dass sie zitterte. »O nein?«, fragte sie. »Wenn ich mit dem Bischof spreche, werde ich es ihm sagen. Dann werden wir schon sehen, ob Sie es so lustig finden. Ich werde ihm sagen, was Sie an dieser Universität mit diesen Mädchen vorhaben.«

»Mit welchen Mädchen?«

»Den Mädchen, die der armen Alisha den Kopf verdreht haben.«

»Kein Mensch auf dieser Welt konnte Alisha den Kopf verdrehen. Sie hat genau gewusst, was sie wollte.«

»Ekelhafte, gemeine Mädchen«, sagte Beryl. Sie hatte sich offenbar tief in ihre Zwangsvorstellungen verstrickt, und er fragte sich, ob es das war, was sie vergangene Woche beschäftigt hatte. War sie deshalb nicht in die Kirche gekommen? Er hatte ihr kleines, frommes Katzengesicht bei der Kommunion vermisst. Auf einmal tat sie ihm sehr Leid.

»Ich werde mit John Morton sprechen«, sagte er.

»Und ich werde dem Bischof von diesen Zeitschriften erzählen«, sagte sie und musterte den Stapel neuer Ausgaben, die vor ihr lagen.

»Der Bischof kennt die Zeitschriften sehr gut«, erklärte ihr York. »Sie verschaffen der Pfarrgemeinde zusätzliche Einnahmen, die sie dringend braucht.«

»Schmutz und Unsinn«, murmelte Beryl.

Peter York stand auf. »Eine Pfarrgemeinde muss Geld verdienen«, sagte er. »Wir müssen Gebäude reparieren. Den Friedhof instand halten. Das wissen Sie genau, Miss Graham. Sie wissen, wie viele Einnahmen uns eingebracht hat, was Sie Schmutz und Unsinn nennen. In dieser Gemeinde gibt es drei Kirchen, die Opfer von Vandalen und Diebstählen wurden. St. Lukas auf der Chine Road mit ihrer Küche für die Obdachlosen …«

»Dazu ist Gott nicht da«, sagte Beryl.

»Ich verstehe nicht.«

»Sie haben Leute um sich, denen Gott egal ist!«, rief sie. »Die würden für andere Menschen nicht einmal die Hand in die Tasche stecken. Faulenzer, Säufer – das sind keine Gottesmenschen. Sie sind des Teufels. Glauben Sie, dass auch nur einer von denen am Sonntag in der Kirche sitzen und Geld in die Kollekte geben würde, wenn sie welches hätten? Sie würden es nicht tun. Sie sind Gefallene, weil sie zu faul sind, aufzustehen und zu arbeiten. Und Sie wollen, dass wir uns von ihnen besudeln lassen …«

»Das bringt uns wirklich nicht weiter«, sagte York.

»*Besudeln*, verstehen Sie? Diese Leute sind Schädlinge. Es ist Besudelung, verstehen Sie? Wie Öl in Wasser. Sie können sich nicht einordnen, gehören nicht zur Gesellschaft, sie sind nicht anständig …«

»Miss Graham …«

»Und Sie sind genauso wie sie«, sagte sie. »Sie haben Sie schon besudelt. So steht es mit Ihnen. Wenn man zu nahe an sie herankommt, fängt man an zu denken wie sie. Man fängt an zu denken, sie seien in Ordnung. Man benimmt sich wie sie. Man fängt an, anständige Menschen zu ignorieren und denkt nur noch an sie, und woran sie glauben ist nichts, es ist nichts wert, es zählt nicht ...«

Schlagartig verstummte sie, ohne den Blick von ihm abzuwenden und brach in Tränen aus. Sie stand in ihrem steifen karierten Tweedmantel vor ihm, der so alt war, dass die Manschetten farblos und fadenscheinig geworden waren, und zitterte am ganzen Leib.

»Kommen Sie, setzen Sie sich«, sagte er.

Sie zog den Arm weg, als er die Hand nach ihr ausstreckte. »Das werde ich nicht tun«, sagte sie, mit erstickter Stimme. »Ich werde mich in diesem Haus nie wieder hinsetzen.«

Bald nachdem sie gegangen war, ging Peter York über den Sandsteinweg zwischen den Gräbern zur Kirche hinüber. Der Morgen war blass und klar, die Sonne stand hoch am wolkenlosen Himmel und sickerte durch das Laub auf verlassene Gräber. York hoffte auf einen schönen Sommer. Und er hoffte, was noch wichtiger war, auf zwei Wochen im Haus seines Bruders in Fréjus mit Ausblick auf den türkisfarbenen Ozean. Er hoffte, dass er in der nächsten Wochc auch einen Ausflug nach London in seine ruhige kleine Wohnung und zu der diskreten Frau machen konnte, die ihn dort besuchte.

Im Gegensatz zu dem, was Beryl glaubte, hatte er nie ein Mädchen angefasst, nicht einmal die Hüterinnen. Anders als bei den Nachtwachen am Tor unter der Pennystone Road, wenn das Äußerste an Nähe darin bestand, dass er zart eine Hand hielt oder tröstliche, keusche Küsse tauschte. Er segnete Gott für seine Gnade. Das Geld seiner Familie erlaubte ihm manchmal, diesem Wahnsinn zu entkommen. Und wenn das Allerschlimmste eintreffen sollte

– und er dachte nicht gern an dieses Allerschlimmste, jenes Szenario, das die Hüter ihm vorhergesagt hatten –, nun, wenn es dazu kam, half ihm das Geld vielleicht, ganz zu verschwinden.

Natürlich nur, falls es dann noch einen Ort gab, an den er gehen konnte.

Er kümmerte sich selbst um die Gräber – Reihe um Reihe der Gottgefälligen, die unter den Buchen ruhten. Hierher kam nie jemand, außer vielleicht die Teenager am Abend, nachdem er das Tor abgeschlossen hatte. Er wusste, dass sie unter den Bäumen auf den flachen Grabsteinen saßen und rauchten. Eines Morgens hatte er hier Silberpapier und eine Rasierklinge gefunden, liegen geblieben auf dem Grabstein von Josiah Adams, Kirchenvorsteher dieser Pfarrgemeinde anno 1833.

Er schloss die Eichentür auf und betrat die Kirche.

Es war still und kalt. York blieb am Ende des Mittelgangs stehen und betrachtete die Kirchenbänke. Vergangenes Jahr hatte er dem Kirchenrat der Gemeinde vorgeschlagen, sie herauszureißen. Das Kirchenmobiliar würde bei einer Auktion eine Menge Geld einbringen, und der freie Platz konnte als Treffpunkt für Mütter mit Kleinstkindern genutzt werden, als Jugendclub oder als Zuschauerraum für Musikveranstaltungen und Theateraufführungen. *Ein Ort für Gefallene*, hörte er Beryl Graham erbittert hinzufügen. Der Verkauf der Kirchenbänke war vom Kirchengemeinderat rundweg abgelehnt worden, und er hatte die Sache nicht weiter verfolgt. Denn inzwischen hatte er natürlich mit den Engeln zu tun bekommen.

Er ging durch den Mittelgang und schlug die Bibel auf dem Lektionar aus Messing auf. Er schloss jeden Tag einen kleinen Pakt mit Gott, was nicht weiter ungewöhnlich war – eines seiner Gemeindemitglieder hatte ihm einmal erzählt, sie täten dasselbe. Jeden Morgen schlug er die Bibel aufs Geratewohl auf und sah nach, welche Botschaft ihn erwartete. Er bemühte sich stets sehr, seine Finger keine besondere Stelle aussuchen zu lassen. Heute stellte er fest, dass sich die Bibel bei Zacharias öffnete, fast am Ende des Alten Testaments, kurz vor den Apokryphen.

Denke keiner gegen seinen Nachbarn etwas Arges in seinem Herzen…

York lächelte schwach. Ah, das galt Beryl. Arme Beryl. Sie nahm das Wort »Nachbar« wörtlich und stellte sich die Frau im Nebenhaus vor, die ebenfalls allein lebte und sich die Morgenmesse im Radio anhörte.

Sein Finger fuhr die Seite entlang nach unten.

Weh über den nichtsnutzigen Hirten, der die Herde verlässt…

Die Last, die der HERR ankündigt… der den Himmel ausbreitet und die Erde gründet und den Odem des Menschen in ihm macht…

Lange betrachtete er die Worte, ehe er sich dem Altar zuwandte.

Der nichtsnutzige Hirte, der die Herde verlässt.

Aber das tue ich ja nicht, dachte er mit einem Blick auf das Kruzifix. Er hatte niemanden im Stich gelassen. Und an das Übrige glaubte er. Von Herzen. Von ganzer Seele.

Er glaubte, dass Gott sich in der Tiefe bewegte. Er glaubte, dass SEINE Hand über die Welt strich. Er glaubte an die Kraft des Gebets, daran, dass alle geflüsterten Gebete die Welt veränderten und formten. Er glaubte an die Fürsprache Christi für den Menschen. Er glaubte an den Geist des Menschen, unbezwingbar und immer während, ein Teil der dauernden und makellosen Macht…

Er kniete vor dem Altargitter nieder.

Nichtsnutziger Hirte.

Er presste die Hände auf die Augen.

Acland zählte nicht. Wenn Acland im Stich gelassen worden war, dann hatte er sich das selbst zuzuschreiben, hatte er es getan, bevor York jemals von der Pennystone Road gehört hatte – lange vorher. Acland war schon Jahre vorher auf der Straße zur Hölle gewesen. Seit er das Verschwinden seiner Frau geheim gehalten hatte. Seit der Zeit, als das Haus dunkel geworden war und sich mit Fremden gefüllt hatte. Acland war verdammt und der Ort, an dem er sich befand, nur eine logische Fortsetzung des Lebens, das er geführt hatte.

Er verdiente diese Stellung, dem Tor geopfert.

Schließlich war es seine eigene Schuld. Wenn jemand verdiente, Gottes Gnade verloren zu haben, dann war es der verbitterte kleine Mann mit der Narbe.

Nichtsnutziger Hirte.

»Nein«, murmelte York durch die Finger. Er sah Acland in dem schattigen Raum unter der Treppe. Das Loch im Fußboden. Die Riemen, die vom Balken herunterhingen. Das Entsetzen dieser Begegnung und das Mädchen, das zwischen ihnen stand, ein Gespenst, das nirgends hinzugehören schien – weder lebendig noch tot. York hatte die Hand nach ihr ausgestreckt.

»Du kannst sie nicht berühren«, hatte Acland gesagt.

Sie strahlte Licht aus, während er sprach.

»Gott sei bei mir, wenn ich mich niederlege, Gott sei im Schlaf bei mir«, flüsterte York. »Bei mir in meinen Träumen, bei mir im Licht des Erwachens ...«

Irgendwo vor ihm knackte es – das Geräusch von Stein, der sich in der Kälte zusammenzog. Vielleicht auch das Holz der Sakristeitür, vielleicht war das Schloss nicht richtig eingeschnappt.

»Der Erzengel möge mich beschützen«, fuhr York fort.

Das Fenster hinter dem Altar quietschte.

»O Menschensohn, Prinz der Gnade, Herz des Friedens…«

Blätter drückten sich an das grüne Glas. Die Heiligen, die hinter dem Kreuz abgebildet waren, leuchteten in ihren satten Farben. Zwischen dem Blei und der Scheibe zwängte sich eine Ranke in die Kirche, ganz langsam, liebkosend. Tastend wie eine dünne braune Hand. Hoch über dem Chor drängten sich die Buchen an das Fenster. Man konnte ihren Atem hören, ihre bösartige Entschlossenheit. Man spürte die Wurzeln unter dem Fundament. York presste die Hände noch immer auf das Gesicht.

»Sollte ein Übel meinen Weg versperren, stell dich zwischen mich und die Nacht«, fuhr er fort und bekreuzigte sich mit geschlossenen Augen.

Er konnte Acland sehen, ihn fühlen, in der sich bewegenden braunen Ranke, im Geräusch der Bäume, in dem Druck, der sich in der Kirche staute. Er fühlte, dass Acland gegen die Tür drückte. Er sah ihn wieder vor sich, den Kopf gesenkt, auf seine schreckliche Arbeit konzentriert. Und er hörte seine Stimme durch den Raum unter der Pennystone Road hallen.

»Es gibt keine Barriere! Es gibt keine Barriere!«

O Gott. Lieber, süßer Vater im Himmel.

Stell es zurück.

Stell alles zurück.

»Von heute Abend an bis in einem Jahr von heute Abend an…«

Doch die Worte des Gebetes blieben Peter York plötzlich in der Kehle stecken. Er nahm die Hände vom Gesicht, öffnete die Augen und starrte die Gesichter im Glas an. Nur Acland und doch nicht ganz Acland, Blattmasken aus der Tiefe, braune Hände, die Türen und Fenster aufbrachen.

Und dann, im dunkelsten Schatten, nur für einen Augenblick, sah er Acland selbst.

Ebenso schnell herrschte in der Kirche wieder einsame Stille. Das Rascheln der Bäume wurde leiser, das Glas kühlte ab und schrumpfte, die Heiligen blickten mit ihrer unerschütterlichen Ruhe wieder nach unten. Der Altar war leer, bis auf das Kreuz, das in der Sonne glänzte.

Nur Aclands dünne, tonlose Stimme kroch York durch den Kopf.

»Nichtsnutziger Hirte«, hauchte er. »Hol mich heraus.«

36

Um acht Uhr abends suchte Anna Miles Robert Wilde auf.

Alice öffnete, während sie sich das Haar mit einem Handtuch trockenrieb.

»Ja?«, fragte sie.

»Hallo«, sagte Anna. »Ist dein Vater zu Hause?«

»Ich weiß nicht. Er hat zu tun …« Misstrauisch musterte Alice die Besucherin. Sie beschützte ihren Vater ohnehin ständig, doch seit sie am Nachmittag aus der Schule gekommen war und sein erschöpftes Gesicht gesehen hatte, sorgte sie sich noch mehr als gewöhnlich um ihn. »Du solltest nicht so hart arbeiten«, hatte sie ihm erklärt. »Es geht mir gut«, hatte er erwidert. Aber sie wusste, dass es ihm nicht gut ging. Er schien zerstreut, und als sie sich zu ihm gesetzt hatte, um mit ihm die Nachrichten anzusehen, hatte er ihre Hand fest gehalten, ohne ein Wort zu sagen.

»Wer ist es?«, rief er jetzt.

»Anna«, sagte die Frau auf der Schwelle.

»Kommen Sie herein«, forderte er sie auf.

Alice trat mit missbilligender Miene beiseite und ging die Treppe hinauf. Auf der obersten Stufe blieb sie einen Augenblick stehen, um zu hören, was gesprochen wurde.

»Ich habe hier eine Nachricht, die besagt, Sie seien unauffindbar«, sagte ihr Vater.

»Gut«, entgegnete Anna Miles. »Wenn ihr mich nicht finden könnt, kann er es auch nicht.«

Alice runzelte die Stirn. Sie blieb noch einen Moment länger stehen und wickelte sich geistesabwesend eine Haarsträhne um einen Finger, zuckte mit den Schultern, ging in ihr Zimmer und schloss die Tür.

Unten hatte Anna gegenüber von Wilde Platz genommen. Er saß am Ecktisch vor dem eingeschalteten Computer.

»Wir müssen wissen, wo Sie sind«, sagte er.

»Ich bin hergekommen, um zu beweisen, dass ich Sie nicht im Stich gelassen habe«, sagte sie.

»Trotzdem.«

Sie seufzte. »Ich wohne im Oaks in der Connor Street. Ich habe gesagt, mein Name sei Wood.«

Er lächelte bedächtig. »Wie *›Den Wald vor…‹*«

Sie grinste. »*›…lauter Bäumen nicht sehen.‹* Sie haben's erfasst.«

»Möglich.«

»Nein«, sagte sie. »Ich bezweifle es.« Sie musterte ihn von Kopf bis Fuß. »Wie war es in Manningham?«

»Es war…« Er unterbrach sich. »Es war interessant.«

»Haben Sie den Namen des Mädchens erfahren?«

»Nein.«

»Sie sehen müde aus.«

»Ja… Ich bin müde.«

Er wandte den Blick ab. Anna sah ihn stirnrunzelnd an

und ging nicht weiter auf das Thema ein, weil sie spürte, dass er nicht darüber sprechen wollte.

»Dominic Aubrete hat mir seinen Besitz hinterlassen«, sagte sie.

Er starrte sie einen Augenblick lang an. »Entschuldigung – was haben Sie eben gesagt?«

»Dominic Aubrete ist gestorben und hat mir Aubrete hinterlassen.«

»Den ganzen Besitz?«

»Ja.«

» Verflucht! Haben Sie das gewusst?«

»Bevor er starb? Nein, natürlich nicht.«

»Hat er es Ihnen nicht gesagt?«

»Kein Wort.« Sie seufzte und ließ ein halbherziges Lachen hören. Das Ganze war so absurd. »Er hat es nicht meinetwegen getan, sondern um Laura und Matthew zu ärgern und ihnen Schwierigkeiten zu machen. Untereinander.«

Er sah sie ruhig an. »Und was hatten sie dazu zu sagen?«

»Sie fechten das Testament natürlich an.« Sie malte einen unsichtbaren Kreis auf den Tisch neben sich. »Ich war heute bei einem Anwalt.«

»Und?«

»Ich habe ihm gesagt, ich möchte ihnen alles wieder überschreiben, und er hat mir geraten, wenigstens meine Zukunft zu sichern. Er hat gemeint, ich sollte es mir sehr gut überlegen, ehe ich auf mehr als drei Millionen Pfund verzichte.«

»Jesus!«, flüsterte Wilde.

Sie schien ihn nicht gehört zu haben, wirkte nicht mehr belustigt, sondern völlig ernst. »Ich habe schon ein Haus«, sagte sie, mehr zu sich als zu ihm. »Ich will Aubrete nicht. Ich möchte nach Hause.«

»Aber drei Millionen… *Zur Hölle*… Das ist ein Lotteriegewinn, Anna.«

Sie sah zu ihm auf. »Verstehen Sie denn nicht?«, fragte sie. »Es ist kein Gewinnlos, ganz und gar nicht. Es ist nicht real. Es gehört mir nicht, hat nichts mit mir zu tun. Ich bin nur jemand, den Dominic benutzt hat, um Matthew zu verletzen. Ein Hammer, mit dem er nach ihm und Laura schlägt. Ich möchte aus diesem Albtraum aufwachen und *nach Hause gehen.«* Sie unterbrach sich und holte Atem. »Was ist mit Ihnen los?«, sagte sie. »Sie sehen schrecklich aus.«

»Es geht mir gut«, antwortete er. »Das kommt vom Fahren.«

Sie nickte in Richtung Computer. »Was machen Sie?« Sie sah Text auf dem Schirm, er war eng geschrieben, ohne Absätze oder Überschriften.

»Das sind Alisha Grahams Tagebücher. Vom Computer in ihrem Haus.«

»Oh«, sagte sie. Sie hielt einen Moment inne und fragte dann: »Ist Ihnen beim Lesen nicht ein bisschen seltsam zumute?«

Sie hatte den Nagel auf den Kopf getroffen. Genau das hatte er empfunden, bevor sie geklingelt hatte. Merkwürdig, aufdringlich. Die Tagebücher waren keine Arbeitsberichte, sondern ein intimes Porträt ihres Lebens.

»Sie waren durch kein Passwort geschützt«, sagte er, als sei das eine Entschuldigung.

Anna warf ihm einen zweifelnden Blick zu. »Helfen sie Ihnen?«

»Bis jetzt noch nicht«, gab er zu. »Dies hier ist vom letzten Jahr – sie erwähnt ein Mädchen namens Rhiannon…«

»Unser Mädchen?«

»Ich glaube nicht. Sie schreibt, Rhiannon habe ihr Examen in angewandter Mathematik gemacht und habe jetzt einen Forschungsauftrag in Edinburgh…« Er ging zum Anfang der Seite zurück und suchte einen bestimmten Eintrag. »Sie scheint unsicher. Schreibt: *›Ich glaube nicht, dass sie schreiben wird.‹*«

»Eine andere Freundin?«

»Sieht ganz so aus. Sie erwähnt, dass Rhiannons Schwestern sie besuchen kommen. Ein Essen im Restaurant. Keine Kirche, keine Omega… Ich bin sicher, es ist ein anderes Mädchen. Wie Sie sagten, eine frühere Freundin.«

»Und Ende letzten Jahres?«

»Dazu komme ich erst noch«, antwortete er und ließ die Seite langsam durchlaufen. »Fakultätsabendessen… Streit mit einem Tutor…« Er lächelte, ehe er zu lachen anfing. »Den hat sie nicht sehr gemocht«, sagte er vor sich hin. »Weihnachten nach Irland gefahren. Erste Januarwoche, Vorlesung in Birmingham… Zweite Woche… Hallo!«

»Was ist denn?«

»Lobpreisung. Nicholson Refektorium. Neunzehn Uhr.«

»Lobpreisung? Wie in einer Kirche?«

»Ich glaube, ja.« Er beugte sich eifrig vor. »Nur eine Namensliste… Ballochroy, Callanish, Caithness. Nur Namen, kursiv geschrieben.«

»Schottland«, sagte Anna. »Vielleicht hat sie ihre Freundin besucht.«

»Nur eine Liste«, wiederholte er und las weiter. »Croft Moraig, Kintraw… Castlerigg.« Er hielt inne. »Ich weiß, wo das ist. Im alten Cumbria – dem Südteil von Cumberland. Das ist ein Steinkreis.«

»Wie Stonehenge, meinen Sie?«

»So ähnlich.« Er runzelte die Stirn.

»Hat sie diese Leute besucht?«

»Das steht hier nicht.«

Anna stand auf, ging zu ihm hinüber und schaute ihm über die Schulter. Der nächste Eintrag bestand aus langen Zahlenreihen und erinnerte an eine Kalkulation.

»Was ist ein Orrery-Planetarium?«, fragte Wilde.

»Keine Ahnung. Wo steht das?«

»Hier.« Er zeigte auf den Bildschirm. Anna zuckte mit den Schultern.

Er stand auf und holte ein Wörterbuch aus dem Bücherregal, blätterte darin und las kurz etwas und sah dann auf. »›... bestimmt, die Bahnen der Planeten um die Sonne auf Art und Weise eines Uhrwerks anzuzeigen.‹«

»Aber Stonehenge und Ähnliches sind kein Uhrwerk«, sagte Anna. Sie überlegte einen Moment. »Sie meint wohl, dass sie Planeten und Sterne aus Stein darstellen«, sagte sie. »Es soll doch uralte Observatorien geben, nicht wahr?«, fragte sie. »Orte wie Stonehenge... Castlerigg und Ballochroy und vermutlich auch Callanish.«

Wilde klappte das Buch zu und kehrte an den Computer zurück. »Und all das kommt nach dem Kirchentreffen an der Universität. Vorher kein Wort über Steinkreise.« Er setzte sich. »Wissen Sie etwas über Vorgeschichte?«, fragte er.

Sie setzte sich neben ihn. »Überhaupt nichts.«

»Ich auch nicht.« Er griff in die Aktenmappe, die neben dem Schreibtisch stand, und holte ein schmales Buch heraus, das er ihr reichte. »Das habe ich in Manningham in der Universität bekommen«, sagte er.

Sie betrachtete den Umschlag. »Kraftlinien«, sagte sie.

»Ich war auf dem Campus, um irgendetwas über die Herkunft des Mädchens zu erfahren.«

»Und? Haben Sie?«

»Nein«, sagte er. »Aber man hat sich dort anscheinend

sehr für solche Dinge interessiert.« Mit einem Nicken wies er auf das Buch, das sie noch in der Hand hatte.

Sie blätterte darin herum. »Hmm«, machte sie.

»Sie glauben nicht daran?«

»Ob ich daran glaube oder nicht, ist wohl nicht relevant, oder?«

»Sie sind Irin. Sie müssen daran glauben. Inwiefern relevant?«

»Ich bin keine Irin«, erwiderte sie. »Ich bin hier geboren.«

»Aber Sie sprechen so, als wären Sie Irin.«

Sie betrachtete ihn mit dem Anflug eines Lächelns. »Ich bin nur die Tochter einer Irin«, sagte sie. »Und was die Relevanz angeht, meine ich das Heute. Das moderne Leben.«

»Es mag für Alisha Graham relevant sein. Auch für das Mädchen.«

»Glauben Sie?«

Er zögerte. »Um ehrlich zu sein, weiß ich nicht, was ich glauben soll. Alisha Graham war von Toren und Torbogen fasziniert. Sie spielen eine wichtige Rolle in ihren Notizen – in ihren Unterlagen ebenso wie auf den Disketten. Tore, Eingänge ... Gedenksteine, Tempel.« Er fuhr sich mit der Hand durch die Haare. »Auf dem Bildschirmschoner ihres Computers war ein Zitat aus einem Psalm, den man bei Beerdigungen singt. Es gab Hinweise auf das Buch der Offenbarung – in denen übrigens zwölf Tore erwähnt werden.« Er sah sie an. »Da ist auch noch etwas anderes.«

»Was?«

»Ich habe mit dem Revier gesprochen, wo man mir gesagt hat, ein Farmer habe nach der Pressekonferenz angerufen und berichtet, er habe auf seinem Land eine Art Hexenring gefunden.«

Anna lachte. »Ich bitte Sie!«

»Nun ja – keinen Hexenring. Ich weiß nicht, wie Sie

es nennen würden. Einen Ring aus Blut. Auf dem Ballantyne Hill. Ungefähr zwölf Meilen von hier.«

»Ziemlich eklig«, stellte sie fest. »Könnte das ein Zufall sein?«

»In der Nähe lag ein Schuh, der, wie es sich herausgestellt hat, Alisha Graham gehörte. Es war einer ihrer Schuhe, die verloren gegangen sind.«

Anna beugte sich vor. »Blut und ein Schuh? Haben Sie nicht gesagt, sie sei an einem Herzschlag gestorben?«

»Das ist richtig. Es war Tierblut.«

»Oh«, sagte Anna leise. Dann zog sie die Stirn in Falten. »Jetzt verstehe ich überhaupt nichts mehr. Was hat sie gemacht. Hat sie dort oben etwas getötet? Und warum hat sie ihren Schuh zurückgelassen?«

Schließlich legte Wilde das Buch beiseite. »Sie hat ihre Schuhe nicht zurückgelassen. Sie sind heruntergefallen. Sie wurde gezogen – geschleift.«

Anna starrte ihn an. »Heißt das, sie ist auf dieser Farm gestorben? Sie hat dort oben einen Herzschlag bekommen – auf dieser Farm?«

Er hob die Brauen, überrascht, weil er sich plötzlich außerstande sah, die Sache vertraulich zu behandeln. Damit verstieß er gegen lebenslange Regeln. »Es wird untersucht«, sagte er.

»Ist es schwarze Magie?«, fragte Anna.

»Ich weiß es nicht.«

»Dann also weiße Magie?«

»Ich weiß es wirklich nicht.«

»Sie müssen doch irgendeine Theorie haben.«

»Ich kann es nicht sagen.«

Anna lächelte leicht. »Ah... Sie ziehen also Erkundigungen ein«, stellte sie fest.

»Ja«, sagte er. »All das war streng vertraulich.«

»Alles?«

»Ja – wirklich alles. Tut mir Leid.«

Sie hatte Recht. Er war müde. Zu müde, um darüber zu diskutieren. Müde genug, um sich überrumpeln zu lassen.

Anna betrachtete ihn abschätzend, ehe sie sich auf dem Stuhl zurücklehnte und die Arme verschränkte. »Haben Sie für all das wirklich Zeit?«, fragte sie.

»Wofür?«

»Für diese Sache mit Alisha Graham?«

»Nein«, gab er zu.

»Handelt es sich um ein Verbrechen?«

»Das kann ich nicht sagen.« Er wandte den Blick ab und dachte an das Haus in der Pennystone Road, an das überwältigende Gefühl, dass es von Übel erfüllt war, übel bis in seine Grundfesten, übel in jedem Ziegelstein. Der kleine Raum unter der Treppe. Der Albtraum in seinem Herzen, eine namenlose Gestalt mit Christines Stimme unauslöschlich eingeprägt. Übel ... *Übel.*

Anna schaute auf ihre übergeschlagenen Beine, auf ihren einen Fuß, der ungeduldig wippte. »Ist es eine gefährliche Situation, wenn man von einem Wahnsinnigen verfolgt wird?«, fragte sie sanft.

Er riss seine Gedanken von Christine los und konzentrierte sich wieder auf die Frau vor ihm. »Natürlich.«

»Ist *Stalking* ein Verbrechen?«

»Ja.«

Sie hielt einen Augenblick inne. »Chief Inspector Wilde«, sagte sie. »Werden Sie das Verbrechen untersuchen, von dem ich Ihnen erzählt habe? Mein Problem?«

»Ja«, sagte er.

»Gut«, sagte sie.

Später saßen sie im Wohnzimmer, und Alice leistete ihnen Gesellschaft.

Sie hatte eine kleine gelbe Karte heruntergebracht, die sie ihrem Vater gab. »Letzte Zahlung«, sagte sie.

Lächelnd blickte Anna zu ihr auf. »Was ist das?«

Robert Wilde unterschrieb die Karte und gab sie seiner Tochter zurück. »Alice fährt in zwei Tagen mit der Schule nach Frankreich.«

»Wir zahlen in Raten«, erklärte Alice.

»Und wohin in Frankreich?«

»In die Bretagne.«

»Dort ist es schön. Es wird dir gefallen.«

Alice setzte sich neben Anna. »Waren Sie schon mal dort?«

»Ja. Einmal. Mit einer anderen Schule.«

Alice sah ihren Vater und dann Anna an. »Sind Sie Lehrerin?«

»Das war ich früher einmal.«

»Haben Sie Ihren Beruf aufgegeben?«

»Ja«, sagte Anna.

»Warum?«

Robert Wilde hob die Hand. »Sei nicht so neugierig, Alice.«

»Ich bin nicht neugierig. Ich frage nur.«

Anna lächelte. »Schon gut«, sagte sie. »Ich bin dort weg, weil… Nun ja, ich war leider gezwungen.«

»Was haben Sie getan?«

»Alice!«, warnte Wilde.

»Nichts Schlimmes. Auf keinen Fall etwas Kriminelles. Ich habe den Beruf aufgegeben, weil ich – nun ja, schikaniert wurde. So kann man es nennen, glaube ich.«

»Und deshalb haben Sie Ihren Job aufgegeben?«

»Ja. Ich bin von zu Hause weg und hierher gekommen.«

»Um der Schikane zu entgehen?«

»Ja«, sagte Anna. »So in etwa.«

Alice zog die Beine unter sich und kreuzte die Arme. »Sie hätten es jemand sagen sollen«, erklärte sie.

»Wir wollen das Thema wechseln, ja?«, sagte Wilde.

»Ich kenne mich mit Schikanen aus«, wandte Alice ein. »Dagegen muss man Strategien haben.«

»Ich hielt es für das Beste, mich außer Reichweite zu begeben«, erwiderte Anna.

»Und dann schikanieren sie jemand anderen.«

»Ich weiß nicht, ob das der Fall war.«

»Das tun sie doch immer. Man muss sich dagegen behaupten.«

»Das konnte ich nicht«, sagte Anna. »Es war zu gefährlich.«

»Aber dann haben sie es auf jemand anders abgesehen. Oder sie folgen Ihnen.«

Damit kam sie unbeabsichtigt der Wahrheit so nahe, dass ein langes Schweigen eintrat. Alice blickte von einem zum anderen. »Sie sind Ihnen gefolgt?«, fragte sie.

»Es ist sehr kompliziert«, erklärte Wilde.

»Wo sind sie jetzt?«, fragte Alice.

»Ich weiß nicht«, antwortete Anna.

»Aber sie sind Ihnen hierher gefolgt?«

»Ja – ich denke schon.«

Alice starrte sie an. »Ist es eine Frau?«

»Nein.«

Alice sah ihren Vater an. »Ein Mann verfolgt sie«, sagte sie. »Daddy, ein Mann verfolgt sie.«

»Ich weiß«, sagte er.

»Du musst ihn schnappen.«

Wilde lächelte sie um Entschuldigung bittend an. »Wir versuchen es.«

»Ihr *versucht* es?«, wiederholte Alice empört.

Anna stützte den Kopf in die Hände. Alice bemerkte entsetzt, dass sie angefangen hatte zu weinen. Sie sprang auf und beugte sich über Anna, unsicher, ob sie sie anfassen sollte. »Tut mir echt Leid«, sagte sie. »Ging mich nichts an … Es tut mir Leid …«

Wilde stand auf.

Anna wischte sich mit dem Handrücken über die Augen. »Du kannst nichts dafür«, sagte sie.

Alice sah ihren Vater hilflos an.

»Siehst du?«, sagte er. »Wenn ich sage, du sollst etwas sein lassen, dann lass es. Wenn ich sage, wechsle das Thema, dann wechsle es.«

»Mach jetzt keinen Stress«, antwortete Alice. »Ich konnte es ja nicht wissen, oder?«

»In Ordnung, aber …«

»Es ist ganz einfach immer meine Schuld, stimmt's?«

»Mach dich nicht lächerlich«, sagte Wilde.

»Ich bin nicht mehr sechs, Dad.«

»Das müsste ich wohl am besten wissen«, sagte er. Inzwischen sehr verärgert.

»Dann behandle mich nicht wie ein Baby.«

»Ich wünschte, du wärst ein verdammtes Baby, dann hätte ich viel weniger Schwierigkeiten mit dir.«

Plötzlich wurden sie durch ein Geräusch abgelenkt. Wilde schaute hinunter und sah, dass Anna in Gelächter ausgebrochen war.

»Gott, ich bin so froh, dass die Welt noch dieselbe ist«, meinte sie.

»Ich verstehe nicht ganz«, sagte Wilde.

Lächelnd sah sie Alice an. »Ich bin froh, dass die Jugend sich nicht geändert hat. Mein Dad und ich haben uns dauernd gestritten, als ich vierzehn und fünfzehn war.«

»Ich streite nicht«, sagte Alice. »Ich bin in diesem Haus nur die Einzige, die annähernd normal ist.«

Wilde sah Anna an, dann zuckte er mit den Schultern. »Sie hat Recht«, sagte er, lächelte ein wenig matt und resigniert und setzte sich. »Sie hat immer Recht«, sagte er.

Triumphierend ließ sich Alice wieder auf ihren Stuhl sinken und sah Anna an. »Meine Mum ist nicht hier«, sagte sie abrupt. »Sie ist gestorben.«

Anna, die sich die Nase mit einem Papiertaschentuch geputzt hatte, zögerte kurz. »Oh, das tut mir Leid. Das habe ich nicht gewusst.«

»Und ist Ihre auch gestorben?«

»Meine Mutter?«, fragte Anna. »Nein. Das heißt, nicht solange ich noch in die Schule ging.«

»Aber jetzt ist sie tot?«

Wilde bedeckte sein Gesicht mit der Hand, sagte jedoch nichts.

»Ja, jetzt ist sie tot«, antwortete Anna.

»Und Ihr Dad?«

»Er auch.«

»Haben Sie denn gar niemanden, dem Sie von diesem Mann erzählen können?«

»Ich hatte Freunde, wollte sie aber nicht in die Sache mit dem Mann hineinziehen, weil ich fürchtete, er würde seinen Zorn auch an ihnen auslassen. Und…« Nachdenklich hielt Anna inne und suchte nach den richtigen Worten. »Ich hatte große Angst. Vielleicht sogar so etwas wie einen Zusammenbruch. Ich hatte keine Ahnung, wohin ich fuhr, nur *dass* ich fuhr.

Alice runzelte die Stirn. »Und haben hier irgendwo ein Haus gemietet und ganz allein drin gewohnt?«

»Ja«, bestätigte Anna. »Das ist mir nicht schwer gefallen. Ich habe vorher auch allein gelebt.«

»Aber hat Ihnen denn Ihr Job nicht gefehlt?«

»Doch, sehr sogar.«

»Was haben Sie unterrichtet?«

»Musik.«

»Cool. Was für ein Instrument spielen Sie?«

»Oh – Klavier, Geige, Cello ...«

»Cool«, wiederholte Alice. »Welche Bands mögen Sie?«

»Alle möglichen.«

»In letzter Zeit jemand gesehen?«

Anna lächelte. »Ich habe ein bisschen wie ein Eremit gelebt. Bis zum Sommer.«

Alice ließ den Blick über Annas Gesicht schweifen. »Männer sind so scheiße«, stellte sie fest.

Wilde ließ die Hand sinken. »Alice!«

Seine Tochter drehte sich zu ihm um. »Außer dir, Dad.«

Er seufzte. »Gehörst du nicht längst ins Bett?«

Alice stand grinsend auf. »Wahrscheinlich.« Sie bückte sich und küsste ihn, ehe sie sich noch einmal an Anna wandte. »Kommen Sie uns wieder besuchen?«, fragte sie.

»Nun – vielleicht.«

»Hoffentlich«, sagte Alice. »Gute Nacht.«

Als sie das Zimmer verlassen hatte und sie ihren Schritten auf der Treppe nachhorchten, sah Wilde Anna lächelnd an. »Ich muss mich für meine Tochter entschuldigen«, sagte er. »Sie ist ein neugieriges kleines Ding.«

»Sie scheint sehr klug zu sein«, sagte Anna und seufzte kurz. »Ich sollte jetzt gehen.« Sie erhob sich. »Was geschieht jetzt mit dem Mädchen, dem Mädchen im Brimmer House?«

Wilde schüttelte den Kopf. »Ein Psychiater wird sie wahrscheinlich untersuchen.«

»Wie will er das anstellen, wenn sie nicht spricht?«

»Man wird sie behandeln.«

»Aber sie ist doch nicht richtig krank, oder? Sie redet kein wirres Zeug. Sie ist nicht gewalttätig.«

»Vielleicht wird sie ja sprechen. Vielleicht ist es nur der Schock von Miss Grahams Tod.«

»Und wenn sie spricht – wenn sie sich erholt … Was dann?«

»Die Fürsorge wird sich um sie kümmern. Sie werden ihr eine Wohnung verschaffen. Ich weiß es wirklich nicht.«

»Sie wird wochenlang warten müssen. Vielleicht sogar Monate.«

»Das ist sehr wahrscheinlich.«

»Im Brimmer House?«

»Ich weiß nicht. Brimmer House ist eine Bleibe für jugendliche Straffällige. Es ist manchmal ziemlich voll.«

»Finden Sie, dass sie dort hineingehört?«

»Welche Alternativen gibt es schon?«

»Es ist nicht richtig«, sagte Anna, hängte sich die Handtasche über die Schulter und schob die Hände tief in die Taschen ihrer Jacke.

»Sie haben mich mal gefragt, warum ich das alles tue«, sagte er.

»Ja.«

»Wenn es einen Grund gibt, dann das Mädchen. Sie scheint …« Er suchte nach Worten. »Wenn ich sage, sie scheint zu gut, um in diese Sache verwickelt zu sein … dann klingt das naiv.«

Anna sagte nichts. Sie trat in den Flur, drehte sich aber an der Tür noch einmal zu ihm um. »Es ist nicht naiv«, sagte sie. »Ich empfinde genauso. Ich habe sie heute besucht und hatte das Gefühl …« Sie unterbrach sich. Was hatte sie eigentlich gefühlt? Eine Wellenbewegung unter den Füßen. Eine Veränderung in der Luft … Was war das? Ein Unschuldsbeweis? Wohl kaum.

Sie dachte an Ballantyne Hill und daran, dass jemand Alisha Graham über den Boden geschleift hatte. Vielleicht war es dieses Mädchen gewesen. Dieses Mädchen, das eine alte Frau dahingeschleift hatte, eine Sterbende, eine Tote … Anna schauderte unwillkürlich. Robert Wilde hatte Recht. Es war vermutlich Naivität und das Widerstreben zu glauben, dass das Mädchen etwas verkörpern könnte, das für den Tod von Alisha Graham verantwortlich war.

In diesem Moment kam ihr ein anderer Gedanke.

»Glauben Sie, dass das Mädchen Alisha Graham vor einer Bedrohung gerettet hat?«, fragte sie.

»Wovor, zum Beispiel?«

»Diesem Ritual …«

»Derselbe Bluttyp wurde in Alisha Grahams Haus gefunden«, sagte Robert.

Sie sahen sich verwirrt an.

Anna ließ den Kopf sinken und hob ihn langsam wieder. Beiläufig ging ihm durch den Sinn, dass sie sehr dunkles Haar und sehr helle Haut hatte. Und dass jener bekümmerte, wachsame, fast argwöhnische Ausdruck in ihren Augen nicht die geringste Ähnlichkeit mit Christines Blick hatte. »Danke, dass Sie mir zugehört haben«, murmelte sie.

»Wir werden uns um den Fall McGovern kümmern«, versprach er. »Wir werden für Sie tun, was wir können.«

Sie lächelte halbherzig. Er merkte verärgert, dass sie ihm nicht glaubte, oder wenn sie ihm glaubte, nicht darauf vertraute, dass er sie beschützen konnte. Er nahm sich vor, sich sofort am nächsten Morgen mit der Angelegenheit zu beschäftigen.

»Passen Sie auf sich auf«, sagte er, als er ihr die Tür öffnete.

»Sie auch«, sagte sie. »Gehen Sie ins Bett. Schlafen Sie

ein bisschen, Sie sehen müde aus.« Sie stand schon fast vor der Tür, als sie beiläufig und kaum hörbar bemerkte: »Gott sei mit Ihrem Schlaf, heute Nacht bis in einem Jahr von heute Nacht.«

Er packte ihren Arm. »Was?«

Sie sah ihn erstaunt an. »Verzeihung?«

»Was haben Sie eben gesagt?« Sie musterte betont seine Hand, worauf er sie augenblicklich sinken ließ. »Entschuldigung. Aber was haben Sie eben gesagt?«

»Es ist ein Gebet. Meine Mutter hat es immer gesprochen, wenn ich zu Bett ging, das ist alles.«

»Ein Gebet?«, fragte er.

»Ja, ein keltisches Gebet. Man nennt sie *loricas*. Es ist so etwas wie ein Zauberspruch, vermute ich.«

»Und Ihre Mutter wusste darüber Bescheid?«

»Worüber?«

»Über keltische Religion.«

Sie runzelte die Stirn. »Ich weiß nicht. Wahrscheinlich. Sie kannte unzählige Geschichten. Sie wissen schon – der endlose Knoten und Fintan, der Sohn von Bith, und Bäume aus der anderen Welt und Fionn mac Cumhail. Diese Geschichten.«

Er sah sie verständnislos an. »Nie davon gehört.«

Sie lächelte. »Ich erzähle sie Ihnen mal, wenn Sie ein oder zwei Jahre Zeit haben.«

»Und das Gebet... Der die das...«

»*Lorica*. Man spricht es vor dem Einschlafen, zum Schutz.«

»Wogegen?«

»Gegen die Gefahren der Nacht«, sagte sie. »Sie wissen schon, so ähnlich wie *Wenn ich mich zum Schlafen niederlege, bet ich zu Gott, dass er meine Seele schützen möge...* So etwas Ähnliches ist es.«

»Sollte ich sterben, eh' ich erwache...«

»Ja, so ähnlich«, sagte Anna. »Ein Zauberspruch, um die dunklen Dinge fern zu halten.«

37

Sergeant Harry Endersley saß in Manningham allein in der Personalkantine.

Er hatte sich einen Platz ausgesucht, der so weit wie möglich von den anderen Frauen und Männern entfernt war, die außer ihm noch hier waren. Und er hatte es mit voller Absicht getan. Denn er hasste sie alle.

Er rührte in seinem Tee und betrachtete ihn verdrossen. Er war ein plumper Mann mit einem runden roten Kindergesicht. Vor zwanzig Jahren war er in diese Gegend gekommen und lebte seit sechzehn Jahren an diesem Ort. Damals war er ein heller Junge von vierundzwanzig Jahren gewesen, ein Anfänger, der gierig auf die Arbeit war – vielleicht zu gierig, denn er hatte sich in Streitigkeiten verstrickt und war, wenn es eng wurde, ein wenig locker mit den Fäusten umgegangen, so dass er sich etliche schlechte Beurteilungen einheimste. Die Kollegen hatten ihn alle gemocht, die Vorgesetzten nicht. Er konnte auch nie den Mund halten, und deshalb wurde er im Lauf der Jahre zwar zum Sergeant befördert, kam aber nie darüber hinaus. Inzwischen war der intelligente und pfiffige Anfänger, der, nur mit Marinesocken bekleidet, exakt dreiundsechzigeinhalb Kilo gewogen hatte, siebenundvierzig, brachte hundertundein Kilo auf die Waage, und hatte nichts als ein langes, langsames und angenehmes Hineingleiten in den Ruhestand vor sich.

Das hatte ihn bisher nicht sonderlich gestört. Harry war nie ehrgeizig gewesen. Er war nicht zur Polizei gegangen, um sich auf der Karriereleiter hochzuarbeiten, sondern um auf der Straße Dienst zu tun. Er war ein altmodischer Polizist, ein echter Polizist, ein Bobby auf Streife. Er nahm gern die kostenlosen Zigarettenpäckchen, die der Zeitungshändler an der Ecke ihm heimlich zusteckte, fuhr hin und wieder stolz im Streifenwagen durch die Gegend, spielte gern Fußball für das Team des Reviers und lochte mit Begeisterung Diebe ein.

Auf Psychologie konnte er ohne weiteres verzichten, ebenso wie auf Seminare über das Miteinander verschiedener Rassen. Dasselbe galt für Seminare über Gleichberechtigung und sexuelle Belästigung. Am liebsten warf er die Zellentür hinter kleinen Scheißkerlen zu, die alte Damen beraubt hatten; er liebte sein Glas Bier und ging am Ende eines langen Tages gern nach Hause, wo seine Frau ihm das Abendessen auf den Tisch stellte. Am Rang eines Inspectors durfte er nicht einmal schnuppern – er hätte ihn ohnehin nicht gewollt. Als Inspector hätte er keine Zeit in den Straßen verbringen können und, schlimmer noch, er hätte zu Cocktailpartys im Rathaus gehen und Frauen in Anzügen die Hände schütteln müssen.

Kurz gesagt, Harry Endersley war ein relativ glücklicher Mann gewesen – bis heute. Bis die Bombe platzte. Eine Bombe, die nichts mit der Arbeit zu tun hatte und alles damit, dass man ihn aus der Fußballmannschaft ausgeschlossen hatte.

Sechzehn verdammte Jahre, dachte er, legte den Löffel auf die Untertasse und starrte ins Leere. Sechzehn Jahre in diesem Team. Ganz am Anfang war er Vorstopper gewesen. Er hatte die meisten Tore geschossen, war der beste Torschütze gewesen. Und jetzt sagten sie, er könne den

Trainer machen. Aber damit erntete man keinen Ruhm. Keiner der Jungs hörte auf einen Trainer. Sie waren nur daran interessiert, am Sonntagmorgen auf den Platz zu gehen und in ein paar gegnerische Schienbeine zu treten. Er wollte in der Hölle braten, wenn er jemals mit einem nassen Schwamm und einer leeren Reisetasche an der Seitenlinie sitzen, sich den ganzen Winter die Eier abfrieren und versuchen müsste, so auszusehen, als sei er noch wichtig. Zusehen, wie die Sechsundzwanzigjährigen an den Flügeln auf und ab rannten? Niemals.

Er betrachtete den Tee, der inzwischen kalt geworden war und an dessen Oberfläche sich eine fleckige braune Haut bildete.

Harry wusste genau, wo das Problem lag. Sie dachten, er hätte es nicht mehr drauf. Bei der Arbeit war es genauso. Er hatte gesehen, wie sie hinter vorgehaltener Hand über ihn gelächelt oder den Kopf gesenkt hatten, weil sie dachten, er sehe nicht, wie sie grinsten. Kids, die glaubten, alles zu wissen. Sie dachten, er sei hinter der Zeit zurück, als sei es das A und O dieses Berufs, wenn man Fax und Computer bedienen konnte. Sie glaubten, die Welt drehe sich um die Technologie. Sobald sie bei der Kripo waren, rissen sie sich darum, an Kursen in Kriminaltechnik teilzunehmen. Sie liebten all das – und hielten sich wahrscheinlich für Wissenschaftler. Sie redeten nur noch in Abkürzungen und meinten, das mache sie clever, dabei konnte die Hälfte von ihnen nicht einmal ein Formular ausfüllen.

Harry seinerseits war mit Feder und Papier aufgewachsen. Er vertraute auf die alten Systeme, auf sein Gedächtnis und die alten Karteien. Und er vertraute auf das gesprochene Wort und die Erinnerungen alter Männer bei den Buchmachern, die sich noch an die Väter und Großväter der Kriminellen erinnerten, die jetzt ihre Zellen füllten.

Und er vertraute auf seine Hände und seine Füße und seine verdammten Fähigkeiten, auch wenn kein anderer das tat.

Er stand vom Tisch auf und seufzte tief.

Altes Eisen mit siebenundvierzig. Altes Eisen.

Er schaute auf die grau-blaue Schneise der Autobahn hinaus, die sich durch die Felder zog. Er beobachtete den Verkehr, dachte über Geschwindigkeit nach und dass er zu viel zu tun hatte, um sich Tagträumen hinzugeben. Aber seine besten Ideen hatte er immer, wenn er in den Tag hineinträumte. Mit derselben Methode hatte er auch den Zaun seines Bruders repariert. Er hatte darauf herumgekaut und seinen Geist schweifen lassen. Er brauchte keinen Computer, um sich vorzustellen, was funktionieren würde.

Ein Sattelzug fuhr vorüber, war auf dem Weg nach Süden. Harry dachte an den Chief Inspector, der gestern hier gewesen war und jetzt wahrscheinlich wieder in seinem ruhigen, kleinen Revier saß. Harry hatte ihn gemocht. Es hatte ihm gefallen, was er über das verschlafene Städtchen gehört hatte, aus dem Chief Inspector Wilde kam. Sie hatten eine Weile unten gesessen und über Football geredet, während Harry auf den Spielplan gewartet hatte, der jedoch erst heute Morgen gekommen war. Chief Inspector Wilde gehörte zu den Polizeibeamten, die Harry respektierte – er war bedächtig, nachdenklich, vorsichtig. Sie hatten sich darüber unterhalten, wie sehr die Stadt sich verändert hatte, und über das Mädchen, das im Revier des Chief Inspector aufgetaucht war. Nicht sehr lange. Und nachdem der Chief Inspector gegangen war – seit diesem Augenblick und sogar noch heute Morgen –, hatte Harry über die Pennystone Road nachgedacht, über die der Chief Inspector so viel erfahren wollte und über die Harry Endersley etwas wusste. Etwas, das ihm seit gestern nicht mehr aus dem Kopf ging.

Er nahm die Teetasse und trank sie aus.

Auch kalter Tee war Tee.

Er verließ die Kantine und fuhr mit dem Lift nach unten. Ein Blick auf seine Uhr verriet ihm, dass seine Pause vorüber war und er an seinen Schreibtisch zurückmusste. Er war bisher nur selten zu spät gekommen, aber heute Vormittag war Harry Endersley ein anderer geworden. Er war altes Eisen. Unnütz. Taugte nur noch dazu, in der Auskunft zu sitzen.

Richtig. Aber er würde es den Scheißkerlen schon zeigen!

Sogar neue Gebäude haben tote Zonen.

Die letzten Büros – die riesige, weitläufige, zusammengewürfelte Zentrale in der Stadt – hatten fünf Stockwerke eines Hauses eingenommen, das früher einem Baumwollhändler gehört hatte, der Ende 1880 ein kleines Vermögen mit dem Verkauf von indigoblauen Stoffen gemacht hatte. Zu Beginn des neuen Jahrhunderts hatte er sein Geschäft aufgegeben, und das Haus war in einzelne Segmente aufgeteilt worden, bis die Regierung es übernommen und das Ministerium für Verkehr darin untergebracht hatte. Während des Kriegs hatte das Gebäude als Kommunikationszentrum gedient mit einem unterirdischen Bunker zwei Stockwerke unter dem Kellergeschoss.

Dieses Stockwerk in dem alten Gebäude war genau das, was Harry Endersley als »tote Zone« bezeichnete – ein langer Korridor, in den nur selten jemand kam und in dem es von Gespenstern wimmelte. In jenem Keller hatte sich sämtlicher Abfall aus den oberen Stockwerken angesammelt, all das, was keiner mehr haben wollte. Jede einzelne der kunstvollen viktorianischen Türen war verschlossen, und hinter jeder stapelten sich die Überbleibsel von Jahren – alte Aktenschränke, Stühle, Trennwände, Tische, Petroleumöfen. Es war Harrys Job gewesen, die Dinge zu beseitigen, die niemand wollte und von denen niemand wusste, wie man sie loswerden konnte, bis die Räume von alten Akten und Möbelstücken gesäubert waren.

Als der District schließlich in ein neues Gebäude umgezogen war, hatte Harrys Vorgesetzter ihm unmissverständlich erklärt, es werde keine nutzlosen Lagerräume mehr geben. Man hatte den Keller leer geräumt und die Sachen in der Annahme verkauft, in den neuen Büros werde es nur weiße Wände und polierte Fußböden geben.

Harry lächelte, als er im Keller aus dem Lift stieg.

Sie waren seit drei Jahren in diesem neuen Gebäude, und schon jetzt bildete es seine schöne kleine tote Zone – wie etwas Lebendiges wuchs sie, Pilzen ähnlich, langsam im Dunkeln heran. Er grinste, als er den Schlüssel in die erste Tür steckte. Pilze. Menschen kamen nicht dagegen an. In jedem Büro gab es einen Ort wie diesen, der dem heimischen Dachboden entsprach, wo man alles verstaute, von dem man glaubte, es in einer nebelhaften Zukunft vielleicht wieder brauchen zu können.

Nur dass es nie wieder gebraucht wurde. Und als Harry die Tür öffnete, stand er vor dem Äquivalent einer ganzen Allee häuslicher Dachböden – Reihe um Reihe metallgrauer Aktenschränke. In zehn Jahren würde dieser Raum genauso aussehen wie der im alten Gebäude.

Die tote Zone.

Er strich mit der Hand über den nächsten Aktenschrank.

Eine Menge Leute hier drin sind auch tot, dachte er, und öffnete die oberste Schublade. Eine ganze Ladung von Akten von 1958, '59, '71, '64. Alle durcheinander. Hineingepresst in den Schrank, bereit für den Auszubildenden, der eines Tages kommen und alles sortieren würde. Doch dieser Tag würde natürlich niemals kommen.

Eine Menge von dem Zeug war selbstverständlich im Computer abgespeichert. Die neueren Akten. Aber Harry suchte keine neueren Fälle. Er nahm die nächste Mappe aus ihrem muffig riechenden Kokon. 12. September 1965. Ladendiebstahl. Bedingte Entlassung. Eine Frau von achtundfünfzig Jahren.

Er schaute sich um und zählte die Schränke. Mehr als dreißig. Dreißig Aktenschränke, jeder mit vier Schubladen. Etwa zwanzig Akten in jeder Schublade. Das machte... Er hielt inne und rechnete – die Zungenspitze zwischen den Zähnen – im Kopf nach. Zweitausendvierhundert Akten.

»Verdammt noch mal!«

Er überlegte einen Moment.

Schließlich hatte er den Namen *Acland* gestern im Computer herausgesucht und nur einen Bericht über den Brand im Haus in der Pennystone Road gefunden. Einen Bericht an die Bausparkasse, in dem bestätigt wurde, Haus und Grundstück seien gesichert.

Doch das war nicht, was er wollte.

Acland... Acland.

Harry wusste, dass es irgendwo in diesen Schränken, in diesen zweitausendvierhundert Akten noch einen anderen Eintrag mit dem Namen Acland geben musste. Nicht aus neuerer Zeit. Vielleicht vor fünfzehn Jahren. Oder noch länger.

Er lockerte den Kragen seines Hemdes, weil er so eng war und scheuerte.

Altes Eisen.

Nutzlos.

»Das wollen wir doch mal sehen«, murmelte er.

38

An diesem Tag kam Robert Wilde sehr früh zur Arbeit.

Zuoberst auf dem Papierstapel, der sich auf seinem Schreibtisch türmte, lag eine Notiz, die besagte, dass der Wagen – der kleine Morris mit der stumpfen Schnauze, einst so geliebt und gepflegt – jetzt auf dem Abstellplatz der Polizei stand und darauf wartete, im Auftrag von Beryl Graham versteigert zu werden.

Er wollte eben sein Jackett ausziehen, als er innehielt und die Notiz ins Licht hielt. Als er die Hand sinken ließ, blieb er reglos stehen und betrachtete die vertraute Straße unter seinem Fenster.

Es war noch nicht neun Uhr, die Läden noch geschlossen und die Gehsteige leer. Das Fahrrad eines Briefträgers lehnte an dem alten Meilenstein, der den Fußgängerüberweg markierte. Eine Hand voll Leute eilte auf dem Weg zur Arbeit vorbei.

Arme Alisha, dachte er. Die eigenwillige und brillante Miss Graham, die in diesem Leben viele Hindernisse überwunden und vermutlich geglaubt hatte, es könne auch nicht so schwierig sein, mit der Störung des Mädchens fertig zu werden, das sie liebte. Wilde seufzte leise. Und Alisha Graham *hatte* dieses Mädchen geliebt. Sie hatte versucht, ihre Fragen zu beantworten, ihr zu helfen. Und war, wie es schien, hunderte von Meilen von ihrem Haus entfernt im Dunkeln auf einem Hügel gestorben.

Sie ist aus Liebe gestorben, dachte er.

Seine Kehle zog sich in einem Anflug von Mitleid zusammen.

Wann immer er an diesen Fall dachte, fühlte er sich niedergeschlagen und erschöpft. Und er war noch immer müde, obwohl er eine Nacht geschlafen hatte. Es war eine unruhige Nacht gewesen; dreimal war er aufgewacht und hatte sich mit dem Gefühl eines nicht zu Ende geträumten Traumes auf dem Rand des Bettes sitzend wiedergefunden.

Wieder betrachtete er die Notiz. Der dreißig Jahre alte Morris, der mit hastig getippten Wörtern angepriesen wurde, war eine stumme Anklage. Alisha Graham stand hinter dem Morris – er konnte beinahe ihre Hand auf dem Sitz sehen, so wie sie an dem Morgen gelegen hatte, an dem man sie gefunden hatte. Nach oben gedreht, wie erstarrt in der Geste, mit der sie auf etwas hinweisen wollte.

Ich kann dir nicht helfen, dachte er.

Ich weiß nicht, was es ist, das du mir zeigen willst und das ich sehen soll.

Das Telefon klingelte.

»Ja ... Wilde hier.«

Es war der Dienst habende weibliche Constable.

»Inspector, da ist ein Mann, der Sie sehen möchte. Kommen Sie runter?«

»Wer ist es?«

Es folgte eine Pause, während die Beamtin den Namen las, den sie aufgeschrieben hatte. »Es ist ein Mr McGovern«, sagte sie. »Benedict McGovern.«

Er hatte sich bereits ein Bild gemacht, dem der Mann, der im Vernehmungsraum vor ihm stand, jedoch keineswegs entsprach.

Er hatte geglaubt, McGovern werde eine Schwäche ausstrahlen, die leicht zu durchschauen war. Er hatte sich einen sehr großen Mann vorgestellt – in seiner Vorstellung so groß wie der Ben McGovern aus Annas Ängsten. Sie hatte gesagt, er sei dunkel, glatt, gefällig, geschliffen, doch er hatte sich zugetraut, Fehlbarkeit zu durchschauen. Und er war aufrichtig bestürzt, dass es bei diesem Mann keine offensichtliche Fehlbarkeit gab. McGovern war etwa einsachtzig groß, unauffällig gekleidet und – das überraschte ihn am meisten – sehr zurückhaltend.

»Entschuldigen Sie, dass ich Sie belästige«, sagte er zur Begrüßung.

»Aber bitte – nehmen Sie Platz.«

Sie saßen sich an einem Tisch gegenüber.

»Sie müssen sehr beschäftigt sein«, fuhr McGovern fort.

»Nicht mehr als sonst.«

Ben McGovern lächelte, und Wilde bemerkte, dass das Lächeln seine Augen erreichte.

»Ich bin hier, um mit Ihnen über eine Frau zu sprechen, die Sie unter dem Namen Anna Miles kennen.«

Wilde wartete schweigend ab.

»Sie hat Sie aufgesucht.«

»Das ist richtig.«

McGovern seufzte. Er blickte vor sich hin auf den Tisch und schüttelte leicht den Kopf. »Ja – das habe ich befürchtet.«

»Können Sie mir sagen, warum?«

»Warum ich es befürchtet habe? Ja, gewiss.« Er hielt inne, ehe er fortfuhr: »Es ist ein bisschen peinlich.«

»Ich versichere Ihnen, dass mich nichts so schnell schockiert«, sagte Wilde, doch zugleich ging ihm auf, dass das eine Lüge war. Eine solche Behauptung mochte noch vor zwei Tagen wahr gewesen sein. Aber wenn er in dem Haus in der Pennystone Road nicht zu Tode erschrocken war, wie sollte man es dann nennen? Mit den Händen über dem Kopf aus dem Haus zu stürzen! Wenn das kein Schock gewesen war, ein Schock über seinen Mangel an Widerstandsfähigkeit, die scheinbare Leichtigkeit, mit der er in eine Art Grauzone hineingestolpert war – eine ihm bis dahin völlig unbekannte Zone, in die er nie wieder hineingeraten wollte …

Ja, er war geschockt gewesen. Und das sehr leicht. Ebenso wie es in der vergangenen Nacht leichter gewesen war, wach zu bleiben als zu schlafen.

McGovern lächelte wieder. »Ich hatte mit Anna vor einem Jahr zu tun«, erklärte er. »Eines Nachts verschwand sie, und ich habe nie erfahren, wohin. Ich habe eine Vermisstenanzeige aufgegeben. In ihrem Haus ist alles genauso, wie sie es verlassen hat. Und jetzt …« Er unterbrach sich. »Habe ich sie hier gefunden.«

»Sie haben sie hier gesucht«, sagte Wilde.

»Gesucht? Nein. Ich hatte keine Ahnung, dass sie hier ist …«

»Dann …«

»Ich arbeite in dieser Gegend«, erklärte McGovern. »Und zwar mit Laura Aubrete zusammen. Ich bin Architekt. Mrs Aubrete hat mir von Anna erzählt. Und von Matthew, Lauras Mann.«

»Ich verstehe«, sagte Wilde.

»Gestern habe ich mit Mr Aubrete gesprochen.« McGovern unterbrach sich, offensichtlich in der Erwartung einer Reaktion. »Im Manor. Über das Testament.«

Robert Wilde versuchte sich seine Überraschung nicht anmerken zu lassen. »Die beiden waren sehr offen zu Ihnen«, stellte er fest.

»Oh, das hat mit Offenheit nichts zu tun«, antwortete McGovern. »Es geht darum, dass wir alle die Opfer einer gezielten Betrügerei geworden sind.«

»Oh?«, machte Wilde.

»Einer Betrügerei und arglistigen Täuschung.«

»Sie unterstellen Betrug?«

»Ich würde es tun, wenn ich es beweisen könnte«, sagte McGovern.

»Betrug gegen Sie, meinen Sie?«

»Absolut. Das ist genau das, was ich meine.«

»Durch Anna Miles?«

»Anna *Cray.* Ja.«

Wilde musterte ihn eingehend. Die Miene des Mannes verriet nichts als sorgenvollen Ernst. »Sind Sie hier, um Anzeige zu erstatten?«, fragte er.

McGovern lachte leise. »Das kann ich nicht«, sagte er. »Anna hat mir Geld weggenommen, aber ich kann nicht beweisen, dass ich es ihr nicht freiwillig gegeben habe. Tatsächlich«, fügte er hinzu, »habe ich es ihr gewissermaßen freiwillig gegeben. Sie hat mich um ein Darlehen gebeten, ein kurzfristiges Darlehen. Ich habe es ihr gegeben, und sie ist verschwunden. Ich war ein Narr, das gebe ich zu, und mir ist klar, dass man in dieser Sache kaum etwas tun kann.«

»Wie viel?«, fragte Wilde.

»Wie bitte?«

»Wie hoch war das Darlehen?«

»Zehntausend Pfund«, antwortete McGovern. »Sie hat mir erzählt, sie brauche einen Wagen, aber die Bank habe ihr den Kredit verweigert ... Ich will Ihnen die Einzelheiten ersparen, Chief Inspector, da ich nicht beweisen kann, dass es kein Geschenk war, und darum geht es hier auch gar nicht.«

»Es geht nicht darum?«

»Nein«, sagte McGovern. »Es geht darum, dass ich Anna gesehen habe und sie ...« Er unterbrach sich wieder und ließ den Kopf sinken. Wilde betrachtete ein paar Sekunden lang das glatte dunkle Haar und den schnurgeraden Scheitel und war erstaunt, in den Augen des Mannes

Tränen zu sehen, als er den Kopf wieder hob. »Sie hat sich nicht geändert«, sagte er.

»Das müssen Sie mir erklären, Mr McGovern.«

»Sie war geisteskrank. Und ich sehe keine Besserung.«

»Das *sehen* Sie?«

»Ja, ich habe sie gesehen.«

Wilde holte tief Luft. »Sie haben Anna Miles gesehen? Wann?«

»Heute Morgen. Gerade eben.«

»Wo?«

»Im Oaks Hotel.« Wilde schwieg. Er konnte sich Annas Reaktion durchaus vorstellen. »Ich habe sie vor einer halben Stunde in der Lobby gesehen.«

»Und sie hat mit Ihnen gesprochen?«

»Natürlich hat sie mit mir gesprochen.«

»Sie zu sehen, muss ein Schock für sie gewesen sein.«

»Nein«, sagte McGovern. »Sie wusste, dass ich in der Gegend bin. Vermutlich hat sie Ihnen so ziemlich das Gleiche gesagt.«

»Ja, sie hat mir das Gleiche gesagt.«

»Ich hatte sie angerufen«, fuhr McGovern fort. »Ich habe versucht, sie zu überreden, sich mit mir zu treffen, aber sie wollte nicht. Also bin ich heute Morgen ins Hotel gefahren und habe sie erwischt, als sie eben gehen wollte.«

»Und was hat sie gesagt?«

McGovern lachte erneut leise auf. »Sie war wütend.«

»Wütend?«

»Sie denkt, ich hätte ihr nachgespürt. Sie glaubt nicht, dass es reiner Zufall war. Aber all das haben Sie schon gehört.«

Wilde lehnte sich gegen den Tisch und kreuzte die Arme. »Und was haben Sie durch Ihr Gespräch mit Miss Miles erreicht?«

»Überhaupt nichts«, sagte McGovern. »Mit Anna kann man nicht vernünftig reden. Sie ist psychisch instabil. Zu Hause hat man ihr eine Behandlung angeboten, doch sie hat das Angebot ausgeschlagen. Ärztliche Behandlung für ihre Paranoia, ihren Verfolgungswahn. Aber sie – nun, das wissen Sie ja selbst – glaubt sich völlig im Recht, und der Rest der Welt ist im Unrecht.« McGovern seufzte tief. »Ich meine, welche Frau lässt ihren Job, ihr Haus, ihren Geliebten und Partner im Stich, und alle anderen, die sie unterstützt und sich um sie gesorgt haben …«

»Ich verstehe, wie sie auf die Idee kommen konnte, dass Sie sie verfolgt haben. Ich würde an ihrer Stelle vielleicht zu demselben Schluss kommen. Es ist wirklich ein Zufall!«

McGovern nickte langsam. »Ja«, sagte er. »Ich bin ebenso erstaunt wie alle anderen. Aber …« Er zuckte mit den Schultern. »Es ist die Wahrheit. Und als ich erfahren habe, dass sie hier ist … als mir klar wurde, was sie angerichtet hat, hatte ich das Bedürfnis, mit ihr zu sprechen.«

»Und das war heute Morgen. Es war das erste Mal, dass Sie mit ihr gesprochen haben?«

»Ja, sie hat meine Anrufe nie erwidert, auf meine Nachrichten nicht reagiert.« Nun beugte sich auch McGovern vor. »Und wegen der Dinge, die sie gesagt und der Art, wie sie reagiert hat … und weil ich sehe, dass es ihr schlecht geht – viel schlechter als früher, wenn das überhaupt möglich ist … hatte ich das Gefühl, ich müsste zu Ihnen kommen und Ihnen sagen, dass ich mir einen Anwalt nehme, falls Anna Cray hier irgendwelche Anschuldigungen gegen mich vorbringt. Lieber brandmarke ich sie als Lügnerin, als mir meinen Ruf von ihr verderben zu lassen.«

Wilde lauschte aufmerksam jeder Silbe, doch auch jetzt lag keinerlei Zorn in McGoverns Stimme, sondern nur Entschlossenheit. »Ich dachte, Sie hätten gesagt, dass es keinen Beweis gibt«, stellte er fest.

»Das stimmt auch«, sagte McGovern. »Wegen des Geldes. Aber wenn Anna auf der Geschichte besteht, die sie, wenn ich richtig verstanden habe, Ihnen erzählt hat – dass ich sie nämlich durch das ganze Land verfolgt habe –, werde ich nicht zögern zu beweisen, wie *sie mich* verfolgt hat.«

»Sie …«

McGovern ließ sich in den Sessel sinken. »Sie hat vor meinem Haus gesessen, hat mich ununterbrochen angerufen, und sie ging …« Kurze Pause. »Das wird lächerlich klingen. Aber sie hat allen möglichen Kram auf den Weg vor meinem Haus und meine Schwelle gelegt. Seltsame Dinge. Merkwürdige Dinge. Spielkarten, Eisenbahnfahrpläne, Steine …«

Robert Wilde starrte ihn an. Er dachte an Annas Gesicht, den gehetzten Ausdruck in ihren Augen. In Benedict McGoverns Augen hingegen sah er nur Gleichmut und Gelassenheit.

»Aber nicht einmal das ist der wesentlichste Grund für mein Kommen«, sagte McGovern.

»Es ist nicht der wesentlichste Grund?«, hörte Wilde sich nachplappern.

»Nein«, antwortete McGovern mit fester Stimme. »Der Hauptgrund und das, was mich wirklich wütend macht, Chief Inspector, ist, dass ich von Mr und Mrs Aubrete erfahren habe, wie Anna sich – allein der Gedanke ist unvorstellbar –, wie Anna sich mit ihren Lügen in den Besitz von mehreren Millionen Pfund gebracht hat. Millionen! Dagegen nehmen sich meine zehntausend ziemlich armselig aus, muss ich sagen. Dass sie einen Weg gefunden hat, alles an sich zu reißen, was diese Leute besitzen – Menschen, die, soviel ich weiß, freundlich zu ihr waren und sie geliebt haben ...«

McGoverns Stimme wurde immer schwächer.

Wilde lehnte sich in seinem Sessel zurück und betrachtete seine Hände. »Würden Sie mich einen Moment entschuldigen?«

»Aber natürlich.«

»Hätten Sie gern eine Tasse Tee, während Sie warten?«

»Danke, gern«, erwiderte McGovern. »Das ist sehr freundlich.«

»Ich bin in fünf Minuten wieder da.«

Robert Wilde rief Wallis in Manningham an.

»Tut mir Leid, aber ich muss Sie schon wieder behelligen«, sagte er. »Aber könnten Sie etwas für mich nachprüfen?«

»Hat es noch immer mit dem Mädchen zu tun?«

»Nein. Vielleicht. Aber könnten Sie ein paar Namen nachprüfen?«

»Schießen Sie los.«

Wilde fragte nach Unterlagen über zwei Vorfälle. Erstens darüber, dass Anna Cray gemeldet hatte, sie werde von Benedict McGovern belästigt. Und zweitens, ob Benedict McGovern Anna Cray vermisst gemeldet habe.

Er ging im Empfang auf und ab und las, während er auf Antwort wartete, sogar alle abgegriffenen und eselsohrigen Poster an den Wänden; und er beobachtete, wie einer der Streifenbeamten McGovern den Tee brachte. Wallis meldete sich schon nach zehn Minuten wieder.

»Wir haben die letzten fünf Jahre im Computer archiviert«, sagte Wallis. »Und es liegt eine Vermisstenmeldung für Anna Cray vor. Im Mai vergangenen Jahres vermisst gemeldet von einem gewissen Benedict McGovern. Ihre

Arbeitsstelle hat bestätigt, dass sie vermisst wird. Der Wagen wurde bei einem Händler in Bristol entdeckt. Sie hat ihn bar verkauft. Dann verliert sich ihre Spur.«

Wilde wurde das Herz schwer. »Und die Belästigung?«

»Nichts«, sagte Wilde. »Wir können keine Berichte darüber finden, dass besagte Anna verfolgt wurde. Ist das die Frau, die sich Anna Miles nennt?«

»Ja«, bestätigte Wilde, »es ist dieselbe.«

Er legte auf.

Als er sich umwandte, rief ihm die Dienst habende Beamtin zu: »Chief Inspector, ich habe eine Nachricht für Sie.«

»Von wem?«

»Einer gewissen Carrie Phillips von der Fürsorge.«

»Wie lautet die Nachricht?«

Die Beamtin kam zu ihm herüber und reichte ihm eine handschriftliche Notiz des Telefongesprächs. »Sie hat gesagt, es gehe um das Mädchen, das nicht spricht«, sagte sie. »Ergibt das einen Sinn für Sie?«

Er versuchte, gegen eine zunehmende Frustration anzukämpfen. »Ja«, sagte er.

Die Polizistin las, hinter Wilde stehend, die Notiz noch einmal über seine Schulter. »Das schweigende Mädchen hat Brimmer verlassen«, sagte sie.

Wilde faltete den Zettel langsam zusammen und steckte ihn in die Tasche.

39

Allein war es viel, viel besser.

Wenn sie mitten zwischen den Bäumen stand, konnte sie das Tor hören, das nach ihr rief – sogar hier, wo seine wichtigen Botschaften von der Stadt halb verschluckt wurden. Sie stand in den Parkanlagen, unter den Eichen, und horchte nicht auf die Geräusche der erwachenden kleinen Stadt, sondern lauschte der fernen Himmelsmusik. Vor ihr lag der Kinderspielplatz mit einem kleinen Bootsteich, kreisrund und flach. Aufmerksam beobachtete sie die Oberfläche.

Die Zeit war nahe. Sie hörte es im unerbittlichen Kreislauf der Sterne. Sie presste den Körper an den Baumstamm.

Doch McGovern war irgendwo zwischen ihr und dem Tor.

Sie wusste es seit Tagen, schon seit sie vor Annas Haus angehalten hatte. Sobald sie aus dem Wagen gestiegen war, selbst im strömenden Regen und ganz besonders im Dunkeln, spürte sie seine Anwesenheit. Sie wusste, dass er sich dieses Haus angesehen hatte. Sie wusste, dass er in diesem Haus gewesen war. Sie wusste, dass er sich wünschte, die Frau in diesem Haus zu berühren und zu beherrschen – genauso wie er sie selbst so lange beherrscht hatte.

Die Hüter hatten ihr geholfen, Anna zu finden – und der einzige Zweck war gewesen, Anna seinem Griff zu entreißen, sie zu warnen, dass sie fortmusste. Fliehen wie schon einmal. Aber als sie angekommen und Alisha gestorben war, hatte sie sich verirrt und war zwischen zwei gegensätzlichen Notwendigkeiten hin und her gerissen worden. Gefühllos geworden, vom Kurs abgekommen. Hatte seine abscheuliche Berührung gespürt.

Sie hatte am Feldgatter gestanden, die tosende See gegen den steinigen Strand donnern gehört und wieder um Hilfe gebeten. Und die Antwort war so stark gewesen, dass sie sie um ein Haar erstickte. Sie so geschwächt hatte, dass sie kaum imstande gewesen war, zu reagieren, als Anna schließlich erschien und durch den Regen auf sie zulief. Sie hatte sich ins Haus führen lassen, in das falsche Haus – und es fühlte sich so schrecklich, schrecklich falsch an, seit er es berührt hatte –, und hatte zugelassen, dass die Polizei kam. Obwohl sie einen Moment lang gehofft hatte, andere würden sie verteidigen und ihr helfen.

Bis sie im Polizeirevier begriff, dass niemand ihr helfen konnte. Und ebenso wenig konnte jemand Anna Miles helfen.

Doch sie musste ihre Aufgabe beenden, auch wenn alles andere misslang.

Sie würde ihn zu sich und von Anna wegziehen. Er war ein Mensch mit niedrigen Begierden, ein seelischer Schwächling. Er würde kommen, wenn sie ihn rief.

Sie spürte den schrecklichen Reflex im Tor, wo die anderen auf sie warteten.

Er sollte ihr antworten.

Sie wäre für ihn bereit.

40

Aubrete stand am Schachteingang.

Hinter ihm ächzte der Flaschenzug. Sie holten die Männer herauf, so schnell sie konnten – sie hörten die Stimmen, die sie am Stollen anschrien –, doch es war nicht schnell ge-

nug. Der Leiter der Zeche kam durch das Gebäude und schob die Frauen beiseite, die sich vor der Tür versammelt hatten.

»Wir brauchen einen Förderkran«, sagte er zu Aubrete. »In Conygre haben sie einen.«

»Ich weiß«, erwiderte Aubrete.

»Einen Förderkran, der am Tag fördert und nachts pumpt.«

»Ja«, sagte Aubrete.

»Sir – so wird es normalerweise gemacht.«

»Ich weiß«, erwiderte Aubrete. »Aber wir können uns keine Investitionen leisten.«

»Dann haben Sie bald keine Zeche mehr«, sagte der Mann.

Sie sahen einander an, als die ersten Männer an die Oberfläche kamen, Männer und Jungen mit geschwärzten Gesichtern. Der Dritte, der kam, war der Ägypter. Er taumelte vom Seil herunter. Die Bergleute liefen auf die beiden Männer zu. »Das unterste Flöz ist verschwunden«, sagte der Ägypter.

Aubrete nahm ihn am Arm und zog ihn beiseite. »Du hast es mir versprochen«, sagte er.

»Sie haben auf dem Grund der Zeche Feuer gemacht«, erwiderte der Ägypter. Seine Stimme klang heiser vor Müdigkeit und Entsetzen. In seinen Augen standen Bilder, die Aubrete nicht sehen wollte.

»Ich brauche den Ofen dort unten, damit er die schlechte Luft wegbrennt«, sagte Aubrete.

»Das ist nicht gut.«

»Ich habe dir Geld gegeben!«

Der Ägypter legte sich eine Hand aufs Gesicht. »Ich bin nur einer«, sagte er. »Nehmen Sie Ihr Geld zurück. Da, wo ich hingehe, werde ich es nicht brauchen.«

Aubrete schüttelte ihn und packte ihn noch fester. »Du gehst nirgendwohin«, knurrte er. »Du gehörst mir, ich habe dich gekauft.«

Der Ägypter sagte kein Wort. Er sah Aubrete nur lange in die Augen. Schließlich löste er Aubretes Finger von seinem Arm. »Ich gehöre nur Gott«, sagte er leise.

Das Seil war oben. Nur vierundachtzig waren heraufgekommen. Der letzte Junge weinte, schrie.

Der Ägypter hielt das Seil fest. Die Männer verstummten.

»Stellt es wieder an!«, rief der Ägypter. »Lasst mich hinunter, um Gottes willen – bringt mich hinunter!«

41

Matthew Aubrete saß auf einer Seite des riesigen Salons und sah seine Frau und Benedict McGovern an.

Sie warteten darauf, dass er etwas sagte. Laura lehnte in einem ihrer grünen Brokatsessel, die Beine sittsam an den Knöcheln gekreuzt, die Hände auf den Armlehnen. Er ertappte sich dabei, dass er den dritten Finger ihrer linken Hand anstarrte. Ihr Ehering war aus vierundzwanzigkarätigem Gold, mit fünf kleinen Diamanten besetzt, und blitzte im Licht, das durch das Fenster hereinfiel. Hinter ihr hing das Porträt seines Urgroßvaters, der Aubrete Manor erbaut hatte.

Matthews Blick wanderte von der Hand seiner Frau zum Gesicht seines Ahns. Der Mann starrt finster auf mich herunter, dachte Matthew. Ein starkes, unnachgiebiges Gesicht. Lauras Gesicht sehr ähnlich. Die gleiche unumstößliche Überzeugung, immer im Recht zu sein. Die gleiche frostige Überlegenheit. Die gleiche eisige Ablehnung der restlichen Welt. Auch eine seiner Hände ruhte auf der Armlehne eines Sessels. Die andere hatte er unter die Brusttasche seiner Weste geschoben. Eine grüne Brokatweste. Laura hatte nichts übersehen, als sie diesen Raum neu ausstatten ließ. »Ich habe ein Gefühl für die Vergangenheit«, hatte sie ihm damals versichert. *Aber ein anderes Gefühl als ich*, dachte er. *Wenn du fühlen könntest, was ich fühle, könntest du nie schlafen.*

»Matthew«, sagte Laura, »wir warten.«

Er sah wieder sie an und fing einen Blick zwischen ihr und dem Mann auf, der inzwischen neben ihr stand. McGovern sieht viel zu gut aus, dachte Matthew. Laura liebt Männertypen wie ihn. Einer ihrer früheren »Freunde« hatte so ähnlich ausgesehen, nur hatte er nicht McGoverns Auftreten, seine ruhige Ausstrahlung gehabt. Wenigstens hatte jener frühere Freund den Anstand gehabt, rot zu werden, wenn er Matthew begegnete. Wenigstens hatte er das Gesicht abgewandt, weil er nicht imstande gewesen war, Matthew in die Augen zu schauen. Er hatte nicht so dagestanden, Matthew langsam mit den Blicken gemessen, als mache er sich ein Bild von ihm und komme zu dem Schluss, dass dieses Bild, wie Laura ihm zweifellos schon gesagt hatte, sehr enttäuschend war.

»Gehen wir zur Polizei oder nicht?«, wiederholte Laura.

Matthew wandte den Blick von beiden ab. »Ich weiß es nicht«, sagte er.

Laura hieb mit der Faust auf die Sessellehne. »Oh, verdammt noch mal!«, rief sie. »Wie viele Beweise brauchst du denn noch?«

»Es sind keine Beweise. Was McGovern uns erzählt hat, ist reines Hörensagen.«

»Das ist mir egal«, sagte Laura. »Es passt zusammen. Sie ist eine Diebin.«

»Das weiß ich nicht«, entgegnete Matthew.

»Er hat dir verdammt genau erklärt, was sie ist!«

»Ich habe ihn gehört.«

Laura kniff die Augen zusammen. »Und du glaubst ihm nicht, ist es das?«, fragte sie. »Du glaubst der kleinen Schlampe. Du glaubst ihr mehr als dem, was ein absolut objektiver Freund dir zu erklären versucht, und mehr als dem, was dein Vater in seinem Testament geschrieben hat.«

»Mein Vater war ein Tyrann«, meinte Matthew leise.

»Mr McGovern ist weder ein Tyrann noch ein Lügner«, erwiderte Laura nach einer kleinen Pause. »Ihm bringt das Ganze keinen Nutzen.«

Außer der Genugtuung der Rache, dachte Matthew. *Und vielleicht bekommt er dich dafür.*

»Du willst, dass ich lüge«, sagte er schließlich. »Darauf läuft es hinaus. Du willst, dass ich behaupte, sie habe meinen Vater gezwungen.«

Laura stand auf und ging auf ihn zu. »Lügen für einen guten Zweck«, sagte sie. »Du brauchst nur zu sagen, dass Anna Miles oder Cray oder wer immer sie zu sein behauptet, dich unter Druck gesetzt hat. Dass du gesehen hast, wie sie deinen Vater unter Druck setzte. Dass sie ihn in der Hand hatte.«

»Es hat keinen Sinn«, sagte Matthew. »Mein Vater hat dieses Testament aus freien Stücken gemacht.«

Laura warf McGovern einen Blick zu und sah dann wieder auf den gesenkten Kopf ihres Mannes und auf die Hand, mit der er sich übers Gesicht fuhr. »William Templeton ist für eine kleine Mauschelei gewiss zu haben«, sagte sie. »Und für ein paar tausend Pfund wird er sich bestimmt daran erinnern, dass Anna Cray mit Dominic zu ihm kam und ihn praktisch gezwungen hat, sein Testament zu ändern. Dass sie ihn ungebührlich beeinflusst hat.«

Matthew ließ die Hand sinken und starrte sie an. »Lügen?«, sagte er. »Er auch?«

»Warum nicht?«

»William Templeton würde so etwas niemals tun.«

Ein zufriedenes Lächeln huschte über Lauras Gesicht. »Zufällig weiß ich, dass William Templeton, diese Säule der Gesellschaft, es nicht ablehnt, eine kleine Belohnung für geleistete Dienste anzunehmen.« Sie beugte sich zu Matthew hinunter und redete auf ihn ein wie auf ein zurückgebliebenes Kind. »William Templeton wird Geld dafür nehmen, uns zu bescheinigen, dass er zu seiner großen Bestürzung vermuten muss, Dominic sei möglicherweise betrunken gewesen, als er das Testament geändert hat. Und dass im Licht dieser Enthüllungen ...«

Matthew erhob sich. »Wir haben nur *sein* Wort dafür«, sagte er mit Blick auf McGovern.

»Das ist richtig«, sagte Laura. »Und es ist alles, was wir haben, um uns diesen Besitz von ihr zurückzuholen.«

Matthew schaute zwischen den beiden hin und her. Ben McGoverns Miene hatte sich nicht verändert. Er schien völlig unbefangen. *Du bist nicht echt,* dachte Matthew plötzlich. Er wandte sich ab, ging zum Fenster und starrte auf die See hinaus.

»Du solltest Mr McGovern verdammt dankbar sein«, sagte Laura dicht hinter ihm. »Er hat uns einen Weg aus diesem ganzen Fiasko gezeigt. Du solltest vor ihm niederknien und dich bei ihm bedanken.«

»So wie du es tust?«, fragte Matthew.

Es klopfte.

Richard Forbes, der Verwalter, trat herein.

»Mr Aubrete«, sagte er.

»Wir sind beschäftigt«, herrschte Laura ihn an. »Raus!«

Forbes sah sie an, aber nur einmal. »Mr Aubrete«, wiederholte er.

Matthew wandte sich ihm zu. »Was gibt es, Richard?«

Das Gesicht des Mannes war aschfahl. »Ich denke, Sie sollten kommen«, sagte er. »Es gibt ein Problem.«

»Was für ein Problem?«

»Mit den Fischteichen. Und den Wehren.«

Matthew warf Laura und McGovern einen kurzen Blick zu.

»Wag es ja nicht, diese Diskussion jetzt abzubrechen«, warnte sie ihn.

Er nahm seine Jacke und folgte Richard Forbes aus dem Zimmer.

Vom Haus bis zum obersten Ende der Gartenanlagen brauchten sie kaum drei Minuten. Als sie zwischen den Bäumen die Straße hinauffuhren, sah Matthew den Verwalter an. »Ein Unfall?«, fragte er. »Ist jemand verletzt?«

Auf dem Hügelkamm lenkte Forbes den Landrover zwischen die Bäume. Knirschend kam der Wagen auf dem unebenen Kies der Parkbucht für Lieferanten hinter dem Besucherzentrum zum Stehen.

»Es ist niemand verletzt«, erwiderte Forbes knapp. »Aber ich habe alles mit dem Seil abgesperrt. Sie werden gleich sehen, warum.«

Sie liefen den Weg zu den viktorianischen Fischteichen hinunter, den großen runden Steinbuchten, die in den Abhang hineingebaut worden waren. Die Bäume über ihnen spiegelten sich im Wasser. Zunächst konnte Matthews in den Teichen nichts Ungewöhnliches entdecken. Nichts als Sonnenlicht wurde von den Wasseroberflächen zurückgeworfen. Er hörte auch nichts als das Geräusch des Wassers, das über die kleinen Tore und Schlösser rieselte. Dieses ursprüngliche Wassersystem war gleichzeitig mit dem Haus gebaut worden und hatte es mit Wasser versorgt – damals hatte eine kleine Armee von Gärtnern sich ausschließlich um die Teiche gekümmert.

Erst als er näher kam, bemerkte er, dass das Geräusch des Wassers viel lauter war als sonst. Eilig trat er seitlich an den ersten Teich und hörte es aus dem gestauten Kanal durch das kleine Wehr talwärts donnern.

Forbes blieb neben dem Teich stehen, und Matthew sah, wie er plötzlich angewidert den Mund verzog. Zwei Gärtner – ein Mann in den Fünfzigern und ein Junge, der ihm half – standen mit entsetzten Gesichtern etwa zehn Meter entfernt auf der anderen Seite des Teichs.

»Was ist los?«, rief Matthew.

Der ältere Mann zeigte nur auf etwas.

Als Matthew auf gleicher Höhe mit Richard Forbes war, sah er die Wasseroberfläche deutlich. Und zwischen den Seerosenblättern wurde das Licht nicht vom Wasser zurückgeworfen, sondern von den Körpern der Fische. Von den Karpfen, die den Teich bewohnt hatten, manche von ihnen sehr alt und mehr als einen Meter lang.

Sie waren tot.

Dutzende. Vierzig vielleicht.

Etwa achtzigtausend Pfund lagen tot im Wasser. Die Zuchtfische, die ihnen so hohe Steuerermäßigungen einbrachten, die Fische, die nachts so gut bewacht wurden, von den elektrischen Zäunen umgeben, die Fachleute geschickt zwischen den Bäumen gezogen hatten, tagsüber so gut getarnt wie möglich und nachts aus Gründen der Sicherheit erleuchtet.

Und dann roch Matthew es auch. Es stank.

Er hob die Hand an den Mund. »Was zum Teufel ist das?«

»Wir wissen es nicht«, antwortete Forbes. »Wir haben das Wasseramt angerufen. Sie kommen heraus. Aber es sind nicht die Fische. Sie waren nicht lange genug tot, um zu verwesen. Und das Wasser selbst ist es auch nicht. Wir haben eine Probe entnommen. Es ist klar. Es riecht nach nichts.«

Matthew spürte, dass ihm die Galle hochkam. Forbes sah aus, als sei ihm ebenfalls übel. »Treten Sie zurück«, wies Matthew ihn an. »Gehen wir ein Stück weiter den Weg hinunter.«

Sie traten ein paar Meter zurück. »Es muss etwas sein, das sich im Wasser aufgelöst hat. Eine Chemikalie im Boden?«

»So etwas habe ich noch nie gesehen«, sagte Forbes. Er hob aus dem Beet zu ihren Füßen eine Hand voll Erde auf. »Riechen Sie. Nichts.«

Matthew roch daran. Es roch einfach nach Erde. Nach reicher Erde. Nach hundert Jahre altem Laub. Verzweifelt schüttelte er den Kopf. »Und warum ist da so viel blutiges Wasser? Woher kommt es?«

»Das weiß ich auch nicht.«

»Die tieferen Lagen werden überflutet werden.«

»Ich habe alle Gatter geöffnet.«

»Das Wasser wird die Böschungen durchbrechen.«

»Das weiß ich, Mr Aubrete«, sagte Forbes. »Das weiß ich, aber ich weiß nicht, was ich dagegen tun soll. Es kommt einfach immer schneller.«

Matthew wandte sich vom Teich ab. Er blickte zu Boden und versuchte zu überlegen, eine Lösung zu finden. »Es hat eine Woche lang nicht mehr geregnet«, sagte er. Er sah Forbes an. »Vielleicht hat Jennings auf seiner Farm dem Wasser eine andere Richtung gegeben«, sagte er. Brake Farm lag ein Stück weiter an der Straße; sie war Privatbesitz.

»Ich habe ihn angerufen«, sagte Forbes. »Er sagt, er habe nichts verändert. Bei ihm sei es sogar trockener als sonst. Der Wasserlauf auf seiner Viehweide sei kaum tief genug, die Tiere zu tränken. Und er führe hauptsächlich Schlamm.«

Sie sahen einander an.

»Es muss irgendwo dazwischen sein«, meinte Matthew. »Aus irgendeinem Grund hat der Wasserlauf zwischen hier und der Farm seine Richtung geändert.«

»Wie kann er das?«, sagte Forbes. »Der Wasserlauf fließt unterirdisch. Er kommt als Quelle an die Oberfläche und fließt direkt in den Teich.«

»Dann hat unterirdisch etwas die Richtung des Wasserlaufs geändert«, sagte Matthew.

»Und deshalb produziert er *mehr* Wasser?«, fragte Forbes. »Wie denn?«

»Ich weiß nicht«, sagte Matthew.

Noch während sie zusahen, stieg langsam und unerbittlich im Fischteich das Wasser.

Und die Gatter der Wehre weiter unten am Hügel ächzten und stöhnten unter dem Druck.

42

Außer Atem erreichte Harry Endersley das Büro von Inspector Wallis. Die Akten wie zur Abwehr an die Brust gepresst, war er die ganze Treppe zu Fuß hinaufgelaufen.

Die Tür stand offen, so dass er Wallis sehen konnte, der

mit drei anderen Detectives in ein lebhaftes und wichtig klingendes Gespräch verstrickt war.

»Und telefoniert nicht«, sagte Wallis. »Weder mit Funkgerät noch mit Mobiltelefonen.«

Sergeant Endersley klopfte leise an die offene Tür. »Inspector Wallis?«

Wallis blickte auf. »Sie leben ja noch«, meinte er sarkastisch.

»Du steckst in Schwierigkeiten«, stellte einer der jüngeren Männer fest.

Endersley sagte nichts.

»Was gibt es?«, fragte Wallis.

Endersley wies mit einem Nicken auf die Papiere in seinen Armen. »Ich habe gefunden, was ich gesucht habe«, sagte er.

»Den Rausschmiss«, sagte einer der Detectives lachend.

»Wovon reden Sie?«, fragte Wallis.

»Ich habe die Akten über Acland gefunden«, erklärte Endersley.

Wallis verzog ungeduldig das Gesicht. »Nicht das schon wieder.«

»Acland, Pennystone Road«, wiederholte Endersley.

Die drei Männer vor Endersley sahen sich gegenseitig an. Wallis trat auf den Sergeant zu und blieb viel zu dicht vor ihm stehen. »Sie haben die Akte Acland herausgesucht«, sagte er ausdruckslos.

»Das habe ich, Sir, ja.«

»Acland herausgesucht, für eine andere Behörde.«

»Ja, Sir.«

»Und da waren Sie, seit Sie heute Vormittag verschwunden sind?«

»Ja, Sir.«

Wallis betrachtete seine Füße. »Ihr Vorgesetzter wird

hingerissen sein, wenn er das hört«, sagte er, blickte wieder auf und sah Endersley ins Gesicht. »Wissen Sie, womit wir hier beschäftigt sind?«, fragte er beiläufig.

Endersley hatte Wallis nie besonders gemocht und hatte nicht die Absicht, sich von ihm einschüchtern zu lassen. »Es geht um eine Einbrecherbande«, erwiderte er.

»Das ist richtig«, bestätigte Wallis. »Das ist absolut richtig, Sergeant. Wir haben einen Hinweis bekommen und stehen kurz davor, die Sache ein für alle Mal abzuschließen. Zu beenden.«

»Ja, Sir.«

»Und das« – Wallis drehte sich um und deutete mit einer schwungvollen Geste auf die anderen Männer – »organisieren wir gerade.«

»Ja, Sir.«

Wallis machte auf dem Absatz kehrt. »Verschwinden Sie«, sagte er.

»Inspector Wallis ...«

»Hauen Sie ab!«

Endersley blieb unerbittlich in der Tür stehen. »Es ist das, was Chief Inspector Wilde haben wollte«, sagte er ruhig.

»Dann erzählen Sie es ihm, verdammt!«, antwortete Wallis.

Und genau das tat er.

Noch am selben Nachmittag rief er Robert Wilde an und erreichte ihn, als der Chief Inspector eben gehen wollte.

»Es handelt sich um Ihr Mädchen«, sagte Endersley. »Und um Miss Graham. Und die Pennystone Road.«

Wilde versuchte das kurze, nervöse Flattern irgendwo tief in seiner Magengrube zu ignorieren. »Wir haben den Fall abgeschlossen«, erklärte er Endersley, wobei er lauter sprach, als es wahrscheinlich notwendig war. Endersleys Stimme klang so weit entfernt. »Miss Grahams Leiche wurde nach Manningham überführt. Es war ein natürlicher Tod.«

»Ich weiß. Aber Sie haben doch noch das Mädchen?«

»Nicht mehr. Sie ist in Pflege.«

»Sie hat dort gewohnt«, sagte Endersley.

»In der Pennystone Road? Ja, wir haben uns schon gedacht, dass das vermutlich der Fall war.«

»Ich weiß darüber Bescheid.«

»Worüber wissen Sie Bescheid?«

»Über Ihr Mädchen.«

Wilde setzte sich und zupfte an einem Blatt Papier herum, das auf dem Rand seines Schreibtischs lag. Die Sache ging ihn nichts mehr an. Wichtig war nur noch Anna Miles. Anna Cray. Er hatte sich den ganzen Tag gefragt, wer wohl Recht hatte. Wer log? Anna oder Benedict McGovern? Er hätte sein Geld auf Anna gesetzt, aber nachdem er McGovern kennen gelernt hatte – den Mann, der für sie eine solche Bedrohung dargestellt hatte, der Wilde jedoch, zu seiner großen Überraschung, durchaus glaubwürdig erschienen war …

»Ich kann Ihnen die Adresse der Dame von der Fürsorge geben, die für sie zuständig ist«, sagte er zu Endersley. »Es könnte sehr hilfreich für Sie sein. Das Mädchen ist heute am frühen Morgen aus dem Heim verschwunden, in dem es sicher untergebracht war.«

Endersley schnaubte verächtlich. »Sehr sicher, wie man sieht.«

»Ich gebe Ihnen jetzt ihre Nummer …«

»Acland«, sagte Endersley.

»Nein, das ist …« Wilde missverstand ihn.

»*Ihr Name ist Acland.*«

Wilde hörte auf, die Schreibtischschublade nach Carrie Phillips' Nummer zu durchwühlen und starrte einen Moment ins Leere. »Das Mädchen?«, fragte er langsam. »Das Mädchen heißt Acland?«

»Ja«, bestätigte Endersley. »Ich habe das Foto bekommen, das Sie gefaxt haben, und es ist mit dem in der Akte praktisch identisch, obwohl fünf Jahre dazwischen liegen. Es ist dasselbe Mädchen, kein Zweifel. Sara Acland.«

Wilde hielt inne, ehe er ein leeres Blatt Papier zu sich heranzog. »Wann war das alles?«, fragte er.

»1995. Das war das Datum der Festnahme.«

»Wer wurde festgenommen?«

»Ihr Vater. Acland.«

Wilde schloss die Augen. »Und warum?«, fragte er und öffnete sie wieder.

»Entführung eines Mädchens namens Amy Richardson, das damals fünfzehn Jahre alt war.«

»Was ist passiert?«

»Ihre Eltern haben die Anzeige zurückgezogen. Der Fall kam nie vor Gericht.«

»Warum nicht?«

Wilde hörte, dass Endersley in der Akte blätterte, ehe er wahllos aus den Notizen vorzulesen begann. »Das Mädchen hat regelmäßig die Schule geschwänzt. Ein Ausreißertyp. Wurde einmal wegen Ladendiebstahls festgenommen. Die Eltern schienen meist nicht zu wissen, wo sie war ... Befragung der Eltern ...« Wieder blätterte Endersley in den Unterlagen.

»Hier haben wir's«, sagte er schließlich. »Das Mädchen ist aus Aclands Haus verschwunden – wir haben damals gedacht, dass in dem Haus etwas Übles, etwas Unrechtes vorging ... Im Keller ist eine Bank, an der zwei Lederriemen befestigt sind ... Das Mädchen wurde im oberen Stockwerk gefunden, wo es mit Aclands Tochter in einem Zimmer hauste – kein Bett, nur eine Matratze auf dem Boden …« Er seufzte. »Sie hat zuerst ausgesagt, Acland habe sie gezwungen, mit ihm nach Hause zu gehen. Dann sagte sie, sie sei freiwillig mit ihm gegangen. Die Anzeige wurde zurückgezogen.«

»Eine Bank im Keller« wiederholte Wilde.

»Ja … Lassen Sie mal sehen …«

»In dem Haus gibt es keinen Keller«, sagte Wilde.

»Hier im Bericht steht, dass es einen gibt«, erwiderte Endersley.

»Ich war diese Woche dort«, sagte Wilde. »Es gibt keinen.«

Endersley hielt verblüfft inne. Dann: »Also das versteh ich nicht. Ich erinnere mich an den Fall – nicht an jede Einzelheit –, aber ich weiß noch genau, dass die Kollegen meinten, was für ein verdammt schreckliches Haus es sei und dass man schon Gänsehaut bekam, wenn man Acland sah. Das spukte mir im Hinterkopf herum, als Sie es erwähnten. Ich wusste, dass es einen Fall gegeben hatte, der mit einem gewissen Acland zusammenhing. Ich erinnerte mich, dass die Kollegen sagten, im Haus sei es eiskalt und feucht, und die beiden Mädchen …«

»Was ist nach seiner Festnahme aus seiner Tochter geworden?«

»Sie kam zu Pflegeeltern.«

»Und als er entlassen wurde?«

»Ging sie mit ihm in die Pennystone Road zurück.«

»O Jesus«, flüsterte Wilde. »Man hat sie wieder dorthin geschickt.«

»Es gibt einen Bericht von der Fürsorge. Man hat Acland und seine Tochter zwei- oder dreimal aufgesucht … Lassen Sie mal sehen. Was ist das? Ein Bericht über einen weiteren

Besuch. Das macht insgesamt vier. Da heißt es – Mädchen gut genährt. Haus sauber. Mädchen spricht über Musik…« Man hörte, wie Endersley heftig mit der Hand auf den Tisch schlug. »Sie haben sie aus der Liste der Gefährdeten herausgenommen.«

»Gott helfe ihr«, sagte Wilde, dann erst merkte er, was er gesagt hatte. Vielleicht war genau das geschehen. Sie hatte sich der Religion zugewandt und Trost gefunden. Die arme kleine Sara Acland, vom Leben so stiefmütterlich behandelt, so einsam. Vierzehn Jahre alt, als sie zu Acland in die Pennystone Road zurückgekommen war. In Alices Alter.

»Wo war ihre Mutter?«, fragte Wilde.

Er hörte Endersley seufzen. »Ah, also jetzt sind wir da, wo es wirklich interessant wird«, sagte er.

»Interessant?« Da war es wieder, dieses kalte, kranke Angstgefühl in seinem Bauch. »Warum?«

»Aclands Geschichte«, sagte Endersley. »Er hat 1972 geheiratet. Mary Natalie McGovern, die bereits einen Sohn hatte – von einem anderen, meine ich. Als sie heirateten, war er fünf Jahre alt. Dann, 1978, wurde Sara geboren. Aber sie war nicht das Kind von Aclands erster Ehefrau. Wir haben mit ihr gesprochen – sie lebt noch immer in der Gegend, etwa hundert Kilometer entfernt – und mit ihrem Sohn, Aclands Stiefsohn. Wir wollten wissen, ob Acland sich schon früher etwas wie diese Entführung hatte zuschulden kommen lassen. Haben versucht, ihm etwas nachzuweisen, ja?«

»Gut«, sagte Wilde.

»Nun, es hat sich herausgestellt, dass sie sechs Jahre mit ihm gelebt hatten und ihn verließen, als er eine Affäre hatte und Sara zur Welt kam. Mutter und Sohn zogen aus, und die neue Frau zog mit Aclands und ihrer gemeinsamen Tochter ein.«

»In die Pennystone Road?«

»Ja.«

»Was dann? Was ist aus Saras Mutter geworden?«

»Sie ist verschwunden.«

»*Verschwunden?*«, wiederholte Wilde. »Wann?«

»Ein Jahr nach Saras Geburt.«

»Sie meinen, dass Acland Sara allein erzogen hat?«

»Ja.«

In einem Haus, in dem man Gänsehaut bekam.

»Wurde das untersucht?«, fragte Wilde. »Das Verschwinden?«

»Acland hat es selbst gemeldet. Das hat seine erste Frau uns gesagt. Sie hat erzählt, die Polizei sei zu *ihr* gekommen, als hätte sie geglaubt, *sie* hätte dieses Mädchen verschwinden lassen.«

»Warum sollte man das vermuten?«

»Weil die erste Frau die Neue hasste und damit nicht hinter dem Berg hielt. Und weil Acland es angedeutet hatte.«

»Tatsächlich?«, sagte Wilde. Der mysteriöse Acland wurde ihm zunehmend unsympathischer.

»So könnte es sich abgespielt haben«, meinte Endersley. »Weil die Frau ihn hasste.«

»Eifersucht auf die Neue?«, fragte Wilde.

»Ein bisschen mehr als das. Ihr Sohn hat Acland offenbar noch ab und zu besucht.«

»Der Stiefsohn?«

»Aclands Stiefsohn, ja.«

»Aber er war damals doch noch ein Junge.«

»Er ist allein hingegangen, um Sara zu sehen, sagte er. Behauptete aber, er wisse nichts über das Verschwinden ihrer Mutter.«

Wilde überlegte kurz. »Also wird Acland vor fünf Jahren festgenommen, weil er ein minderjähriges Mädchen im

Haus hat. Das Mädchen zieht seine Aussage zurück, die Eltern erheben keine Anklage, und der Stiefsohn besucht das Haus regelmäßig.«

»Ja...«

»Wie alt war dieser Stiefsohn 1993?«

»Einen Moment«, sagte Endersley. Wieder hörte Wilde ihn blättern. »Steht hier nirgends«, sagte er endlich. »Aber er war fünf, als sie 1972 heirateten...«

»Also zwölf, als Saras Mutter verschwand«, sagte Wilde. »Und sechsundzwanzig zur Zeit des Entführungsfalls.«

»Ja.«

»Er muss inzwischen verheiratet gewesen sein.«

»Hier steht nichts darüber. Damals lebte er noch immer bei seiner Mutter.«

»Und er hat Acland besucht.«

»Ja.«

»Acland, der diese jungen Mädchen im Haus hatte?«

»Ja.«

Wilde hielt einen Augenblick inne. »Er muss jetzt in den Dreißigern sein«, murmelte er. »Haben Sie ein Foto von ihm? Sind Sie seither irgendwo auf Mutter und Sohn gestoßen?«

»Nein, ich glaube nicht«, sagte Endersley.

»Was ist mit dem Brand im Haus, und wann wurde festgestellt, dass Acland vermisst wird?«

Endersley seufzte tief. »Wir hatten damals eine starke Personalfluktuation«, sagte er. »Außerdem sind wir in andere Gebäude umgezogen. Eine Menge Zeug wurde verräumt...«

»Also hat niemand nachgefragt, wo die Tochter war? Niemand hat mit dem Stiefsohn gesprochen, der behauptete, er besuche sie so häufig?«

»Niemand hätte einen Zusammenhang vermutet.«

»Außer Ihnen.«

»Ja«, sagte Endersley. »Und das auch nur, weil ich zum alten Eisen gehöre.«

Wilde, der die Bemerkung nicht verstand, ging nicht darauf ein, sondern versuchte noch immer, im Kopf die Fäden von Aclands Leben zu entwirren. »Sie muss von zu Hause weggegangen sein«, dachte er laut. »Vielleicht hat sie eine Zeit lang bei diesem Stiefsohn und seiner Mutter gelebt.«

»Glauben Sie?«, fragte Endersley. »Vielleicht sehen Sie das Ganze einmal aus einer anderen Perspektive. Würde sie wollen, dass die Tochter der zweiten Ehefrau bei ihr lebt?«

»Vielleicht nicht«, stimmte Wilde zu. »Wenn sie also nicht bei ihrem Vater gelebt hat und es keine Beweise dafür gibt, dass sie bei Alisha Graham war oder bei ihrem Stiefbruder – wo hat sie dann gelebt?«

»Keine Ahnung«, sagte Endersley. »Vielleicht hat sie ja noch bei ihrem Vater gewohnt und ist erst weggegangen, als er starb oder wegzog – oder was immer aus ihm geworden ist.«

»Wenn er nur umgezogen ist, warum ist sie nicht mit ihm gegangen?«

»Keine Ahnung«, wiederholte Endersley.

Nachdenklich malte Wilde Kreise auf das Blatt Papier, das vor ihm lag. In jedem der Kreise war ein Fragezeichen.

»Es gibt noch ein paar andere Dinge in diesem Bericht«, fuhr Endersley fort. »Es kann nichts – kann aber auch etwas sein.«

»Was für Dinge?«

»In der Aussage des Mädchens – des Mädchens, das behauptete, es sei entführt worden und dann doch keine Anklage erhob.«

»Amy.«

»Ja… Sie hat ausgesagt, Acland sei religiös gewesen.«

»Ach ja?«

»Sie sagte, deshalb sei sie ja zu ihm gegangen. Sie hielt ihn für eine Art Priester. Er sagte, er werde sie beschützen.«

»Wovor?«

»Vor dem Ende der Welt.«

»Ich verstehe.«

»Und er hat gesagt… Das hier könnte möglicherweise etwas sein. Er hat gesagt, dass er sie in einen Engel verwandeln werde.«

Wilde hörte auf, Kreise und Fragezeichen zu malen. »In einen Engel *verwandeln?*«

»Er sagte, er brauche Engel«, fuhr Endersley fort. »Mehr steht hier nicht. Im letzten Absatz heißt es, sie habe alles nur erfunden.«

»Wissen wir, wo dieses Mädchen jetzt ist?« fragte Wilde.

»Sie hat in den Weatherby Flats gewohnt. Die Häuser wurden letztes Jahr abgerissen.«

Verdrießlich starrte Wilde auf die Muster, die er zerstreut auf das Papier gemalt hatte. »Danke, dass Sie der Sache so viel Zeit gewidmet haben«, sagte er.

»Schon okay.«

»Sagen Sie auch Inspector Wallis danke von mir.«

Es folgte eine kleine Pause. »Mach ich«, kam schließlich die Antwort. »Wird es Ihnen helfen?«

»Das kann ich Ihnen nicht sagen«, erwiderte Wilde. »Ich weiß es wirklich nicht.«

Ein paar Sekunden später legte er auf, blieb reglos an seinem Schreibtisch sitzen, dachte an Acland.

Einen verheirateten Mann, der eine Affäre hatte. Einen Mann, dessen zweite Frau verschwunden war. Einen Mann, dessen Frau verschwunden war und allem Anschein nach ihre kleine Tochter im Stich gelassen hatte. Sie bei Acland zurückgelassen hatte. Einen Mann mit einer Vorliebe für junge Mädchen. Einen Mann, der ein paar Jahre später behauptete, er wolle junge Mädchen in Engel verwandeln. Einen Mann mit einer Tochter, die so traumatisiert war, dass sie nicht sprechen konnte. Einen Mann, dessen Tochter betete und weinte und sich vor einer himmlischen Vergeltung zu fürchten schien.

Und er dachte an einen Mann, dessen Tochter eine Beziehung zu einer viel älteren Frau aufnahm, die in ihrer Arbeit aufging und sich dennoch die Zeit genommen hatte, um mit diesem Mädchen Messen zu besuchen, und sich große Mühe gab, es von seinen religiösen Überzeugungen abzubringen. Er dachte an einen Mann, dessen Tochter von zu Hause geflohen oder hinausgeworfen worden war. Einen Mann mit einem Keller, in dem eine Bank stand, an der Lederriemen befestigt waren.

Und Saras Mutter war nie gefunden worden.

Und Acland war nie gefunden worden.

Und es gab *keinen Keller.*

Wilde stand auf und presste sich beide Handteller auf die Augen. Er holte tief Atem, ließ die Hände sinken, öffnete die Augen und trat ans Fenster.

Einen Mann, dessen Haus feucht und freudlos war und dessen Tochter sich in einem der oberen Zimmer mit einem fünfzehnjährigen Mädchen eine Matratze geteilt hatte. In einem Zimmer mit einem an eine Wand gemalten Gebet und den Initialen BMM.

BMM. Was zum Teufel sollte das bedeuten? Wilde hatte fieberhaft danach gesucht, aber nichts gefunden. Er sollte Anna Miles fragen… Anna Cray. Sie wusste es vielleicht. Schließlich war es um das Gebet herum geschrieben.

Das Bild, das er sich von Acland machte, wollte ihm nicht mehr aus dem Kopf.

Ein Mann, der verschwunden war. Verschwunden, ohne Geld mitzunehmen und ohne eine Spur zu hinterlassen. Der nie wieder seine Invalidenrente abgeholt hatte. Er hatte sein Haus verlassen, das sogar in seinem verfallenen Zustand wahrscheinlich noch hunderttausend Pfund wert war. Ein vermisster Mann…

Wohin war er ohne Geld gegangen?

Er muss tot sein, dachte Wilde. Das war die einzige logische Erklärung.

Er muss tot sein…

Wilde nahm seinen Mantel, ging zur Tür und warf einen Blick auf seine Uhr. Alice war bestimmt zu Hause und bereitete das Abendessen vor. Er sah sie in ihrer üblichen Haltung vor sich, mit der Hand auf dem Kessel, ungeduldig darauf wartend, dass das Wasser endlich kochte, während sie laut zu der Musik aus dem Radio sang. Er sah sie gemütlich mit einem Buch in einem Sessel zusammengerollt. Er hörte sie mit ihm sprechen, hörte sie lachen. Er sah sie vor sich, wie sie schlief, mit jenem kleinen, geheimnisvollen Lächeln um den Mund, das er so oft bemerkte, wenn er in ihr Zimmer ging, um noch einmal nach ihr zu sehen. Er fühlte ihre schmale Hand in der seinen.

Alles Dinge, die Sara Acland vorenthalten worden waren.

Die Sicherheit eines Zuhauses. Wärme. Gespräche.

Du armes Kind, dachte er. *Armes Kind.*

Er ging die Treppe hinunter und verließ das Gebäude.

Und erst als er am Rand der Straße stand und auf eine Lücke im Verkehr wartete, kam ihm mit der Gewalt eines Donnerschlags die Erkenntnis. Verärgert schlug er sich mit der Faust auf den Oberschenkel.

Die erste Ehefrau.

Der Stiefsohn.

»Du bist so verflucht langsam, du Narr!«, sagte er laut, die Blicke der Passanten ignorierend.

Der Junge, der sich über alle Wünsche seiner Mutter hinweggesetzt und Acland regelmäßig besucht hatte.

Eine Mutter, bei der er gelebt hatte, bis er schon Ende zwanzig war.

»Zu verflucht langsam«, sagte Wilde noch einmal zu sich.

Mary Natalie McGovern.

43

Er fuhr auf direktem Wege ins Oaks Hotel.

Er musste an der Rezeption seinen Dienstausweis zeigen, ehe man ihm Annas Zimmernummer gab, und auch vor ihrer Tür hatte selbst er größte Mühe, sie dazu zu bringen, dass sie ihm öffnete.

»Ich bin es, Robert Wilde«, erklärte er.

»Ich kann Sie nicht sehen«, antwortete sie von der anderen Seite der Tür. »Schieben Sie Ihren Ausweis unter der Tür durch.«

Als es ihm schließlich nach einigen Schwierigkeiten gelang, machte sie die Tür auf.

»Haben Sie meine Stimme nicht erkannt?«, fragte er, als er hineinkam.

Hastig schloss sie die Tür hinter ihm. »Ich traue mir nicht zu, sie richtig zu unterscheiden«, sagte sie. Sie hatte die Arme um sich geschlungen, als tröste sie das irgendwie.

»Frieren Sie?«, fragte er.

»Ja«, gab sie zu.

»Bitten Sie doch, dass die Heizung eingeschaltet wird.«

Sie zuckte mit den Schultern. »Ich wickle mich in die Bettdecke ein.«

Sie tat ihm Leid. Doppelt Leid, wenn er an das dachte, was er ihr sagen musste.

»Setzen Sie sich«, sagte er.

»Ist etwas passiert?«

»Verschiedenes.«

Sie setzte sich aufs Bett, er auf einen Stuhl. Das Zimmer war recht behaglich, aber zu klein. Die Fernbedienung des Fernsehers lag auf dem Bett, und der Apparat lief noch mit heruntergedrehtem Ton. Lächelnd folgte Anna seinem Blick. »Das Tagesprogramm«, murmelte sie. »Macht großen Spaß.«

Die Nachmittagsnachrichten fingen eben an. Sie schauten ein paar Sekunden schweigend zu, als ein Schiff auf dem Bildschirm erschien, das sich in der aufgewühlten See bedrohlich zur Seite neigte. Kurz darauf folgte die Aufnahme einer Kirche mit einem – wie es aussah – Schutthaufen am Fuß des Turms.

»Schlechtes Wetter«, murmelte Anna. Dann griff sie zur Fernbedienung und schaltete den Fernseher ab. Sie zog die Beine unter sich.

»Ich glaube, ich habe einen Namen für das Mädchen gefunden«, sagte Wilde.

»Tatsächlich? Wie heißt sie?«

»Sara Acland.«

Sie sah ihn an und schüttelte langsam den Kopf. »Das sagt mir überhaupt nichts.«

»Sie ist aus Brimmer House verschwunden.«

Anna sah ihn bestürzt an. »Wirklich? Wie? Wann?«

»Heute Morgen. Offenbar einfach durch eine Hintertür hinausgegangen, als etwas geliefert wurde.«

Anna legte eine Hand an die Stirn. »Kein Zeichen von ihr?«

»Noch nicht.«

Sie rieb sich die Stirn. »Wohin mag sie sein? Sie hat keinen Ort, an den sie gehen könnte.«

»Hören Sie«, sagte er und blickte einen Moment zu Boden. Er fiel ihm schwer, die richtigen Worte zu finden für das, was er sagen wollte – es zu sagen, ohne ihr Angst einzujagen. »Hören Sie«, sagte er, »Sie sind hier sicher. Die Leute in der Rezeption scheinen sehr gut zu sein. Wäre es besser, wenn ich unten rund um die Uhr einen Mann postieren würde?«

»Natürlich wäre es das«, antwortete sie, dann kniff sie die Augen zusammen. »Männer rund um die Uhr zu postieren, kostet eine Menge Geld.«

»Er war bei mir«, sagte Wilde.

Jetzt wich auch der letzte Rest von Farbe aus ihrem ohnedies schon blassen Gesicht. »McGovern?«, fragte sie.

»Ja.«

»Hier in der Stadt?«

»Ja.«

»Ich hab's gewusst«, flüsterte sie. »O mein Gott.«

»Ich möchte Sie nicht beunruhigen ...«

»Er ist hergekommen. Er hat mich gefunden. Wie hat er das geschafft?« Sie sah aufrichtig entsetzt aus, regelrecht krank vor Schreck. Sie legte ein paar Sekunden lang beide Hände vors Gesicht. »Von so weit ist er gekommen. O Jesus, er ist wahnsinnig.« Endlich sah sie zu ihm auf.

»Er hat gesagt, er sei hier im Hotel gewesen und habe mit Ihnen gesprochen.«

»Mit mir? Nein.«

»Er hat gesagt, er sei heute Morgen ganz früh hier gewesen.«

»Nein. Es war niemand hier. Fragen Sie an der Rezeption.«

Wilde nickte, ohne sie aus den Augen zu lassen. »Ist schon in Ordnung«, sagte er.

Anna runzelte die Stirn. »Aber warum war er bei Ihnen?«, fragte sie. »Was hat er gesagt?«

»Er ist hier, weil er Laura Aubrete kennt«, antwortete Wilde.

Langsam ließ sie sich in die Kissen sinken. »Mehr habe ich nicht gebraucht.«

»Er hat mir erzählt, Sie hätten die Aubretes um Millionen betrogen. Und hätten Geld von ihm genommen.«

»Was?«

»Zehntausend Pfund.«

»Allmächtiger Gott!« Ein kleiner, erstickter Laut entrang sich ihr. »Er ist *wahnsinnig!*« Sie riss die Augen auf. »Sie glauben ihm doch nicht?«

»Er hört sich sehr vernünftig an.«

»Aber – bitte – Sie glauben ihm doch nicht?«

»Nein, das tue ich nicht.«

Sie seufzte tief auf. »Dem Himmel sei Dank, wenigstens das nicht.«

»Ich glaube ihm wegen etwas anderem nicht, das ich heute Nachmittag gehört habe.«

Sie sah ihn nicht an. Offenbar hörte sie ihm in diesem Moment nicht zu. »Er hat Matthew getroffen«, sagte sie.

»Ja.«

Sie verzog schmerzlich das Gesicht. »Das ist das Ende«, murmelte sie. »Das muss wirklich das Ende sein.«

»Anna«, sagte Wilde.

Sie blickte wieder auf. »Ja?«

»Wann, sagten Sie, sei Ben McGoverns Mutter gestorben?«

»Vor einem Jahr – nein, es ist länger her. Vor etwas mehr als einem Jahr.«

»Und sie hieß McGovern?«

»Ja, natürlich.«

»Können Sie sich an ihren Vornamen erinnern? Von der Todesanzeige, von der Sie mir erzählten?«

»Ja«, sagte sie. »Es war ein moderner Name. Natalie. Sie hatte auch noch einen zweiten. Aber den habe ich vergessen. Warum?«

»War sie außer mit Benedicts Vater noch mit einem anderen Mann verheiratet?«

»Das weiß ich nicht. Ich habe sie nie kennen gelernt. Er hat mir auch nichts über sie erzählt.«

»Hat er je von einer Schwester gesprochen?«

»Einer Schwester? Nein.«

Nachdenklich trommelte Wilde mit den Fingern auf sein Knie. »Egal«, sagte er.

»Warum? Gibt es eine Schwester?«

»Ich glaube, ja.«

»In Manningham.

»Offenbar«, sagte Wilde. »Ich glaube, die Schwester – die Stiefschwester, um genau zu sein – ist Sara Acland.«

Sie brauchte einen Moment, um zu erfassen, was er gesagt hatte. Reglos saß sie da, die Augen auf ihn geheftet. »Hat sie ihn zu mir gebracht?«, fragte sie mit ruhiger Stimme.

»Ist sie deshalb zu meinem Haus gekommen? War er in dieser Nacht irgendwo in der Nähe?«

»Das kann ich Ihnen nicht sagen«, antwortete Wilde. »Aber ich bezweifle es. Ich glaube, Sara Acland ist ein Opfer, und Benedict McGovern hat sie, ebenso wie sein Stiefvater, missbraucht. Vielleicht ist sie sogar hergekommen, um Sie zu warnen.«

»Aber woher konnte sie wissen, wo ich war?«

»Könnte Matthew Sie erwähnt haben, als er mit Alisha telefonierte?«

Sie runzelte die Stirn. »Durchaus möglich.« In diesem Augenblick schien ihr aufzugehen, was er noch gesagt hatte. »Missbraucht?«, wiederholte sie.

»Ja.«

»Haben Sie Beweise dafür?«

»Nicht direkt.«

»Aber Sie glauben es.«

»Ja.«

»Mein Gott«, flüsterte sie. »Das arme Mädchen, das arme Mädchen.«

Eine Zeit lang herrschte Stille.

»Anna«, sagte er, »haben Sie irgendeinen Beweis gegen ihn?«

»Für den Missbrauch?«

»Für irgendetwas. Ich kann nicht beweisen, dass er Sie verfolgt oder was er in Manningham getan hat. Sein Stiefvater – Saras Vater – ist verschwunden. Und sogar noch weniger beweisen kann ich, dass ein Verbrechen vorliegt, geschweige denn, dass Benedict McGovern irgendetwas damit zu tun hat.«

»Verschwunden«, wiederholte sie. »Sie meinen, er ist tot?«

»Wahrscheinlich.«

»Glauben Sie, er hat ihn *getötet?* Wollen Sie das damit sagen?«

»Ich weiß es wirklich nicht.«

Nachdenklich starrte sie einen Moment den Teppich an. »Denken Sie, Sara hat ihn getötet?«, fragte sie. »Ihren eigenen Vater?«

»Auch das ist möglich.«

Anna zuckte zusammen und holte tief Luft. »Das heißt,

dass hier zwei schwer kranke Menschen frei herumlaufen«, stellte sie schließlich fest.

»Ja«, bestätigte er, »das weiß ich. Deshalb wünschte ich, Sie würden etwas tun.«

»Ich? Was denn?«

»Ich will, dass Sie sich mit ihm treffen«, sagte er.

»Nein. O nein! Niemals.«

»Lassen Sie mich doch ausreden«, bat er und beugte sich vor, die Ellbogen auf den Knien. »Wenn Sie sich mit Benedict McGovern treffen würden – irgendwo, wo wir ganz in der Nähe sind – und ein Band bei sich hätten ...«

»Nein«, sagte sie. »Nein ... Nein ...«

»Wir wären in der Nähe. Ganz nahe. Versteckt. Bringen Sie ihn dazu, zuzugeben, was er getan hat ...«

»Ich könnte nicht mit ihm sprechen. Ich könnte seine Nähe nicht ertragen ...«

»Bringen Sie ihn dazu, über das zu sprechen, was er getan hat ...«

»Nein«, wiederholte sie.

Er musterte sie eindringlich. »Anna«, sagte er, »warum haben Sie mir erzählt, Sie hätten ihn bei der Polizei angezeigt?«

»Weil ich ihn angezeigt habe«, sagte sie.

»Nein, das haben Sie nicht. Ich habe das überprüft.«

»Ich ...« Sie wandte den Blick ab.

»Sagen Sie mir, warum.«

»Weil ich wusste, wie dumm es klingen würde«, sagte sie.

»Ich verstehe nicht, was Sie damit meinen.«

Sie seufzte tief. »Ich hatte das Gefühl, es sei meine Schuld«, sagte sie. »Ich hatte ihn nicht davon abgebracht. Vielleicht hat er das als Ermutigung angesehen. Ich hatte das Telefon mindestens ein Dutzend Mal in der Hand, um die Polizei anzurufen, aber ich habe es nie getan. Weil ich nicht wusste, wie ich ihnen begreiflich machen sollte, dass ich Angst hatte, wenn er draußen im Wagen saß oder Spielkarten auf den Weg legte oder mich ständig anrief. Es gab kein Gesetz, das es ihm verboten hätte. Es war mein Wort gegen seins. Und er ist so *glaubwürdig*, und ich – deshalb bin ich davongelaufen. Ich kann mich an die Nacht, in der ich ging, nicht einmal mehr genau erinnern... Er brachte mich um den Verstand. Mehr kann ich nicht sagen. Und das ist die Wahrheit.«

Sie sah wieder zu ihm auf. »Es tut mir Leid, dass ich Sie angelogen habe«, fuhr sie fort. »Ich dachte, es klingt plausibler, wenn ich Ihnen sage, ich hätte es der Polizei gemeldet. Aber ich hatte nie genug Vertrauen in die Fähigkeit der Polizei, ihn zu stoppen. Vielleicht war das der eigentliche Grund. Und bevor Sie so etwas nicht selbst erlebt haben... einen solchen Menschen... können Sie einfach nicht nachfühlen, wie bedroht man sich fühlt. Sie können es sich einfach nicht vorstellen. Es tut mir Leid.«

Er sah sie an, stand auf und trat ans Fenster.

»Aber ist er wirklich *mir* gefolgt – oder Sara?«, fragte sie nach einer Weile.

»Auch das weiß ich nicht.«

»Warum ist Sara hergekommen?«, fragte sie noch einmal. »Nur weil sie bei Alisha sein wollte, oder warum sonst?«

»Wir wissen nur, dass ihr Vater sie in irgendeinem mysteriösen religiösen Kult erzogen hat«, sagte Wilde, während er den dichten Verkehr auf der Straße beobachtete. »Er sprach über das Ende der Welt und sagte, er werde sie in einen Engel verwandeln.«

»Schon wieder Engel«, sagte Anna. »Mein Gott. Und dieser Mann war Ihrer Meinung nach McGoverns Stiefvater? Kein Wunder, dass er verrückt ist. Dem ausgesetzt zu sein …«

»Vielleicht glaubt sie, sie sei ein Engel«, fuhr Wilde fort. »Ein Götterbote, ein Instrument Gottes.«

»Um was zu tun? Wofür?«

Er drehte sich zu ihr um. »Hat sie, als sie an diesem Musik-Wochenende mit Ihnen sprach, ein Tor erwähnt?«, fragte er.

»Ein *Tor?«*, erwiderte Anna. »Nein. Was für ein Tor?«

»Ich weiß es nicht. Es taucht immer wieder auf.«

»Ein Tor – wo?«

Er hob wortlos die Hände.

»Um etwas nicht heraus- oder etwas nicht hineinzulassen?«

»Ich habe keine Ahnung«, gestand er. »Alisha Graham hat ebenfalls über Tore gesprochen. Aber ich weiß nicht, was es zu bedeuten hat. Und …« Am liebsten hätte er ihr von der Pennystone Road erzählt, überlegte es sich jedoch anders. Sie musste ihn für verlässlich, gefestigt halten. »Es taucht immer wieder auf«, wiederholte er lahm.

Anna schwang die Beine vom Bett und fuhr sich mit beiden Händen durch das Haar. »Werden Sie unten diesen Mann postieren?«, fragte sie.

»Ja«, sagte er. »Und werden Sie über das nachdenken, worum ich Sie gebeten habe?«

»Ich kann's nicht tun.«

Wilde wollte sie nicht weiter drängen, doch er hatte das dumpfe Gefühl, dass er nur dann eine Chance hätte, McGovern festzunehmen, wenn er ihn bei einem Verbrechen ertappte. Und wenn Anna sich nicht unter polizeilicher Aufsicht mit ihm treffen wollte, war die Tat, bei der er McGovern fassen würde, vielleicht ein Angriff gegen Anna. Allein der Gedanke verursachte ihm Gänsehaut.

»Ich werde noch einmal mit ihm sprechen«, sagte er.

Sie lächelte gezwungen.

Er ging zur Tür. »Fast hätte ich's vergessen. Ich habe über diese Buchstaben nachgedacht«, sagte sie, als seine Hand bereits auf der Türklinke lag.

»Welche Buchstaben?«, fragte er.

»Die, die Sie vor ein paar Tagen abends erwähnten. Die Buchstaben bei dem Gebet. BMM.«

Er hob die Brauen. »Und?«

»Es könnten Namen sein«, sagte sie. »Vielleicht Bride, Mary und Michael. Heilige.«

»Irische Heilige?«, fragte er.

»Ja. Nun ja, keltische. Die Kelten und das Christentum haben sich irgendwie vermischt. Die Kelten lebten mit Zaubern und Anrufungen. Mit den *loricas* baten sie um Schutz, und sie nannten ...« Sie hielt inne.

»Was?«, fragte er.

Sie zog die Stirn in Falten und schien intensiv nachzudenken. Dann warf sie einen Blick auf den Fernseher und schaute kurz zum Fenster hinaus. Er folgte ihren Augen. »Was ist?«, wiederholte er.

»Sie haben die Natur angerufen«, sagte sie leise. »Sie glaubten – glauben noch, denke ich –, dass die Macht Gottes und die Macht der Natur miteinander vereint ...« Sie sah ihn an. »Sie glauben an alles Mögliche. An das Jenseits und an Magie, die Macht der Erzengel, an Metamorphose, Reinkarnation ... Sie glauben an die Heirat zwischen Mensch und Erde, an das Gleichgewicht der Dinge ...«

Sie hielt inne.

»Glauben Sie auch daran?«, fragte er.

»Nein«, sagte sie. »Ich dachte immer, meine Mutter sei ein bisschen verrückt. Für mich war all das fauler Zauber. Wie ein Märchen.«

»Und ist das noch heute so?«

Anna zögerte den Bruchteil einer Sekunde, doch als sie antwortete, klang ihre Stimme fest. »Ja«, sagte sie, »es sind nur Märchen.« Sie öffnete ihm die Tür. »Diese Dinge gibt es nicht wirklich.«

44

Über Nacht wurde das Wetter schlechter.

Wieder entluden sich gewaltige Gewitterstürme. Am Tag von Alishas Beerdigung wachte Beryl Graham auf, weil der Regen ans Fenster prasselte, und ihre Arthritis die Nässe mit den üblichen qualvollen Krämpfen ankündigte. Mühsam stieg sie aus dem Bett. Als sie die Füße auf den Boden stellte, tobte der Schmerz in ihren Knien und Hüften wie Feuer. Es war, als schwele ein heißes Eisen im Hüftgelenk, tief drinnen, wo man den Schmerz auch nicht durch eine Gelenkmassage lindern konnte.

Sie zog den Morgenrock an und band ihn eng um die Taille. Als sie die Vorhänge öffnete, sah sie, dass der Goldregenstrauch gegenüber, der herrlich in voller Blüte gestanden hatte, seiner gelben Blüten beraubt, hin und her geworfen wurde, als habe eine unsichtbare Hand ihn gepackt und schüttle ihn zu Tode.

Sie wandte sich ab.

Es ist nicht wichtig, dachte sie. Es ist überhaupt nicht wichtig.

Es war absolut richtig.

»Glücklich die Toten, auf die der Regen fällt«, murmelte sie, als sie die Schlafzimmertür öffnete.

Es war Beryls Bestimmung, dass sie sich an Alishas Beerdigung überhaupt nicht erinnerte. Die Erinnerung an das Ereignis blieb verschwommen, undeutlich wie fast alles um sie herum, und sollte schließlich ganz verblassen, zu abgelegter Geschichte werden, für niemand interessant. Aber es gab einen kleinen Trost, einen Trost, der Beryl gefallen hätte – nämlich den, dass man sich an diesem Tag Beryls erinnern würde, der die Lokalzeitung sogar einen kleinen Artikel widmete; einen Artikel mit dem Foto einer schicken Beryl bei der Hochzeit einer Kusine im Jahr 1970: mit Strohhut, weißen Handschuhen und einem steifen Kleid mit Spitzenkragen.

Und wenn schon Beryl selbst nicht den Luxus genießen konnte, zu Hause zu sitzen und sich genussvoll jeden dramatischen Augenblick ihres Kummers und ihren Augenblick im Rampenlicht als »Erste Trauernde« in Erinnerung rufen konnte, dann würden zumindest andere für den Rest ihres Lebens eine lebhafte Erinnerung an diesen Tag mitnehmen, wohin sie auch gingen.

Peter York wohnte in einem Seitenschiff der Totenmesse für Alisha Graham bei. Niemand wusste, dass er da war. Er war eine halbe Stunde vor dem Trauerzug gekommen und hatte seinen Platz eingenommen, ohne den Priester zu begrüßen, der den Gottesdienst abhielt. Er saß reglos da, ins Leere blickend, die Hände im Schoß gefaltet. Ab und zu flackerte etwas in seinem Gesicht auf, als gleite ein Licht darüber, das jedoch rasch von einem Schatten abgelöst wurde. Nur ein- oder zweimal warf er einen Blick auf das kleine Messingkreuz auf dem Seitenaltar, und wandte dann den Blick wieder ab.

Sie sangen *O bleibe bei mir, Herr…*

Beryl weinte bitterlich. Eine Frau neben ihr, ein getreues Mitglied der sonntäglichen Kongregation, die es auf sich genommen hatte, ihrer Schwester im Glauben zu helfen, reichte ihr ein Taschentuch und tätschelte ihren Arm.

Als draußen der Sturm losbrach, ging der Priester zur Kanzel und öffnete die Bibel an der Stelle, die Beryl eigens ausgewählt hatte. Peter York beugte sich vor.

»Wir lesen aus dem Deuteronomium, dem Fünften Buch Mose«, intonierte der Priester. »Kapitel dreißig, Verse fünfzehn bis zwanzig.«

Peter stützte den Kopf in die Hände.

»›Hiermit lege ich dir heute das Leben und das Glück, den Tod und das Unglück vor. Wenn du auf die Gebote des Herrn, deines Gottes, auf die ich dich heute verpflichte, hörst, indem du den Herrn, deinen Gott liebst, auf seinen Wegen gehst und auf seine Gebote, Gesetze und Rechtsvorschriften achtest... Wenn du aber dein Herz abwendest und nicht hörst, wenn du dich verführen lässt, dich vor anderen Göttern niederwirfst und ihnen dienst – heute erkläre ich euch: Dann werdet ihr ausgetilgt werden...‹«

»O Beryl«, flüsterte York.

»›Den Himmel und die Erde rufe ich heute als Zeugen gegen euch an. Leben und Tod lege ich dir vor, Segen und Fluch. Wähle also das Leben... Hör auf seine Stimme...‹«

Als die Lesung zu Ende war, erhob sich die Gemeinde, um den Schlusschoral zu singen.

Peter York umklammerte sein Gesangbuch. *Nummer 296 in alt und modern.* Er kannte ihn auswendig. Bevor er Sara Acland kennen gelernt hatte, war es einer seiner Lieblingschoräle gewesen. Bevor er ihren Vater kennen gelernt hatte. Bevor er das Haus in der Pennystone Road gesehen hatte. Vergeblich versuchte er Acland zu verdrängen, Acland, dessen Gesicht er gestern den ganzen Tag und die ganze Nacht vor sich gehabt hatte.

Die Stimmen erhoben sich, dünn und unsicher.

»Geleite mich, o du großer Erlöser, Pilger in diesem unfruchtbaren Land…«

Es war ein wunderschöner Choral. Als junger Kurat hatte Peter York die walisische Melodie geliebt, die so voller Kraft war. Er blickte auf und versuchte seine Stimme zu erheben. Die hoffnungsvolle Weise war ein guter Talisman gegen Männer wie Acland, gegen das Erbe von Männern wie ihm.

»Öffne nun den kristallnen Brunnen«, sang er. »Lass die feurige, wolkenverhangene Säule mich auf meiner Fahrt geleiten. Starker Erlöser, starker Erlöser…«

Im Schatten des Seitenschiffs fiel er auf die Knie.

»Sei du meine Kraft, mein Schild«, sprachen die zittrigen Stimmen. »Sei du immer meine Kraft und mein Schild…«

Eine Viertelstunde später folgte er dem Sarg zum Grab. Er hielt sich im Hintergrund, sorgsam darauf bedacht, dass Beryl ihn nicht sah. Es war noch dunkler geworden, der Regen zerrte an den Trauerkränzen. Als die Trauernden zum Grab kamen, schien der Wind abrupt innezuhalten, und der Regen strömte wie ein Vorhang herunter und verwandelte den Grund des Grabes in einen kleinen Schlammteich.

York sah Beryl an, die leicht schwankte. Hinter ihr standen vier Mädchen von der Universität, Hand in Hand, die Gesichter von einer zarten Röte überzogen, nicht blass, so als seien sie zu einem Fest gekommen und nicht zu einer Beerdigung. Sie sagten nichts, sondern richteten den Blick nach oben, anstatt ihn zu senken. Sie weinten nicht, stattdessen blickten sie, eine nach der anderen, zu Peter York hinüber.

Die Sargträger hievten den Sarg über das Grab. Er ächzte in den Seilen und scharrte gegen den Rand des Grabes.

»Mitten im Leben sind wir vom Tod umfangen…«

Eines der Mädchen begann zu flüstern. York konnte zwar die Worte nicht hören, doch er wusste, was sie sagte.

Ich bin in der Gestalt des Hirsches, ich bin in der Gestalt der Hindin
Weder von einer Mutter geboren noch von einem Vater gezeugt…

In diesem Moment drehte Beryl sich zu ihnen um und bemerkte ihre Anwesenheit zum ersten Mal.

»Lass uns in unserer letzten Stunde keine Todespein erleiden…«

Ich wurde geschaffen aus Wasser, ich wurde geschaffen aus Erde…

»Um die Seele unserer lieben Schwester Alisha in seinem Schoß aufzunehmen…«

Ich wurde geschaffen aus Magie…

Peter sah, wie Beryl den Arm des Priesters packte, worauf er sich unterbrach und zu den Mädchen hinsah. York hörte Beryls anschwellende Stimme. Der Priester trat zurück.

»Nicht hier!«, schrie Beryl. Die Frau neben ihr versuchte, ihre Hand zu nehmen, doch sie stieß sie abrupt von sich. »Nicht jetzt!«, schrie sie.

Die Mädchen sahen unverwandt Peter York an.

Früher als die Erde ist die Weisheit erschaffen… *

Beryl hob einen Finger und zeigte zitternd auf ihn. »Du!«, schrie sie. »Du!«

Der Regen lief ihm in die Augen.

»Am Tag des Herrn wurde ich vom Geist ergriffen…«, begann er.

»Nein!«, kreischte Beryl. »Nein, nein, nein…!«

Taumelnd kam sie auf ihn zu und ließ, als sie auf dem triefnassen Gras ausrutschte, Handschuhe und Gebetbuch fallen.

»Am Tag des Herrn wurde ich vom Geist ergriffen

* Jesus Sirach, Kap. 1, Vers 4.

und hörte eine Stimme laut wie eine Posaune. Sie sprach: Schreib das, was du siehst, in ein Buch –«*, flüsterte York.

In diesem Moment sah er Alisha hinter Beryl. Sie stand im Grab und streckte ihm die Hände entgegen, die Handflächen von einer dicken Schicht Asche bedeckt.

»Hilf mir, Herr«, betete York.

»Ich bin aus Erde geschaffen!«, rief eines der Mädchen.

Etwa dreißig Zentimeter vor ihm blieb Beryl Graham abrupt stehen. Sie riss die Augen auf und ihr Mund öffnete sich, als habe sie etwas gesehen, das sie in höchstes Erstaunen versetzte.

Sie legte eine Hand auf die Brust, drehte sich beinahe anmutig um und blickte durch den strömenden Regen zum Grab zurück auf das Bild ihrer Schwester.

Und dann stürzte sie zu Boden.

Die Frau, die neben ihr gestanden hatte, eilte an ihre Seite, dicht gefolgt vom Priester. Beryl prallte mit einem geradezu unmenschlichen Geräusch auf dem Boden auf, einem animalischen Laut der Überraschung, des Nichtbegreifens.

York stand da wie erstarrt. Er sah das Preisschild auf Beryls Schuhsohle, als ihr Knöchel sich drehte. Er betrachtete das rote Preisschild und die absurden, rührenden Buchstaben. *Reduziert*, stand da. Plötzlich überkam ihn ein schreckliches Verlangen zu lachen.

Die Frau hockte neben Beryl. »O du meine Güte, o du meine Güte«, wiederholte sie immer wieder.

Regen lief ihm in den Nacken.

Alisha Graham schüttelte den Kopf. Einmal, zweimal. Langsam, ganz langsam.

* Offenbarung d. Johannes (Apokalypse), Kap.1, Vers 10. Die Bibel, Einheitsübersetzung

Das Mädchen, das ihm am nächsten stand, hob die Hand. »Ich bin die unzerstörbare Festung!«, rief sie.

York sah in Alishas verhärmtes, erschöpftes Gesicht.

»Hilf mir Gott, o hilf mir, Gott, durch diesen Tag«, flüsterte er.

45

Zur selben Zeit, als der Priester neben Beryl Grahams Leiche kniete, klopfte Robert Wilde im Zentrum der Stadt an eine Bürotür.

Es war ein hübscher kleiner Hof, wo mehrere alte, mittlerweile geschmackvoll restaurierte Kutschenhäuser, nur durch das ursprüngliche Kopfsteinpflaster getrennt, einander gegenüberstanden. In regelmäßigen Abständen schmückten Hängekörbe mit üppigen pinkfarbenen Pflanzen die Mauern. Eine Efeuranke flatterte Robert Wilde ins Gesicht, als er noch einmal klopfte.

Endlich reagierte die Gegensprechanlage. »Ja?«, fragte eine Frauenstimme.

»Ich suche Mr McGovern«, sagte Wilde.

»Wer sind Sie?«

Wilde nannte seinen Namen.

»Einen Augenblick bitte.«

Kurz darauf wurde die Gegensprechanlage wieder betätigt. »Kommen Sie herein«, sagte die Frau.

Er folgte ihrer Aufforderung und sah sie hinter einer Glasscheibe. Sie lächelte und zeigte nach links, wo Benedict McGovern vor einem Zeichenbrett stand. Sein Arm ruhte auf dem oberen Rand, und er lächelte.

»Das ist aber eine Freude«, sagte er und streckte die Hand aus.

Wilde nahm sie, obwohl er sich später wünschte, er hätte es nicht getan. McGoverns Hand war heiß und trocken. Wilde verspürte das lächerliche Verlangen, sich den Handteller zu kratzen, nachdem er sie losgelassen hatte.

»Kaffee?«, fragte McGovern.

»Nein, danke«, antwortete Wilde und betrachtete das riesige Modell eines Einkaufszentrums, das eine ganze Wand einnahm.

»Becklington Castle«, sagte McGovern, seinem Blick folgend. »Kennen Sie es?«

»Ich habe davon gehört.«

»Ich habe daran mitgearbeitet«, erklärte McGovern.

»Es ist sehr eindrucksvoll.«

McGovern lachte leise und ging darauf zu. »Eine höllische Aufgabe«, sagte er. »Darunter lag eine mittelalterliche Kirche. Die Archäologen waren vierzehn Monate lang da.« Er grinste. »Ein richtiger Albtraum.«

Wilde schluckte. Als er McGovern seinen Kaffee trinken sah, war er plötzlich durstig »Dann reisen Sie also umher«, sagte er.

»Ja, normalerweise.«

»Woher kommen Sie ursprünglich?«

McGovern trank die Tasse aus und stellte sie behutsam ab. »Aber das wissen Sie doch?«, erwiderte er.

»Manningham.«

»Das ist richtig.«

»Wurden Sie dort geboren?«

McGovern runzelte die Stirn. »Ich verstehe Ihr Interesse nicht ganz.«

Wilde wandte den Blick ab. Er betrachtete das Modell und sah, dass es in zwei Hälften zerbrochen war. Auf einer

Seite hieß es »vor der Präsentation« des Grundstücks – auf der anderen Seite stand »danach«. Auf einer Seite sah die Stadt aus, als sei sie von etwas getroffen worden; als habe man auf sie geschossen, so dass sie nun ein Loch im Herzen hatte. Die Kirchenruine war markiert, die Gärten und der Friedhof peinlich genau wiedergegeben.

»War es heiliger Grund?«, fragte er.

»Früher einmal«, antwortete McGovern verbindlich.

Wildes Blick schweifte ab. Er kam sich heute Morgen seltsam schwerfällig vor. Nach Christines Tod hatte man ihm ein paar Wochen lang Beruhigungsmittel gegeben, die dieselbe Wirkung gehabt hatten – eine Schwerfälligkeit, einen Widerwillen gegen jede Bewegung, ein Verlangen nach Schlaf.

»Hat es mit Anna zu tun?«, fragte McGovern. »Geht es ihr gut?«

»Nein, mit Anna hat es nichts zu tun«, sagte Wilde. »Nicht nur.«

Er kehrte McGovern und dem schmerzhaften Sonnenlicht den Rücken zu. Ohne eine Aufforderung abzuwarten, setzte er sich auf einen Stuhl am anderen Ende des Raums.

»Sara Acland«, sagte er.

McGovern reagierte nicht.

»Wo ist ihr Vater?«, fragte Wilde.

McGovern lächelte. »Wer ist Sara Acland?«

»Sie hatten in Manningham mit ihr zu tun.«

»Nein, ich kenne niemanden, der so hieß.«

»Sie kannten ihren Vater.«

McGovern lächelte. »Nein.«

»Tatsächlich war Acland Ihr Stiefvater«, fügte Wilde hinzu, »und Sara ist Ihre Stiefschwester.«

Schweigen. McGovern rührte sich nicht. »Das muss eine Verwechslung sein«, sagte er leise. »Meine Eltern sind tot. Ich war Einzelkind. Ich habe keine Schwester.«

»Und Sie haben in der Pennystone Road 3a gewohnt.«

»Nein.«

»Und nachdem Sie von dort weggezogen waren, kamen Sie immer wieder und besuchten die Aclands.«

»Nein. Wie hätte ich ein Haus aufsuchen sollen, das ich nicht kenne.«

Wilde sah ihn abwartend an. McGovern nahm einen Bleistift und balancierte ihn zwischen Zeige- und Ringfinger, spielte damit herum – ein Bild völliger Gleichgültigkeit.

Ich werde diese gelassene Ruhe durchlöchern, dachte Wilde. *Ich werde ein Loch hineinbohren, so wie du ein Loch in diese Stadt gebohrt hast.*

»Ich brauche nur Ihre Fotografie nach Manningham zu schicken«, sagte Wilde. Es war ein Risiko, so etwas zu sagen, da er bereits wusste, dass die Polizei in Manningham keine Fotos von McGovern hatte. Doch es war einen Versuch wert. Er beobachtete McGoverns Gesichtsausdruck. »Wann ist Ihre Mutter gestorben?«, fragte er.

McGovern legte den Bleistift weg, setzte sich an den Schreibtisch und wandte sich der Zeichnung auf dem Brett zu. Er fuhr mit der Hand darüber, als wolle er sie beruhigen oder streicheln. »Vor anderthalb Jahren«, sagte er.

»Haben Sie sich nahe gestanden?«

McGovern wandte den Kopf. »Geht Sie das etwas an?«

»Ein einziges Kind«, sagte Wilde. »Sie müssen einander nahe gestanden haben.«

McGovern sagte nichts.

»Ihr Vater war schon tot?«

»Ja, er war tot.«

»Meinen Sie Acland?«

»Ich kenne keinen Acland. Mein Vater starb kurz nach meiner Geburt.«

»Er hatte eine Tochter, Sara. Er wohnte in der Pennystone Road …«

»Etwas zu wiederholen, macht es nicht wahrer«, erwiderte McGovern.

»Aber es ist wahr. Er hatte eine Tochter …«

»Ich kenne keine Tochter!«

»Ihre Mutter war mit ihm verheiratet, und er hatte eine Affäre, deshalb haben Sie sein Haus verlassen. Sie und Ihre Mutter …«

»Wir haben kein Haus verlassen.«

»Hat er Sie hinausgeworfen?«

»Ich weiß es nicht«, sagte McGovern.

»Hat sie es Ihnen nicht gesagt?«

»Ich kenne keinen verdammten Acland!«

»Sara war erst ein Jahr alt, als ihre Mutter verschwand«, sagte Wilde.

McGovern biss sich auf die Lippe.

»Sara war ein Jahr alt«, sagte Wilde. »Sie waren zwölf. Die Polizei kam damals zu Ihrer Mutter.«

Keine Antwort.

»Sie ist hier«, sagte Wilde. »Sara. Aber das wissen Sie bereits.«

»Ich weiß überhaupt nichts«, erwiderte McGovern nach einer Weile. »Ich habe mich vertrauensvoll an Sie gewandt …«

»Welcher von den beiden sind Sie gefolgt?«, fragte Wilde. »Anna Cray oder Sara Acland?«

McGovern sprang auf. »Jetzt habe ich aber genug!«, stieß er hervor.

»Ach ja?«, fragte Wilde. »So ist mir schon seit Tagen zumute. Ich wurde belogen. Man hat meine Zeit verschwendet. Und das gefällt mir nicht. Warum sind Sie Anna Cray gefolgt?«

»Das bin ich nicht.«

»Warum Sara Acland?«

»Ich bin niemandem gefolgt.«

»Ist Sara wichtig?«

Wilde sah ein Flackern in McGoverns Augen. Nur ein Flackern. »Warum ist sie wichtig?«, wollte er wissen. »Warum wollen Sie sie haben? Wollen Sie sie daran hindern, etwas zu tun? Warum ist sie zu Anna gekommen?«

»Ich war absolut ehrlich zu Ihnen«, sagte McGovern.

Auch Wilde stand auf. »Das waren Sie nicht«, widersprach er. »Ihre Mutter hieß Mary Natalie McGovern und war mit dem Vater dieses Mädchens verheiratet, Ihrem Stiefvater, einem Mann, der jetzt verschwunden ist. Sie sind Sara Acland ebenso gefolgt wie Anna Cray und haben ihr das Leben zur Hölle gemacht …«

McGovern ging auf Wilde zu. »Beweisen Sie es«, sagte er. »Beweisen Sie doch, dass ich ein Lügner bin. Beweisen Sie, dass Anna Cray die Wahrheit sagt.« Er stand unmittelbar vor Wilde, der voller Befriedigung sah, dass die glatte Fassade endlich, wenn nicht eingestürzt, so doch rissig geworden war. Wut glitzerte in McGoverns Augen.

»Das können Sie nicht, nicht wahr?« meinte McGovern herausfordernd. »Weil Anna Cray mich nie angezeigt hat.« Er plusterte sich auf, als habe er einen hohen Trumpf ausgespielt. »Ich weiß es«, sagte er. »Ich weiß es, wie Sie sehen.«

Wilde schaute ihm direkt in die Augen. »Was ist mit Ihrem Stiefvater geschehen?«, fragte er.

»Lecken Sie mich doch!«, stieß McGovern hervor, er fuhr herum und ging zum Zeichenbrett zurück. Seine Schultern bebten.

Wilde lächelte. Endlich. *Endlich.* Ein Loch in Benedict McGoverns poliertem Panzer, Verletzlichkeit, Schwäche.

»Es muss ziemlich schlimm gewesen sein in diesem Haus«, stellte Wilde fest.

McGovern sagte nichts, hielt den Kopf gesenkt.

»Die Polizisten haben gesagt, sie hätten dort Gänsehaut bekommen«, fuhr Wilde fort. »Er hatte Mädchen im Haus. War das die Anziehungskraft für Sie? Einen halbwüchsigen Jungen? Und später für einen jungen Mann in den Zwanzigern, der noch immer zu Hause bei seiner Mutter lebte. Einer Mutter, der er sich nicht anvertrauen konnte. Jedenfalls das nicht. Klaustrophobisch. Sie konnten ihr nicht sagen, dass Sie Acland noch immer besuchten. Ausgerechnet Acland, den Mann, den sie mehr hasste als alle anderen. Das konnten Sie ihr nicht sagen.«

Wilde beobachtete ihn, während er sprach. McGoverns Rücken war stocksteif, die Hand auf dem Zeichenbrett geballt.

»Sie wollten wahrscheinlich gar nicht dorthin gehen«, fuhr Wilde leise fort. »Hatten höllische Angst. Sie haben gesehen, was Acland mit Sara gemacht hat, und wollten nicht genauso enden. Aber widerliche Dinge ziehen Jungen an, nicht wahr? Heimlichkeiten. Ich wette, Acland hatte ein ganzes Heer von Heimlichkeiten. Vielleicht Dinge, die er Ihnen erzählt oder gezeigt hat. Vielleicht hat er Ihnen auch gesagt, Sie dürften es niemand erzählen. Er würde es Ihnen zeigen, aber Sie dürften es niemand verraten.«

»Nein«, sagte McGovern. Es war kaum mehr als ein Flüstern.

»Einen Zwölfjährigen kann man nicht für das verantwortlich machen, was ein Erwachsener tut«, sagte Wilde. »Selbst wenn der Junge an diesen Dingen beteiligt ist.«

Nichts. Keine Antwort.

»Es wäre nicht seine Schuld«, sagte Wilde. »Selbst wenn

der Junge etwas täte, von dem er wüsste, dass es Unrecht ist.«

Er wartete.

»Nein«, wiederholte McGovern.

»Das macht Acland nicht stark«, sagte Wilde.

McGovern hob den Kopf, ohne sich jedoch umzudrehen. Er starrte aus dem Fenster hinter dem Schreibtisch, auf den Hof mit dem Kopfsteinpflaster und den Fleck fahlen Sonnenlichts. »Sie wissen nichts«, sagte er. »Sonst wären Sie mit einem zweiten Polizisten gekommen. Sie hätten einen Kollegen dabei, der sich Notizen macht. Sie würden mich festnehmen.«

»Warum sollte ich Sie festnehmen?«, fragte Wilde. »Was haben Sie getan?«

Endlich drehte McGovern sich um. Von dem Charme, den sein Gesicht bisher geprägt hatte, war nichts mehr zu sehen. Kein Lächeln mehr, kein Hauch von Wärme. »Sie verstehen gar nichts«, sagte er.

»Wirklich nicht?«, gab Wilde zurück. »Wo ist Acland?«

»Gehen Sie!«

»Sie können es mir sagen«, sagte Wilde. »Ich werde Sie schützen.«

McGovern starrte Wilde einen Moment lang ungläubig an, brach dann in Gelächter aus. Er schüttelte sich vor Lachen und richtete sich schließlich völlig außer Atem wieder auf. »Mich schützen?«, fragte er. »Sie glauben, Sie könnten mich schützen? *Sie?*«

»Männer wie Acland sind charakterlich schwach«, sagte er.

McGovern begann wieder zu lachen. »Wo haben Sie denn das her?«, sagte er. »Aus einem Leitfaden für Polizisten?« Er ging auf Wilde zu. »Sie denken, ein Mann wie Acland sei *schwach*? Haben Sie auch nur die leiseste Ahnung, wovon Sie reden?« Noch immer lächelnd schüttelte er den Kopf. »Acland lebt«, sagte McGovern leise. »Er ist tot. Und er lebt. Tot und lebendig – und niemand, weder Sie noch Anna Cray, noch jemand von Ihrer so genannten Polizei kann ihn finden, wird ihn jemals finden, und Sie werden auch mich nie finden, verstehen Sie? Sie können mich nie fassen. Ich bin nicht Teil Ihrer Welt, kein Teil Ihrer Gesetze. Verstehen Sie? Verstehen Sie?«

Haargenau dasselbe Gefühl, das ihn in der Pennystone Road überkommen hatte, überfiel Wilde jetzt. Instinktiv machte er einen Schritt zurück.

McGovern streckte die Hand aus und legte sie Wilde langsam auf die Brust.

Wilde wurde plötzlich übel. Er fror, fühlte sich krank.

Trocken, tot, kalt, krank…

»Sie verstehen nicht«, murmelte McGovern. Das Geräusch abgehackten Atems. »Wie könnten Sie auch?« Kalter, toter, trockener, kranker Atem. »Mischen Sie sich nicht in Dinge, die Sie nicht verstehen«, sagte er.

Mühsam riss Wilde sich los. Er taumelte ein paar Schritte zurück, tastete sich weiter, drehte sich an der Tür um.

»Laufen Sie weg«, sagte McGovern hinter ihm. »Wie Sie vor Christine weggelaufen sind.«

Wilde, der schon fast draußen war, drehte sich noch einmal um.

Das Licht war aus dem Zimmer verschwunden.

»Was?«, keuchte er. »*Was?*«

McGovern kreuzte die Arme.

»Sie können das Tor nicht schließen«, sagte er leise. »Sie konnten es nicht, nicht wahr? Nicht einmal für Christine.« Es war schrecklich, McGoverns Lächeln anzusehen, als er die Hand aufs Herz legte. »Und das ist sehr gut«, fuhr er murmelnd fort. »Denn ein verschlossenes Tor ist eine verschlossene Welt. *Sie können nicht heraus, wenn das Tor geschlossen ist.* Und das wird sich bald ändern, dessen können Sie sicher sein, Chief Inspector.«

46

Kurz vor fünf Uhr nachmittags wurde aus der Pennystone Road die Notrufnummer gewählt.

Der Anruf kam aus der Ladenreihe gegenüber von Nr. 3a.

»Sie sollten jemanden in das Haus schicken«, hieß es.

»Was gibt es für ein Problem?«

»Kommen Sie her und sehen Sie es sich selbst an«, gab der Anrufer zurück.

Als die Polizei fünf Minuten später eintraf, hatte sich auf dem Gehsteig eine Hand voll Menschen angesammelt. Als die Constables aus dem Wagen stiegen, packte ein Mann den Arm eines der beiden Beamten. »Das geht seit zwanzig Minuten so«, sagte er. »Hören Sie das? Hören Sie's?«

Sie hörten es.

Von irgendwoher aus der Tiefe des Hauses kamen Stimmen. Zwei davon unverkennbar weiblich. Eine weitere gehörte einem Mann. Und eine andere … die nur schwer zuzuordnen war.

»Klingt verdammt so, als würden sie ein Tier umbringen«, sagte eine Frau.

Es regnete in Strömen, so dass die Tropfen vom Gehsteig in die Höhe hüpften. Der Mann, der angerufen hatte, schlug den Mantelkragen hoch und stemmte sich gegen den Wind.

»Waren Sie drin?«, fragte ihn der Officer.

»Den Teufel werde ich tun«, antwortete der Mann.

»Ist jemand rausgekommen?«

»Nein, niemand.«

Die Streifenbeamten liefen durch die überhängenden Baumschatten die Zufahrt hinauf. Sie fanden die Haustür vernagelt, die Bretter noch immer an Ort und Stelle. Sämtliche Fenster waren auf dieselbe Weise verbarrikadiert, doch die Seitenpforte stand offen.

Die Brombeersträucher rankten sich hartnäckig um die Pforte, als sie sie aufstießen, und nachdem sie sie passiert hatten, rutschten sie auf dem moosüberwachsenen Pfad aus. Irgendjemand war unverkennbar hier entlanggegangen. Die Hintertür war nicht mit Brettern verschlagen, sondern aus den oberen Angeln gerissen worden und stand offen.

Sie gingen hinein und folgten dem Lärm durch die dunkle Diele. In dem Lichtstreifen, der aus den Hinterzimmern fiel, sahen sie, dass der Fußboden mit Schutt bedeckt war. Obenauf lag die Tür des Einbauschranks unter der Treppe. Der Lärm kam von drinnen.

Der erste Officer bückte sich. Zusammen mit der verputzten Oberfläche war eine Mauer niedergerissen worden, die früher einmal eine Trennwand gewesen war. Die Ziegel, die man entfernt hatte, hatten offenbar den ursprünglichen Zugang zur Kellertreppe verborgen. Und nun war dort eine Lücke, breit genug für einen Mann. Die Polizisten konnten die ersten Stufen der Treppe erkennen, die nach unten führte, von wo das unheimliche Geschrei zu kommen schien. Dort unten brannte Licht. Schwaches, flackerndes Kerzenlicht.

»Wer ist da unten?«, rief der erste Polizist.

Keine Reaktion. Das Wimmern und Flehen dauerte an, verstummte abrupt und dann war eine Männerstimme zu hören, die keuchend und stammelnd irgendwelche Worte hervorstieß, halb weinend, halb flüsternd. Irgendwo weiter hinten stolperte eine andere tiefe Stimme über unverständliche Silben. Beide Stimmen hörten sich an, als sprächen sie Gebete. Oder Beschwörungen. Oder Flüche.

Einer der Officer versuchte sich durch die Lücke zu zwängen. »Geh ans Funkgerät und bitte um Unterstützung«, sagte er zu seinem Kollegen. »Ich gehe nachsehen, was hier los ist.«

Er schob sich durch das Loch zwischen den übrig gebliebenen Ziegeln und setzte voller Unbehagen den Fuß auf die Treppe. Nun drang wieder eine Frauenstimme an sein Ohr. Er bückte sich und versuchte in den Keller zu spähen, doch die Treppe war sehr steil, fünf bis sechs Meter lang und endete an einer Mauer. Das Licht und die Stimmen schienen von links zu kommen.

»Polizei!«, rief der Officer. Ein Luftzug wehte die Treppe herauf. Er spürte ein Kribbeln im Nacken, ging weiter die Treppe hinunter und tastete sich über rauen Beton. Hier unten war es rußig – er fühlte es an den Fingerspitzen. Es roch nach Rauch.

»Polizei!«, wiederholte er.

Die Frauenstimme prallte um ihn herum von den Wänden ab. »Tu's nicht!«, rief sie.

Der Officer erreichte die unterste Stufe. Dort sah er, dass der Keller sich etwa zehn Meter oder mehr vor ihm in die Länge zog und in völliger Schwärze versank, so dass er die am weitesten entfernte Mauer nicht sehen konnte. In der Mitte des Lehmbodens war ein Loch, tiefer als ein Grab. Das Einzige, was der Officer ausmachen konnte, waren zwei Frauen, die am Rand knieten. Sie kauerten am Rand der Grube und starrten nach oben, als könnten sie durch die gekalkte Decke zwei oder drei Meter über ihren Köpfen sehen.

Der Polizist stolperte vorwärts.

»Was ist los?«, rief sein Kollege von der obersten Stufe.

»Lass es ihn nicht tun«, sagte eine Frau.

Der Polizist hatte nicht die leiseste Ahnung, was das andere Geräusch war, das an sein Ohr drang. Er hatte Ähnliches noch nie zuvor gehört. Es klang, als keuche ein kleines Kind, kaum größer als ein Baby, erstickt gegen seine verzweifelten Tränen an, während zugleich irgendein Tier schwer auf den Boden eines Schlachthauses prallte, so dass ihm die Luft aus seinem mächtigen Körper gepresst wurde. Die beiden Geräusche alternierten in schauerlicher Harmonie.

»Peter!«, rief das Mädchen.

Die Kerzenflamme wurde schwächer.

»Was geht hier vor?«, sagte der Officer.

Das Licht ging aus.

Etwas kam vom Boden herauf, doch es schien nicht aus der Richtung des Grabes zu kommen. Den Bruchteil einer Sekunde lang glaubte er, versehentlich in Wasser getreten zu sein und wich zurück. Doch das Gefühl blieb und kletterte schnell an seinem Körper hinauf. Ein breiter, schwerer Druck presste ihn gegen die Mauer, und sein Kopf schlug gegen den Stein.

»Peter!«, schrie die Frau.

Eine Implosion sog den Raum ein und nach unten. Einen Augenblick gab es gar nichts mehr: keinen Laut, keine Luft, kein Licht – nur gähnende Leere, als sei das gesamte Haus in sich zusammengefallen und werde nach unten geschleudert. Als habe die Erde nachgegeben, und alles – das Haus, die Stimmen, das Grab, die Stufen, *alles,* der dunkle Flur, die geborstenen Türen und Ziegelsteine, die Wildnis des Gartens, das rußige dunkle Glasfenster – seien in ein Loch gefallen, das sich im Raum geöffnet hatte.

Der zweite Officer oben an der Treppe wurde von der Druckwelle aus dem Keller ebenfalls zurückgeworfen. Er verlor den Halt und schlug gegen die Mauer; dass er das Funkgerät betätigte, war reiner Reflex.

»Die Feuerwehr«, fauchte er ohne Einleitung.

»Tony, was ist los?«

»Keine Ahnung«, sagte er. »Eine Explosion. Ich weiß nicht.«

Er stellte fest, dass er zusammengesunken auf dem Boden kauerte, konnte sich aber nicht daran erinnern, gestürzt zu sein. Er besah sich den Boden um ihn herum und registrierte mit einer Art distanzierten Interesses, dass er mit Glasscherben bedeckt war, von denen er nun eine in die Hand nahm. Sie war grün und goldfarben. An der Seite hing noch ein Stückchen Blei.

» Pennystone Road, Tony?«, fragte die Stimme in seinem Funkgerät.

Frustrierend langsam und mühsam drückte er zum zweiten Mal auf den Schalter. »Pennystone Road«, wiederholte er.

Er blickte auf.

Regen strömte herein, prasselte auf die zahllosen Glasscherben, die zwischen ihm und der Treppe verstreut waren. Das riesige Buntglasfenster war nicht mehr da, und die wild wuchernden Äste der Gartenbäume schlugen gegen den leeren Fensterrahmen. Einen Augenblick lang sah es aus, als sei das Fenster zum Leben erwacht. Blätter flogen mit dem Regen herein und fielen zwischen die Scherben. Als er auf die Stufen hinuntersah, bemerkte er, dass die kleinen Adern in den Blättern ein schillerndes Muster auf das Grün malten. Jedes Blatt bewegte sich. Jede Stufe bewegte sich. Die Farben im Glas pulsierten vor Leben und vermischten sich wie ein locker gewebter Teppich, bis jeder Zentimeter des staubigen Fußbodens bedeckt war und durch eine sich windende Masse ersetzt wurde.

»Tony!«, schrie jemand.

Er versuchte aufzustehen.

Es war schwierig. Schwierig, weil das aggressive Leben unter seinen Füßen an seinen Händen klebte, als er versuchte sich vom Fußboden zu lösen. Er machte einen oder zwei Schritte auf die Stufen zu, die in der grünen Flut zu seinen Füßen versunken waren.

»Tony!«

Die Stimme kam aus dem Keller.

Er watete über die Reste von Trennwand und Tür darauf zu und streckte den Kopf in die Dunkelheit. Verblüfft starrte er auf das Wasser. Wasser, das die Kellertreppe heraufkam. Wasser, das sich wirbelnd der Flurtür näherte.

»Jesus!«, stieß er hervor. Er ging auf die Knie und entdeckte den anderen Officer auf halber Treppe. Vor ihm war eine Frau, hinter ihm eine zweite, die ihm die Arme um den Hals geschlungen hatte. Und zwischen sich trugen sie einen bewusstlosen Mann, dessen Kopf ins Wasser hing und dessen Lippen sich blau zu verfärben begannen.

»Halt ihn fest«, stieß der Officer hervor. »Um Himmels willen!«

Die erste Frau erreichte die oberste Stufe, wo sie stehen blieb, so dass sie gemeinsam die andere Frau heraufhieven konnten.

»Zieht«, murmelte der Officer, der im Wasser stand.

Sie packten Peter Yorks Arme, zerrten ihn auf die oberste Stufe und durch die Lücke.

»Macht, dass ihr hier rauskommt!«, schrie der Polizist.

Die zweite Frau kroch hinaus, dicht gefolgt von dem Officer, hinter dem das Wasser heftig sprudelte.

»Raus, raus, raus!«, befahl der erste Polizist zwischen zusammengebissenen Zähnen. Sie gingen durch den langen Flur zum Garten, zerrten und trugen York, der wie leblos zwischen ihnen hing. Als sie an der Hintertür waren und in den Regen hinaustraten, spürte der Officer, der in der Halle gewesen war, wie etwas von hinten an ihm zupfte.

Er drehte sich um.

Es war kein Entsetzen. Es war nicht einmal Angst. Es war etwas Geschmeidiges, etwas Klammerndes. Ein Befehl, ein Fordern. Er fühlte eine weiche Hand, die über sein Gesicht glitt, auf seinem Mund liegen blieb und mit schmalen Fingern seine Lippen teilte.

Er stieß einen Schrei aus, sprang zurück, stolperte und fiel in das kniehohe Gras des Rasens, wo die anderen sich eingefunden hatten. Peter York lag auf dem Boden. Die beiden Mädchen hielten sich an den Händen, nass bis auf die Haut. Die Kleidung klebte an ihnen, während der Regen unbarmherzig auf sie herunterprasselte. Wie aus großer Entfernung hörten sie die Sirenen der Feuerwehr, die auf der Straße jaulten. Dann kreischten Bremsen, und laute Stimmen ertönten vor dem Haus.

Der zweite Polizist wischte sich mit der Hand das Gesicht ab.

»Was ist passiert?«, fragte er. »Was, verflucht noch mal, ist passiert?«

47

Robert Wilde war an diesem Abend mit Alice zu Hause.

Die Klassenfahrt nach Frankreich sollte am nächsten Morgen beginnen, und um sechs Uhr abends standen sie in Alices Zimmer vor ihrer Reisetasche, die zum Platzen voll war. Sie diskutierten ausgiebig, was sie zu Hause lassen konnte, ohne für immer und ewig aus den Reihen der Supercoolen der neunten Klasse ausgestoßen zu werden.

»Was ist das?«, fragte Wilde.

»Körperrouge.«

»Wozu brauchst du das denn?«

»O Dad!« Sie seufzte. »Du bist einfach hoffnungslos.«

Die Fähre sollte am nächsten Morgen um sechs Uhr ablegen. Es war vorgesehen, dass Wilde Alice zum Hafen bringen sollte, doch wenn es ihnen nicht gelang, sich über eine Verringerung des Gepäcks zu einigen, würde er noch einen Anhänger an seinem Wagen brauchen, fürchtete Wilde.

»Du bleibst doch nur fünf Tage weg«, meinte er, als die Nähte der Reisetasche sich gefährlich spannten. »Du hast genug für einen Monat dabei.«

»Ich *brauche* diese Sachen. Ich brauche *alles.*« Alice stemmte die Hände in die Hüften. »Was ist mit dir los? Du bist in einer Scheißlaune.«

»Du kannst das Ding nicht einmal heben, Alice.«

»Es sind meine Ferien.«

»Na gut«, sagte er. »Nimm mit, was du willst.«

»Was ist los?«, fragte sie.

»Nichts.«

»Du siehst völlig erledigt aus.«

»Es ist nichts«, log er.

Das Telefon klingelte. Er ging in sein Zimmer und nahm ab.

»Wilde.«

»Chief Inspector, Wallis hier.« Wilde warf einen Blick zurück zur Tür, wo Alice stand und ihn beobachtete. »Es hat hier ein paar neue Entwicklungen gegeben. Wir haben eine Leiche in der Pennystone Road.«

Wilde blickte kurz zu Boden, setzte sich dann langsam. »Wessen Leiche?«

»Wir denken, es ist Acland.«

»Acland«, wiederholte Wilde langsam. »Wo war er?«

»Im Keller.«

Alice kam auf ihn zu. Wilde fragte nicht, wie oder wann der Keller entdeckt worden war. Seit er mit Endersley gesprochen hatte, wusste er, dass es einen Keller gab. Und er wusste auch genau, wo der Eingang war: hinter dem Raum mit der glatten Wand und dem glatten Fußboden unter der Treppe, die sich immer wieder in sein Bewusstsein drängte.

»Wir haben hier eine merkwürdige Situation …«

»Inwiefern merkwürdig?«

»Peter York liegt auf der Intensivstation, und wir haben zwei Frauen in Schutzhaft genommen. Wir haben einen Wasserrohrbruch, der die unteren Geschosse des Hauses überflutet … Dadurch wurde heute auch die Leiche angeschwemmt.«

»Was hat das mit York zu tun?«

»Er war bei der Leiche. Es hat so was wie eine Explosion gegeben.«

»*Explosion?*«

Alice legte ihrem Vater die Hand auf die Schulter. Er sah zu ihr auf und legte sanft die Hand auf ihre Finger.

»Es ist ein unnatürlicher Tod.«

Ihn überraschte nichts mehr. »Berichten Sie weiter«, sagte er.

»Die Leiche weist tiefe Wunden auf.«

»Aber er wurde doch schon seit einem Jahr vermisst. Woher können Sie wissen, wie er gestorben ist?«

Wallis machte eine lange Pause. »Ich glaube nicht, dass er schon so lange tot ist«, sagte er schließlich. »Meiner Meinung nach nicht länger als einen Tag.«

Wilde nahm eine Sekunde lang den Hörer vom Ohr und holte tief Atem. »Wo war er dann?«, fragte er. »Nicht im Keller.« In der folgenden Stille hatte Wilde das Gefühl, als laufe ihm das Blut eiskalt durch die Adern. *Ich habe ihn nicht gehört,* war sein erster Gedanke. »Ich war vor ein paar Tagen erst im Haus«, sagte er.

»Er kann nicht dort gewesen sein«, sagte Wallis. »Die Wand zwischen Flur und Kellertreppe war niedergerissen. Wir glauben, dass Acland hinuntergebracht wurde. Ob er im Haus oder im Keller gestorben ist, können wir jedoch nicht sagen.«

»Was hat York gesagt?«

»Nichts. Er ist bewusstlos.«

»Und die Frauen?«

»Durcheinander. Wir werden sie gleich vernehmen. Wünschen Sie uns Glück.«

Verblüfft über die Wendung, die die Ereignisse genommen hatten, schüttelte Wilde den Kopf. »Haben Sie mit Ihrem Sergeant gesprochen?«, fragte er.

»Welchen meinen Sie?«

»Harry Endersley«, sagte Wilde. »Sprechen Sie mit ihm. Acland ist der Vater des Mädchens, das wir hier haben.«

Es entstand eine weitere Pause am anderen Ende der Leitung, dann drang Wallis' Stimme wieder an sein Ohr, dieses

Mal aufmerksamer, interessierter. »Sie werden sich wahrscheinlich in die Ermittlungen einschalten«, sagte er.

Wilde sah zu Alice auf. »Ich kann erst morgen«, erwiderte er. »Ich habe vorher etwas Wichtiges zu erledigen. Aber gegen zwölf bin ich bei Ihnen.«

Er legte auf.

»Was gibt es?«, fragte Alice. »Wer ist gestorben?«

Er stand auf. »Uninteressant für dich.«

Seine Tochter blitzte ihn streitlustig an. »Wer ist gestorben?«, wiederholte sie.

»Wahrscheinlich der Vater des Mädchens.«

»Des Mädchens, das Anna kannte?«

»Ja.«

»Wurde der Vater ermordet?«

»Vielleicht.«

»Hat sie es getan?«, fragte Alice.

Er hatte sie gerade in ihr Zimmer zurückschieben wollen, blieb jedoch stehen. »Wer soll was getan haben?«

»Hat dieses Mädchen seinen Vater getötet?«

»Nein, nein…« Sie waren bereits draußen auf dem Treppenabsatz, als Wilde erneut stehen blieb und sich mit der Hand an den Kopf griff.

»Was ist los?«, fragte Alice.

»Ich konnte noch nie Kreuzworträtsel lösen«, meinte er.

»Kreuzworträtsel?«

»Die verdammten Kreuzworträtsel.«

Sie lächelte – das für sie typische, undurchsichtige Lächeln.

Er machte kehrt und ging hinunter.

Er dachte an McGovern, wie schon den ganzen Abend lang.

Er hatte über Christine nachgedacht – woher konnte Benedict McGovern etwas über Christine wissen? Er hatte alle möglichen rationalen Erklärungen in Betracht gezogen – unter anderem auch die, dass McGoverns Familie nur etwa achtzig Meilen entfernt von seiner eigenen gelebt hatte und McGovern möglicherweise das winzige kumbrische Dorf kannte, aus dem Wilde stammte. Entweder das – ja, und auch das war durchaus denkbar –, oder McGovern wusste, dass seine Frau Christine geheißen hatte, weil er danach gefragt hatte, als er auf dem Revier gewesen war. Vielleicht hatte er sich mit einem Officer unterhalten und erfahren …

Aber an dieser Stelle hatten ihn stets die logischen Argumente verlassen. Er malte sich aus, wie McGovern am Tresen des Dienst habenden Beamten lehnte und eine Möglichkeit fand, sich nach dem Namen der Ehefrau eines Mannes zu erkundigen, dem er noch nie begegnet war … Wie sollte das gehen? Wie brachte man so etwas fertig? Oh, es war denkbar. Ja, es war möglich. Aber nicht wahrscheinlich. Absolut nicht. Und das Tor … Woher konnte McGovern etwas über dieses Tor wissen?

Verärgert trommelte er in der Küche mit den Fingern auf die Arbeitsplatte. An diesem Punkt war seine Methode praktischer Problemlösung in alle unmöglichen Theorien zersplittert: zum Beispiel in die, dass McGovern seine Gedanken lesen konnte oder dass McGovern und Acland zu irgendeiner ominösen Sekte gehört hatten. Die Theorie, dass McGovern – und dabei handelte es sich mehr um ein Gefühl als um etwas, das sich konkret in Worte kleiden ließ –, die Theorie, dass McGovern nicht menschlicher Natur und damit nicht empfänglich für menschliche Regungen war. Und immer wieder war ihm das Gespräch mit Wallis in den Sinn gekommen …

»Welches sind die vier letzten Plagen?«

»Donner und Hagel und Erdbeben …«

»Und die letzte?«

Er machte Tee und schnitt Toastbrot auf, um nicht an die letzte denken zu müssen.

»Ich bin der Anfang und das Ende, das Erste und das Letzte…«

Sie glaubt an das Ende der Welt, hatte er Wallis erklärt.

Dieses unschuldig aussehende Mädchen mit dem geflochtenen Zopf, der lose auf ihrem Rücken lag.

»Sie wartet auf das Ende der Welt.«

»Ich glaube es nicht«, sagte er laut.

Sie hat sich mit irgendeinem religiösen Fieber angesteckt, dachte Wilde. Eine emotionale Infektion, übertragen von einem unverkennbar gefährlichen, sogar geistesgestörten Vater. McGovern selbst hatte sie einer Gehirnwäsche unterzogen, der ältere Stiefbruder, der ihr alle möglichen Gifte ins Ohr geträufelt hatte. Die Welt würde nicht untergehen, weder heute noch in einer anderen Nacht, nicht in Jahrhunderten, und nichts von dem, was ein missbrauchtes Kind glaubte oder in das möglicherweise sogar Peter York hineingezogen worden war – *nichts* von all dem änderte etwas an der Tatsache, dass es sich um ein einziges riesiges, verrottetes Lügengebäude handelte, das mit den Ängsten der Menschen spielte. Und was glaubten sie eigentlich wirklich? Etwas, das mit Toren und Engeln zu tun hatte. Sie war nicht einmal originell und ungewöhnlich, diese Obsession für die Offenbarung. Jeder Kult, von dem er je gehört hatte, stützte sich auf jene unheimlichen Kapitel am Ende der Bibel, die Apokalypse. Es war nicht einmal etwas Neues…

Er ertappte sich dabei, dass er die leeren Tassen auf dem Tablett vor sich hin und her schob. Sogar ich bin Opfer dieser Atmosphäre geworden. In dem Haus in der Pennystone Road war etwas von dieser Atmosphäre zu spüren gewesen, und er hatte sich davon beeinflussen lassen. Was Benedict McGovern betraf…

Seine Gedanken stockten. Was Christine anbetraf…

Er schaltete den Fernseher ein und versuchte dieses schreckliche unverständliche Kreuzworträtsel, dieses wirre Durcheinander unlösbarer Spuren in den Hintergrund seines Bewusstseins zu drängen. Der Wetterbericht lief gerade.

»Winde in Sturmstärke an der Südküste –«, sagte das Mädchen vor einem Prospekt immensen Tiefdruckgebiets auf der Landkarte Englands.

Das Telefon klingelte, und er fluchte leise.

»Ich bin schon dran«, rief Alice von oben.

Er sah sich weiter die Vorhersage an.

»Ernst zu nehmende Warnungen des Meteorologischen Instituts von heute Abend achtzehn Uhr weisen auf eine immer stärkere Unwetterfront hin, die von Westen nach Osten zieht…«

Nun folgten Live-Bilder von den walisischen Grenzen. Fluten ergossen sich in Städte, die an Flüssen lagen. Das Bild wechselte zu einer anderen Örtlichkeit. In Exeter schäumte und toste die Exe in den tiefen Kanälen in der Nähe des Stadtzentrums. Am Quai standen Menschen, die ungläubig auf die riesigen Wassermassen starrten. Der Reporter stemmte sich gegen den Wind, wobei er das Mikrofon mit seiner Schulter schützte. »Wir haben hier Schneeregen«, rief er. »Der letzte Schneeregen, den es um diese Jahreszeit hier gab, war…«

»Dad!«, rief Alice.

Er löste gewaltsam die Augen vom Bildschirm.

»Dad!« Er hörte Alice die Treppe herunterpoltern. Außer Atem erschien sie in der Tür. »Telefon, Dad«, sagte sie. »Schnell, schnell…«

»Was gibt es denn?«, fragte er.

Sie hielt ihm den schnurlosen Apparat entgegen.

»Schnell«, wiederholte sie. »Es ist Anna…«

48

Im Vernehmungsraum saß Wallis dem Mädchen gegenüber. Es war halb elf Uhr abends. Regen trommelte an die Fenster. Teilnahmslos saß sie mit regloser Miene da und starrte vor sich hin. Wallis hatte ein offenes Zigarettenpäckchen in der Hand, bemerkte, wie sie es ansah, legte es auf den Tisch und nahm eine Zigarette heraus.

»Rauchen Sie?«, fragte er.

»Nein.«

»Ob es wohl irgendwo in der Welt noch jemand tut?«, murmelte er vor sich hin. Er legte die Zigarette nicht weg, sondern betrachtete sie weiterhin, sah nicht das Mädchen an.

»Erzählen Sie mir etwas über Peter York«, forderte er sie auf.

»Sie haben ihn kennen gelernt. Sie wissen alles über ihn.«

Wallis sagte einen Moment lang nichts. »Sie waren das Mädchen in seinem Büro. Das Mädchen, das den Kaffee brachte.«

»Ja«, erwiderte sie. »Ich helfe beim Network.«

»Was für ein Network ist das?«

»Nur die Zeitschriften.«

Er sah sie noch immer nicht an. »Haben Sie Alisha Graham gekannt?«, fragte er.

Offensichtlich war dies keine Frage, die sie erwartet hatte. Überrascht lehnte sie sich zurück. »Ja, ich habe sie gekannt.«

»Wussten Sie, dass Alisha gestorben ist?«

»Natürlich. Gestern war doch ihre Beerdigung.«

»Waren Sie da?«

»Ja.«

»Und Peter York?«

»Ja.«

»Erzählen Sie mir etwas über Saras Vater«, sagte er.

Sie schaute auf ihre Hände herunter und und betrachtete eingehend ihre Fingernägel. »Wie geht es Peter?«, fragte sie.

Wallis unterdrückte ein enttäuschtes Seufzen. Er dachte an den Officer im Krankenhaus, den Mann, der Peter York aus dem Keller geholt hatte. Er hatte sich nicht behandeln lassen wollen, doch der zweite Mann war mit einer Gehirnerschütterung eingeliefert worden. Anfangs hatte es ausgesehen, als gehe es ihm gut, bis er plötzlich angefangen hatte, planlos durch den Regen zu wandern und jeden Schutz, jede Hilfe ablehnte. Mittlerweile lag er allein in einem Krankenzimmer, zitterte am ganzen Leib und starrte an die Zimmerdecke, wie sein Kollege und Wallis vom Flur aus gesehen hatten.

Wir haben sie ermahnt, vorsichtig zu sein, und sie haben uns gesagt, das liege nicht in ihren Händen, hatte der Mann erklärt und Wallis mit verwirrtem und unstetem Blick angesehen. *Hat das schon jemand mal zu Ihnen gesagt?* Wallis hatte der Ausdruck in den Augen des Mannes nicht gefallen, ein Ausdruck, der die Diagnose des Arztes bestätigte – Schock. Weiße Lippen. Rotgeränderte Augen. Geweitete Pupillen.

»Sie haben einen ziemlichen Schlag abbekommen«, hatte er dem Officer gesagt und ihm die Schulter getätschelt. »Lassen Sie sich auf jeden Fall untersuchen.«

»Ich will nur nach Hause, Inspector«, hatte der Mann erwidert und Wallis' Hand abgeschüttelt.

Wallis war auch zu Peter York auf die Intensivstation gegangen, der an mehrere Apparate angeschlossen war. Ein Monitor neben ihm gab ständig Aufschluss über seine Blutdruck- und Pulswerte sowie über seine Temperatur, doch von York selbst kam keinerlei Reaktion. Er war bewusstlos und lag da wie ein Stein.

»Was fehlt ihm?«, hatte Wallis den Chefarzt gefragt.

»Es ist kein Herzanfall«, hatte der Arzt gesagt. »Kein erkennbarer Schlag auf den Kopf, kein anderes Zeichen einer Verletzung…«

»Was dann?«

»Lassen Sie uns Zeit.«

Wallis hatte Yorks Gesicht betrachtet – das glatte, ausdruckslose Gesicht, das ihm schon missfallen hatte, als er den Priester kennen gelernt hatte. Jetzt sieht es irgendwie verändert aus, dachte er – irgendwie zerbrochen. Als sei es auseinander genommen und falsch wieder zusammengesetzt worden. Gequetscht, verschoben. Vielleicht war das die Wirkung der unbarmherzig hellen Deckenleuchten. Es war seltsam. Einfach sehr seltsam.

Er sah das Mädchen an.

»Ich kann auch Ihre Freundin fragen«, sagte er.

Sie lächelte. »Die weiß nicht viel.«

»Aber Sie?«

Sie zuckte mit den Schultern.

Er zündete die Zigarette an. Weder die beiden Officers, die mit ihm im Raum waren, noch das Mädchen sagten inzwischen etwas. Stattdessen neigte sie nur den Kopf und sah ihn fast mitleidig lächeln, wie er verärgert bemerkte.

»Es gibt nichts, was Sie tun können«, sagte sie leise.

»Wegen Acland? Nein. Er ist tot. Sagen Sie mir, warum.«

Sie seufzte. »Er hat sich selbst umgebracht, durch seine eigene Schwäche.«

»Reden Sie keinen Unsinn. Er war in Stücke geschnitten.«

»Erst heute«, sagte sie.

Er beugte sich über den Schreibtisch. »Wie meinen Sie das?«

»Er ist vor elf Monaten gestorben«, sagte sie. »Und er wurde im Haus beerdigt. Wir haben den Kellereingang zugemauert.«

Wallis begann zu lachen. »Ich habe die Leiche gesehen. Der Mann war nicht länger als einen oder zwei Tage tot.«

»Ich sollte es besser wissen«, sagte sie nachsichtig. »Ich habe ihn schließlich getötet.«

In der plötzlichen Stille hörte Wallis seinen eigenen Atem. Das Kratzen in seiner Kehle. Er drückte die Zigarette aus. Der Mann, der ihm am nächsten saß, seufzte tief auf, wie erleichtert.

»Sie haben ihn getötet«, wiederholte Wallis.

»Letztes Jahr.«

»Sie …«

»Ich habe ihn erstickt. Wir alle haben ihn erstickt.«

Wieder folgte ein langes Schweigen.

»Alle?«

»Die Gruppe.«

»Sie und …«

»Die Hüter.«

Wallis blickte zu dem Mann an seiner Linken, dessen Miene wahrscheinlich dieselbe Verwirrung verriet wie seine eigene.

»Und wer sind diese Hüter?«

Sie zögerte kurz, ehe sie antwortete. »Das ist nicht wichtig. Es gibt nichts, was Sie jetzt tun können. Nichts, was irgendjemand tun kann. Wir haben versucht, ihn aufzuhalten, aber er ließ sich nicht aufhalten. Wir waren nicht mächtig genug. Aber Sara …«

»Nur einen Moment«, sagte er. »Acland wurde von

einer Gruppe von Leuten ermordet, die Sie die Hüter nennen?«

»Ja.«

»Hüter wovon?«

»Den Toren.« Sie lächelte kurz. »Eins ist hier, eins auf dem Ballantyne Hill, eins an einem Ort namens…«

»Einen Moment«, wiederholte er. Er musterte ihre weichen Hände und stellte sich vor, wie sie einen alten Mann erstickten. »Was hat das mit Acland zu tun? Langsam. Wir haben die ganze Nacht Zeit.«

»Tatsächlich?«, fragte sie, und zuckte dann mit den Schultern. »Er selbst hat uns alle angeworben«, erklärte sie. »Das ist ja die Ironie des Ganzen. Sara hat uns zu ihm gebracht, und er war unser aller Lehrer. Bevor…«

»Bevor was?«

»Bevor er sich verändert hat«, sagte sie. »Er hat an den rechten Weg geglaubt, und dann hat er sich verändert. Er wurde dunkel. Wurde hinuntergezogen.«

»Hinuntergezogen? Von wem?«

»Ich habe das spirituell gemeint«, sagte sie. »Er wurde ins Dunkel gezogen. Man muss wachsam sein. Der Grat ist so fein, so schmal. Das Dunkel ist immer da. Es gibt ein Gleichgewicht von Licht und Dunkel. Er hat so unter Druck gestanden.« Sie seufzte. »Er war ein Amateur, und das kann man sich nicht leisten. Er ging damit um, als sei alles nur ein Spiel. Anfangs. Und *das* zu tun, kann man sich auch nicht leisten.«

»Er hat sich verändert?«, fragte Wallis. »Inwiefern?«

»Er war schon einmal gefallen«, sagte sie. »Und ist zurückgekommen. Wir wussten es. Wir haben es zwar nie direkt angesprochen, doch Sara hat es gewusst. Sie war Zeugin. Aber sie war stärker. War immer stärker gewesen. Sie war damit geboren.«

Zum ersten Mal entdeckte er ein ungewöhnliches Licht in ihren Augen. Er hatte dieses Licht schon früher gesehen – das starre Licht einer unumstößlichen Überzeugung.

»Das ist es, was ihn am Ende hinuntergezogen hat«, fuhr sie fort. »Zu wissen, dass seine Tochter so viel stärker war als er. Zu wissen, dass sie sein Geheimnis kannte. Zu wissen, wozu sie fähig war.« Sie streckte die Hände, beugte und streckte sie wieder, ehe sie sie ordentlich nebeneinander in den Schoß legte. »Er hatte Angst vor ihr«, sagte sie. »Er dachte, er habe sie gezeugt, aber er hatte gar nichts getan. Er hat sogar versucht, Benedict gegen sie aufzubringen, doch es hatte keinen Sinn. Keiner von beiden hat etwas von Saras Stärke, obwohl Benedict sich einbildet, er habe sie.« Sie lachte heiser und abschätzig auf. »Ihre Kraft war größer als ihm klar war. Größer als die eines jeden Einzelnen von uns.«

»Hat Sara Acland ihren Vater getötet?«

»Natürlich nicht. Sie hat nur die Anweisung gegeben. Wir haben ihren Wunsch ausgeführt.«

»Sara Acland hat euch gesagt, ihr sollt ihren Vater töten – und Sie haben es getan?«

»Ja.«

»Wo?«

»Im Keller des Hauses in der Pennystone Road.«

Wallis spürte, wie seine Hände heiß wurden. Das war der Triumph, die Lösung des Rätsels. Das Blut, das in Wallung geriet. »Sie und die anderen?«, fragte er.

»Ja.«

»Wie viele?«

»Fünf. Es gibt sechs Hüter. Sara ist der sechste. Der letzte.«

»Sie und vier andere haben Acland getötet.«

»Das habe ich doch eben gesagt.«

»Kennen Sie die Namen der vier anderen?«

»Natürlich.«

»Werden Sie uns die Namen nennen?«

Sie zuckte wieder mit den Schultern. »Ich werde sie Ihnen nennen, aber es hat nicht die geringste Bedeutung. Nach heute Nacht wird nichts mehr sein. Er ist nicht tot. Er wird so lange nicht tot sein, ehe Sara ihn nicht überwindet.«

Wallis holte lange und tief Atem und sah die beiden Männer an, die neben ihm saßen. »Sie haben uns eben erzählt, dass Sie und vier andere Acland getötet haben«, stellte er fest.

»Wir haben uns seines sterblichen Körpers entledigt«, gab sie gelassen zurück. »Aber es war nicht genug. Sie haben es heute gesehen. Es war nicht genug.«

»Es hat nicht genügt, einen Mann zu töten?«, fragte er erstaunt. »Was können Sie ihm denn noch antun? Er wurde geschlagen und zerstückelt. Haben Sie das getan, bevor er starb?«

»Nein«, erwiderte sie. Sie sah verletzt aus, ja, sogar schockiert. »Wir haben ihm den Atem genommen.«

»Der Mann war aufgeschlitzt.«

»Er wurde im Dunkeln zerteilt«, sagte sie. »Er ist noch dort drin.«

»Er ist im Leichenschauhaus in der Blake Road«, erklärte Wallis.

»Sie sind blind«, konterte sie.

Doch so merkwürdig es auch sein mochte, er war über die beißende Zurechtweisung nicht im Geringsten verärgert. »Sie haben gesagt, er sei schon früher gefallen«, sagte er ruhig. »Dass er ein Geheimnis hatte.«

»Ja.«

»Ein Geheimnis, das seine Tochter kannte und ...« Er lächelte sie an. Sie war wirklich ein hübsches Mädchen und erstaunlich gelassen – trotz allem, was an diesem Tag geschehen war und was sie ihm berichtete. Natürlich war sie verrückt. Diese Ruhe. Der Gedanke an Sara schoss ihm durch den Kopf – an Wilde, der ihm erzählt hatte, wie still und ausdruckslos sie war.

Er bemühte sich nach Kräften, sich wieder zu konzentrieren. »Was für ein Geheimnis hatte Acland?«, fragte er.

»Er hat vor ein paar Jahren seine Frau umgebracht«, erwiderte sie. »Er hat Saras Mutter ermordet, als Sara erst ein Jahr alt war.«

Einer der Männer an seiner Seite holte scharf Luft und beugte sich zu Wallis vor. »Endersley«, flüsterte er.

Wallis nickte. Als er am Nachmittag mit Harry Endersley gesprochen hatte, hatte der Sergeant ihm dieselbe Theorie präsentiert. Eine Theorie, die sich nicht beweisen lässt, hatte er gedacht.

»Er hat sie selbst als vermisst gemeldet«, sagte Wallis. »Deutete an, dass seine erste Frau etwas damit zu tun hatte.«

»Ich weiß«, sagte das Mädchen.

»Und die ganze Zeit wusste er, wo sie war?«

Das Mädchen nickte. »Er hat ihre Leiche verbrannt, ihre Knochen zermahlen und ihre Asche im Keller verstreut. Wir haben ihn zu ihr zurückgebracht – dort, unter dem Haus.«

Wallis unterdrückte einen Schauder. »Hat er Sara jemals gesagt, warum er das getan hat?«, fragte er.

»Er hat es ihr erzählt, als sie zwölf war. Sie wusste es aber schon vorher.«

»Sie wusste es, bevor er es ihr gesagt hat?«

Sie lächelte. »Sie ist viel mehr als ihr Vater. Viel mehr als Sie verstehen.«

»Aber er…«

»Er hat gestanden, dass er ihre Mutter eines Nachts umgebracht hat, als er betrunken war und außer sich vor Wut. Er hat versucht, es wieder gutzumachen. Er hat Sara aufgezogen, so gut er konnte, aber als sie Bescheid wusste…«

»Hat er die Mädchen ins Haus gebracht…«

»Ja. Er war ein schwacher Mensch.«

»Und hat Sara hineingezogen…«

»Nein. Sara hat versucht, sie zu schützen.«

»Er hat *Sie* ins Haus gebracht und die anderen.«

»Ja«, sagte sie. »Er hat regelmäßig Peter Yorks Kirche besucht, und wir haben ab und zu Versammlungen in der Pennystone Road abgehalten. Doch Acland wollte mehr als charismatische Anbetung. Er wollte sich vom Christentum befreien.« Beinahe mitleidig schüttelte sie bei der Erinnerung den Kopf. »Er hat versucht, damit Geld zu machen«, sagte sie. »Das war seine Schwäche. Vor zwei Jahren hat er uns erzählt, er sei ein Heide. Wich zur Magie ab. Er behauptete, sie sei weiß, aber…« Sie seufzte. »Aber er ist zusammengebrochen. Er war kein Heide. Heidentum ist Dunkelheit, und er wollte Dunkelheit. Er fing an zu fallen.«

»Das muss Peter York erschüttert haben«, sagte Wallis.

Sie ließ sich Zeit mit ihrer Antwort.

»Ja«, räumte sie schließlich ein.

Auf einmal schien sich das Schweigen im Raum zu verdichten. Wallis spannte und beugte seine Schultern, als wolle er die Last der Stille von ihnen zu nehmen. »York muss versucht haben, ihn zu beeinflussen«, fuhr er fort. »Um – seiner Meinung nach was zu tun – ihn zu retten?«

»Ja«, sagte sie. Ihre Stimme klang ein wenig weicher als zuvor.

»Ist es ihm gelungen?«

»Nein«, flüsterte sie. »Peter ist ein schlechter Priester. Er ist heute sogar hingegangen, entgegen unseren Anweisungen.«

Wallis legte beide Hände kurz an den Kopf und dann flach auf die Tischplatte. »Nur dass ich das richtig verstehe«, sagte er langsam. »Sie alle wussten, dass Acland junge Frauen missbrauchte, aber keine von Ihnen hat es jemand gesagt.«

Sie machte eine viel sagende Geste. »Was hätte die Polizei tun können?«, fragte sie. »Eine Leiche suchen, die nicht da war?« Sie beugte sich vor. »Und eines der Mädchen hat ihn angezeigt, aber nicht, weil sie Angst vor ihm hatte.« Sie lehnte sich zurück. »Die Einzige, die ihn kontrollieren konnte, war Sara«, sagte sie. »Sie hat gewusst, dass das Gesetz ihn nicht unter Kontrolle bringen konnte. Nur sie konnte das. Er hat um Verzeihung gebeten. Geweint und gebetet. Er redete im Gottesdienst. Behauptete, er habe sich Gott anheim gegeben.«

Sie schloss einen Moment die Augen. »Aber er hat es nie getan«, sagte sie. »Er war mit selbstsüchtigen Bedürfnissen infiziert. Er war befleckt. Hat angefangen, alte Mächte anzurufen. Mächte, die er nicht beherrschen konnte. Mächte, die älter sind als die Erde. Ursprüngliche Mächte, die mit uns im Gleichgewicht sein sollten, die im Gleichgewicht *bleiben*, wenn wir sie als das anerkennen, was sie sind. Wenn wir nicht gegen sie kämpfen. Und nicht versuchen, ihnen zu trotzen. Mächte, die Gott der Welt zu ihrem Wohl geschenkt hat.« Sie unterbrach sich schwer atmend. »Er hat versucht, sie zu unterdrücken, und fiel ins Dunkel. Sara konnte ihn nicht halten«, fügte sie nach ein paar Sekunden leise hinzu.

»Also hat sie befohlen, ihn zu töten?« Es kostete Wallis enorme Mühe, all das nachzuvollziehen, wie sein sarkastischen Tonfall deutlich verriet.

Das Mädchen schlug die Augen auf.

»Sie hat versucht, ihn zu seinem Gott zu erlösen«, erklärte sie. »Aber es ist uns nicht gelungen.«

»Und ihr Stiefbruder ...«

Sie verzog abschätzig das Gesicht. »Er? Er ist nichts.«

»Er hat gesehen, wie Sie Acland töteten?«

»Er hat es herausgefunden.«

»Warum hat er Sie nicht angezeigt?«

»Er wollte Aclands Stelle einnehmen. Er wollte Frauen.«

»Und Sie haben ihn abgelehnt?«

»Es kam gar nicht in Frage, dass er in den Kreis aufgenommen wurde«, sagte sie. »Er war nur Aclands belangloser kleiner Jünger. Er glaubt, Macht zu haben. Er glaubt, er könne Gedanken lesen, aber er ist ein Nichts.«

»Was ist passiert, als Sie sich weigerten, ihn aufzunehmen in den ...« Wallis suchte nach dem Wort.

»Die Hüter«, sagte sie. »Er fing an, Frauen zu verfolgen, sie zu jagen. Wir haben ihn allein gelassen. Das ist sein krankes Leben.«

Wallis musterte sie nachdenklich. »Kennen Sie jemand namens Anna Cray? Oder Anna Miles?«

»Nein, warum.«

Er verschränkte die Arme und betrachtete sie, warf einen Blick auf die Uhr. Es war fast elf. Er war seit mehr als fünfzehn Stunden im Dienst.

»Vielleicht ist Sara gar nicht so mächtig wie Sie denken. Vielleicht – denken wir nur einmal eine Minute darüber nach – vielleicht ist sie nur ein trauriges, verbittertes neunzehn Jahre altes Mädchen mit religiösen Wahnvorstellungen. Von ihrem Vater und ihrem Stiefbruder missbraucht. Vielleicht gibt es da nichts anderes. Sara hat einfach ihren Peiniger getötet. Mehr ist da nicht – und jetzt ist sie zweihundert Meilen weit weg, allein. Verängstigt. Von Ihnen allen im Stich gelassen.«

Das Mädchen begann zu lachen. »Verängstigt?«, fragte sie ungläubig. »*Sie* sollten es sein, der Angst hat!«

»Ich? Warum denn das?«

»Sie – Sie alle«, erwiderte sie. »Haben Sie eine Ahnung, was auf einem, wie Sie sagen, traurigen neunzehnjährigen Mädchen ruht?«

»Sagen Sie es mir.«

Sie wandte den Blick ab. »Ich kann nicht.«

»Dann verraten Sie mir wenigstens, warum sie nicht spricht.«

Sie stieß einen tiefen Seufzer aus. »Weil sie einen Eid geleistet hat.«

»Einen Eid? Nicht zu sprechen?«

»Ja.«

»Wozu, zum Teufel?«

Sie hob die Brauen und musterte ihn mit unverhohlener Missbilligung. »Um ihre Macht zu verstärken.«

»Um …«

Wallis erhob sich abrupt und kam, die Hände in den Hosentaschen, um den Tisch herum.

»Sie werden es nicht verstehen«, sagte sie. »Ich habe Sie gewarnt.«

»Sie hat also geschworen, nicht zu sprechen«, sagte er. »Wann?«

»Vor drei Monaten.«

»Warum?«

»Weil das Zusammentreffen bevorstand. Weil Acland und McGovern versuchten, Kräfte zu befreien, die eingedämmt werden sollten. Weil sie die Tore schließen *musste.*« Sie warf ihm einen kurzen Blick zu und sah sein ungläubiges Grinsen. »Weil sie eine Macht für das Gute ist«, sagte sie. »Gott helfe Ihnen.«

»Nein, wirklich, ich glaube Ihnen«, sagte er.

»Das tun Sie nicht«, antwortete sie. »Aber das macht nichts. Sie braucht Ihren Glauben nicht.«

»Was für ein Zusammentreffen ist das?«

»Das geht Sie nichts an.«

»Und was sind das für Tore?«

»Vergessen Sie sie«, sagte sie. »Wenn Sie es wüssten, würde es Sie nur verwirren.« Wieder wandte sie den Blick ab. »Suchen Sie weiter nach Ihren entlaufenen Hunden. Gehen Sie zu Ihren Teetassen zurück.«

Wallis verlor die Beherrschung. Er zeigte mit dem Finger auf das Mädchen. »Wir versuchen Sie zu schützen«, sagte er. »Es ist unser Job, die Öffentlichkeit vor Leuten wie Ihnen und Sie vor sich selbst zu schützen. Es ist unsere Aufgabe, Mädchen zu schützen, die wehrlos sind. Weiteren Missbrauch zu verhindern.«

Doch sein Zorn prallte wirkungslos an ihr ab. »Was für eine schreckliche Menge Arbeit für Sie«, murmelte sie.

»Ja, das ist es. Verdammt schwere Arbeit. Also machen Sie sie uns nicht noch schwerer als nötig. Was sind die Tore?«

Sie musterte ihn kurz.

Er hörte ein Summen, das entweder irgendwo im Raum war oder vom Flur hereindrang. Der Ton machte ihn verrückt. Er sah den Beamten neben sich an. »Finden Sie heraus, was das für ein verdammtes Geräusch ist. Wenn es die Putzfrau ist, sagen Sie ihr, sie soll woanders hingehen.«

»Okay.« Der Mann ging hinaus.

»Die Putzfrau«, sagte das Mädchen und lachte.

»Hören Sie«, begann Wallis, doch sie hob die Hand. »Sie sind in Ihrem eigenen Zynismus gefangen.«

»Das ist mein Problem.«

»Es *ist* Ihr Problem«, stimmte sie zu. »Sie sind im Gefängnis.«

»Also – klären Sie mich auf.«

Einen Augenblick saß sie völlig still, ehe sie die Hände faltete.

»Wir sind die Produkte vieler Welten«, sagte sie langsam. »Kinder der Luft, der Erde, des Meeres. Wir leben auf einer lebendigen, sich verändernden Erde.«

Wallis seufzte. »Ich will eine Antwort, keinen Vortrag.«

Sie ignorierte ihn. »Wir sind abhängig von unserer eigenen Geschichte und unserem Erbe. Wir gehorchen Gottes Gesetzen und den physischen Gesetzen der Schöpfung. Wir sind Geschöpfe, die die Möglichkeit haben zu wählen.«

»Also bekomme ich den Vortrag auf jeden Fall.« Er ließ sich wieder auf den Stuhl fallen. »Gut.«

»Wohin Sie auch schauen, leben wir an den Grenzen von Wahlmöglichkeiten und anderen Welten«, sagte sie. »Waagschalen zweier entgegengesetzter Kräfte. Zwischen dem Realen und dem Imaginären. Zwischen Glaube und Betrug, Partnerschaft und Krieg, Wissenschaft und Kunst, Dunkelheit und Licht. Wir sind Schöpfungen des Gleichgewichts, deren Leben abhängig sind von einer fragilen Gleichung. Denken Sie darüber nach. Haben Sie das schon einmal getan?«

Er erwiderte schweigend ihren Blick.

»Was würde Ihrer Meinung nach geschehen, wenn es in der Welt nur fünf Prozent Kohlendioxid mehr gäbe, fünf Prozent mehr Hitze?«, fragte sie. »Was würde geschehen, wenn die Ozeane drei Meter anstiegen? Was würde geschehen, wenn die Photosynthese sich veränderte? Was würde mit dem Menschen geschehen, wenn das Gleichgewicht sich veränderte? Wo wären die großen Technologien des Menschen dann wohl?«

Den Kopf auf die Hand gestützt, beobachtete Wallis sie.

Der Druck im Raum schien schwer, der dröhnende Lärm immer durchdringender zu werden.

»Wir existieren auf einer kleinen, dünnen Linie, die in Gottes Hand liegt wie Glas«, fuhr sie fort. »Wir haben keinerlei Macht außer der, an das Unmögliche zu glauben. Zu erkennen, dass wir abhängig sind von der Gnade Gottes durch die fein abgestimmte Macht Seiner Schöpfung ist Erlösung. Sonst nichts.« Sie saß aufrecht da, angefeuert von ihrem Glauben, und starrte auf einen Punkt dicht über seinem Kopf.

»Aber Männer wie Acland können das nicht akzeptieren«, sagte sie. »Sie verändern das Gleichgewicht. Sie bringen uns alle in Gefahr, denn sie sind böse. Wir sind durch unsere eigenen Sünden in Gefahr *und* weil wir das Leben um uns herum missachten.«

Wallis senkte den Blick und starrte auf die zerkratzte Tischplatte, um das Mädchen nicht anzusehen.

»Wir leben in einer lebendigen Welt«, murmelte sie. »Mit ihren Mündern und Händen und Herzen überall um uns herum.« Sie starrte jetzt auf Wallis' gesenkten Kopf. »Es gibt Tore in dieser Welt«, sagte sie leise. »Brücken von der Realität zum Geist. Die Kelten nannten sie das Jenseits. Sie haben es respektiert. Sie haben uralte Geister angerufen und sich mit Christus verbündet. Sie haben die Tore gehütet.«

Wallis wandte sich von ihr ab.

»Acland hat geglaubt, er sei größer als dieses empfindliche Gleichgewicht«, sagte sie. »Er hat gedacht, er könnte es nach seinem Willen verschieben. Er dachte, er könnte die Zügel des Bösen durch seine Hände laufen lassen und es noch immer kontrollieren. Die Macht loslassen und trotzdem beherrschen. Zu den Toren gehen und kontrollieren, was sie durchschritt. Aber er konnte es nicht. Er konnte es nicht.«

Sie schüttelte den Kopf.

»Die Tore waren die Druckpunkte, die Sicherheitsventile der Welt«, sagte sie. »Sie waren Ringe des Lichts, bevor das Leben entstand. Sie waren Kirchen und Gräber, als der Mensch noch jung war. Sie sind es noch. Es gibt sie in jedem Land. Jedes Land hat seine Hüter. Menschen, die Sie wahrscheinlich abschätzig *Spinner* nennen würden.« Sie lachte verärgert auf. »Seien Sie dankbar für sie. Denn wenn ein Tor stürzt, fällt auch das betreffende Land – durch Kriege, Fluten und Hungersnöte. Und nur eine große geistige Kraft vermag es wieder zu schließen und aufzurichten.«

Wallis kniff die Augen zusammen. Im Raum war mehr Licht als er ertrug, und es schmerzte ihn.

»Beten Sie zu dem Gott, an den Sie glauben, Inspector Wallis«, flüsterte das Mädchen, ließ sich auf ihrem Stuhl zurückfallen und sah ihn an.

»Sara ist alles, was wir haben, Inspector«, sagte sie. »Und heute Abend wird sie das letzte Tor schließen.«

49

Er ließ sich schnell in den Grubenschacht hinunter, hielt mit seiner freien Hand die seitlichen Schachtwände von sich ab. Da er allein auf dem Seil war, fiel er wie Ikarus mit verbrannten Schwingen. Er blickte hinauf zu dem stecknadelkopfgroßen Licht über ihm, das die Außenwelt war. Er suchte in seinen Taschen nach den Streichhölzern für die Kerze, deren Flamme von der Nässe gelöscht worden war. Endlich fand er sie und umschloss sie mit den Fingern. Gott allein wusste, ob er sie je wieder anzünden würde.

Aber sie waren ein Talisman gegen die Schachtsohle, ein Zaubermittel, um Wasser abzuwenden.

In der Dunkelheit prallte sein Körper schwer gegen den felsigen Schacht. Stein in der Tiefe von vierzig Metern. Pflasterstein. Kurz dachte er – es war fast sein letzter Gedanke im Leben – an die Füße, die in der Stadt über die Steine gehen würden, noch lange nach diesem von Geistern gejagten Jahr.

Auf der Schachtsohle standen mehrere Bergleute zwischen den hölzernen Bottichen. Die Jungen trugen noch immer die Ledergeschirre, die sie um die Bottiche schlangen, während sie sie auf Händen und Knien aus den engen Flözen zogen.

Der Ägypter griff nach dem ersten Jungen. »Mach schnell«, sagte er und schob den Jungen weiter. »Macht so schnell wie ihr könnt.« Das Seil begann zu rucken. Es gab keine Panik. Sie bewegten sich ruhig vorwärts, packten die vorbeigleitenden Halteknoten, zogen die Jungen hinter sich her, wo sie konnten, und verschwanden nach oben.

Einer der Letzten packte den Ägypter am Ärmel. »Beeil du dich auch«, sagte er.

»Ich gehe tiefer hinunter.«

»Das tust du nicht«, sagte der Mann. »Dort unten sind alle ertrunken.«

Der Ägypter sah, dass es derselbe Mann war, der ihn vor vier Monaten auf der Landstraße geschlagen hatte.

»Steig aufs Seil«, wies er ihn an.

Er sprintete los, den steil abfallenden Hang hinunter. Kerzen flackerten noch in den behelfsmäßigen Haltern an der Wand. Er hielt mit einem Gebet inne und zwang sich, die Streichhölzer herauszunehmen, die Mütze abzunehmen. Er versuchte die Kerze in den kleinen halbmondförmigen Metallhalter zu stecken. Seine Finger zitterten. Das

Streichholz scharrte, gab eine kleine blaue Flamme. Erlosch. Er versuchte ein zweites. Nicht der kleinste Funke – sie waren feucht. Alles war feucht. Die Nässe lief an den Schachtwänden hinunter, unter seine Füße.

Er rannte weiter. Seine Füße platschten nun durch Wasser. Zu beiden Seiten zogen sich, eine Viertelmeile weit, die kleinen Wege auf den Streben steil nach unten. Links waren sie trocken, rechts nass.

Als er zu dem langen letzten Abhang zur letzten Strebe kam, lief er unvermittelt auf einen Fluss.

Hier floss der Styx. Dunkles steigendes Wasser.

Er blieb stehen. Fiel auf die Knie.

»Gott, der du größer bist als der Himmel«, begann er. »Gott, größer als die Sterne, errette uns heute, gebiete diesem Fluss Halt, schließe du deine Hand gegen diese Kraft. Vergib uns unsere Sünden gegen die, die dieses Land geheiligt haben, die hier begraben sind. Vergib uns unsere Sünden der Habgier gegen die Schöpfung, die diese Zerstörung über uns gebracht haben…«

Es folgte ein mahlendes, gedämpftes Dröhnen.

Unten in einem der Seitenflöze knickten die Grubenstempel ein. Die Pferde, die im Seiteneingang noch immer an die Bottiche gekettet waren, begannen zu schreien.

»Ich stehe im Tor als dein Wächter und Diener…«

Einen Moment lang schien das Wasser innezuhalten. Es ging zurück. Kein Laut war zu hören.

Er öffnete die Augen in der Stille.

Gerade noch rechtzeitig, um die Ewigkeit zu sehen, bevor er fiel.

50

Auf den Wegen nach Aubrete war es dunkel.

Robert Wilde fuhr in erzwungenem Schneckentempo zwischen den Bäumen hindurch, deren Äste über ihm schwankten und sich in den Scheinwerfern des Wagens wanden. Blätter und Äste schlugen unaufhörlich gegen den Wagen, und der Wind war ohrenbetäubend.

Wilde konnte nicht glauben, dass Anna so dumm gewesen war. Er umklammerte das Steuer, während ihm der Gedanke zum zwanzigsten Mal durch den Kopf ging, seit er das Haus verlassen hatte. Er mochte die Frau – nein, es war mehr als das. So viel mehr, dass er nicht daran zu denken wagte, ihm keinen Namen geben, ihm nicht bestimmte Worte zuordnen wollte, damit es sich nicht in Luft auflöste und zerbröckelte, wenn er es zu fassen versuchte. Aber was er auch für sie empfand – was sie heute Abend getan hatte, *war* dumm – haarsträubende, eigensinnige Idiotie.

Und Matthew Aubrete war genau das, was Anna über ihn gesagt hatte – schwach, ohne Rückgrat. Wie hatte er sie an einem solchen Abend herausrufen können, heraus aus der Sicherheit des Hotels? Ihre Stimme am Hoteltelefon vor einer Stunde war immer wieder von statischen Geräuschen unterbrochen worden.

»Sie ist… das Manor«, hatte sie gesagt. »Robert – hören Sie mich?«

»Ich höre Sie«, hatte er erwidert und war zusammengezuckt, weil ihre Stimme so gepresst klang. Alice stand verwirrt auf der Schwelle.

»Matthew hat angerufen«, sagte Anna. »Sie ist… Sie haben…«

»Ich schicke jemanden, der Sie holt«, versprach er.

»Sie wird nicht...«

Plötzlich war sie weg. »Anna!«, rief er ins Telefon.

Sie war wieder da. »Gefahr. Was kann ich sonst noch tun?«

»Nichts. Tun Sie nichts!«, schrie er in den Hörer.

Die Leitung war tot.

Er sah Alice an, die sofort aussprach, was er dachte.

»Sie ist rausgegangen, und dieser Mann ist hinter ihr her.«

Er drückte auf die Aus-Taste und warf das Telefon auf den Sessel. »Verdammter Matthew Aubrete«, knurrte er. »Er hat sie zu sich gerufen, damit sie mit diesem Mädchen spricht.«

»Dem Mädchen aus Brimmer House?«

»Sie muss es sein.«

»Aber was macht sie dort oben?«

»Das weiß nur der liebe Gott.«

»Geh zu ihr«, sagte Alice.

Er sah seiner Tochter ins Gesicht. »Das kann ich nicht. Du musst morgen um sechs in Poole sein.«

Sie zuckte mit den Schultern. »Ich bitte Mrs Cook und Melanie, mich mitzunehmen«, sagte sie.

»Das kann ich nicht zulassen, Alice.«

»Warum nicht?«

»Weil ich dir in Poole nachwinken möchte.«

Sie stützte beide Hände in die Hüften – eine Haltung, die er nur allzu gut kannte.

»Dad«, sagte sie, »wenn du Anna nicht hilfst...«

»Ich schicke jemand anderen.«

»Sie hat dich angerufen«, sagte sie ärgerlich. »Warum wohl gerade dich? Weil sie nur dir vertraut und keinem anderen Mann.« Sie wedelte mit dem Zeigefinger vor seinem

Gesicht herum. »Wenn du ihr nicht hilfst, rede ich nie wieder ein Wort mit dir.«

»Führ mich nicht in Versuchung.«

Sie hatte nach dem Telefon gegriffen.

»Was tust du?«

»Ich rufe Melanie an«, hatte sie gesagt.

Er erreichte ein Stück offener Straße, einen schnurgeraden Teil der alten Römerstraße, der quer durch das Hügelland am Meer verlief. Energisch trat er aufs Gas. Aubrete lag irgendwo da unten, irgendwo in der eintönigen Dunkelheit vor der Küste, irgendwo unten in dem anderen Ozean dunkler Bäume. Er schaute nach rechts hinüber auf die endlosen Morgen Landes, die bei Tag ein farbiges Webteppichmuster waren. Das Dach des Hauses, die Rasenflächen und die Steinterrassen, die über den Stufen hingen, die zum Strand führten, müssten jetzt allmählich zu sehen sein, sogar bei Nacht. Doch da war keine Spur vom Haus. Nur unten in den Bäumen glaubte er ein orangefarbenes Licht aufflackern zu sehen. Ein Aufblitzen und dann nichts.

Da er mittlerweile den Schutz der Bäume verlassen hatte, traf der Sturm den Wagen mit voller Wucht. »Jesus!«, rief Wilde, als das schwere Fahrzeug zur Seite gerissen wurde, und steuerte dagegen. Über der See sah er etwas Eigenartiges – die Wolken schienen zu schäumen, als sie über den Kanal rasten, riesige mitternachtsblaue Kumuli vor einem bestirnten Himmel, die sich auf ihn herunterstürzten.

Der unvorhergesehene Gedanke würgte ihn, als würden ihm zwei Daumen auf die Luftröhre gepresst. Er beugte sich vor, der Wagen begann zu schlingern. Wie *Hände*. Stürzten auf ihn herunter *wie Hände*. Er riss das Steuer herum, schaltete in den dritten Gang herunter und bemühte sich, die Geschwindigkeit zu drosseln, als der Sturm am Wagen rüttelte. Er konnte unter der Karosserie ein Ziehen spüren. Das war nicht möglich, oder? Nicht möglich. Etwas zog, rüttelte an den Türen. *Wie Hände.*

»Nein«, sagte er laut und steuerte den Wagen um die letzte Ecke, wo die Felder von den ersten verstreuten Buchen auf Aubretes Land abgelöst wurden. Plötzlich hielt der Wind inne und erlaubte ihm einen Moment klarer Sicht, einen Moment der Entspannung. Wilde zischte durch die Zähne, verachtete sich selbst ob seiner Dummheit.

Um ein Haar hätte er den Wagen übersehen.

Einen Moment lang war er da, hing schief im hohen Gras am Straßenrand, mit der Nase in der Hecke. Im nächsten Moment, als er vorbeifuhr, schien der Wagen zu verschwinden, wie eine optische Täuschung. Vielleicht lag es aber auch am mangelnden Licht. Wilde trat auf die Bremse, fuhr an die Seite und schaute in den Rückspiegel. Nichts. Er drehte sich auf dem Sitz um und spähte durch die Heckscheibe. Am Straßenrand sah er einen schwachen Schimmer von Chrom.

Er stieg aus, stemmte sich gegen den Wind, stellte den Kragen auf. Er lief zwanzig Meter zurück und fand den Wagen sofort im hohen Gras.

Es war Annas alter roter Wagen. Der vordere Kotflügel war eingedrückt, der Scheinwerfer zertrümmert. Er lief zur Fahrertür und sah auf dem Beifahrersitz Annas Handtasche liegen, die kleine schwarze Ledertasche, die sie immer bei sich hatte. Er rüttelte an der Klinke, die Tür ging auf. Er beugte sich in den Wagen, nahm die Tasche an sich und sah sich verwirrt um. Nichts sonst. Der Schlüssel steckte nicht im Zündschloss.

»Anna!«, rief er. »Anna!«

Der Wind riss ihm die Worte von den Lippen. Sie war nirgends zu sehen. Nirgendwo war eine Lücke in der Hecke. Er war auch oben auf der Straße nicht an ihr vorbeigekommen. Es gab kein Anzeichen dafür, dass ein anderes Fahrzeug in der Nähe sein könnte, und soweit er es im Halblicht ausmachen konnte, gab es auch keine Reifenspuren und keine Glassplitter auf der Straße.

Er nahm Annas Handtasche mit und lief zu seinem Wagen zurück. Er stieg ein, stopfte die Handtasche hastig ins Handschuhfach, griff nach seinem Handy und wählte das Polizeirevier an. Doch obwohl er den Apparat dicht ans Ohr hielt, hörte er nichts. Er sah prüfend auf das Display und stellte fest, dass der Akku leer war. »Scheiße«, fluchte er. Er hatte ihn erst vor zwei Tagen aufgeladen. »Scheiße«, wiederholte er, ließ den Motor an und fuhr in die Straßenmitte.

Die Straße – eigentlich eher ein schmales Landsträßchen – wurde enger und führte durch mehrere Haarnadelkurven. Etwa fünfhundert Meter weiter musste er mit voller Wucht auf die Bremse treten, wobei das Heck des Wagens über die weiße Linie ausbrach.

Eine riesige Eiche war umgestürzt und blockierte die Fahrbahn.

Er hörte einen Abschleppwagen und sah hinter dem dichten Laubwerk die orangefarbenen Leuchten rotieren. Er stieg aus. »Hey!«, rief er.

Eine Männerstimme erwiderte etwas; ein gedämpftes Durcheinander von Wörtern, die er nicht verstand.

Er lief auf den riesigen Stamm zu. Zu seiner Linken bildeten die Wurzeln eine hohe Barriere. »Was?«, rief er.

»Kommen Sie durch …«

Als Wilde sich nach einer Lücke umsah, fand er eine unter dem Stamm, ungefähr in der Mitte der Straße. Auf Händen und Knien kroch er unter den nassen, vom Wind abgebrochenen Ästen durch. Auf der anderen Seite stand er auf und betastete einen Kratzer im Gesicht. Er sah, dass der Baum den Abschleppwagen getroffen und die Motorhaube total eingedrückt hatte. Die Fahrertür stand offen. Auf dem Fahrersitz saß ein Mann, dessen Beine schlaff heraushingen. Wilde lief zu ihm.

»Sind Sie in Ordnung?«, schrie er.

»Nein«, kam undeutlich die Antwort.

Vorsichtig betastete Wilde den Nacken des Mannes. Als er die linke Schulter berührte, stellte er fest, dass sie ausgekugelt war. Der Arm hing lose herab. Offensichtlich war er gebrochen.

»Haben Sie einen Krankenwagen gerufen?«, fragte er und nickte in Richtung des Funkgeräts am Armaturenbrett.

»Ich komme nicht durch«, sagte der Mann.

Wilde versuchte es. Noch mehr Statik. Nur lautes Zischen, keine Verbindung. *Was für eine Nacht,* dachte er. *Was für eine höllische Nacht.*

Er dachte einen Augenblick nach, legte dem Mann leicht die Hand aufs Knie. »Bewegen Sie sich nicht, ich hole Hilfe«, sagte er.

Der Kopf des Mannes rollte leicht zur Seite.

»Können Sie mich hören?«, fragte Wilde.

Er sah, dass das Bewusstsein des Mannes allmählich schwand und hob seine Beine in den Wagen. Dann kroch er unter dem Laubgewirr zu seinem Wagen zurück, schaltete die Scheinwerfer ein und nahm das Warndreieck aus dem Heck. Er kroch zurück, wobei ihm noch mehr Zweige ins Gesicht und auf die Hände peitschten, lief mit dem Dreieck den Hügel hinunter und stellte es, um andere Autofahrer zu warnen, auf die Straße. Als er sich aufrichtete, hörte er ein Geräusch, das ihm das Blut stocken ließ.

Von irgendwo am Fuß des Hügels, inmitten der Bäume, in der Nähe der Stelle, wo, wie er wusste, das grün-goldene Schild von Aubrete Manor quer zur Straße stand, hörte er ein unheimliches Brüllen, als sei ein riesiges Tier in eine

Falle geraten. Dann spürte er das Beben. Der Boden unter seinen Füßen schlug Wellen. Sekundenlang verlor er das Gleichgewicht und taumelte in der Straßenmitte. Er hörte ein Krachen, das so klang, wie man ihm den Artilleriedonner im Krieg geschildert hatte – ein Geräusch wie ein Schlag aufs Herz. Er fühlte einen Reflex in der Luft, eine Inversion, als sei sie eingesaugt und wieder ausgestoßen worden.

»Jesus«, murmelte er.

Er fing an zu laufen.

Die Straße war glatt und rutschig vom Regen, und als er um die letzte Biegung vor dem Eingang zum Manor kam, sah er, dass sich weiter unten die Straße selbst zu verändern begann. Er blieb stehen, runzelte die Stirn, versuchte durch die Dunkelheit zu spähen. Was war das dort unten? Dort auf der Straße? Etwas bewegte sich. Etwas Großes. Das Herz schlug ihm bis zum Hals. Er zwang sich, stehen zu bleiben und abzuschätzen, was er sah, und dann begriff er es blitzartig. Es war nichts auf der Straße, weil die Straße gar nicht da war. Es war Wasser, kochend, wirbelnd, von rechts nach links donnernd, durch den Eingang zum Manor hinunterstürzend.

Vorsichtig lief er weiter, die Hände vor sich ausgestreckt wie ein Blinder, der seinen Weg ertastete. Schließlich sah er durch die Bäume die ersten Lichter. Blitzende blaue Lichter. Er hörte die Rufe anderer Menschen, deren Stimmen über das Tosen des Sturms hinweg abgerissen an sein Ohr drangen.

Noch ein paar Meter weiter sah er, dass das Wasser ungefähr sechs bis zehn Meter breit war und dort, wo der Parkplatz des Cafés gewesen war, ein riesiges Loch klaffte und sich eine schwarze Schneise durch die Bäume zog. Er entdeckte die roten Heckseiten zweier Feuerwehrfahrzeuge und einen Krankenwagen, dessen weiße Flanken von den blitzenden Lichtern der Maschinen und einem daneben parkenden Polizeiwagen in regelmäßigen Abständen beleuchtet wurden. Ein Stück weiter oben standen zwei Lastwagen mit blauen Insignien. Er erkannte das Logo eines örtlichen Wasseramts. Am anderen Ufer des Flusses liefen Männer zwischen ausgelegten Schläuchen umher. Eine Pumpe dröhnte, doch in dem Moment, als Wilde das Geräusch erkannt hatte, hörte das dumpfe Dröhnen auf.

Er zögerte. Es war unmöglich, jetzt zum Café zu gelangen, wie er vorgehabt hatte. Er wusste, dass es dort ein öffentliches Telefon gab. Aber es wäre hoffnungslos zu versuchen, durch diesen reißenden Strom zu waten – er würde in Sekunden weggeschwemmt werden.

Er schaute nach links und sah die niedrige Steinmauer des Gutshauses. Er lief darauf zu und kletterte auf die glitschige moosbewachsene Mauerkrone. Als er auf der anderen Seite hinuntersprang und in einer tiefen Mulde fauligen Laubs landete, sah er, dass die Polizei und einige andere Leute, die daneben standen, in seine Richtung blickten. Doch sie sahen nicht ihn an, sondern diskutierten offensichtlich, wie man auf einem anderen Weg zur Straße durchbrechen könnte. Ein halbes Dutzend Hände zeigte zum Hügel hinauf. Während er sich über Dornenranken zu der Gruppe durchkämpfte, sah er, dass der Officer, der ihm am nächsten stand, etwas in sein Funksprechgerät brüllte.

In diesem Moment bemerkten sie ihn. Matthew Aubrete, der wie der Tod aussah, hager und völlig erschöpft. Richard Forbes, der Gutsverwalter. Einige andere Männer, die er nicht kannte, und schließlich der Police Constable selbst.

»Inspector …«

»Was ist passiert?«, schrie er gegen den strömenden Regen an.

»Die Straße ist weggebrochen. Irgendwas hat sich gesenkt…«

»Sie nennen das *gesenkt*, verdammt noch mal?« Das war Matthew Aubrete. Rücksichtslos drängte er sich an ihnen vorbei und riss dem Constable das Funksprechgerät aus der Hand. »Das nennen Sie auf einen Notruf reagieren?«

Wilde griff nach seiner Hand. »Mr Aubrete, ich bin's, Robert Wilde.«

Falls Aubrete ihn erkannte, ließ er es sich nicht anmerken.

»Wir haben vor einer Stunde 999 angerufen, es passiert – es passiert *nichts*…«

Matthew Aubrete war offensichtlich halb verrückt vor Angst. Sein Blick irrte von einem zum anderen, nahm jedoch kaum etwas wahr. Wilde kehrte ihm den Rücken und zog den Police Officer beiseite. »Setzen Sie den Notruf ab, und melden Sie der Leitstelle, dass es auf der Straße etwa eine halbe Meile von hier einen Unfall gegeben hat«, befahl er. »Ein Baum ist umgestürzt, ein Mann verletzt.«

»Ich kann nicht, Sir«, sagte der Officer. »Das Funkgerät ist tot, Sir.«

Wilde starrte ihn an. »Um Himmels willen! Alle verdammten Funkgeräte scheinen tot zu sein. Was ist los, zum Teufel?«

Der Beamte schüttelte den Kopf. »Wir wissen es nicht, Sir. Wir sind nach dem Anruf sofort gekommen. Der Krankenwagen war nur drei Minuten vor uns da…«

»Wer hat den Krankenwagen gerufen?«

»Ich«, sagte Forbes.

Wilde drehte sich zu ihm um. Der Mann war bis auf die Haut durchnässt.

»Für wen?«, fragte Wilde.

»Für die Frau – dieser Miles…«

Wilde packte ihn am Arm. »Wo ist sie?«

Forbes zeigte den Hügel hinunter. »Wir suchen... Wir suchen...«

Wilde folgte mit den Augen der Richtung, in die Forbes' Arm wies. Er zeigte auf die dunkle Wasserwand.

»*Dort* unten?«

Forbes wischte sich den Regen aus den Augen. Über ihnen knackte einer der riesigen Bäume bedrohlich. Sie schauten hinauf, ohne jedoch etwas anderes zu sehen als sturmgepeitschte Äste. Forbes sah wieder Wilde an. »Sie hatte einen Autounfall...«

»Das weiß ich«, sagte Wilde. »Ich habe den Wagen gefunden.«

»Sie hat...« Forbes mühte sich um Worte. »Sie hat Schnitte im Gesicht, sie kann gehen, sie...«

»Warum zum Teufel ist sie nicht im Krankenwagen?«, fragte Wilde.

Forbes starrte ihm ins Gesicht. Seine Miene verriet eine Mischung aus Angst und Ungläubigkeit, die Wilde nie zuvor gesehen hatte. Es war Forbes deutlich anzumerken, welche Mühe es ihn kostete, die Fassung nicht zu verlieren.

»Okay«, sagte Wilde mitfühlend. Von den Bäumen kam ein weiteres gewaltiges Knacken, doch er versuchte es zu überhören. »Okay – nur die Ruhe. Berichten Sie, was passiert ist.«

»Sie ist hergekommen. Mr Aubrete hatte sie angerufen... Das Mädchen – sie...« Forbes umklammerte Wildes Arm. »Wer ist sie?«, fragte er. »Dieses Mädchen?«

»Was ist passiert?«, fragte Wilde.

»Sie hat unter den Bäumen gestanden«, fuhr Forbes fort. »Mr Aubrete rief nach ihr. Sie stand über den Teichen. Da war dieses Licht – dieses – ich weiß nicht, was es war... Sie wollte nicht herunterkommen. Miss Miles war hier.

Auch sie hat das Mädchen gerufen. Sie war oben an den Teichen. Sie stand oben in den Teichen, im Wasser, es reichte ihr bis zur Taille, sie hat einfach *dagestanden*, sie ...« Er unterbrach sich, rang nach Luft und schüttelte den Kopf. »Mr McGovern wollte zu ihr. Er hat versucht, sie zu erreichen, dann ...«

»McGovern«, wiederholte Wilde. »Gütiger Gott! Was dann?«

Forbes zitterte. »Sie ist verschwunden. Er ist verschwunden. Miss Miles ist ihr gefolgt – McGovern auch ...«

»Durch das Wasser?«

»Da war kein Wasser ...«

»Da soll kein Wasser sein? Was zum Teufel meinen Sie mit *kein Wasser*?«, fragte Wilde, der durch den Wind kaum seine eigene Stimme hören konnte. Jenseits des Flusses flackerten Lichtbogenlampen auf und erloschen wieder. Irgendjemand rief etwas.

Der Police Constable trat zwischen sie. »Die Erde hat sich geöffnet«, sagte er. »Hat sich einfach geöffnet.«

Wilde sah ihm kurz ins Gesicht, dann an ihm vorbei zu dem entsetzten, leichenblassen Matthew Aubrete. »Sie haben es gewusst«, sagte Wilde.

»Nein«, widersprach Aubrete.

»Sie müssen es gewusst haben.«

»Wir wussten, dass unter dem Gut eine Kohlengrube war«, sagte Forbes. »Aber die Mine wurde vor zweihundert Jahren geschlossen und versiegelt.«

»Was für eine verfluchte Mine?«, brüllte Wilde. Es war ein Fehler. Er wusste, dass es ein Fehler war. Matthew Aubretes Miene verschloss sich. Er stand da wie ein Toter, der Regen strömte ihm übers Gesicht, seine Arme hingen schlaff herunter, die Augen waren leer.

»Hier war ein Grubenschacht!«, schrie Forbes. »Ungefähr dreihundert Meter tief. Es hat ein Grubenunglück gegeben. Die Grube wurde geschlossen. Die Besitzer haben sie am Tag des Unglücks versiegelt. Aber das ist Jahre her – 1800...«

»Sind Menschen zu Tode gekommen?«

»Neunzig Männer sind ertrunken.«

Wilde versuchte zu begreifen, was man ihm da sagte. »Neunzig Männer? Sie haben neunzig Tote an einem Tag heraufgeholt?«

»Nein«, sagte Forbes. »Sie haben sie unten gelassen. Und dann den Schacht versiegelt.«

»Gütiger Himmel«, stieß Wilde hervor. »Und das war's? Sie haben darüber gebaut, die Anlagen der Öffentlichkeit zugänglich gemacht...«

»Wir haben alles überprüfen lassen. Es war sicher. Vor zweihundert Jahren! Wie könnte da noch etwas sein? Es gab keine Gefahr. Es konnte keine geben.«

Wilde packte den Gutsverwalter am Kragen. »Keine verdammte Gefahr!«, schrie er. »Sehen Sie sich das an!«

Er wirbelte zum Constable herum. »Wo ist sie hin?«, fragte er scharf. »Wo ist sie?«

»Die Feuerwehrleute können sie nicht finden«, antwortete der Constable. »Sie können keinen finden. Sie sind dort unten – ganz unten am Ende des Hügels, sie haben Sicherheitsleinen angebracht...«

Wilde ließ sie stehen, tauchte in die Dunkelheit ein und fand sich nach wenigen Metern bereits bis zu den Knien im Wasser eines zweiten Flusslaufs, der sich aus dem Innern des Hügels ergoss. Er hörte, dass Forbes seinen Namen rief, kämpfte sich jedoch weiter und versuchte höher hinaufzukommen, das andere Ufer des reißenden schwarzen Wasserlaufs zu erklettern. Es fühlte sich an, als bestehe das Wasser aus grobem Sand, als würden seine Beine ständig von winzigen Steinen getroffen. Als er auf der anderen Seite taumelnd aus dem Wasser stieg, griff er nach unten und spürte auf seiner Kleidung und überall an sich den dicken, dunklen, kratzigen Sand.

Er versuchte, den Hügel hinunterzuschauen. Auf der anderen Seite sah er flackerndes Licht und konnte die fluoreszierenden Uniformen der Feuerwehrleute ausmachen – vage orangefarbene Kleckse, die hinter den dicht wuchernden, hohen Rhododendren abwechselnd auftauchten und wieder verschwanden. Was vor kurzem noch ein hübscher, schattiger Waldweg neben den kleinen Wehren und Teichen gewesen war, hatte sich in einen schäumenden Kanal wirbelnden Dunkels verwandelt. Wilde sah keine Stufen, keine kleinen Stege, nur zwei stark nach innen geneigte Ufer und dazwischen eine Kluft. Auf einmal glaubte er, noch etwas zu sehen – Holz, das durch das Wasser schleuderte. Holz und Fässer. Fässer oder Tonnen. Oben offene Holzbehälter. Er starrte angestrengt auf die Wasseroberfläche, doch sie waren verschwunden. Stattdessen sah er ein viel schrecklicheres Bild, ein Bild, das ihn wie ein Faustschlag traf. Er sah drei Menschen, gestrandet in der Mitte der aufgewühlten, gärenden Flut. Zwei Frauen, die sich aneinander festhielten. Und ihnen gegenüber einen Mann.

Natürlich war das unmöglich. Unmöglich.

Unmöglich, sich bei diesem Wasserdruck aufrecht zu halten.

Nicht möglich, sie im Dunkeln so deutlich zu sehen.

Nur, es war nicht ganz dunkel. Nicht mehr dunkel, aber das Licht ungleichmäßig und unstet. Wie phosphoreszierend spielte es über die Gestalten im Wasser. Er versuchte sich zu erinnern, wie man es nannte – Sumpfgas? Kugelblitz? Was es auch sein mochte, es war erschreckend unheimlich, bewegte sich um sie herum, umspielte zuerst ein

Gesicht, eine Hand … Sie redeten. Sie schrien nicht. Weinten nicht. Riefen nicht. Sie *redeten* …

Plötzlich verloren seine Füße auf dem nassen Boden den Halt. Er bemühte sich, das Gleichgewicht wieder zu erlangen und klammerte sich an ein überhängendes Büschel Laub. Doch er rutschte weiter, und seine Finger trafen auf Wurzeln, die zurückschnellten wie eine Peitschenschnur, unter ihm lebendig wurden und sich um seine Füße wickelten. Er schrie auf, als sie nach seinen Beinen griffen, fummelte im Dunkeln an seinen Füßen, versuchte die schmierigen braunen Ranken loszureißen – und blickte auf.

Sie standen auf nichts.

Sie standen – auf *nichts*.

Sie hatten nichts unter sich, nichts unter den Füßen. Nichts unter sich als Leere. Eine Leere, die nicht völlig dunkel, sondern ein seltsames Farbgemisch war. Grüne Reflexe auf ihren Gesichtern. Sommerliches Blau. Das Rot sterbender Sterne. Sie schwebten über dem Abgrund und schienen ihn nicht zu bemerken. Er sah, wie das Mädchen zu Anna zurückschaute, ihre Hand hob und ihre Finger vorsichtig löste. *Lass sie nicht los!*, wollte er schreien, als sei es die Berührung des Mädchens, die beide hielt, und Anna würde ohne diese Berührung in den Abgrund stürzen.

»Anna«, sagte er, war aber nicht sicher, ob ihm das Wort tatsächlich über die Lippen kam. Die Silben wurden erstickt, bevor er sie ausgesprochen oder auch nur gedacht hatte. Sie blickte nicht in seine Richtung. Er sah, dass sie blutete oder geblutet hatte. Ihr Gesicht war schlamm- und blutverschmiert, das Haar klebte ihr am Kopf, ihre Kleidung war durchnässt, ihre Füße bloß.

Er sah von ihr zu dem Mädchen und wieder zurück zu ihr und erkannte voller Entsetzen, was so merkwürdig an ihnen war. Er sah, dass ihre Kleidung und ihre Haare sich nicht bewegten. Der Sturm schlug auf seine Sinne ein – rüttelte an seinem Verstand. Aber das Mädchen und Anna hörten den Sturm nicht. Sie blieben von seiner Wut unberührt. Doch während Anna völlig durchnässt war, war das Mädchen trocken. Absolut trocken, das Haar glatt und sauber, und das Kleid fiel ihr in weichen Falten bis unter die Knie.

Anna sagte etwas. Ihre Körpersprache spiegelte deutlich ihren Widerspruch. Das Mädchen antwortete mit einem Lächeln.

Elektrizität zuckte. Kein Donner. Kein Blitz. Aber Elektrizität, ein mächtiger Stoß. Dann sah Wilde neben McGovern einen anderen Mann.

Eine Momentaufnahme. Das Bild des Mannes tauchte in seinem Blickfeld auf, verschwand. Er hatte tiefe Schnittwunden im Gesicht, am Hals und an den Armen. Wilde unterdrückte einen entsetzten Aufschrei – der Mann blickte nicht in seine Richtung und schien seine Verletzungen nicht zu merken. Schlimmer noch, als Wilde ihn ansah, schien er sich nach innen zu kehren, sich in sich zusammenzurollen. Es war ein unvorstellbarer Anblick – als bestehe er aus Papier, das brannte, während die verkohlten Ränder sich um die kläglichen Reste wickelten.

In diesem Moment schoss ein Lichtblitz zwischen dem Mädchen und McGovern aus den sich zwischen ihnen brechenden Farben und schwang sich zum Himmel. Wilde folgte ihm mit den Blicken und sah, dass die Blätter der Bäume sich darin fingen – einem phantastisch donnernden Strom aus Grün und Gold. Und inmitten des Grüns waren Gesichter und Federn und Steine und Blumen, Flügel und Münder und Hände. Und Hände. Und *Hände*...

Wilde stürzte.

Er versuchte seinen Kopf zu schützen, während die Wurzeln um ihn herum ihm über den Rücken krochen, über das Gesicht, in seine Kehle…

»Nein!«, schrie Anna.

Er ließ die Hände sinken und sah, dass Anna zurückgeworfen wurde, hinaus aus dem Strom aus Licht. Er sah das Mädchen, von Licht umglänzt, in den Lichtkegel treten. Der brennende Mann war inzwischen verschwunden. Wilde sah McGovern, der, in derselben grünen Flamme gefangen, seine Kehle umklammerte. Und er sah noch jemanden – einen kleinen, dünnen Mann mit einem grauen Gesicht, der die Hand des Mädchens in der seinen hielt und sie ansah, während leuchtende Farbbögen um sie kreisten.

Alle drei waren für einen Augenblick in dem unbarmherzigen Glanz nach oben strebender Bewegung gefangen – das Mädchen, McGovern und der Mann. Und im nächsten Moment war das Licht mit einem donnernden Aufblitzen verschwunden, war das Mädchen verschwunden, das Grün und die Männer, und Wilde sah zu seinem Entsetzen die bodenlose Finsternis, in die sie geschleudert wurden.

Und an der Stelle, wo sie gestanden hatten, war Christine. Christine, eine schwache, warme Empfindung vor dem Dunkel, die die Hände ausstreckte. Sie hob eine Hand und drückte sie an die Lippen, streckte sie wieder nach ihm aus. Ein Kuss, in die Stille geworfen, die plötzlich zwischen ihnen war.

Nur einen Herzschlag lang spürte er ihre Lippen auf den seinen. Ihre Arme um sich. Ihren Atem. Ihren Segen.

Und dann starrte er ins Leere, in die Dunkelheit.

Er schaute hinunter.

Nur wenige Meter von ihm entfernt lag Anna, auf der Seite, zusammengerollt wie ein Kind in einem traumlosen Schlaf…

Postskript

Der Herbst, dachte Robert Wilde, ist schöner als der Frühling.

Er saß auf dem Scarth Gap Pass, auf der letzten Etappe vor dem Gipfel, und schaute auf den tief unter ihm liegenden See.

Es war Oktober, und vor ihm dehnten sich die Derwent Fells. Dale Head beherrschte das Land zur Linken, ein glatter graugrüner Berg. Fleetwith Pike fiel steil zum Wasser ab. Der See selbst war heute Morgen sehr hell, breitete sich nach allen Seiten aus und schenkte ihm, was er den ganzen Sommer gesucht hatte – ein Gefühl des Friedens, der Heimkehr.

Auf dem Weg hierher hatte er Anna besucht.

Sie hatte ihr Haus verkauft und ein anderes erworben – in einer anderen Häuserreihe am Stadtrand; ein viktorianisches Haus mit hohen Räumen. Ihre Gelassenheit erstaunte ihn noch immer – die Art, wie sie ruhig die verstreuten Stücke ihres Lebens eingesammelt und wieder zusammengesetzt hatte. Von Benedict McGoverns unliebsamen Aufmerksamkeiten befreit, kam, wie Wilde vermutete, die alte Anna langsam wieder zum Vorschein. Sie unterrichtete nicht, gab aber auf halb professioneller Ebene Konzerte, und am letzten Abend, bevor er zu den Lakes gefahren war, hatte er sie in einem Konzert in der Stadthalle von Manningham gehört.

Sie hatte im Rampenlicht sehr verletzlich ausgesehen. Die Ironie daran war, dass sie jedoch nicht mehr verletzlich, sondern eher unverletzlich zu sein schien. Sie hatte nicht viel über diese letzte Nacht im Manor gesagt. Und sie hatte sich mit keiner Silbe zu Matthew Aubrete geäußert, der sich nach langer Krankheit in die Wohnung seines Vaters in Pollensa zurückgezogen hatte.

Er war, soweit Robert Wilde wusste, nie ins Manor zurückgekehrt, das jetzt ausschließlich von Laura verwaltet wurde. Nachdem Anna ihnen den Besitz wieder überschrieben hatte, hatte Matthew, gewissermaßen als seine letzte Verfügung, darauf bestanden, dass Anna das Cottage bekam, das sie innerhalb von sechs Wochen verkauft hatte.

Wilde legte sich zurück, wandte den Blick von den Bergen ab und schaute in den frühen Morgenhimmel.

Sie hatten Benedict McGoverns Leiche in der Nähe des Hauses gefunden, wo er von der Flut angespült worden war. Wilde hatte niemand von den anderen Männern erzählt – von der geisterhaften Erscheinung Aclands und des anderen Mannes, dessen Namen er nicht kannte, des kleinen Mannes mit dem grauen Gesicht, der im aufblitzenden Licht neben Sara Acland gestanden hatte.

Ihre Leiche wurde nie gefunden.

Er stand auf, spürte die Feuchtigkeit des Bodens an seiner Kleidung und wischte sie hastig ab. In den Fernsehnachrichten und in den Zeitungen hatten sie das Unwetter den dritten Hurrikan genannt. Er hatte an der Südküste furchtbare Schäden angerichtet, ähnlich wie im Jahr 1987. Er erinnerte sich an einen Sturm in Sussex, bei dem Bäume entwurzelt worden waren, unter denen eine angelsächsische Begräbnisstätte zum Vorschein gekommen war. Die Gebeine waren damals an die Oberfläche geschwemmt worden. Aubrete Manor war in diesem Sommer Objekt eines ähnlich lebhaften Interesses gewesen. Archäologische Forschungsteams waren erschienen, hatten die Schächte und

Stollen der alten Mine erforscht und andere herbeigerufen – Experten für Begräbnisstätten der Bronzezeit, die im Hang des Hügels Quarzsteinpyramiden gefunden hatten.

Der Sturm hatte sich so schnell verzogen wie er gekommen war. Am nächsten Morgen war alles still gewesen, und die Notdienste hatten zwischen den Ruinen der Bäume ihre Arbeit verrichtet.

Er hatte versucht, Anna zu überreden, ihm mehr über diese Nacht zu erzählen. Doch sie sagte nur, Matthew habe geglaubt, das Mädchen wolle Selbstmord begehen. Da er wusste, dass Anna sie, wenn auch nur flüchtig, kannte, war sie für ihn der letzte Strohhalm gewesen, nach dem er gegriffen hatte, als alle Bemühungen, mit dem Mädchen zu sprechen, misslangen.

Anna war Pragmatikerin und hatte Wildes zögerliche Andeutungen über etwas Ungewöhnliches mit einer kurzen Bemerkung abgetan. »Es war der Sturm«, hatte sie ihm erklärt.

»Aber Sie haben ihn gesehen?«, fragte er. »Sie haben McGovern gesehen?«

Sie hatte langsam den Kopf geschüttelt, als sei dies etwas, das sie verwirrte oder dem sie ausweichen wollte. »Er hat anders ausgesehen«, war alles, was sie jemals darüber zu sagen bereit war. Tatsächlich war sie nicht wirklich überzeugt, dass er es *gewesen war,* bis sie die Notiz über seine Beerdigung in der Zeitung gelesen hatte – eine Beerdigung, bei der nur ein Priester und die Bestatter anwesend gewesen waren. Nicht einmal die Tatsache, dass Wilde selbst die Leiche identifiziert hatte, hatte sie überzeugen können, bis McGovern im Grab lag. Und seit damals schien sie die Nacht verdrängt, in sich verschlossen zu haben. Es war, als habe sie dieses Jahr regelrecht ausgelöscht, als hätte es nie existiert.

Wilde blickte nach oben zum Gipfel des Hay Stacks, den das erste Sonnenlicht hoch über ihm sanft berührte.

Er verstand natürlich. Verstand natürlich Annas Verlangen, wieder sie selbst zu sein, sich von allem Entsetzlichen abzuwenden. So zu tun, als sei in jener Nacht nichts Unerklärliches geschehen. Doch er war anderer Ansicht. Er war der Ansicht, dass sich etwas verändert *hatte*, etwas, das er nicht begriff.

Er hatte die Protokolle aus Manningham gelesen, die Aussagen des Mädchens, das sich als Hüterin bezeichnet hatte, und er erinnerte sich an Sara Aclands friedliche Heiterkeit angesichts des Lichts. Er erinnerte sich an die Stille und das Bild der vier über einem bodenlosen dunklen Abgrund schwebenden Gestalten.

»Religiöse Fanatiker«, hatte Wallis sie genannt.

»Fehlgeleitet«, hatte Anna gesagt. »Tragisch.« Aber sie hatte Wilde dabei nicht ins Gesicht gesehen.

Vielleicht konnte sie noch keine Erklärung finden. Vielleicht würde sie ihn mit der Zeit nahe genug an sich heranlassen, so dass sie gemeinsam eine Erklärung finden konnten.

Er drehte sich um und schaute den Pfad hinunter.

Das Gras unter seinen Füßen war kurz geschoren, und auf seinem Gesicht lag ein leichter Schleier aus Tau. Es war sechs Uhr. Tief unten im Tal, tausend Meter tiefer, lag das Dorf – ein oder zwei kleine weiße Rechtecke. Irgendwo da unten war das Haus, in dem er als Junge gelebt hatte.

Auf dem Pfad bewegte sich etwas.

Mit festen Schritten kam sie herauf und lächelte ihn an. Als sie nur noch wenige Meter entfernt war, blieb sie stehen, und sie sahen sich an, hoch oben, über die leere Luft hinweg, als stünden sie auf dem höchsten Punkt der Welt.

»Du bist fitter, als du aussiehst«, stellte Alice lachend fest.

Sie ging auf ihn zu und legte ihm den Arm um die Schultern und presste das Gesicht an das seine.

»Es ist phantastisch, nicht wahr?«, sagte sie.

»Ja, das ist es«, stimmte er zu.

Sie löste sich von ihm, hielt aber noch immer eine seiner Hände fest und musterte ihn mit ihrem scharfen, wissenden Blick. »Wirst du Anna eines Tages hierher mitnehmen?«, fragte sie.

Er wandte sich wieder dem Pfad zu, der zum Gipfel führte, und zog sie sanft und lächelnd hinter sich her.

»Vielleicht«, sagte er. »Eines Tages.«